EVA ALMSTÄDT
Ostseedämmerung

Weitere Titel der Autorin:

Akte Nordsee – Am dunklen Wasser
Akte Nordsee – Der Teufelshof
Akte Nordsee – Das schweigende Dorf

Kalter Grund
Engelsgrube
Blaues Gift
Grablichter
Tödliche Mitgift
Ostseeblut
Düsterbruch
Ostseefluch
Ostseesühne
Ostseefeuer
Ostseetod
Ostseejagd
Ostseerache
Ostseeangst
Ostseegruft
Ostseefalle
Ostseekreuz
Ostseenebel
Ostseefinsternis

Ostseemorde
Ostseelüge – mit MP3-CD Kalter Grund

Dornteufel

Titel auch als Hörbuch und E-Book erhältlich

Über die Autorin:

Eva Almstädt absolvierte eine Ausbildung in den Fernsehproduktionsanstalten der Studio Hamburg GmbH und studierte Innenarchitektur in Hannover. Mit der Ostseekrimireihe um die Lübecker Kommissarin Pia Korittki wurde sie zur Bestsellerautorin. Eva Almstädt lebt in Hamburg.

EVA ALMSTÄDT

OSTSEEDÄMMERUNG

PIA KORITTKIS ZWANZIGSTER FALL

Lübbe

NACHHALTIG PRODUZIERT

Die Bastei Lübbe AG verfolgt eine nachhaltige Buchproduktion. Wir verwenden Papiere aus nachhaltiger Forstwirtschaft und verzichten darauf, Bücher einzeln in Folie zu verpacken. Wir stellen unsere Bücher in Deutschland und Europa (EU) her und arbeiten mit den Druckereien kontinuierlich an einer positiven Ökobilanz.

FSC www.fsc.org
MIX
Papier | Fördert gute Waldnutzung
FSC® C014496

Originalausgabe

Dieses Werk wurde vermittelt durch die
Thomas Schlück GmbH, 30161 Hannover

Bei Fragen zur Produktsicherheit wenden Sie sich bitte an:
Produktsicherheit@bastei-luebbe.de

Textredaktion: Dorothee Cabras
Umschlaggestaltung: Christin Wilhelm, www.grafic4u.de
Einband-/Umschlagmotiv: © EB Adventure Photography/shutterstock;
LGieger/shutterstock; Reto Buehler/shutterstock
Satz: hanseatenSatz-bremen, Bremen
Gesetzt aus der Stempel Garamond LT Pro
Druck und Verarbeitung: GGP Media GmbH, Pößneck

Printed in Germany
ISBN 978-3-404-19446-9

2 4 5 3 1

Sie finden uns im Internet unter
luebbe.de
Bitte beachten Sie auch: lesejury.de

1. Kapitel

Trine ging noch ein paar Schritte weiter in das schwarze Wasser. Ihre Füße sanken tiefer in den Untergrund ein, als sie es erwartet hatte, und die Sedimente drangen seidig weich zwischen ihren Zehen hindurch. Der Teich war eiskalt und so trübe, dass sie nicht einmal mehr ihre Fußknöchel sah. Vereinzelt spürte sie spitze Steine und abgestorbene Blätter und Zweige unter ihren Fußsohlen. Es war ein bisschen ekelig, gruselig und deswegen umso aufregender.

»Geh nicht noch weiter rein, Trine!«, rief Vito. »Das wird da vorne gleich richtig tief. Das ist zu gefährlich!«

»Genau. Sie werden denken, dass wir ertrunken sind, und weinen und nach unseren Leichen suchen.«

»Das ist nicht witzig!«

»Natürlich nicht. Das Leben ist nicht witzig, Vito. Wenn wir überleben wollen, müssen wir uns Fische zum Abendbrot fangen.« Trine schwenkte den improvisierten Kescher aus einem alten Einkaufsnetz und einer Astgabel.

»Was, wenn uns jemand hier sieht?«

Die Stimme ihres neunjährigen Freundes klang ängstlich, was Trine umso mehr reizte, etwas zu riskieren. Sie war ganz in der Welt von Tom Sawyer und Huckleberry Finn auf dem Mississippi versunken … Von ihrer Oma in Bayern hatte sie einen Schuhkarton voller Kassetten und einen alten Rekorder geschenkt bekommen. Viele der Kinderhörspiele waren albern und »Babykram«, doch Tom Sawyer und Huckleberry Finn hatten es ihr angetan.

Trine ging weiter, bis das Wasser ihre Knie umspülte. Die

Kälte kniff ihr in die Waden. Es schwappte über ihre hochgerollten Hosenbeine und zog kalt und feucht ihre Oberschenkel hinauf. »Wenn *er* uns findet, dann ist es aus mit uns, Vito. Deshalb müssen wir uns auf dieser Insel im Mississippi verstecken. Und wir müssen essen!«, setzte sie pragmatisch hinzu.

»Ich habe aber keine Lust mehr«, maulte Vito. »Immer nur Indianer Joe … Ich will lieber Harry Potter spielen. Und in diesem ollen Teich fängst du sowieso keinen Fisch.«

»Da, da war etwas!« Sie sprang ein Stück zur Seite.

»Wo?«

»An meinem Fuß. Etwas Großes!«

»Du spinnst doch. Hier gibt's nichts ›Großes‹. Komm, lass uns aufhören für heute.«

Die zehnjährige Trine, die mit vollem Namen Katharina Seibold hieß, zuckte mit den Schultern. Sie wollte noch nicht nach Hause gehen. Doch die Sonne stand bereits tief am Horizont. Bald würde es dunkel sein.

Am liebsten möchte ich auf der kleinen Insel übernachten, dachte Trine, oder zumindest noch ein paar Stunden in meinem selbst gebauten Unterstand im dichten Unterholz bleiben, wo man mich vom Ufer aus nicht sehen kann. Sie könnten die aus dem Rucksack ihrer Schwester gemopsten Schokoriegel essen, den Tee aus Vitos Thermoskanne trinken und erst im Dunkeln zurück ins Dorf gehen. Dort würden sie sich dann leise in ihre Häuser schleichen.

Kurz tauchte in ihrer Vorstellung ein Bild von Tante Polly auf, die eine Laterne ins Fenster stellte, um ihrem Neffen Tom mit dem Lichtschein den Weg nach Hause zu weisen.

»Da war echt ein Fisch!«, behauptete Trine.

»Dann fang den blöden Fisch doch! Ich glaub das erst, wenn ich ihn sehe«, sagte Vito missmutig.

»Komm weiter rein, du musst mir helfen. Er hat mich

schon zweimal gestreift«, flunkerte sie. »Er knabbert an meinem Bein. Vielleicht ist es ein Karpfen?«

»Du spinnst total!«, rief Vito, doch er krempelte seine Hosenbeine ein Stück weiter hoch. »Ih, ist das schleimig!«, rief er, als er auf sie zuwatete. »Autsch, ah! Da war was Scharfes.« Er hinkte einen Schritt. »Das war bestimmt eine Glasscherbe. Wenn ich mich schneide, bist du schuld!«

Trine rollte mit den Augen. »Wieso sollte hier Glas im Wasser sein?«

Vito bückte sich und tastete mit den Händen den Untergrund des Teiches ab.

»So vertreibst du unseren Fisch ja«, wandte Trine ein. Sie wollte nicht, dass Vito irgendwelchen Müll aus dem Hövelauer Teich ans Licht beförderte und damit ihre schöne Abenteuerstimmung zerstörte.

»Da, ich habe die verdammte Scherbe!« Vito fuhr mit der Hand im Wasser hin und her, um seinen Fund abzuspülen, und richtete sich auf.

»Das ist kein Glas«, sagte Trine, die näher getreten war. »Und auch kein Stein ...«

»Komisch. Was ist es dann?« Vito beugte sich runter und säuberte den gefundenen Gegenstand nochmals im Wasser. Es war eine etwa zweimal drei Zentimeter große, unregelmäßig geformte bronzefarbene Scheibe. Nach der Säuberung zeigte sich, dass sie vier Löcher und schwach goldfarbene Verzierungen hatte.

Trine griff nach dem Fundstück und drehte es hin und her. »Da bist du draufgetreten?«

Er zuckte mit den Schultern. »Wahrscheinlich ist es nichts. Nur altes Zeug, das irgendwer in den Teich geworfen hat.«

Trine wischte die Scheibe an ihrem Ärmel trocken und hielt sie in das spärliche Tageslicht, das noch durch die

Bäume fiel. »Ich finde, das Ding sieht ... besonders aus. Vielleicht gibt es ja noch mehr davon.«

Vito stieß einen verächtlichen Laut aus und blickte auf die Uhr. »Such doch selbst! Ich gehe jetzt nach Hause.«

»Spielverderber. Gerade, wo es spannend wird.«

»Du kannst das olle Ding behalten.« Er wandte sich ab. »Mir wird's zu kalt.«

Auch Trine spürte ihre Füße im Wasser kaum noch. Sie steckte das seltsame Fundstück in ihre Jackentasche und folgte Vito ans Ufer. Dort legte sie den Kescher ab und setzte sich neben Vito auf einen Baumstamm.

Die Kinder rieben sich die Füße notdürftig mit den Händen trocken und zogen Strümpfe und Schuhe wieder an.

Trine schlüpfte hastig in ihre abgetretenen Leinenschuhe, damit Vito die Löcher in ihren geringelten Strümpfen nicht sah. Ihr Freund in seinen neuen Outdoor-Stiefeln stapfte schon auf die andere Seite der Insel zu. An der schmalsten Stelle des Teichs hatten sie zwei alte Bretter ausgelegt, um das Gewässer mit einigermaßen trockenen Füßen zu überqueren. »Vito, warte!«

»Ich muss nach Hause. Mama hat heute extra für uns Spaghetti Bolognese gekocht.«

Trines Magen zog sich zusammen. Nicht nur vor Hunger. Bei dem Gedanken daran, dass Vito sich gleich mit seiner Familie an den gedeckten Tisch in ihrem gemütlichen Haus setzen würde, überkam sie Neid, gemischt mit Selbstmitleid. Doch sie durfte es sich nicht anmerken lassen. Seit dem Tod ihrer Mutter vor mehr als zwei Jahren ließ sie sich nichts mehr anmerken. Mitleid wollte sie nicht. Es war besser so.

»Soll ich das Ding wirklich behalten? Du willst es nicht?«, fragte sie noch mal, um ihren Freund aufzuhalten.

Vito drehte sich mit zusammengezogenen Augenbrauen

zu ihr um. »Ich weiß nicht. Vielleicht sollten wir es besser unseren Eltern zeigen? Sieht irgendwie wertvoll aus mit dem goldenen Muster.«

Trine schüttelte energisch den Kopf. »Die wollen dann bloß wissen, wo wir es herhaben. Und dann gibt's Ärger.«

Sie hatten die kleine, dicht von Büschen und Bäumen bewachsene Insel überquert und verharrten hinter einem Busch. Dies war die gefährlichste Stelle, weil man das diesseitige Ufer von der Zufahrtsstraße des Gutes aus sehen konnte. Von jeher war ihnen, und auch allen anderen Dorfbewohnern, das unbefugte Betreten des Betriebsgeländes des landwirtschaftlichen Gutes Hövelau verboten. Doch das weitläufige Gelände mit dem Teich und den vielen alten Gebäuden übte eine große Anziehungskraft auf die Kinder aus.

»So ein Mist«, flüsterte Vito. »Da kommt einer!«

Trine duckte sich tiefer hinter den Busch und zog Vito mit sich. »Das ist Hubertus von Steben. Der darf uns auf keinen Fall sehen. Los, runter!«

Doch der Mann in dem olivfarbenen Parka, mit der braun-grün karierten Schiebermütze aus Harris-Tweed auf dem Kopf verließ den Weg und kam direkt auf sie zu. Er sah grimmig aus. Die Augen hatte er zusammengekniffen. Nach einem durchdringenden Pfiff trottete ein großer Hund zu ihm. Trine spürte, wie Vito neben ihr bebte.

»Der hat uns bestimmt schon gesehen«, flüsterte er.

Vito hatte Angst vor Hunden. Gleich würde er womöglich noch flennen wie ein Kleinkind. »Hubertus wird uns schon nicht fressen«, gab Trine zurück. »Und erschießen wird er uns auch nicht.« Doch da war sie sich nicht so sicher.

»He, ihr zwei! Kommt sofort her!«, rief Hubertus von Steben.

Die Kinder rührten sich nicht. In der Ferne erklang ein Motorengeräusch, wurde lauter, und ein dunkelgrauer Kleinlaster kam den Weg am Teich entlang und fuhr in Richtung Gut.

Hubertus von Steben hatte den Wagen auch bemerkt. Er schien den Fahrer zu kennen. Jedenfalls hob er die behandschuhte Rechte zu einem flüchtigen Gruß und winkte ihn weiter.

Trine stieß Vito in die Seite. »Los, komm!« Sie kroch rückwärts durch den Busch und lief zur Mitte der Insel, wo sie auf die Lichtung mit ihrem Unterstand zusteuerte.

Vito folgte ihr, blickte jedoch beunruhigt über die Schulter zurück, als er neben ihr stand. »Und jetzt?«

»Ich glaube nicht, dass er auf die Insel kommt. Der will sich doch keine nassen Füße holen.«

»Und wenn er den Hund zu uns rüberschickt?« Vitos Stimme klang ganz piepsig.

»Glaube ich auch nicht.«

»Das beruhigt mich jetzt ungemein, Trine«, sagte Vito aufgebracht.

Trine verdrehte die Augen. Manchmal klang ihr jüngerer Spielkamerad schon wie sein Vater, der Rechtsanwalt. »Hubertus von Steben geht bestimmt gleich wieder«, sagte sie. »Der hat doch gesehen, dass wir nur Kinder sind, und weiß, dass wir gleich nach Hause müssen.« Jedenfalls musste Vito pünktlich zu Hause sein. Ihr Vater saß bestimmt immer noch vor seinem Computer und spielte. Der würde kaum mitbekommen, ob seine jüngere Tochter zu Hause war oder nicht. Und ihre große Schwester Friederike war sicher noch bei ihrem neuen Freund. Dem tätowierten, den Trine nicht mochte …

Vito schlang die Arme um den mageren Körper. »Mir ist kalt, und ich habe Hunger. Außerdem wird es gleich dunkel. Auf der Insel zu spielen war eine echt blöde Idee von dir.«

Hunger, Pipi, kalt ... So sind Mädchen halt, dachte Trine spöttisch. Von wegen Mädchen ... Doch sie hütete ihre Zunge. Vito war nicht nur ihr bester, sondern auch ihr einziger Freund.

»Ich klettere auf den Aussichtsbaum und sage Bescheid, wenn die Luft rein ist.« Sie klang zuversichtlicher, als sie sich fühlte. Wer wusste, ob von Steben nicht wirklich seinen Hund auf sie hetzte? Er hatte bei ihrem Anblick wütend ausgesehen.

Ihre Mutter hatte ihn mal »die moderne Version eines mittelalterlichen Feudalherrn«, genannt, nachdem sie ihn im *Schützenhof* auf einer Veranstaltung kennengelernt hatte. Trine hatte nachgefragt, was ein Feudalherr sei, und ihre Mutter hatte es ihr ausführlich und spannend erklärt. Trine vermisste sie schrecklich.

Oben, in der Astgabel der alten Weide, war Trine hinter dicht hängenden Zweigen verborgen. Wenn sie sie ein wenig zur Seite bog, hatte sie einen guten Blick auf das Ufer jenseits der Insel.

Hubertus von Steben machte nach etwa fünf Minuten auf dem Absatz kehrt und ging mit seinem Hund bei Fuß zurück in Richtung der großen Scheune. Er sah sich noch zweimal zum Teich hin um und verschwand dann durch das Scheunentor aus ihrem Blickfeld.

Trine ließ sich an der Weide hinabgleiten, wobei sie sich den linken Oberarm aufschürfte. Sie landete neben Vito, der am Baumstamm lehnte und auf sein Handy starrte.

»Ich habe meiner Mutter geschrieben, dass ich ein bisschen später komme«, sagte er.

»Na toll. Wir können jetzt gehen. Die Luft ist rein.«

Vito stieß sich mit einem Seufzer vom Stamm ab. »Ich kriege bestimmt Ärger. Die warten alle schon mit dem Abendessen auf mich.«

Trine zuckte mit den Schultern. Auf sie wartete niemand.

Zu Hause angekommen, nahm Trine das Fundstück aus dem Teich aus der Jackentasche. Sie wischte noch einmal darüber, hielt es ins Licht der Deckenlampe und wusste immer noch nicht, worum es sich dabei handelte. Mit viel Fantasie konnte man anhand der Form und der Verzierungen einen Reiter auf einem Pferd und eine weitere Person erkennen. Es sah besonders aus, und es war ihres.

Sie wickelte das Fundstück in ein Papiertaschentuch und legte es ganz nach hinten in ihre Nachttischschublade, wo weder ihre Schwester noch ihr Vater jemals reinschauten – hoffte sie.

Ihrer Mutter hätte sie das seltsame Ding gezeigt. Cornelia Seibold hatte viel gelesen, auch historische Romane, und sich für Geschichte interessiert. Als eine Archäologiestudentin in die alte Tagelöhnerkate am Gut eingezogen war, hatte Trine gedacht, dass die beiden Frauen sich gut verstanden hätten. Ihrer Mutter war es nicht schwergefallen, mit Menschen in Kontakt zu kommen. Ihre fünfzehnjährige Schwester Friederike, von allen Fietsche genannt, war ihr in dieser Hinsicht ähnlich. Sie selbst hingegen …

Nun, sie hoffte, dass sie nicht zu sehr nach ihrem wortkargen, in sich gekehrten Vater kam. Er würde vielleicht wissen, was sie vorhin in dem Teich gefunden hatten. Aber entweder würde er darauf bestehen, dass sie es auf dem Gut abgab, weil es ihr nicht gehörte, oder er würde es ihr womöglich abnehmen und verkaufen. Er hatte vor ein paar Monaten seinen Job verloren. Seither war das Geld knapp. Trine wusste nicht genau, was eine Hypothek war, doch dass sie ihr Haus behalten mussten, leuchtete ihr ein.

Trine zog sich aus, legte ihre verschmutzten Sachen über einen Stuhl und huschte ins Bad. Sie besah sich die abgeschabte Stelle an ihrem Arm im Spiegel. Es schien nicht allzu schlimm zu sein.

Nach einer Katzenwäsche und einem schnellen Zähneputzen schlüpfte sie in ihr ungemachtes Bett. Auch sie war hungrig, doch sie wollte nicht noch mal runter in die Küche gehen. Von vorhin, als sie aus der Schule gekommen war, wusste sie, dass nur noch ein Stück Pizza von vorgestern, Tomatenketchup, Senf und etwas H-Milch sowie ein paar Flaschen Bier und Cola im Kühlschrank waren.

Sie vergrub ihr Gesicht in den Kissen und kniff die Augen zu. Morgen würde sie sich um ihren geheimnisvollen Fund kümmern. Vielleicht hatte sie Glück, und er war wertvoll. Sie malte sich aus, wie sie ihrem Vater verkündete, dass sie ihm Geld für ihr Haus geben könnte, und wie er sie daraufhin gerührt an sich drückte und sagte, dass nun alles gut werden würde. Doch sie fürchtete, dass niemals wieder alles gut werden würde. Und schlafen konnte sie um diese Uhrzeit auch noch nicht.

Trine tippte auf den Abspielknopf des Kassettenrekorders und ließ sich in die Welt von drei jugendlichen Amateurdetektiven in Rocky Beach entführen.

2. Kapitel

Die letzten Sonnenstrahlen des Frühlingstages fielen zwischen den Zweigen der alten Obstbäume auf den Rasen, wo sie lange, verzerrte Schatten warfen. Pia richtete sich mit einem leisen Stöhnen aus dem Beet auf und rieb sich den Rücken. Verstohlen sah sie sich nach ihrem Freund Marten um.

Als sie am Nachmittag hier angekommen war, war Marten schon fast mit dem Vertikutieren fertig gewesen. Seitdem harkte er Bahn für Bahn die Rasenfläche ab und befüllte mit dem losen Material Schubkarre um Schubkarre. Er bewegte sich kraftvoll und effizient, als hätte er sein Leben lang nichts anderes gemacht, doch allmählich sollte er doch auch mal müde werden, oder? Marten hatte seine Jacke ausgezogen und über die Astgabel eines der alten Apfelbäume gelegt. Unter seinem Shirt sah sie seine Schultermuskeln arbeiten, und er schwitzte bei der anstrengenden Arbeit. Morgen würde er nach der ungewohnten Tätigkeit wahrscheinlich Muskelkater haben.

Doch Marten hatte es ja so gewollt, als er sich das alte Haus mit dem großen Grundstück gekauft hatte. Auch ihr tat langsam der Rücken weh. Pia hatte erst zwei Drittel des Beetes vom Unkraut befreit. Inzwischen war es kurz vor halb acht. Die Tage wurden schon wieder deutlich länger.

Es war Zeit aufzuhören. Ihr Exfreund Hinnerk hatte ihr zugesagt, dass er ihren Sohn Felix spätestens um halb acht Uhr zu ihr bringen würde. Er hatte ihn heute in Lübeck von der Schule abgeholt. Hinnerk fuhr ihn ausnahmsweise schon am selben Abend wieder zurück, weil er übers Wochenende mit seiner Frau Mascha und seiner Tochter Rike Freunde in Heiligenhafen besuchen wollte.

Manchmal wunderte Pia sich, welche verschlungenen Wege ihr Leben genommen hatte, seit es Felix gab. Die Schwangerschaft vor acht Jahren war nicht geplant gewesen. Pia hatte zu dem Zeitpunkt gerade erst bei der Mordkommission der Lübecker Kriminalinspektion richtig Fuß gefasst. Außerdem war sie frisch von ihrem Freund Hinnerk getrennt gewesen und war danach während eines beruflich bedingten Aufenthalts in Italien Marten Unruh wiederbegegnet. Marten Unruh, ein Kollege, mit dem sie Jahre zuvor einmal kurz zusammen gewesen war.

Als sich nach all dem Wirrwarr herausgestellt hatte, dass sie schwanger geworden war, war sie bestürzt und ratlos gewesen. Marten hatte zu der Zeit weiterhin als verdeckter Ermittler im Ausland gearbeitet, und sie hatte ihn nicht erreichen können. Das war ihre Ausrede dafür gewesen, dass sie ihm lange nichts von der Schwangerschaft und Felix' Existenz erzählt hatte.

Stattdessen hatte sich Hinnerk trotz der Tatsache, dass sie nicht mehr zusammen waren, stets gut um Felix gekümmert. Als er ihr mitteilte, dass er laut einem DNA-Test tatsächlich Felix' Vater sei, hatte sie keinen Grund, das anzuzweifeln. Doch die Aussage stellte sich später als falsch heraus.

Felix wuchs in dem Glauben auf, dass Hinnerk sein Vater war und dessen jüngere Tochter Rike seine Halbschwester. Hinnerks neue Familie wurde auch zum Teil Felix' Familie. Um ihm das nicht zu nehmen, stimmte Pia weiterhin seinen regelmäßigen Wochenendbesuchen bei Hinnerk zu.

Doch inzwischen spürte sie Martens Erwartung, dass Felix erfuhr, wer sein Vater war. Immerhin verbrachte sie mittlerweile beinahe jedes freie Wochenende hier bei ihm an der Ostsee, und Felix begleitete sie oft.

Marten war im Gegenzug unter der Woche oft bei Pia in Lübeck, auch wenn er inzwischen beim LKA in Kiel arbeitete und dann einen langen Arbeitsweg hatte. Doch bisher hatte Pia noch nicht den richtigen Zeitpunkt und die richtigen Worte dafür gefunden, Felix mitzuteilen, dass Marten sein Vater war und nicht Hinnerk. Das Ganze würde wahrscheinlich ein Schock für Felix sein und sein bisheriges Weltbild auf den Kopf stellen, egal, wie sehr er Marten mochte und vertraute. Diese Situation belastete Pia zunehmend.

Das Geräusch eines Autos, das vor dem Haus vorfuhr und bremste, riss sie aus ihren Gedanken. Pia streifte sich die Gartenhandschuhe ab und ließ sie und die kleine Hacke fallen. Marten hatte den Wagen ebenfalls gehört und drehte sich zu ihr um.

»Das sind bestimmt Felix und Hinnerk. Ich gehe erst mal allein zu ihnen«, sagte sie. »Mal schauen, wie die Stimmung so ist …«

Marten schirmte die Augen mit der Hand gegen die tief stehende Sonne ab. »Okay. Wie du meinst.« Er wusste um die zurzeit recht angespannte Situation. Obwohl Hinnerk mit Mascha und Rike eine eigene Familie hatte, reagierte er meistens ungewöhnlich gereizt, wenn er Marten begegnete. In gewisser Hinsicht konnte Pia das sogar verstehen.

Hinnerk hatte Pia einmal gestanden, dass er behauptet hatte, Felix' Vater zu sein, weil man ihm mal diagnostiziert hatte, keine Kinder zeugen zu können. Dass es dann mit seiner Tochter Rike später doch noch geklappt hatte, kam angeblich einem kleinen biologischen Wunder gleich. Doch diese besonderen Umstände machten Hinnerk wohl empfindlich Martens Beziehung zu Felix gegenüber.

Pia lief um das Haus und erreichte die Zufahrt, als Felix aus dem Auto stieg. Er stürmte auf sie zu, sobald er ihrer ansichtig wurde, und sie hob ihn hoch und schloss ihn in die

Arme. Lange würde sie ihn nicht mehr so mühelos hochheben können.

Hinnerk kam mit Felix' Rucksack in der Hand auf sie zu. Pia ließ ihren Sohn hinabgleiten. Aus dem Augenwinkel sah sie, dass Mascha auf dem Beifahrersitz saß, aber keine Anstalten machte, ebenfalls auszusteigen. »Hallo, Hinnerk! Vielen Dank, dass du Felix hergebracht hast.«

»Kein Problem. Es lag ja beinahe auf dem Weg. Wir fahren gleich weiter nach Heiligenhafen.«

»Das hat ja gut gepasst.«

Er blickte mit einem wachsamen Ausdruck im Gesicht über Pias Schulter. »Na ja«, wiegelte er ab. »Das war jetzt aber eine Ausnahme. Felix sagt, dass ihr öfter hier seid …« Er steckte die Daumen in die Hosentaschen und sah sich mit zusammengekniffenen Augen um. »Ist die Hütte gemietet?«

»Nein, Marten hat das Haus gekauft.«

»Ganz schön abgelegen.«

Felix blickte leicht verwirrt zu Hinnerk auf. Dann zupfte er an seiner Hand. »Komm, ich zeig dir mein Baumhaus. Es ist noch nicht ganz fertig, aber …«

Hinnerk schaute Pia fragend an, ließ sich dann jedoch von Felix mitziehen. »Aber nur ganz kurz«, hörte sie ihn zu ihm sagen. »Mascha und Rike warten ja im Auto auf mich.«

Pia folgte den beiden in den Garten. Sie hatte ein ungutes Gefühl. Hinnerk betrachtete mit vor der Brust verschränkten Armen das Baumhaus in der alten Weide. Auf Felix' Bitte hin stieg er widerstrebend die ersten drei Sprossen der Leiter hinauf, um sich das Innere des Holzhäuschens anzusehen.

Marten kam hinzu, und auch Pia trat näher. Die Männer begrüßten einander, als Hinnerk wieder auf festem Boden stand. Dieser erwiderte den Gruß reserviert. Dass Felix ihm voller Stolz und Enthusiasmus schilderte, wie Marten und er das Baumhaus gemeinsam gebaut hatten, machte die Situation offensichtlich nicht besser.

»Ist es nicht zu gefährlich für Felix?«, wandte Hinnerk sich an Pia. »Ich meine die Höhe.«

»Er ist vorsichtig und sehr geschickt. Du solltest ihn mal beim Turnen sehen. Ich will ihn nicht in Watte packen.«

»Ich weiß, wie gut Felix turnen kann«, presste Hinnerk hervor. »Bei mir im Garten klettert er immer in die alte Kastanie, so hoch, dass es Mascha schon beim Zusehen mulmig wird.«

»Dann ist das mit der Höhe und Gefährlichkeit des Baumhauses ja geklärt«, sagte Marten ruhig.

Hinnerk ging nicht darauf ein, sondern sprach wieder ausschließlich zu Pia. In seine Tonlage hatte sich ein aggressiver Unterton gemischt. »Felix hat mir erzählt, dass du überlegst, in Zukunft noch öfter hier zu sein.«

Pias Sohn blickte verunsichert von Hinnerk zu ihr.

»Komm, Felix. Hilfst du mir, die Schubkarre wegzubringen?« Marten lächelte ihm aufmunternd zu. »Ich habe die aus Versehen zu voll beladen.«

Pia war erleichtert, als sich ihr Sohn ein Stück von ihnen entfernt in die Schubkarre heben ließ und sich von Marten damit herumfahren ließ. So musste der Junge sich das unerfreuliche Gespräch zwischen Hinnerk und ihr nicht weiter anhören. »Ich hätte es dir lieber selbst gesagt. Aber ja, wir werden in Zukunft wohl an den Wochenenden oft bei Marten sein. Felix und ich fühlen uns hier sehr wohl.«

Hinnerk schnaubte. »Ihr wollt doch nicht etwa ganz herziehen?«

»Ich weiß es ehrlich gesagt noch nicht. Aber nein, ich glaube, eher nicht.«

»Sagst du das nicht auch nur so? Ich habe das Gefühl, dass du mir etwas verschweigst!«

»Ich verschweige dir gar nichts. Ich muss mir selbst erst mal klar darüber werden, was ich will und was sinnvoll ist, bevor ich dich informiere«, antwortete Pia.

»Bei Felix klang es aber schon so, als würde er bald hier einziehen«, beharrte Hinnerk.

»Er ist ein Kind. Für ihn ist es stimmungsabhängig, was er gerade will und was nicht. Aber von dieser Entscheidung hängt so einiges ab. Seine Schule und nicht zuletzt auch die Frage, wie die Wochenenden dann organisiert werden können.«

»Ach, tu doch nicht so!« Er kickte einen Erdklumpen vor seinem Schuh weg.

Pia zog die Augenbrauen zusammen. »Was meinst du?«

»Seit dieser Kerl mit im Spiel ist, ist es nicht mehr dasselbe mit Felix.«

»Er heißt Marten. Und es war auch nicht mehr dasselbe für Felix, als du mit Mascha zusammengekommen bist«, erwiderte Pia.

»Das war doch etwas ganz anderes. Mascha und ich sind jetzt verheiratet!«

»Ach ja, das ist so anders?«

»Willst du etwa auch noch einen Polizisten heiraten, Pia? Reicht nicht ein Polizist in Felix' Leben?«

Sie wurde wütend und versuchte, langsam und ruhig zu atmen. Pia war nur froh, dass Marten Felix wohlweislich ein Stück entfernt von ihnen beschäftigte und ihn so von dem unschönen Streitgespräch fernhielt. Gleichzeitig schien Marten aufmerksam zu beobachten, was vor sich ging. An seiner Körperspannung sah sie, dass er bereit war einzugreifen, falls es nötig werden würde. Als könnte sie nicht selbst mit Hinnerk fertigwerden.

»Weißt du, was? Ich diskutiere das hier und jetzt nicht mit dir. Es ist nicht der passende Zeitpunkt«, sagte sie.

Hinnerk machte eine Bewegung, als wollte er sie am Arm packen, überlegte es sich jedoch nach einem scharfen Blick von Pia gerade noch rechtzeitig anders und ließ die Hand wieder sinken. »Wie du meinst. Aber das Thema ist damit noch nicht erledigt, Pia.« Sein Blick flog kurz zu Marten. »Ich lasse mir Felix nicht wegnehmen. Von niemandem.«

Marten hatte ihren Sohn inzwischen ins Haus geschickt und ihm nachgesehen, bis er durch die Terrassentür verschwunden war. Jetzt blickte er zu ihnen herüber. Pia musste nun nicht nur ihren aufgebrachten Exfreund beruhigen, sondern womöglich auch noch Marten daran hindern, sich einzumischen.

»Ich werde dir Felix nicht wegnehmen. Das ist nicht meine Absicht«, sagte sie in gedämpftem Tonfall. »Aber du gehst jetzt besser. Ich glaube, Mascha und Rike sitzen seit zehn Minuten im Wagen und warten auf dich.«

Er runzelte die Stirn, nickte dann jedoch. »Sei froh, dass ich keine Zeit mehr habe. Und ich will mich noch von Felix verabschieden. Wo ist er denn hin?«

»Er ist ins Haus gegangen. Ich schicke ihn noch mal zu dir zum Auto raus, damit ihr Tschüss sagen könnt.«

»Du denkst, du hast alles im Griff, Pia, was?« Er stapfte in Richtung seines Wagens davon.

»Das habe ich wohl eher nicht …«, murmelte sie leise. Sie atmete aufgebracht ein und aus.

Marten stand auf einmal neben ihr. »Alles in Ordnung?« Er legte ihr eine warme Hand zwischen die Schulterblätter.

»Für den Moment schon. Aber wir werden sehen«, sagte sie. »Ich muss Felix noch kurz zu Hinnerk rausschicken, damit sie sich verabschieden können.«

»Was hat ihn denn so wütend gemacht?«

»Erzähle ich dir später.«

Marten musterte sie nachdenklich. »Ich räum die Sachen

hier draußen weg. Und zum Abendbrot lade ich euch zum Essen ein.«

»Wir können auch Brote essen.«

»Nein, du siehst so aus, als bräuchtest du eine kleine Aufmunterung.« Er blickte ihr in die Augen. »Nein, eher eine mittelgroße …«

Pia lächelte. »Dann gehen wir zum Italiener«, sagte sie. »Nudeln helfen immer.«

3. Kapitel

Trine saß im Bett und balancierte auf den Beinen eine Schale mit Schokomüsli und H-Milch als Frühstück auf einem Tablett, als es an der Haustür klingelte. Sie warf einen Blick auf den Wecker: halb zehn Uhr morgens. An einem Samstag konnte das eigentlich nur ein Paketbote sein, der ein Päckchen für ihre Nachbarn in der Haushälfte nebenan loswerden wollte.

Sie schaltete den Kassettenrekorder aus und lauschte, ob ihr Vater oder ihre Schwester zur Tür gingen. Sie hoffte, dass ihr Papa schon aufgestanden und angezogen war. Am vergangenen Abend hatte er wieder bis spät in die Nacht vor dem Computer gesessen. Als sie um halb vier einmal aufgewacht und zur Toilette gegangen war, hatte sie die Geräusche eines Computerspiels aus dem Wohnzimmer gehört. Und ihre Schwester schlief wohl noch oder hatte bei einer Freundin übernachtet.

Es klingelte erneut, diesmal mit Nachdruck. Trine schwang die Beine aus dem Bett. Die Müslischale neigte sich beim Abstellen bedenklich zur Seite, und Milch schwappte auf das Plastiktablett. Sie setzte es auf dem Fußboden ab und war mit wenigen Schritten am Fenster.

An der Straße vor dem Haus parkten weder ein Auto noch ein Lieferwagen. Nicht einmal ein Lastenfahrrad. Doch als Trine sich ganz an die Seite des Fensters stellte, konnte sie unten im Eingangsbereich breite Schultern und einen dunkelblonden kurzen Haarschopf erkennen. Als der Mann zurücktrat, um am Haus heraufzuschauen, wich sie schnell zurück.

Es war Hubertus von Steben, der Vito und sie gestern beinahe auf seinem Grundstück erwischt hätte. Oh, Mist! Ihr Herz klopfte schneller. Sie könnte zurück ins Bett gehen und so tun, als hätte sie nichts gehört. Doch das würde nur einen Aufschub des drohenden Ärgers bedeuten.

Sie hörte ein Poltern, als ihr Vater die Holztreppe hinunterstapfte. »Ja, ja, schon gut. Ich komme ja!«

Die Haustür wurde geöffnet, und der Mann war vom Fenster im Obergeschoss aus nicht mehr zu sehen. Offensichtlich hatte ihr Papa ihn eintreten lassen. Sie hörte gedämpft Stimmen. Dann rief ihr Vater etwas lauter: »Trine! Kommst du bitte mal!«

Und sie war noch im Schlafanzug. »Gleich, Paps.«

»Nein, jetzt sofort.«

»Ich bin in einer Sekunde da.« Sie schnappte sich den alten rosa Morgenmantel, ein Erbstück von ihrer Schwester, der an einem Haken hinter der Tür hing, und schlüpfte in die Hausschuhe in Form von Bärentatzen. Die schlecht gedämmte Doppelhaushälfte aus den Dreißigerjahren war fußkalt. Sie trugen alle das ganze Jahr über dicke Hausschuhe.

Mit grummelndem Magen schlich Trine die Treppe hinunter. Ihr Vater und von Steben waren anscheinend in die Küche gegangen.

Ihr Papa stand am Kühlschrank und hatte sich gerade eine Flasche Cola herausgeholt. Immerhin trug er an diesem Morgen einen Jogginganzug und war rasiert.

Hubertus von Steben lehnte ihm gegenüber an der vollgestellten Arbeitsplatte. Er wirkte deplatziert in ihrem Haus, hatte aber eine gleichgültige Miene aufgesetzt. Wut und Ärger, die Trine am vergangenen Tag an ihm wahrgenommen hatte, versteckten sich hinter »milder Arroganz«. Sie freute sich, dass ihr dieser Ausdruck aus einem ihrer Hörspiele eingefallen war, aber das war wohl auch der einzige Grund zur Freude an diesem Morgen.

Von Steben kniff die Augen zusammen und musterte sie. »Guten Morgen. Du bist Katharina, nicht wahr?«

»Ja, das ist meine Jüngste. Wir nennen sie Trine«, sagte ihr Vater.

»Ich war eben bei deinem Freund Vito, Katharina.«

Sie verkniff sich ein »Wie schön für Sie«. Immer, wenn sie sich unwohl fühlte, hatte sie das Bedürfnis, frech zu werden. Das hatte ihr schon oft Ärger eingebracht.

»Ihr wart gestern bei mir am Teich. Ich habe euch gesehen«, sagte von Steben ernst.

Sie nickte. Wenn er vorher bei Vito gewesen war, war Leugnen zwecklos.

»Ihr wisst, dass es zu gefährlich ist, auf dem Gutsgelände zu spielen. Deswegen stehen da auch die Verbotsschilder. Ihr könnt doch sicher lesen?«

»Ja, können wir«, stieß sie hervor.

Von Steben wandte sich an Trines Vater. »Ich dulde nicht, dass Kinder auf meinem Grundstück spielen. Was ist, wenn ihnen dort etwas passiert? Oder wenn etwas kaputtgeht, was dann ersetzt werden muss? Sorgen Sie dafür, dass das nicht wieder vorkommt.«

»Natürlich«, antwortete ihr Vater, nachdem er die Flasche abgesetzt hatte. »Du hast es gehört, Trine.«

»Sie haften für Ihre Kinder, Herr Seibold.«

»Schon klar.« Ihr Vater bedachte sie mit einem strengen Blick. »Es kommt nicht wieder vor.«

Von Steben sah von einem zum anderen. »Also gut. Zum Glück ist vorerst nichts passiert. Die Eltern des Jungen haben volles Verständnis für meine Intervention und unterstützen mich. Sie sollten Ihrer Tochter auch noch einmal ins Gewissen reden.«

»Mach ich, mach ich. Du hast es gehört, Trine!« Ihr Vater zwinkerte ihr zu. Trines Herz flog ihm in diesem Moment zu. Von Steben runzelte die Stirn.

Sie starrte auf die plüschigen Bärentatzen an ihren Füßen. Der Mann sollte jetzt gehen. Dann war alles gut. Sie würden halt nicht so schnell wieder auf der Insel spielen, Vito und sie. Oder noch besser aufpassen, damit sie nicht erwischt wurden. In gewisser Weise erhöhte das die Spannung. Doch so, wie sie Vito einschätzte, traute er sich wohl erst mal nicht wieder dorthin.

Von Steben trat einen Schritt vor und strich sich über den Jackenärmel, der mit der Arbeitsplatte in Kontakt gekommen war. »Das haben wir geklärt. Nichts für ungut, Katharina.« Er wandte sich zur Tür. »Nur eines noch: Vito hat mir gesagt, dass ihr ein recht interessantes Ding in meinem Teich gefunden habt.«

Sie sah erschrocken auf.

»Was auch immer es ist: Es gehört mir oder besser gesagt meiner Familie. Das ist dir doch klar?«

»Das war nur Müll«, erwiderte Trine. »Eine alte Scherbe. Wir haben Tom Sawyer gespielt und so getan, als wäre es ein Schatz ...«

»Mark Twains *Tom Sawyer und Huckleberry Finn*?« Ein amüsiertes Lächeln hellte seine eben noch gelangweilten Züge auf.

»Kennen Sie die Bücher?«

»Natürlich«, sagte von Steben. »Es freut mich, dass *ihr* noch Interesse an den guten alten Geschichten habt.« Er blickte sie zum ersten Mal richtig an.

»Unsere Katharina ist eine richtige Leseratte«, warf ihr Vater ein.

Trine zuckte mit den Schultern. Würde von Steben jetzt endlich gehen?

Er beachtete ihren Vater nicht, sondern schaute ihr in die Augen. »Du hast mich verstanden, Katharina. Egal, was ihr in unserem Teich gefunden habt: Ich will es zurückhaben.«

»Ich … habe es leider nicht mehr«, stammelte Trine. Eine warme Woge stieg ihr zu Kopf. »Auf dem Nachhauseweg habe ich es mir noch einmal angeschaut. Es war wirklich nur eine alte Scherbe. Ich habe sie in den Graben geworfen.«

Hubertus atmete langsam aus, als strapazierte das Gespräch seine Geduld über alle Maßen. Dann sagte er: »Vito hat mir euer Fundstück genau beschrieben. Das war nicht nur eine alte Scherbe. Und egal, was es ist: Es gehört der Familie von Steben.«

»Trine kann ja heute noch mal danach suchen gehen und bringt es Ihnen, sobald sie es gefunden hat«, schlug ihr Vater vor.

»Wie denn, wenn ich das heilige Grundstück nicht betreten darf?«, hätte Trine am liebsten gerufen. Stattdessen starrte sie trotzig auf die Magneten an der Kühlschranktür. Ein englischer Schulbus und eine Maus.

»Also gut. So machen wir es«, sagte von Steben. »Danke für Ihre Kooperation, Herr Seibold.«

»Was ist denn in den gefahren?«, fragte Trines Vater, als Hubertus von Steben das Haus verlassen hatte. »Was spielt der sich so auf? Und was um Gottes willen habt ihr da bloß im Teich gefunden?«

»Ach, das war wirklich nichts.«

»Trine.« Ingo Seibold versuchte, streng zu gucken.

»Musstest du ihm unbedingt sagen, dass ich es suchen gehe?«, begehrte sie auf, doch sie schämte sich sofort dafür, als sie seinen betrübten Gesichtsausdruck sah.

»Diebstahl bleibt Diebstahl. Und wir sind auf die Leute hier angewiesen. Ich wollte, es wäre anders …«, murmelte er und strich ihr über das zerzauste Haar.

»Ich finde das Ding bestimmt nachher wieder«, murmelte sie. »Und dann bring ich es zurück. Du kannst dich auf mich verlassen.«

»Zeig es mir vorher ruhig einmal.«

»Geht klar, Paps.«

4. Kapitel

»Wer war das eben, Hubi?«, erkundigte sich Monika von Steben bei ihrem Sohn. Seine Mutter war eine Minute zu früh die Treppe heruntergekommen. Hubertus hatte gerade erst die Tür hinter dem Nachbarn, der stundenweise für ihn arbeitete, geschlossen. Sie hatte wohl noch etwas von dem Gespräch mitbekommen. Nur, wie viel?

Insgeheim ärgerte Hubertus sich, dass Jork Althoff an diesem Tag an der Vordertür geklopft und einfach so die Halle betreten hatte. Noch ärgerlicher war allerdings, dass die kleine Katharina Seibold seinem Angestellten das Fundstück gegeben hatte, anstatt es ihm persönlich zu überreichen. Es schien sich um ein antikes Stück zu handeln. Das war interessant, konnte aber auch Unannehmlichkeiten bedeuten. Wie er damit weiter verfuhr, das wollte er allein entscheiden. Rasch ließ er es in seiner Jackentasche verschwinden.

»Niemand. Also … Es war nur Jork, der etwas wegen der Drainage mit mir besprechen wollte.«

»Jork Althoff? Wie geht es ihm?«, erkundigte sich seine Mutter, während sie nach ihrer Lederjacke an der Garderobe griff.

»Gut anscheinend.« Er half ihr hinein. »Wieso fragst du?«

Sie nahm ihre schwarze Baskenmütze vom Haken und setzte sie auf. Innerlich rollte Hubertus mit den Augen. Seine Mutter war mit ihren einundsechzig Jahren eine fitte und auch noch recht jung wirkende Frau. Doch von jeher machte sie so gar nichts aus sich. Sie kleidete sich meistens wie die Studentin, die sie in den Achtzigern gewesen war.

Monika von Steben warf einen Blick in den halb blinden antiken Spiegel und zog die Mütze zurecht, bis sie keck seitlich auf ihren kurzen braunen Haaren saß. »Warum sollte ich nicht fragen? Er ist unser Nachbar, und du verbringst viel Zeit mit ihm. Ich hatte ihn jetzt ein paar Tage nicht gesehen.«

»Ich verbringe Zeit mit ihm, weil er für uns arbeitet. Also wirklich, Mutter! Ich würde meine Zeit lieber mit anderen Leuten verbringen.«

»Tatsächlich?« Sie lächelte spöttisch. »Mit wem denn?«

»Na, mit … euch natürlich.« Das Wort »unseresgleichen« schluckte er herunter, damit sie sich nicht zu einer Diskussion über Gleichberechtigung und soziale Verantwortung mit ihm herausgefordert fühlte. Wenn seine Familie sich ein wenig mehr für die Landwirtschaft und das Gut interessieren würde, müsste er all dem hier nicht sein gesamtes Leben opfern.

Zu seinem Leidwesen waren sich weder sein Vater noch seine Mutter der besonderen Verantwortung bewusst, die Gut Hövelau und die Familiengeschichte für sie alle bedeutete. Wenn er seine nächsten Angehörigen so beobachtete, dachte Hubertus oftmals, dass sich sicher eine erkleckliche Anzahl ihrer Ahnen ihretwegen in ihren Gräbern auf dem Familienfriedhof umdrehten.

»Was hat Jork dir denn da eben gegeben, Hubi?«

»Nichts Besonderes, Mutter. Etwas, was zwei Kinder gestern bei uns im Teich gefunden haben.«

»Welche Kinder? Haben sie auch Namen?«

»Katharina Seibold und Vito Zell. Du kennst sie nicht«, antwortete er.

»Doch, natürlich. Die Zells sind doch Rechtsanwalt und Schulsekretärin, und dem armen Ingo Seibold ist vor zwei Jahren die Frau an Krebs verstorben. Er muss sich seitdem allein um seine zwei Töchter kümmern. Ich wollte mich längst mal wieder bei ihm erkundigt haben, wie er inzwischen zurechtkommt.«

»Eine gute Idee, Mutter«, sagte er in dem Versuch, sie von dem Gegenstand in seiner Jackentasche abzulenken. »Das Haus der Seibolds wirkte etwas verwahrlost auf mich. Die Kleine – Katharina heißt sie wohl – war heute Vormittag um halb zehn noch im Schlafanzug.«

»Ach, es ist ja Wochenende. Aber woher weißt du das denn? Warst du dort?«

»Ja. Doch ich muss jetzt dringend los. Die Saisonarbeiter warten auf dem Feld auf mich.«

»Moment noch, Schatz!« Sie fasste ihn am Arm. »Ich bin gern informiert, was vor sich geht. Du kümmerst dich um den Betrieb und die Geschäfte, ich mich um die Menschen. Was für ein Gegenstand aus dem Teich ist so wichtig, dass Jork extra herkommt, um ihn dir persönlich zu übergeben?«

Hubertus zog die Fibel aus der Tasche und legte sie ihr etwas unsanft in die geöffnete Hand. Seine Mutter gab nie nach. Da konnte er auch gleich tun, was sie von ihm verlangte, und danach seiner Wege gehen.

Sie drehte die unregelmäßig geformte Scheibe in dem Licht, das durch das Bleiglasfenster neben der Eingangstür in die ansonsten düstere Halle fiel. »Ein interessantes Stück. Ist sie aus Bronze mit goldenen Verzierungen? Sie sieht alt aus. Was denkst du, worum es sich handelt?«

»Es könnte eine antike Gewandfibel sein, Mutter. Frühes Mittelalter vielleicht?«, teilte er ihr widerstrebend mit.

»Oh, Hubi, das ist aber aufregend!«

»Aufregend? Es kommt vor allen Dingen ungelegen«, erwiderte er. »Das Ding wurde auf unserem Grund und Boden gefunden.«

»Ich dachte, du und dein Vater, ihr interessiert euch für die Vergangenheit von Gut Hövelau.«

»Wenn ich den Fund der Denkmalschutzbehörde melde, kommen die vielleicht auf die Idee, hier irgendwelche Ausgrabungen durchzuführen. Das könnte den landwirtschaftlichen Betrieb empfindlich stören. Und außerdem wäre es unangenehm, so viele Fremde hier zu haben.«

»Aber ist man nicht dazu verpflichtet, etwaige Funde der Denkmalschutzbehörde zu melden?«, fragte Monika.

»Das ist nicht so einfach«, stieß Hubertus hervor. »Denk mal an das, was vor zwei Jahren passiert ist.«

Seine Mutter brauchte eine Sekunde, bis sie begriff. Dann sah sie ihn erschrocken an. »Du glaubst, es könnte etwas mit der vermissten Archäologiestudentin zu tun haben, der wir die Kate vermietet hatten?«

»Es wäre möglich«, räumte Hubertus ein.

»Oje, ich verstehe!«

»Was wäre möglich?« Hubertus' Vater, Justus von Steben, musste den letzten Satz mit angehört haben, als er aus der Tür des Esszimmers getreten war. »Und was ist das hier? Eine spontane Familienratssitzung?«

»Hubertus hat mir gerade dieses antike Schmuckstück gezeigt, Justus.« Monika von Steben reichte ihrem Mann die Fibel. »Katharina, die Tochter von Ingo Seibold, hat es angeblich in unserem Teich gefunden.«

»In unserem Teich? Du meine Güte!«

»Mutter meint, wir sollten es der Denkmalbehörde melden.« Hubertus legte eine gehörige Portion Skepsis in seine Stimme. Das letzte Wort darüber würde wohl oder übel sein Vater haben.

»Meinst du wirklich, Monika?« Justus von Steben betrachtete die Fibel stirnrunzelnd.

»Wir dürfen nichts überstürzen«, sagte Hubertus. »Das

Ding lag vielleicht seit Jahrhunderten im Morast des Teichs, da kommt es auf die eine Woche mehr oder weniger auch nicht mehr an.«

»Das ist ein Argument. Und die Behörden legen einem bekanntlich nichts als Steine in den Weg. Wir reden am Sonntag noch mal in Ruhe darüber«, entschied Justus.

Hubertus runzelte die Stirn. Er trug als designierter Erbe für alles die Verantwortung, während seine Eltern in dieser Hinsicht ein eher sorgenfreies Leben führten.

»So machen wir es«, bestätigte seine Mutter und gab Ehemann und Sohn jeweils einen Kuss auf die Wange. »Bis später, ihr zwei.«

Die Tür fiel hinter ihr ins Schloss. Die beiden Männer sahen sich an. Der Jüngere war sportlich, aber tadellos gekleidet, in dunkler Jeans, hellblauem Hemd und olivgrüner Steppjacke. Der Ältere trug eine zerbeulte Cordhose, einen alten Norwegerpullover und ein flattriges Halstuch, das er sich um den kurzen, beinahe nicht vorhandenen Hals gewunden hatte.

Hubertus hielt seinem Vater die flache Hand mit dem Siegelring der Stebens am Ringfinger hin. »Gibst du sie mir zurück?«

Justus von Steben wog die Fibel in seiner Hand. »Soll ich sie nicht lieber wegschließen?«

»Ich kümmere mich darum, Vater.«

»Wir sollten vorerst wirklich niemandem davon erzählen.« Justus von Steben klang nun nachdenklich, beinahe besorgt.

»Jork Althoff weiß leider schon darüber Bescheid. Ebenso die Seibolds und auch die Zells. Spätestens heute Abend redet das ganze Dorf darüber.«

»Wir werden ja sehen.« Justus von Steben zögerte. »Deine Mutter und ich wollen später im *Schützenhof* eine

Kleinigkeit essen gehen. Wir berichten dir morgen, was die Leute so reden.«

»Ihr wollt in die Dorfkneipe gehen, um Schnitzel und Bratkartoffeln zu essen?«

»Eine Idee deiner Mutter …«

»Das ist mal wieder typisch.« Hubertus verzog das Gesicht.

»Vorsichtig, mein Junge«, mahnte Justus. »Und warum auch nicht? So wissen wir wenigstens, was genau geredet wird. Du wirst mir vielleicht noch dankbar sein.«

5. Kapitel

Monika und Justus von Steben betraten den *Schützenhof* in Hövelau um kurz nach acht Uhr. Dass sie damit wohl etwas zu spät dran waren, merkten sie erst, als sie sahen, dass alle Tische bereits besetzt waren. Der Geräuschpegel in dem saalartigen Speiseraum war infernalisch, und die Luft roch nach Bier und Bratkartoffeln.

»Hast du das geahnt?«, raunte Monika ihrem Mann zu, der wie vom Donner gerührt stehen geblieben war. »Mit so vielen Leuten habe ich nicht gerechnet.«

»Es ist Samstagabend.« Justus sah sich um. »Was machen wir nun?«

Monika wurde einer Antwort enthoben. Ilona Kästner, die ein voll beladenes Tablett trug, sprach sie im Vorbeigehen an: »Hallo, ihr beiden! Wollt ihr etwas trinken oder auch essen?«

»Sowohl als auch, meine Liebe. Ich freue mich schon den ganzen Tag auf eure Bratkartoffeln«, antwortete Monika.

Die Wirtin krauste die Stirn. »Es ist alles voll. Ihr hättet früher kommen oder einen Tisch reservieren sollen.«

»Wir können ja erst mal was trinken und dabei auf einen freien Tisch warten«, schlug Justus vor. Monika vermutete, dass ihrem Mann der Magen knurrte. Sie hatten am Mittag nur einen Rest Suppe vom Vortag gegessen, und ihre Teestunde war auch ausgefallen.

Ilona Kästner zuckte mit den runden Schultern. »Wie ihr meint. Aber es kann dauern.«

Monika und Justus wollten sich gerade zwischen einige

athletische Mittsechziger in Fahrradmontur an den Tresen zwängen, als ihnen Andreas Weitz, einer ihrer Nachbarn, von einem der Tische am Fenster her ein Handzeichen gab. Monika ging zu ihm und seiner Frau hinüber. Andreas und Carina Weitz hatten je einen kleinen Salatteller und ein Glas Wein vor sich stehen.

»Wollt ihr euch zu uns setzen?« Carina Weitz tupfte sich den makellos geschminkten Mund mit der Serviette ab. »Wenn wir ein bisschen zusammenrücken, passen auch vier Leute an den Tisch.«

»Und es kann dauern, bis wieder etwas frei wird«, ergänzte ihr Mann gut gelaunt. »Hier ist eben ein ganzer Fahrradclub eingefallen.«

»Oh, wie nett von euch! Da sagen wir nicht Nein!« Sie winkte Justus, der ihr zögerlich folgte und das Paar am Tisch begrüßte.

Monika nahm an Andreas Weitz' Seite Platz. Justus setzte sich neben dessen Frau. Er wirkte weniger begeistert. Monika wusste, dass er während seiner Mahlzeiten nicht gerne mit »fremden« Leuten redete. Davon bekam er angeblich Verdauungsprobleme. Doch er sollte sich gefälligst nicht so anstellen. Der seit Ewigkeiten in Hövelau ansässige praktische Arzt und seine Frau waren wohl kaum als »Fremde« zu bezeichnen. Man kannte sich seit Langem, man respektierte sich. Doch früher war es zwangloser gewesen. Aber Monika wollte sich ihr Verhältnis zu den langjährigen Nachbarn nicht von dem Verhalten ihrer Kinder trüben lassen.

»Wie geht es Hubertus?«, fragte Carina, die möglicherweise das Gleiche dachte. »Ich hoffe, eurem Sohn geht es gut.« Ihre Tochter Penelope war mit Hubertus verlobt gewesen, hatte die Verlobung dann aber wieder gelöst. Zu Penelopes Gunsten musste Monika zugeben, dass Hubertus zwar gekränkt und auch etwas geknickt gewesen war, doch nicht in dem Maße, wie sie es in dieser Situation erwartet hätte.

Justus war es inzwischen gelungen, ihnen etwas zu trinken zu bestellen.

»Hubertus hat ein seltsames …«, sagte Monika.

»Ein seltsames Projekt im Sinn!«, fiel ihr Justus ins Wort.

Monika sah ihren Mann perplex an. Dann verstand sie. Diese dumme Geheimniskrämerei! Sollte er allein sehen, wie er da halbwegs sinnvoll wieder herauskam.

»Was meinst du damit?«, erkundigte sich Andreas auch sogleich. »Was für ein Projekt?«

Justus wand sich ein bisschen. »Er will auf dem Gut wohl noch eine weitere Ferienwohnung ausbauen«, sagte er.

»Lohnt sich das denn mit den Ferienwohnungen?«, fragte Carina.

Monika kam ihrem Mann nun doch zu Hilfe. »Ach, lasst uns heute Abend nicht vom Betrieb oder von Geschäften reden. Wie geht es eurer Tochter?«

»Großartig. Sie hat ihr Zweites Staatsexamen bestanden und ist nun im Praktischen Jahr. Ihr zweites Tertial leistet Penelope an der Universitätsklinik in Heidelberg ab, und es gefällt ihr sehr gut!«

»Wollte sie nicht Handchirurgin werden?«, fragte Monika, die sich daran erinnerte, dass Hubertus das mal erwähnt hatte.

»Ja, das ist immer noch ihr Ziel«, berichtete Carina.

»Wow! Eure Tochter war schon immer ein erstaunliches Mädchen«, stellte Justus neidlos fest. Er bestellte bei Ilona Kästner, die erneut an ihren Tisch getreten war, ihrer beider Abendessen: Schnitzel mit Bratkartoffeln und einen kleinen gemischten Salat.

Carina Weitz musterte ihn währenddessen, als suchte sie bei dem Kompliment für ihre Tochter einen versteckten

Haken. Doch Monika kannte ihren Mann besser. Er war offen und direkt und meinte es genau so, wie er es sagte. Dass Penelope damals nach einjähriger Verlobungszeit entschieden hatte, doch nicht die zukünftige Gutsherrin und Frau von Steben zu werden, nahm er ihr nicht übel.

Für Justus als einzigem Sohn seiner adligen Eltern war das Erbe stets mehr eine Last als eine Freude gewesen. Er hatte das Gut nach ein paar halbherzigen Versuchen, es zu führen, einem Verwalter überlassen, der es mehr oder weniger heruntergewirtschaftet hatte. Nun war er heilfroh, den Staffelstab so früh an seinen Sohn Hubertus übergeben zu können. Dafür widmete er sich umso intensiver seinen Forschungen.

»Ich habe eben zufällig etwas von Ferienwohnungen gehört«, sagte die Wirtin und steckte ihren Block weg. »Noch mehr Touristen?«

»Für euch wäre das doch nur von Vorteil«, meinte Andreas Weitz. »Das sind alles neue Gäste.«

»Wir mögen lieber Stammkundschaft«, gab Ilona Kästner zurück. »Auf die ist wenigstens Verlass!«

»Danke, Ilona. Was denkst du, wie lange es mit unserem Essen heute dauert?«, fragte Monika freundlich, aber bestimmt. Es fehlte noch, dass die Wirtin wieder mit der alten Leier anfing.

»Der Koch hat viel zu tun.« Ilona Kästner kniff die Augen zusammen. »In einem Dorf steht man füreinander ein und hilft sich gegenseitig.« Als keiner am Tisch auf ihre spitze Bemerkung reagierte, machte sie auf dem Absatz kehrt und ging.

Monika seufzte leise, und Justus legte ihr mitfühlend die Hand auf den Arm. Nachdem die Studentin Mira Schneider, der sie die renovierte alte Kate vermietet hatten, unter merkwürdigen Umständen aus dem Ort verschwunden war, war Ilona Kästner davon ausgegangen, dass sie sie nun ganz selbstverständlich an Ilonas Nichte vermieten würden. Die Frau hatte zu der Zeit im *Schützenhof* gearbeitet und sich über ihren langen Arbeitsweg aus Kiel beklagt. Eine Wohnung in Hövelau wäre ideal für sie gewesen.

Doch nach Mira Schneiders Verschwinden hatte Justus die Kate zu einer Ferienwohnung umgebaut, weil er meinte, feste Mieter machten nichts als Probleme.

Die Wirtsleute hatten auf diese Entscheidung so empört reagiert, als hätten sie beziehungsweise ihre Verwandte ein Anrecht auf einen Mietvertrag gehabt. Zu allem Unglück war dieser Streit dann in Hövelau in aller Munde gewesen, und nahezu jeder hatte seine Meinung dazu kundgetan. Endlich war Ruhe um die alte Kate und die unglückseligen Geschehnisse von vor eineinhalb Jahren eingekehrt, und nun fing Ilona Kästner wieder davon an!

Sie plauderten noch über dies und das, und es gelang ihnen, die problematischen Themen weitestgehend zu umschiffen. Ihr Essen wurde serviert, und der Abend versprach doch noch recht angenehm zu werden.

»Da ist ja Jork Althoff«, rief Andreas Weitz, als er sich im Restaurant umschaute. Er hob leicht die Augenbrauen. »Ich glaube, er sucht wen.«

»Wen soll der alte Eigenbrötler schon suchen? Wenn, dann höchstens meinen Sohn Hubertus«, antwortete Justus gleichgültig.

»Glaube ich nicht. Die zwei haben doch vorhin noch …« Monika brach ab. Das Thema, über das sie noch nicht sprechen sollten und wollten, wurde allmählich zu einem großen rosa Elefanten im Raum.

Jork Althoff setzte sich an die Bar. In dem Moment erhob sich Ingo Seibold von seinem Platz und ging mit entschlossener Miene auf Althoff zu.

Monika war besorgt. In dieser Hinsicht hätte doch eine

gute Gutsbesitzerfrau aus ihr werden können. Auch wenn sie dafür die falsche Partei wählte, überhaupt nicht so aussah und sich meistens auch nicht so benahm. Doch zumindest hatte sie versucht, Ingo Seibold ein wenig beizustehen, als seine Frau verstorben war und er plötzlich allein mit seinen zwei Töchtern dagestanden hatte.

Sie ahnte, wie schwer er sich mit der Erziehung tat, und inzwischen war er angeblich auch noch arbeitslos. Monika fürchtete, er könnte sich in Schwierigkeiten bringen, dem wütenden Blick nach zu urteilen, den er Althoff zuwarf. Seibold ließ sich nicht oft in der Öffentlichkeit blicken, und außerdem schien er zu viel getrunken zu haben.

Monika erhob sich und stellte sich in Jork Althoffs Nähe an die Bar, als wollte sie noch etwas bestellen.

Tatsächlich rempelte Seibold Althoff beinahe an, fing sich aber rechtzeitig an der Rückenlehne von dessen Barstuhl ab, was den anderen dazu brachte, sich zu ihm hinzudrehen.

»Was soll das, meine Tochter abzufangen?«, fragte Seibold aufgebracht.

»Ich weiß nicht, wovon du sprichst, Ingo.«

»Meine Tochter Trine … wollte vorhin zu Hu… Hubertus von Steben, und du hast sie nicht durchgelassen!«

»Hat deine Tochter dir das so erzählt, ja?«, fragte Jork Althoff.

»Du willst doch wohl nicht behaupten, dass Trine lügt?«, sagte Ingo ärgerlich.

»Deine Kleine hat eine lebhafte Fantasie.«

Monika richtete sich auf. Musste sie eingreifen? Doch keiner der Männer würde gut auf ihre Intervention reagieren. Sie blickte zu Justus, der sich angeregt mit den Weitz unterhielt und nichts von der sich anbahnenden Eskalation mitbekam. Nur Ilona Kästner hatte die beiden Männer ebenfalls ins Visier genommen.

»Es steht dir nicht zu, dir ein Urteil über eine meiner Töchter zu erlauben«, fuhr Seibold auf. »Halt dich von ihnen fern!«

»Es gibt nichts, was ich lieber täte. Aber wenn deine Tochter auf Privatgelände herumstreunt und noch dazu andere Kinder dazu ermuntert mitzumachen, geht es mich sehr wohl etwas an.«

»Genau: Es sind *Kinder*!«, erwiderte Ingo wütend. »Und Kinder wollen spielen. Da ist nichts dabei.«

»Aber wir Erwachsenen haben die Aufgabe, dafür zu sorgen, dass ihnen nichts Schlimmes dabei passiert!«

Monika bekam eine Gänsehaut bei Althoffs Worten.

Ingo atmete hörbar tief durch. »Trine sollte Hubertus vorhin etwas geben. Das hatten wir heute Vormittag so mit ihm besprochen. Aber du hast es ihr abgenommen!«

Dieses verdammte antike Ding, dachte Monika. Es stiftete nichts als Unruhe. Sie wollte, es wäre für alle Zeiten in den Tiefen des Teichs geblieben. Doch nun war es da und beanspruchte ihrer aller Aufmerksamkeit. Sie mussten damit fertigwerden.

»Ich habe es Hubertus schon übergeben. Kein Grund, sich aufzuregen. Aber du solltest deine Klappe darüber halten, verstanden?« Jork Althoff starrte Ingo Seibold an.

Sie hatten »das Ding« nun in ihrem Besitz, das stimmte. Und damit war es das Problem der von Stebens. Doch Katharinas Vater war anscheinend noch immer aufgebracht.

Monika ging auf ihn zu und sagte so leise, dass niemand anders sie hören konnte: »Es ist wirklich in Ordnung, Ingo. Hubertus hat das Teil von ihm bekommen.«

Seibold schien kurzfristig aus dem Konzept gebracht zu sein. Er starrte Monika stirnrunzelnd an. Dann nickte er. Er sah richtiggehend krank aus. Seine Augen waren gerötet, und seine Haut war fleckig. Sein Haar musste dringend mal wieder gewaschen werden. Sie sollte sich bei Gelegenheit bei

Katharina und Friederike blicken lassen und schauen, ob bei den Mädchen alles in Ordnung war.

»Ich weiß, es sind schwierige Zeiten. Wenn du reden willst …«, schlug sie vorsichtig vor.

»Nein, ich komme klar«, antwortete er kühl. »Und ich habe auch noch etwas mit Frau Zell da vorne zu klären.« Er stand so ruckartig auf, dass sie seinen Stuhl festhalten musste, damit er nicht polternd umfiel, und ging davon.

»Was möchtest du haben?«, fragte Ilona Kästner Monika harsch. Ihrem Gesicht war deutlich anzusehen, wie viel sie von Monikas Einmischung hielt.

»Äh, wir hätten gern noch eine Flasche von dem Weißwein für unseren Tisch«, antwortete sie.

Die Wirtin nickte. »Und ich kümmere mich um Ingo. Ich kenne das schon. Du regst ihn nur auf.«

Monika schluckte eine empörte Entgegnung herunter. Vielleicht hatte Ilona recht, und die Wirtin konnte besser mit der Situation umgehen als sie. Immerhin führte Ilona Kästner den *Schützenhof* seit dreißig Jahren. Monika ging langsam zu ihrem Tisch zurück, wobei sie in einem Bogen auch bei den Zells und Ingo Seibold vorbeikam, der anscheinend versuchte, mit dem Paar zu diskutieren.

»Wir mussten es von Steben erzählen. Was denkst du denn?«, sagte Markus Zell in bemüht ruhigem, doch deutlichem Tonfall.

Seine Frau schaltete sich ein, doch sie redete so leise auf Ingo ein, dass Monika sie nicht verstehen konnte.

Umso lauter klang Ingo Seibolds Antwort durch den Raum: »Das könnt ihr nicht machen! Trine und Vito kennen sich schon seit der Krabbelgruppe!«

Monika hörte, wie Markus Zell so etwas wie »gefährlicher Einfluss« und »zu weit gegangen« zu ihm sagte. Seine Frau nickte dazu mit selbstgerechter Miene.

Ingo drehte sich abrupt um und stürmte aus dem Saal. Er schien den Tränen nahe zu sein. Jork Althoff huschte ein Lächeln übers Gesicht, und er drehte sich betont langsam wieder zu seinem Bierglas um.

6. Kapitel

Pia hob die Heckler & Koch SFP9CC, visierte ihr Ziel an und betätigte den Abzug. Sie federte den Rückstoß ab und senkte die Waffe. Die Patronenhülse war mit einem Klicken auf den Betonfußboden gefallen. Die neue Dienstwaffe war besonders kompakt, aber sie lag ihr noch nicht so gut in der Hand.

Doch ihre letzten Schüsse waren deutlich zielsicherer gewesen. Näheres würde sie sehen, wenn sie die Scheibe inspizierte.

Sie blickte auf die Uhr. Es war an der Zeit, aufzuhören und ins Präsidium zurückzukehren, auch wenn sie lieber weitergeübt hätte. Was sagte es über sie aus, dass sie so gerne schoss und sich jedes Mal auf das Schießtraining freute? Das Schießen sollte doch für einen Polizisten nur Mittel zum Zweck sein.

Erstaunlicherweise hatte ihr langjähriger Kollege Heinz Broders sich heute bereit erklärt, in der Mittagspause mit zum Training zu kommen. Normalerweise erfand er fantasievolle Ausflüchte, wenn es um körperliche Betätigung ging, und hatte immer Wichtigeres zu tun, als Sport zu treiben oder sich im Gebrauch seiner Schusswaffe zu üben.

Kriminalhauptkommissar Heinz Broders und sie teilten sich seit ein paar Jahren ein Büro. Sie hatten mittlerweile bei vielen Ermittlungen ein bewährtes Zweierteam gebildet. So verschieden sie in mehrfacher Hinsicht auch waren, Pia hatte sich im Laufe der Jahre an ihre gute Zusammenarbeit gewöhnt und wollte sie nicht missen.

Sie ergänzten sich gut. Wo Pia manchmal – sie arbeitete

hart an sich und diesem Thema – noch zu emotional reagierte und darauf drängte, schnell Ergebnisse zu erzielen, war Broders der besonnenere Part. Er war älter und erfahrener als sie, hatte zu ihrer Verwunderung anscheinend aber nie den Wunsch gehabt, eine leitende Funktion innerhalb der Gruppe zu übernehmen.

Stattdessen vertiefte er sich in die ihm zugewiesene Ermittlung, arbeitete systematisch und gründlich und hatte eine sehr gute Menschenkenntnis. Seine scharfe Zunge und seine schonungslosen Analysen menschlicher Schwächen waren im Team allerdings gefürchtet. Er fiel Pia jedoch niemals in den Rücken, wenn sie hin und wieder über das Ziel hinausschoss. Stattdessen redete er Klartext mit ihr, ohne es im Team gegen sie auszuspielen. Mit anderen Worten: Er war ein toller, verlässlicher Kollege, der sie förderte und in gewisser Weise auch erdete. In den gemeinsamen Jahren beim K1 war er ihr auch als Mensch sehr ans Herz gewachsen. Allerdings hatte Broders es Pias Ansicht nach im Laufe der Zeit an Engagement und Feuer mangeln lassen, was seine eigene Laufbahn anging.

Ein Feuer, das seit letzter Woche anscheinend wieder in ihm zu glimmen begonnen hatte. Sie ließ sich ihre Scheibe heranfahren und löste sie ab. Zufrieden mit dem Ergebnis ging sie einen Stand weiter, wo Broders noch ein paar Schüsse abgab.

Heinz Broders ließ die Pistole sinken und blickte sie triumphierend an. »Man verlernt es nicht. Mit noch ein wenig mehr Übung werde ich wieder richtig gut!« Er holte seine Scheibe ebenfalls heran, und sie verglichen ihre Treffer. Noch war Broders etwas weniger zielsicher als Pia, doch wenn er jetzt öfter übte, wie er es angekündigt hatte, konnte sich das Blatt schnell wenden. Nicht dass sie es auf einen Konkurrenzkampf im Schießen mit ihm anlegte … Aber Pias Zeit, in der sie sich dem Training und Sport widmen konnte, war aufgrund ihres Sohnes und auch der Wochenenden bei Marten an der Ostsee begrenzt.

»Du hast gewonnen«, sagte er. »Herzlichen Glückwunsch! Und der Gewinner gibt einen aus.«

»Das wird heute leider nicht klappen. Doch ich serviere dir im Büro einen schönen Kaffee mit Keksen«, sagte sie.

»Das ist aber nur ein sehr schwacher Ersatz.«

»Tut mir leid«, erwiderte sie. »Ich muss Felix pünktlich abholen. Er geht neuerdings zum Bogenschießen ...«

»Will er auch schon schießen, dein Lütter? Ganz die Mutter«, antwortete Broders friedfertig. »War auch nicht ganz ernst gemeint, das mit dem Ausgeben. Ich trinke keinen Alkohol mehr.«

Das klang entschlossen. Beinahe endgültig. »Darf ich fragen, warum? Es geht dir doch hoffentlich gut?«, erkundigte Pia sich leicht beunruhigt. Nicht dass Broders ihres Wissens Alkoholiker wäre, doch er hatte den »guten Dingen des Lebens«, wie er es nannte, Wein, Bier und reichhaltigem Essen, bis auf wenige Diät-Eskapaden immer sehr zugesprochen.

»Ich achte jetzt ein bisschen mehr auf mich und meine Gesundheit«, antwortete er ihr mit einem Schulterzucken. »Dreieinhalb Kilo sind schon runter. Mein Arzt meint, das wäre besser für meinen Blutdruck.«

»Alle Achtung. Mir ist auch schon aufgefallen, dass du fitter wirkst.«

»Nicht wahr?«, erwiderte er zufrieden. »Und es wird noch viel besser.«

Das ist gut, dachte Pia. Sehr gut sogar. Doch sie fragte sich auch, ob noch mehr hinter dem plötzlichen Sinneswandel stecken mochte.

Dr. Rainer Felbert öffnete den Anhang der Mail und runzelte die Stirn. Das war seltsam. Mehr noch, es war beunruhigend. Das Foto weckte bedrückende und auch schuldbehaftete Erinnerungen in ihm. Ein besonderes Artefakt, das während einer seiner Ausgrabungen gefunden worden war, vergaß er nicht so schnell.

Die Fotografie zeigte eine Fibel, wie Wikinger sie als Schmuck und zum Zusammenhalt ihrer Kleidungsstücke verwendet hatten. Und genau die, deren Foto er nun betrachtete, hatte er schon einmal in den Händen gehalten. Sie war besonders. Eine Walkürenfibel aus der Wikingerzeit. Und wenn er sich nicht täuschte, hatte mit diesem Fundstück das Unheil seinen Lauf genommen. Das Foto, das die Denkmalbehörde ihm zur Begutachtung geschickt hatte, stellte ein Artefakt dar, das mal aus seiner Obhut verschwunden war. Die Fibel stammte von der Ausgrabung an der Eider. Ihm wurde ein wenig flau. Er musste sich unbedingt sicher sein.

Dr. Felbert vergrößerte die Aufnahme, bis sie den gesamten Bildschirm ausfüllte. Dann rief er zusätzlich eine weitere Datei auf, scrollte zwischen den Fotos hin und her. Ja. Das dort gespeicherte Bild zeigte dieselbe Fibel. Er hatte dieses Fundstück sogar höchstpersönlich erfasst.

Freude oder auch nur Erleichterung darüber, dass das vermisste Artefakt wieder aufgetaucht und in die Hände der Denkmalbehörde gelangt war, stellte sich jedoch nicht ein.

Rainer Felbert stand abrupt auf. Die Teetasse auf der Untertasse klirrte, als er gegen den provisorischen Tisch stieß. Die unguten Erinnerungen waren sofort wieder da. Er riss das Fenster auf, weil er Mühe hatte, richtig Luft zu bekommen. Sein Brustkorb fühlte sich eng an.

»Herrgott noch einmal!«, stieß er wütend auf sich selbst hervor. »Stell dich nicht so an! Eine Fibel ist wieder aufgetaucht. Na und?« Das hieß noch lange nicht, dass die Suche nach Mira Schneider wieder aufgenommen werden würde. Die Polizei hat sicherlich Dringenderes zu tun. Dauernd wurden irgendwelche Personen bei der Polizei als vermisst gemeldet. Sein einziger Fehler war gewesen, dass er der falschen Mitarbeiterin vertraut hatte.

Doch was, wenn er sich wieder einmal irrte? Wenn er die Lage falsch einschätzte? Könnte er die erneute Aufmerksamkeit und die teils hämischen, teils mitleidigen Kommentare noch einmal unbeschadet überstehen? Als Lehrbeauftragter hatte er unter den Professoren eh einen schwereren Stand. Was war mit seinem Renommee als Wissenschaftler, das durch die vergangenen Ereignisse bereits in Mitleidenschaft gezogen worden war? Es hatte sich doch gerade erst wieder alles so weit beruhigt.

Dr. Felbert blickte hinaus auf die Ausgrabungsfläche. In den Pfützen spiegelte sich die Abendsonne. Sie tauchte kurz vor Sonnenuntergang knapp unterhalb der dichten Wolkenmassen auf, bevor sie endgültig hinter dem flachen Horizont versank. Der Wind peitschte über die hohen Gräser am Rande der Ausgrabungsstelle und wehte ihm den Geruch von frischem Grün und feuchter Erde in die Nase.

Ihm kam eine Idee: Was wäre, wenn er die Fibel nicht identifizierte? Er könnte sich ja irren. Würde das jemand nachprüfen, oder verließen die sich blind auf seine Expertise? Beides war möglich.

Aber wenn sich später herausstellte, dass er sich in seinem Urteil »geirrt« hatte, wäre das eine echte Katastrophe. Nein, sein Ruf als Archäologe stand auf dem Spiel. Er musste das Artefakt als das verloren gegangene Stück identifizieren. Oder aber zumindest einräumen, dass die Möglichkeit bestand, dass es von der Ausgrabung an der Eider stammte, und darum bitten, das Stück im Original begutachten zu können. Das würde ihm Zeit verschaffen.

Es klopfte an der Tür, und eine Sekunde später stand sein Student und Grabungshelfer Chris Dankert im Raum. Der Mann war an die zwei Meter groß. Felbert fühlte sich in seiner Nähe wie ein Zwerg, obwohl er selbst beinahe eins achtzig maß. Unwillkürlich streckte er sich durch, hob das Kinn und sah ihn abwartend an.

»Draußen ist alles abgesichert. Ich wollte nur Bescheid sagen, dass ich jetzt auch Feierabend mache.«

»Auch?« Felbert krauste nur die Stirn.

»Oder liegt noch etwas an?«

»Haben Sie nachgesehen, ob alle Werkzeuge gesäubert und weggeschlossen sind?« Er siezte seine Mitarbeiter im beruflichen Umfeld, was in dieser Gegend so weit im Norden Deutschlands eher ungewöhnlich war.

»Ja, alles erledigt. Und ich habe gleich noch einen Zahnarzttermin, insofern ...«

»Sie dürfen gehen, Dankert. Ich habe ansonsten für heute nichts mehr.«

»Danke«, antwortete der Student. »Äh, tschüss und bis morgen.«

Chris Dankert war auch bei der Ausgrabung an der Eider dabei gewesen. Er hatte mittlerweile ein gutes Auge für Artefakte. Hätte er ihm das Foto von dem Fundstück zeigen und ihn nach seiner Einschätzung fragen sollen?

Dr. Felbert ging noch einmal zurück an den Tisch und beugte sich zum Bildschirm. Das Bild, das sich ihm bot, bestätigte nur, was er tief in seinem Inneren fürchtete: zwei Fotos, die mit hoher Wahrscheinlichkeit dasselbe Fundstück zeigten. Die Form der Walkürenfibel, die Aussparungen an genau denselben Stellen und die winzige Absplitterung oben links, die identischen, fein gearbeiteten goldenen Ornamente. Nein, es bestand kein Zweifel.

Rainer Felbert griff zum Telefon und betrachtete es nachdenklich. Er sollte sich der Situation besser früher als später stellen und dementsprechend handeln. Ein Zögern seinerseits würde ihn schwach aussehen lassen. Er suchte die Nummer seines Ansprechpartners bei der Polizei, die er vor eineinhalb Jahren abgespeichert hatte. Rainer drückte auf das Hörersymbol und räusperte sich.

7. Kapitel

»Wir haben Besuch von einer Kollegin aus Oldenburg, Pia. Komm bitte in zehn Minuten in den Besprechungsraum«, forderte Manfred Rist, Pias Vorgesetzter, sie auf. Sie waren einander gerade im siebten Stockwerk des Polizeihochhauses in dem langen Flur vor ihren Büros begegnet.

»Worum geht es denn?«

»Ein älterer Vermisstenfall.«

»Soll ich Broders auch Bescheid sagen?«

Rist runzelte kurz die Stirn. »Das kann nicht schaden. Wo ist er überhaupt?«

»Er kommt gleich mit dem nächsten Fahrstuhl rauf …«

»Könnt ihr neuerdings nicht mehr gemeinsam in einem Fahrstuhl fahren?«, erkundigte Manfred Rist sich misstrauisch.

»Broders hatte unten beim Kriminaldauerdienst noch etwas zu besprechen.« Pia erwähnte nicht, dass es um den Vergleich von Pulsuhren und Fitness-Apps verschiedener Hersteller gegangen war.

»Na gut. Dann bis gleich.«

Die Kollegin von der Dienststelle in Oldenburg in Holstein hieß Svenja Imhoff. Sie war schätzungsweise Mitte dreißig, mittelgroß und hatte rotblondes kinnlanges Haar. Im Gesicht und auf den Unterarmen fielen die vielen rötlichen Sommersprossen sofort ins Auge, was ihr trotz der ernsten Miene ein fröhliches Aussehen gab.

Svenja Imhoff war Kriminaloberkommissarin und stellte sich Pia sogleich als Svenja vor. Pia glaubte, sie schon mal gesehen zu haben, doch bisher hatten sie noch nichts miteinander zu tun gehabt. Umso neugieriger begrüßte Pia die Kollegin und war gespannt, was sie zu ihnen führte. Rist und sogar Broders schienen Svenja Imhoff sehr wohl zu kennen, was Pia verwunderte. Was hatte sie da verpasst?

Sie ließen sich an einer kurzen Seite des Besprechungstischs nieder. Imhoff und Rist hatten sich je einen Kaffeebecher mitgebracht und die Kommissarin aus Oldenburg zog eine Klarsichtfolie mit einem Foto darin aus der Tasche und legte sie mit dem Bild nach unten auf den Tisch.

»Es geht um den Vermisstenfall ›Mira Schneider‹ von vor eineinhalb Jahren. Das war unser Fall, aber das Lübecker K1 sowie einige Kollegen aus Flensburg waren damals ebenfalls involviert. Ihr erinnert euch?«

Broders und Rist nickten.

»Wann genau war das?« Pia ahnte plötzlich, warum sie nichts über den Fall wusste.

»Im Oktober vorletzten Jahres«, bestätigte Svenja Imhoff Pias Vermutung.

»Verstehe. Da war ich dann nicht dabei.« Pia spürte Broders' Blick auf sich, doch sie erlaubte sich keinerlei Reaktion auf das Datum. Zu der Zeit, der dunkelsten ihrer bisherigen beruflichen Laufbahn, war sie von einem entlaufenen Häftling, zu dessen Verurteilung sie maßgeblich beigetragen hatte, entführt und gefangen gehalten worden. Wenn ihre Leute während dieser Zeit mit dem Vermisstenfall ›Schneider‹ zu tun gehabt hatten, hatte sie davon nichts mitbekommen.

»Ich setze dich schnell ins Bild. Die vermisste Frau heißt, wie gesagt, Mira Schneider, damals wohnhaft in Hövelau. Das liegt ungefähr zwischen Oldenburg in Holstein und

Grömitz, was ja bekanntlich euer Zuständigkeitsbereich ist. Gearbeitet hat sie allerdings in der Nähe von Schleswig, und dort wurde sie auch zuerst als vermisst gemeldet«, erläuterte Svenja Imhoff. »Da für die Sachbearbeitung und die Erhebung von Identifizierungsmaterial ja die Dienststelle zuständig ist, wo die vermisste Person ihren Wohnsitz oder ihren letzten Aufenthaltsort hatte, war auch noch die Polizeiinspektion in Oldenburg in Holstein, also meine Kollegen und ich, involviert, aber die Bezirkskriminalinspektion Lübeck hat die Fahndung geleitet. Es gab ein paar besondere Umstände, sodass wir in der Sache mehr oder weniger intensiv zusammengearbeitet haben.«

»Was für besondere Umstände?«, erkundigte sich Pia.

»Die vermisste Frau hat zu der Zeit, als sie verschwunden ist, an der Uni in Kiel Archäologie studiert und war als Ausgrabungshelferin auf einer Ausgrabung an der Eider. Das war unter der Leitung von Dr. Rainer Felbert. Die Vermisste ist oder war verheiratet mit Tibor Schneider, lebte aber von ihrem Ehemann getrennt. Sie hatte seit einigen Monaten ein kleines Haus in der Nähe von Hövelau bezogen. Aufgrund der Trennung war ihr Ehemann der Erste, der unter Verdacht stand, etwas mit ihrem plötzlichen Verschwinden zu tun zu haben. Mira Schneiders Papiere, ein Koffer mit Kleidung und Kulturzeug und auch ihr Auto, ein neun Jahre alter Audi Avant, waren allerdings ebenfalls verschwunden. Das sprach dafür, dass sie Hövelau freiwillig verlassen hatte.«

»Und was sprach dagegen?«, hakte Pia nach.

»Ihre Freunde und Familie hielten es für unwahrscheinlich. Warum sollte sie plötzlich alles hinter sich lassen und gehen, ohne ihren Angehörigen oder ihrem Chef etwas davon zu sagen? Sie war noch mitten im Studium … Mira Schneider soll allerdings eine außergewöhnlich willensstarke Person gewesen sein. Mit der Trennung von ihrem Mann hatte sie ihr Umfeld angeblich auch mehr oder weniger überrascht. Aber da war noch mehr …«

Svenja Imhoff drehte die Klarsichthülle mit dem Foto darin um und schob sie auf der Tischplatte so hin, dass alle es anschauen konnten. »Ihr erinnert euch bestimmt, dass es auch um ein antikes Fundstück gegangen ist, oder?«, fragte sie Rist und Broders.

»Das war ja sogar in der Presse«, sagte Rist.

»Alles, was auch nur entfernt mit Wikingern zu tun hat, erregt Interesse bei den Leuten«, ergänzte Broders. »Mira Schneider hatte mutmaßlich ein besonderes Artefakt bei sich, als sie verschwunden ist. Es ist nie wieder aufgetaucht.«

»Was ist das für ein Artefakt?«, erkundigte sich Pia. Sie betrachtete die Aufnahme. Es handelte sich um ein unregelmäßig geformtes Objekt mit vier kleinen Löchern darin. Es bestand aus einem bräunlichen Material, das mit goldfarbenen Ornamenten verziert war.

»Eine sogenannte Walkürenfibel. Eine verzierte Gewandspange aus Bronze mit Vergoldungen«, erklärte Svenja Imhoff. »Sie stellt zwei Figuren aus der nordischen Mythologie dar. Das Artefakt ist während der Ausgrabung gefunden worden, an der Frau Schneider bis zu ihrem Verschwinden beteiligt war. Die Leitung hatte wie gesagt ein Dr. Felbert. Er hatte Mira Schneider die Fibel am Vorabend ihres Verschwindens anvertraut, weil sie am nächsten Tag an ihre Uni nach Kiel wollte. Sie hatte sich bereit erklärt, die Fibel dort einem Kollegen von Dr. Felbert zu übergeben. Angeblich wollte der eine zweite Meinung zu dem ungewöhnlichen Fundstück einholen.«

Svenja wiegte den Kopf und fügte hinzu: »Dass Mira Schneider das Artefakt mitgenommen hatte, war zwar ungewöhnlich, jedoch mit Dr. Felbert so abgesprochen. Wir waren uns da aber nicht sicher. Sie könnte es auch gestohlen haben. Und Felbert könnte Mira Schneider, aus welchen Gründen auch immer, gedeckt haben.«

»Ist dieses Fundstück wertvoll?«, erkundigte Pia sich.

»Nein, der materielle Wert und auch der Sammlerwert sind nicht besonders hoch. Das Stück soll recht interessant sein, aber nichts, was auf dem Schwarzmarkt einen sonderlich hohen Preis erzielen würde«, erklärte Svenja Imhoff.

»Also war es eher ein Zufall, dass Mira Schneider zum Zeitpunkt ihres Verschwindens im Besitz der Fibel war? Oder was waren eure Vermutungen?«

»Wir konnten uns keinen Reim darauf machen. Es schien keinen direkten Zusammenhang zu geben. Nichts, was uns weitergeholfen hätte.«

»Und warum bist du heute noch einmal zu uns gekommen?«, fragte Broders die Kollegin aus Oldenburg. »Gibt es neue Hinweise auf Mira Schneiders Verbleib?«

»Nur einen einzigen. Wir wurden heute Morgen von einem Kollegen von der BKI Flensburg informiert: Die Fibel ist wieder aufgetaucht. Kinder haben das gute Stück in einem Teich bei Hövelau gefunden.«

»Da war ja noch so einiges los, als ich in dem Container festgesessen habe«, stellte Pia lapidar fest. Vor ihr lag die Fallakte zu Mira Schneiders Verschwinden von vor eineinhalb Jahren. »Ich habe echt was verpasst.«

Doch sie fühlte sich nicht so locker und unbekümmert, wie sie klang. Svenja Imhoffs Besuch hatte Erinnerungen wachgerüttelt, die sie normalerweise in den Hintergrund schieben konnte. Aber Pia hatte das damalige Erlebnis immer noch nicht vollständig verarbeitet. Hin und wieder hatte sie Flashbacks und manchmal auch Albträume. Die Panikattacken schienen jedoch vorbei zu sein. Ebenso die Dissoziationen, bei denen sie das unangenehme Gefühl gehabt hatte, neben sich zu stehen und alles wie durch eine Glaswand zu erleben.

Im vergangenen Herbst hatte Pia sich dazu entschlossen, die Unterstützung einer Therapeutin in Anspruch zu nehmen. Obwohl sie es als selbstverständlich betrachtete, dass man sich auch bei psychischen Problemen von Fachleuten helfen ließ, sprach sie im Kollegenkreis nicht darüber. Sie hatte gewisse Vorbehalte gegen einen bestimmten Polizeipsychologen und wollte nicht, dass etwas über ihren psychischen Zustand in ihrer Akte vermerkt wurde. In ihrem beruflichen Umfeld wusste nur Broders über ihre Therapie Bescheid.

»Ich war ebenfalls kaum an dem Fall ›Mira Schneider‹ beteiligt, weil ich natürlich wie besessen nach dir gesucht habe«, sagte Broders beinahe beleidigt. »Glaubst du, dass ich zu der Zeit sonst noch nach links oder rechts geschaut habe?«

»Nein. Und das ist ja wohl auch der Grund, weshalb wir beide uns hierum am besten kümmern können. Wir gehen unvoreingenommen an den alten Fall heran. Beste Voraussetzung, an einem Cold Case zu arbeiten.«

»Ich vermute eher, dass Rist sich nichts aus altem Wikingerzeug macht«, sagte Broders. »Wenn es sich um ein diamantenbesetztes Teil der Kronjuwelen handeln würde, das aus einem Teich wiederaufgetaucht ist, ja, dann …« Er betrachtete abermals das Foto des Artefakts. »Das hier sieht eher aus wie ein breit getretener Hundehaufen von einem Köter, der Goldlametta verschluckt hat.«

Pia musste lächeln. »Wir werden in den nächsten Tagen bestimmt einiges über Wikinger und Artefakte erfahren, und dann wirst du diese Fibel lieben lernen«, spottete sie. Es ging ihr schon wieder besser. Der Druck auf ihrer Brust löste sich. Es gab etwas zu tun. Das half. Pia deutete auf die Akte: »Willst du dir das, was wir bisher haben, auf Papier durchlesen oder lieber am Computer?«, fragte sie Broders.

»Gib mir die Papierakte. Ich bin eher so oldschool.«

»Aber du doch nicht, Broders!« Sie grinste und reichte ihm die Akte über den Schreibtisch. Dann stand sie auf.

»Du lässt mich damit jetzt aber nicht allein?«

»Ich hole uns passend zur Lektüre den versprochenen Kaffee«, sagte Pia.

Nachdem sie die Akte »Mira Schneider« durchgegangen war, stand Pia auf und ging zum Fenster. »Was hältst du von der Sache?«, wollte sie von Broders wissen.

»Viel ist es nicht, was da zusammengetragen wurde. Wenn du mich fragst, ist die Frau nicht freiwillig verschwunden«, antwortete Broders. »Aber das ist nur ein Gefühl. Ich fürchte, das wieder aufgetauchte Artefakt reicht nicht aus, um erneut nach ihr zu suchen.«

»Wie, denkst du, ist die Fibel in dem Teich gelandet?«

»Mira Schneider könnte sie selbst hineingeworfen haben. Zum Beispiel, als sie ein für alle Mal Hövelau und ihr bisheriges Leben hinter sich gelassen hat. Es könnte bedeuten, dass sie sich damit auch auf symbolische Art von ihren beruflichen Plänen und ihrem Job bei der Ausgrabung losgesagt hat.«

»Soweit die Kollegen es feststellen konnten, hat sie sehr spät abends oder früh morgens ihr Haus verlassen. Sie hat allem Anschein nach ihre gesamte Kleidung und auch persönliche Gegenstände und Papiere mitgenommen, alles in ihr Auto geladen und ist weggefahren, ohne jemandem Bescheid zu sagen. Ihr Konto war so gut wie leer, und es gab seit ihrem Verschwinden keine Transaktionen mehr. Ihr Handy wurde kurz darauf ausgeschaltet. Das letzte Mal, dass es sich mit Funkmasten verbunden hatte, war am frühen Morgen in der Nähe von Hövelau. Aber bevor sie das Dorf endgültig verlässt, hält sie noch einmal an dem Teich an, steigt aus und wirft die Fibel hinein?« Pia klang skeptisch. »Ein bisschen melodramatisch, oder?«

»Es sind bestimmt schon seltsamere Dinge vorgekommen. Vielleicht war es ihre persönliche Rache an ihrem Chef, das Fundstück zu beseitigen, das er ihr anvertraut hatte? Wer weiß, was zwischen den beiden vorgefallen war?«

»Sie kann das Artefakt natürlich auch schon bei ihrer Ankunft am Abend vorher ins Wasser geworfen haben. Wäre das nachvollziehbarer? Wann genau die Fibel in dem Teich gelandet ist, wissen wir nicht.«

»Die Menschen tun verrückte Dinge, wenn sie emotional aufgewühlt sind«, gab Broders zu bedenken.

Pia drehte sich vom Fenster weg. »Und warum war Mira Schneider emotional aufgewühlt? Dafür müsste es doch einen Grund gegeben haben.«

»Weil sie vorhatte wegzugehen, ohne es jemandem zu sagen, und nie zurückzukehren.«

»Das wäre doch eher die Folge von etwas. Warum hat sich damals niemand näher mit ihren Lebensumständen beschäftigt?«

»Die Aktenlage ist in dieser Hinsicht in der Tat dürftig«, sagte Broders.

Pia schüttelte den Kopf. »Wir können nicht entscheiden, ob es sich lohnt, die Suche erneut aufzunehmen, bevor wir nicht mehr über Mira Schneider wissen.«

»Was schlägst du vor?«

»Mit ihrer Familie zu reden, ihrem Ehemann und ihren Freunden. Und auch mit ihrem Chef von der Ausgrabungsstelle!«

»Dir ist aber schon klar, dass du damit vielleicht gerade verheilende Wunden wieder aufreißen wirst, Pia?«

»Aber was ist besser? Lebenslange Unklarheit über das Schicksal eines geliebten Menschen zu ertragen oder Fragen beantworten zu müssen und danach vielleicht Klarheit darüber zu erlangen, was passiert ist?«

»Sie zu finden würde natürlich Gewissheit bringen«, gab Broders zu. Sie wussten beide, dass die Wahrscheinlichkeit, eine Tote zu finden, höher war als ein Happy End.

»Die Sache hat nur einen Haken«, sagte Pia. »Bevor wir von Rist tatsächlich ein Go für eine groß angelegte Fahndung nach Mira Schneider bekommen, benötigen wir einen Beweis, dass sie nicht freiwillig verschwunden ist. Einen Hinweis auf ein Verbrechen! Die Fibel, die Svenja Imhoff uns geliefert hat, ist ein netter Fingerzeig, aber sie reicht leider nicht aus.«

8. Kapitel

Mira Schneiders Mutter, Nicole Paschke, wohnte in Lübeck. Das machte Pia die Entscheidung leicht, wen sie als Erstes befragen wollte. Manfred Rist hatte Broders und ihr achtundvierzig Stunden Zeit gegeben, einen Beweis dafür vorzulegen, dass Mira Schneiders Verschwinden mit einem Verbrechen in Verbindung stand. Falls sie nichts fanden, bliebe der Fall »Mira Schneider« vorerst einer der vielen ungeklärten Vermisstenfälle Deutschlands.

Da es zunächst nur darum ging, allgemein Informationen und Eindrücke zu den Ereignissen zu sammeln, hatten Broders und Pia entschieden, die ersten Befragungen getrennt voneinander vorzunehmen.

Während der Fahrt in den Stadtteil Marli hatte sich der Himmel zugezogen. Als sie in der Nähe von Nicole Paschkes Hauseingang parkte, wurde aus dem leichten Regen ein heftiger, wolkenbruchartiger Schauer. Auf dem Fußweg liefen kreischend Kinder und versuchten, sich in Sicherheit zu bringen, bevor sie gänzlich durchnässt waren.

An einen Schirm hatte Pia nicht gedacht, und er wäre bei dem Wind wahrscheinlich sowieso nutzlos gewesen. Sie schätzte die Entfernung zur Haustür ab, sicherlich zweihundert Meter. Nach einer halben Minute war ihre Geduld aufgebraucht, und sie öffnete die Wagentür.

Als sie den Eingang des Mehrfamilienhauses erreicht hatte, waren ihre Jacke und Hose durchnässt. Das Vordach bot bei dem schräg fallenden Regen keinerlei Schutz, sodass sie sich, während sie den richtigen Nachnamen auf dem Klingelschild suchte, eng an die Haustür stellte.

Der Summer erklang, kurz nachdem sie bei *Paschke* geklingelt hatte. Fast, als würde sie erwartet werden. Sie betrat den Hausflur, an dessen linker Seite zwei Buggys und ein Kinderfahrrad standen. Von der ersten Treppenstufe ergossen sich Reklameblätter bis auf den gefliesten Fußboden, wo sie zudem, wie der Boden selbst, mit schmutzigen Fußabdrücken übersät waren. Es roch nach Suppe, Staub und feuchten Steinen. Rasch stieg Pia die Stufen hinauf.

Im zweiten Stock stand eine Frau in einem grauen Jogginganzug und Hauspantoffeln im Türrahmen und blickte sie erwartungsvoll an. »Wo ist meine Pizza?«

»Ich bin nicht von einem Bringdienst.« Pia zog ihren Dienstausweis hervor und hielt ihn der Frau hin. »Kriminalpolizei. Korittki ist mein Name.«

»Ohne meine Lesebrille sehe ich nix«, wurde Pia informiert.

»Wollen Sie sie holen?«

»Ach, das bringt doch auch nichts mehr.«

»Sind Sie Nicole Paschke?«, fragte Pia.

»Ja, wer denn sonst?«

»Darf ich reinkommen? Ich würde mich gern kurz mit Ihnen unterhalten, Frau Paschke«, erklärte Pia.

»Polizei, sagen Sie?« Es schien ihr, als würde die Frau grau im Gesicht. »Haben Sie … meine Tochter gefunden?«

In dem Wohnzimmer, in das Pia Nicole Paschke gefolgt war, lief ein Fernseher vom Format einer kleinen Kinoleinwand.

Die Frau ließ sich auf das Sofa davor fallen und deutete mit einer Handbewegung auf einen bunten Sessel, der etwas entfernt davon am Fenster stand. »Bitte sehr!« Sie griff nach einer Fernbedienung und stellte den Ton der Fernsehshow minimal leiser.

»Es geht um Ihre Tochter Mira, wie Sie ja schon vermutet haben. Wir haben sie noch nicht gefunden, aber es besteht die Chance, dass die Polizei die Suche nach ihr wieder aufnimmt.«

»Nur eine Chance? Und was soll ich dabei tun?«

»Mir ein paar Fragen beantworten. Alles hängt davon ab, ob wir Beweise dafür finden, dass Ihre Tochter nicht freiwillig gegangen ist.«

»Freiwillig!« Nicole Paschke schnaubte. »Mira hatte ihren eigenen Kopf, das stimmt schon. Ich als ihre Mutter kann ein Lied davon singen. Aber glauben Sie mir, sie wäre niemals einfach so fortgegangen. Warum auch? Sie hatte doch alles, was sie wollte! Besonders, nachdem ihr Vater sich wieder an ihre Existenz erinnert hatte.«

»Was meinen Sie damit?«

»Michael hat uns, Mira und mich, verlassen, als Mira zehn Jahre alt war. Ich hatte damals ein paar Probleme, hauptsächlich gesundheitlicher Natur. Mein Rücken … Ich wurde zweimal operiert und konnte die Schmerzen kaum aushalten. Ich habe Tabletten dagegen genommen, und die Sache ist außer Kontrolle geraten. Da hat der feine Herr das Weite gesucht und sich schnell eine neue Frau angelacht. Er hat kaum Unterhalt für seine Tochter gezahlt, und ich hatte meine liebe Not, Mira und mich durchzubringen.«

»Stehen oder standen Sie und Ihre Tochter sich nah?«

»So nah, wie man einem rebellierenden Teenager nur sein kann.« Sie schnaubte. »Mira war schon als Kind ein richtiger Dickschädel. Wenn sie nach meiner Trennung von Michael ausnahmsweise mal Zeit mit ihrem Vater verbracht hatte, war sie danach unausstehlich zu mir. Hat mir Vorwürfe gemacht, dass alles meine Schuld sei. Es wurde eigentlich erst besser, nachdem sie Tibor kennengelernt hatte.«

»Ihren späteren Ehemann?«

»Ja. Er war Miras erste große Liebe. Sie kennen sich seit dem Gymnasium; Mira war in der fünften und Tibor in der siebten Klasse, glaube ich. Die beiden haben geheiratet, als Mira neunzehn und er zweiundzwanzig Jahre alt waren.«

»Das ist recht früh. Wie kam es dazu?«

»Sie wollte immer etwas Besonderes sein, meine Tochter. Und wenn es bedeutete, eine Hippiehochzeit mit ihrem ersten Freund zu feiern, dann war ihr das auch recht.«

Pia krauste die Stirn. »Wie lief die Ehe denn so?«

»Oh, anfangs war alles toll! ›Der Himmel voller Geigen‹ … oder wie man so sagt. Mira war frisch verheiratet und machte eine Ausbildung zur Buchhändlerin. Tibor hatte da schon Industriemechaniker gelernt und verdiente gutes Geld. Ich dachte, Mira hätte ihr Leben in den Griff bekommen und würde ruhiger und zufriedener werden. Vielleicht würde bald das erste Enkelkind auf dem Weg sein … Nicht dass ich scharf darauf war, schon Oma zu werden!«

Nicole Paschke machte eine abwehrende Geste, wobei sie beinahe ein Glas mit einem verräterischen braungoldenen Rest Flüssigkeit darin, das auf der Sofalehne stand, umgeworfen hätte.

Auf dem Bildschirm ging es offensichtlich darum, Singles beim gemeinsamen Essen zu verkuppeln. Pia sah kurz die Großaufnahme des Gesichts eines pickeligen jungen Mannes, der stammelte, dass er sich schon vorstellen könne, seine Tischgenossin noch einmal wiederzusehen … Ein Musiktrailer erklang, der alles andere übertönte.

»Würden Sie das bitte noch deutlich leiser machen oder am besten ausschalten?«, forderte Pia Frau Paschke auf.

»Ich will noch wissen, was sie über ihn sagt«, gab Nicole

Paschke zurück. »Entweder er will nicht oder sie … Es ist doch immer das Gleiche in der Liebe.«

»Es geht um das Schicksal Ihrer Tochter«, erwiderte Pia.

Nicole Paschke zog die Augenbrauen zusammen und nickte. Sie dimmte die Lautstärke, nachdem die Frau auf dem Bildschirm ihr kurzes, aber vernichtendes Urteil über das Rendezvous im Allgemeinen und den Mann im Speziellen abgegeben hatte. »Es ging immer nur um meine Tochter«, sagte Frau Paschke. »Auch nachdem sie seit eineinhalb Jahren vermisst wird, geht es um nichts anderes als um Mira. Ich sehe sie überall vor mir. Hier in der Wohnung oder in Lübeck, wo wir zusammen gewesen sind. Ich träume sogar von ihr!«

Pia spürte den Schmerz, der sich hinter den barsch klingenden Worten verbarg, und konnte ihn nachvollziehen. Sie bemerkte aber auch, wie sie meinte, eine gewisse Egozentrik.

»Was geschah, nachdem die Ausbildung Ihrer Tochter beendet war? Wo haben Mira und Tibor gelebt?« Sie wusste die Eckdaten zwar aus der Fallakte, wollte es aber lieber von der Mutter persönlich hören.

»Tibors Vater hatte ihnen über einen Arbeitskollegen eine schöne Wohnung in Kiel organsiert. Drei Zimmer mit Balkon zum Hinterhof. Beide hatten eine anständige Arbeit. Sie konnten zusammen verreisen, er hatte sogar ein Auto. Aber denken Sie, Mira wäre zufrieden gewesen? Anstatt zu realisieren, wie glücklich sie sich schätzen durfte, war sie immer öfter bei ihrem Vater. Seine zweite Frau war gestorben, und er hatte einen schweren Unfall. Da hat er sich auf einmal an seine Tochter erinnert und Mira öfter zu sich eingeladen. Er hat ihr dieses Gift in die Ohren geträufelt.«

»Welches Gift?«

Nicole Paschke drückte auf die Fernbedienung, offensichtlich um die Lautstärke wieder zu erhöhen. Aus dem

Augenwinkel sah Pia, dass ein neues Paar zu einer weiteren Dating-Runde antrat. Diesmal handelte es sich um eine Senioren-Verkupplung. Applaus brandete auf.

Pia beugte sich rasch vor und nahm ihr die Fernbedienung aus der Hand. »Bitte, Frau Paschke. Lassen Sie uns nur noch ein paar Minuten konzentriert reden, dann sind Sie mich wieder los.«

Nicole Paschke schnaubte, ließ jedoch zu, dass Pia die Lautstärke deutlich herunterregelte. Dann blickte sie auf ihre Uhr. »Wann wohl endlich mein Essen kommt? Ich hatte heute noch nichts.«

Pia beugte sich vor. »Die zweite Frau Ihres geschiedenen Mannes ist also gestorben. Ihr Exmann suchte daraufhin verstärkt Kontakt zu seiner Tochter?«

»Verdammter Mistkerl! Genau so war es. Die Aufmerksamkeit ihres Vaters hätte sie früher gebraucht.«

»Und was meinten Sie mit ›Gift, das er ihr in die Ohren geträufelt hat‹?«, hakte Pia nach.

»Dass sie etwas Besseres ist, hat er ihr eingeredet. Studieren, das wäre doch was für sie. Bei ihrer Intelligenz! Die hatte sie seiner Ansicht nach natürlich von ihm geerbt. Und Mira war so geblendet von seinem netten Häuschen an der Ostsee, das er übrigens von seiner zweiten Frau geerbt hat, und von dem schönen Leben ihres Vaters … Da wollte sie wohl auch so werden wie er.«

»Hat sie darüber mit Ihnen gesprochen?«

Nicole Paschke schüttelte den Kopf. »Kaum. Ich war da wohl nicht mehr gut genug für sie. Man konnte nicht mehr vernünftig mit Mira reden, weder Tibor noch ich. Als sie erst an der Uni in Kiel angenommen worden war und Archäologie studiert hat, da waren wir ihr egal.«

»Wie kam es, dass sie nach Hövelau gezogen ist?«, fragte Pia.

»Hövelau!« Frau Paschke spie das Wort förmlich aus. Die Fernsehshow, die geräuschlos vor sich hin flimmerte, war vergessen. »Auch so eine verrückte Idee von ihr. Sie wollte auf einmal weg von Tibor, sich trennen, aber sie hat auf die Schnelle in Kiel keine Wohnung gefunden als Studentin ohne eigenes Einkommen. Nicht mal ein WG-Zimmer.«

»Warum wollte sie weg von ihrem Ehemann?«

Nicole Paschke starrte Pia aufgebracht an. »›Emotionalen Missbrauch‹, hat sie es genannt. Aber die Einzige, die die Gefühle anderer Leute mit Füßen getreten hat, war Mira selbst.«

»Woher wissen Sie das so genau?«, erkundigte sich Pia.

»Ich kenne meine Tochter.« Sie starrte nun in Richtung Fenster. »Und Tibor ist ein wirklich netter Kerl. Er besucht mich immer noch ein- oder zweimal im Monat. Dann bestelle ich uns was vom Chinesen, er bringt eine oder zwei Flaschen Wein mit, und wir reden. Meistens über Mira. Er hat seit einiger Zeit eine neue Freundin. Aber er kann sich nicht von meiner Tochter scheiden lassen, weil niemand weiß, wo sie sich aufhält oder was mit ihr geschehen ist. Nun ist seine neue Freundin auch noch schwanger. Wir müssen Mira wohl bald für tot erklären lassen, damit es vorangeht.«

Pia war irritiert über den Verlauf, den das Gespräch genommen hatte. Sie konnte es beinahe verstehen, falls Mira beschlossen haben sollte, diesen Teil ihrer Familie nicht wiederzusehen.

Als Pia nach weiteren zehn Minuten mit Nicole Paschke wieder auf der Straße stand, hatte der Regen aufgehört, doch der Wind pfiff nach wie vor durch die Häuserschluchten.

Ein Mann von einem Pizzabringdienst lief mit einer Warmhaltebox unter dem Arm auf den Hauseingang zu, aus dem Pia gerade getreten war. Zumindest musste Nicole Paschke nun nicht mehr Hunger leiden und konnte ihrer Show in voller Lautstärke frönen. Wenn sie die Türklingel denn hörte …

Es fiel Pia schwer zu beurteilen, ob Nicole Paschke so schlecht über ihre Tochter sprach, weil sie sie und ihre Lebensführung tatsächlich ablehnte, oder ob dieses Verhalten nur kompensieren sollte, wie sehr sie Mira vermisste und unter ihrem Verschwinden litt. Dass das Schicksal sie bitter gemacht hatte, war unverkennbar. Doch wie war sie vor dem Verschwinden ihres Kindes gewesen?

Pia hatte von Nicole Paschke noch den Namen und die Telefonnummer einer Schulfreundin erfragt, die vielleicht eine andere Sichtweise auf Mira hatte. Interessant zu wissen würde auch sein, was Broders von Mira Schneiders Ehemann erfahren hatte … Doch bevor sie ihn anrief, wählte Pia Martens Nummer.

»Ist alles in Ordnung?«, erkundigte er sich.

»Ja, ist es. Ich hatte nur gerade eine Begegnung der dritten Art und das Bedürfnis, deine Stimme zu hören.«

»Was für eine Begegnung war das?«, fragte er.

»Die Befragung einer Frau, deren Tochter vermisst wird.«

»Oh, das ist heftig. Wie alt ist sie?«

»Die Vermisste war bei ihrem Verschwinden vor eineinhalb Jahren sechsundzwanzig Jahre alt«, sagte Pia.

»Aber das macht es nicht unbedingt besser.« Martens Stimme bewirkte, dass Pia sich etwas entspannte.

»Nein, das wird wohl nie wieder besser. Ich fürchte, wir suchen eine Tote.«

»Wie kommt es, dass ihr euch den Fall noch mal anschaut? Hat sich etwas Neues ergeben?«

»Ein kleines Detail. Broders und ich prüfen, ob es sich lohnt, das alles noch einmal aufzurollen.«

»Und was denkst du?«, hakte Marten nach.

Pia atmete schwer aus. »Je mehr ich erfahre, desto dringender will ich wissen, was passiert ist. Ich hoffe, dass wir den alten Fall jetzt endlich aufklären.«

»Ich drücke dir die Daumen. Wann holst du Felix heute ab?«

Pia sah auf die Uhr. »In drei Stunden.«

»Ich vermisse euch«, sagte Marten.

»Ich dich auch.«

9. Kapitel

Broders war am Kieler Ostufer mit Tibor Schneider verabredet. Miras Ehemann hatte sich bereit erklärt, sich in seiner Mittagspause mit ihm zu unterhalten. Nachdem er zunächst misstrauisch auf einen Anruf der Polizei reagiert hatte, war er dann doch recht kooperativ gewesen. Er schien beinahe, wenn auch nicht erfreut, so doch zumindest erleichtert darüber zu sein, dass die Polizei sich wieder für das Schicksal seiner vermissten Ehefrau interessierte.

Ihr Treffpunkt war ein Bistro an der Förde. Schneider hatte ihn vorgeschlagen, weil er in der Nähe seiner Firma lag.

Broders betrat das Lokal pünktlich um dreizehn Uhr und sah sich suchend um. Tibor Schneider war schätzungsweise dreißig. Mehr wusste er nicht von ihm. Woran sollte er ihn unter den vielen Leuten erkennen? Dann wurde ihm klar, dass er hier herausstach wie ein angegrauter Deutscher Schäferhund unter einer Horde Golden Doodles und Border Collies, oder was sonst gerade in der Hunde-Szene angesagt war. Er blieb im Eingangsbereich stehen und ließ abwartend den Blick schweifen. Schneider würde ihn finden. Doch niemand beachtete ihn …

»Kriminalhauptkommissar Broders?«

Heinz Broders fuhr herum, als er aus nächster Nähe von hinten angesprochen wurde.

»Entschuldigung. Ich wollte Sie nicht erschrecken. Ich bin Tibor Schneider.«

»Oh, richtig. Ich hatte erwartet, dass Sie sich mir von vorn nähern würden.«

»Ich bin gerade hereingekommen«, erklärte Schneider. »Konnte mich nicht ganz pünktlich in der Firma loseisen. Zu viel zu tun …«

»Kein Problem. Ich würde mich gern irgendwo mit Ihnen hinsetzen, damit wir in Ruhe reden können.«

»Kommen Sie.« Tibor Schneider ging zielstrebig zwischen den Leuten hindurch auf einen leeren Tisch zu. Auf dem Weg dorthin zwinkerte er der Kellnerin zu und grüßte den einen oder anderen Gast durch lässiges Winken. Schneider hatte ein Lokal gewählt, in dem er »Heimvorteil« hatte. Der Geräuschpegel war hoch. Zumindest würde niemand sie belauschen können.

Tibor Schneider war ein gut aussehender Mann, wenn man denn auf den Typ »American Quarterback« stand. Er war etwas über eins achtzig groß, hatte breite Schultern, schmale Hüften, dichtes dunkelbraunes Haar und hellblaue Augen. Broders war unwillkürlich wieder bei seiner Hunde-Analogie: ein Husky, jedoch mit einem Grübchen am Kinn.

Sie bestellten Milchkaffee für Broders sowie eine große Cola und eine Quiche mit Salat für Schneider.

Nach ein paar einleitenden Sätzen steuerte Broders auf das Thema zu, das ihn hergeführt hatte. »Es besteht die Chance, dass die Polizei den Fall Ihrer vermissten Frau noch einmal untersucht.«

»Das wird ja auch Zeit, meinen Sie nicht?«

»Meine persönliche Meinung ist irrelevant. Aber Sie können uns helfen. Wir benötigen belastbare Hinweise darauf, dass Ihre Frau nicht freiwillig gegangen ist.«

»Warum kümmert Sie das ausgerechnet jetzt?«, wollte Schneider wissen.

»Das tut erst mal nichts zur Sache«, wiegelte Broders ab. Er wollte nichts preisgeben, bevor Tibor Schneider nicht auch ihm etwas gegeben hatte, mit dem sie weiterkamen.

»Ich weiß bis heute nicht, ob Mira fortgegangen ist oder ob ihr etwas Schlimmes zugestoßen ist. Das ist eine ungeheure Belastung für mich. Es wird Zeit, dass sich was tut.«

»Ja, da stimme ich Ihnen zu. Wie war Ihre Situation vor ihrem Verschwinden?«

»Wir waren glücklich verheiratet. Doch dann hat Mira angefangen, Archäologie zu studieren. Bald darauf ist sie aufs Land gezogen, um ein neues Leben zu beginnen. Und von dort ist sie verschwunden.«

»Seinerzeit hatten Sie angedeutet, dass Ihre Frau psychisch nicht so stabil gewesen sei«, sagte Broders.

»Ach, das ...« Er lehnte sich zurück und verschränkte die Arme vor der Brust. »Sie war leicht beeinflussbar und ziemlich sprunghaft, nach außen hin tat sie immer so stark. Am einen Tag war ich der beste Ehemann der Welt, am nächsten hat sie mich beschimpft, ich würde ihr keine Freiheit lassen und sie brauche ›mehr Raum für sich‹. Ich war ein Idiot, dass ich das mit mir habe machen lassen.«

»Warum genau hatte sie Sie verlassen? Hatte sie einen Neuen?«, fragte Broders. Er griff Schneiders saloppe Wortwahl bewusst auf.

Dessen Mundwinkel zogen sich nach unten. Der Kellnerin, die die Getränke brachte und mit der er eben noch geflirtet hatte, warf er einen unfreundlichen Blick zu. Er konnte seinen Charme anscheinend an- und ausknipsen wie seine Nachttischlampe. »Nicht dass ich wüsste.«

»Und was war es dann?«, hakte Broders nach.

»Mira ist verdammt wankelmütig. Fakt ist, dass wir viel zu früh geheiratet haben. Wir haben uns dann recht schnell auseinandergelebt. Es ging eigentlich schon los, nachdem wir die gemeinsame Wohnung bezogen hatten. Unsere Ehe war ein Fehler. Das war uns beiden recht schnell klar.«

»Ihnen genauso schnell wie ihr?«

Er kniff die Augen zusammen. »Ja. Wir waren uns einig.«

In der Fallakte hatte Tibor Schneiders Aussage über seine Ehe mit Mira und deren Auszug aus der gemeinsamen Wohnung anders geklungen. Damals war Schneider angeblich noch tief verletzt gewesen und hatte vermutet, dass seine Frau ihn betrogen habe. Es war jedoch auch nicht ungewöhnlich, dass Menschen sich die Erinnerungen an die Geschehnisse im Nachhinein so zurechtbogen, dass sie selbst in einem besseren Licht dastanden. Dieses Verhalten war nur menschlich.

»Wie standen Sie zu dem neu aufgenommenen Studium Ihrer Frau und ihrem Job bei der Ausgrabung?«

»Ich hatte schon vermutet, dass sie es nicht durchziehen würde. Mira hat selten etwas durchgezogen«, antwortete Tibor Schneider.

»So, wie Sie es mir schildern, klingt es eher so, als hätte Ihre Frau freiwillig alles hingeschmissen und wäre fortgegangen.«

»Ich weiß es einfach nicht, okay?« Schneider sah ihn herausfordernd an. Es schien seine Taktik zu sein, zum Angriff überzugehen, wenn er sich in die Enge getrieben fühlte.

Broders nahm sich vor, sich das für eventuelle weitere Befragungen zu merken. »Mal ehrlich: Was denken Sie, was Ihrer Frau passiert ist?«, hakte er unvermittelt nach.

Schneider trank sein Glas zur Hälfte aus. Sein Essen wurde serviert, was ihm noch mehr Zeit verschaffte, sich eine Antwort zu überlegen. »Ich dachte damals, dass sie jemanden kennengelernt haben muss. Jemanden, der etwas mit ihrem Verschwinden zu tun hat. Keine Affäre … Irgendwas anderes. Anfangs erwähnte sie allerdings mal, dass jemand auf der Ausgrabung ein Auge auf sie geworfen hätte.«

»Moment. Hat sie Ihnen erzählt, wer das war?«

»Nein. Ehrlich gesagt fühlte sie sich ständig von Männern

beobachtet und auch angemacht. Als wäre sie unwiderstehlich. Ich habe irgendwann nicht mehr nachgefragt.«

Broders nickte.

»Ich habe viel darüber nachgedacht«, bekannte Tibor Schneider, während er seine Quiche auf dem Teller zurechtschob. »Ich tendiere mittlerweile zu der Ansicht, dass sie damals freiwillig gegangen ist. Es passte im Nachhinein betrachtet zu ihrem Charakter. Und immerhin hat Mira einen Koffer gepackt, ihre Papiere und ihre sonstigen persönlichen Sachen mitgenommen und ist mit dem Auto weggefahren.«

»Aber man hat nie wieder etwas von ihr gehört«, gab Broders zu bedenken.

»Vielleicht wollte sie ja mit jemandem zusammen fortgehen?«, schlug Schneider vor. »Doch derjenige hat ihr später etwas angetan ... Zunächst ist sie freiwillig mitgegangen, aber dann ist sie gestorben. Sonst hätte Mira sich irgendwann noch einmal bei mir gemeldet, und sei es auch nur, um die Scheidung durchzuziehen oder mich oder ihren Vater um Geld zu bitten. Das mit der Scheidung wäre mir nebenbei gesagt sehr wichtig!« Schneiders Gesichtsausdruck hatte sich verhärtet. Das Essen hatte er bisher kaum angerührt, und er schob es nun angewidert von sich.

»Sie glauben also, dass Ihre Frau ermordet worden ist?«, provozierte Broders ihn.

Er zuckte mit den Schultern. »Ich weiß es wirklich nicht. Und ich bin diese Unsicherheit und die vielen Fragen leid. Ich will die Sache mit Mira nur zu einem Abschluss bringen.«

»Haben Sie inzwischen wieder eine neue Partnerin?«, erkundigte sich Broders.

»Ja, habe ich. Oder glauben Sie, ich warte auf Mira?«

»Nein. Wollen Sie Ihre neue Freundin heiraten?«

»Ja, wenn es geht. Wir bekommen ein Baby«, sagte Tibor Schneider. »Wir wissen es aber erst seit ein paar Wochen.«

»Herzlichen Glückwunsch!«, antwortete Broders automatisch. »Seit wann sind Sie mit Ihrer neuen Freundin zusammen?«

»Phh! Jedenfalls haben wir uns erst kennengelernt, *nachdem* Mira verschwunden war.«

»Haben Sie Ihre Frau damals als vermisst gemeldet?« Broders wusste aus der Fallakte, dass dem nicht so gewesen war.

»Ich war nicht schnell genug. Ihr Boss von der Ausgrabungsstelle ist mir da zuvorgekommen. Mira hatte angeblich ein Fundstück von dort mitgehen lassen. Bestimmt hat der deshalb so schnell reagiert.«

»Denken Sie, sie hat es tatsächlich ›mitgehen lassen‹?«

Schneider hob die Schultern und ließ sie wieder sinken. »Sie hatte es angeblich bei sich, als sie verschwand. Wobei ich diesen Leuten auf der Ausgrabungsstelle nicht unbedingt über den Weg trauen würde …«

»Wieso sagen Sie das?«

»Mira erwähnte mal, dass sie dort ständig auf der Hut sein müsse«, erwiderte Tibor Schneider.

»Was meinte sie wohl damit?«

»Keine Ahnung! Echt nicht.«

»Fällt Ihnen sonst noch irgendetwas ein, was darauf hinweisen könnte, dass Ihre Frau einem Verbrechen zum Opfer gefallen ist?«, fragte Broders.

»Nein. Ich bin raus aus der Sache.«

»Dieses Fundstück, das Mira angeblich hat ›mitgehen lassen‹, ist gerade wieder aufgetaucht.«

Tibor Schneider kniff die Augen zusammen. »Wie bitte? Wo denn?«

»Das kann ich Ihnen nicht sagen.«

Er verzog erneut das Gesicht, sodass sich sein Grübchen am Kinn vertiefte. »Aber das könnte doch einen Hinweis darauf liefern, wo sie damals hingefahren ist?«

Broders legte eine seiner Visitenkarten auf den Tisch. »Leider nein. Melden Sie sich, falls Ihnen noch etwas dazu einfällt.«

Das Haus von Michael Paschke, Miras Vater, lag ein Stück von der Ostsee entfernt in einer Seitenstraße. Einfamilienhäuser aus den Sechziger- bis Achtzigerjahren wechselten sich mit Mehrfamilienhäusern ab, die aussahen, als wären sie rund um die Jahrtausendwende als Ferienimmobilien erbaut worden.

Pia parkte vor der in der Akte angegebenen Hausnummer und hoffte, dass Miras Vater nicht inzwischen fortgezogen war. Es wäre nicht das erste Mal, dass Menschen, die einen schweren Schicksalsschlag erlitten hatten, ihr Leben drastisch änderten. Andererseits wollten die Angehörigen nach einem Vermisstenfall in der Familie oftmals auch noch an Ort und Stelle sein, sollte der geliebte Mensch wiederkommen. In jedem Fall war es ein grausames Schicksal, und diese Menschen hatten es verdient, die Wahrheit zu erfahren.

Ein breiter Plattenweg und eine flach geneigte Rampe führten zu der seitlich des Hauses gelegenen Eingangstür. Der Name am Klingelschild lautete noch auf *M. Paschke*.

Auf ihr Läuten hin passierte erst einmal nichts. Dann öffnete sich die Tür, und ein Mann um die sechzig in einem Rollstuhl blickte sie prüfend an.

Pia stellte sich vor und erklärte, weshalb sie da war.

»Die Polizei also mal wieder. Wir kennen uns aber nicht von damals, oder?«

»Nein. Ich bin jedoch auch von der Bezirkskriminalinspektion Lübeck.« Sie hielt ihm ihren Dienstausweis hin. »Während der Ermittlungen im Fall Ihrer Tochter waren Kollegen von mir hier. Ich war damals mit einem anderen Fall betraut.«

»… selbst einem Verbrechen zum Opfer gefallen«, setzte ihr Gehirn ungebeten hinzu.

»Kommen Sie herein«, sagte Paschke und rollte zurück. »Ihr Besuch ist allerdings ziemlich überraschend.«

»Ich hatte Sie telefonisch vorher leider nicht erreicht.«

»Ich hatte mein Telefon stumm gestellt …«

»Und da wir keine Zeit verlieren wollen …«

»Keine Zeit verlieren?« Sie waren in einem Wohnzimmer im rückwärtigen Teil des Hauses angekommen. Michael Paschke deutete auf einen Sessel am Fenster und rangierte so, dass sie sich gegenübersaßen. »Ich habe vor über einem Jahr zum letzten Mal von Ihren Kollegen gehört. Meine Tochter gilt seit eineinhalb Jahren als vermisst.«

»Ja, ich weiß. Es tut mir leid. Gerade hat sich ein neuer Anhaltspunkt ergeben, und wir prüfen, ob es sinnvoll ist, die Ermittlung noch einmal aufzurollen.«

»Was für ein neuer Anhaltspunkt ist das?« Er lehnte sich vor.

Pia merkte ihm an, dass er versuchte, nicht zu hoffnungsvoll auf diese Nachricht zu reagieren. Das Hoffen und Bangen und die Ungewissheit mussten entsetzlich sein. Pia berichtete ihm von dem Artefakt, das aufgetaucht war. Dass es sich als die Walkürenfibel herausgestellt hatte, die Mira von der Ausgrabungsstelle nach Kiel hatte bringen sollen und die ursprünglich nach ihrem Verschwinden nicht mehr auffindbar gewesen war.

»Meine Tochter ist keine Diebin«, erwiderte Paschke, nachdem er Pia aufmerksam zugehört hatte. »Ich habe keine Sekunde lang geglaubt, dass Mira etwas mitgenommen hat, was ihr nicht gehört. Die Verdächtigungen waren ehrlich gesagt eine Zumutung. Es freut mich, dass sich wenigstens das geklärt hat.« Er klang verärgert, auch wenn er sich sichtlich um einen neutralen Tonfall bemühte.

»Ich bin mir sicher, dass meine Kollegen nichts dergleichen unterstellen wollten, sondern nur die Fakten betrachtet haben und jeder erdenklichen Spur nachgegangen sind.« Ihr Blick fiel auf ein paar gerahmte Fotos auf einer Kommode. Einige zeigten eine zierliche junge Frau mit einem herzförmigen Gesicht, halblangen dunklen Haaren und olivgrünen Augen. Sie lächelte breit in die Kamera. An ihrem einen Schneidezahn fehlte eine kleine Ecke, was nicht störte, sondern sie besonders und charmant aussehen ließ. Es war ein Gesicht, das man nicht so schnell vergaß.

Auf zwei anderen Fotos war Paschke selbst mit einer Frau mit grauen lockigen Haaren zu sehen. Möglicherweise die Frau, für die er Miras Mutter damals verlassen hatte.

»Aber geführt haben die damaligen Untersuchungen und Befragungen zu nichts«, entgegnete er resigniert.

»Nein, bisher nicht. Doch der Fund der Fibel wirft ein neues Licht auf den Fall. Zumindest so weit, dass mein Chef mich prüfen lässt, ob wir nochmals ermitteln sollen.«

»Ganz ehrlich?« Miras Vater atmete schwer. »Ich wünsche mir nichts sehnlicher, als mein Kind wiederzubekommen. Oder wenigstens zu wissen, was mit Mira passiert ist. Wo sie sich befindet … Aber weiteres ergebnisloses Herumstochern? Ich weiß nicht, ob ich das noch mal ertrage.«

Pia nickte. »Ja, das verstehe ich. Doch ich kann Ihnen leider nicht versprechen, dass wir Ihre Tochter diesmal finden würden. Aber wenn Sie mir jetzt ein paar Fragen beantworten, dann werde ich sehr gewissenhaft prüfen, ob ein neuer Angang Erfolg versprechend ist oder nicht.«

Paschke kniff die Augen zusammen und musterte Pia. Endlich sagte er: »Also gut. Ich gebe der Polizei noch eine Chance. Doch vorher brauche ich einen starken Kaffee. Wollen Sie auch einen?«

»Gern.« Unbedingt!, dachte sie.

»Mit Milch und Zucker?«

»Nur mit Milch bitte. Soll ich mit in die Küche kommen?«, fragte sie.

»Nein. Ich mache das schon! Warten Sie einfach. Ich melde mich, dann können Sie meinetwegen das Tablett reintragen.«

10. Kapitel

Nachdem sie einen starken, aromatischen Kaffee getrunken hatte, fühlte Pia sich konzentrierter und erstaunlicherweise auch zuversichtlicher als zuvor. Sie hatte das Gefühl, als würde Paschke ihr gleich etwas Hilfreiches sagen.

Das Gespräch zeichnete Pia nach Rücksprache mit Miras Vater auf. Er erzählte von seiner relativ kurzen Ehe mit Miras Mutter. Der Geburt der Tochter, den ersten Jahren und davon, wie seine Frau und er sich immer weiter auseinanderentwickelt hatten. So weit nichts Neues.

Aus Paschkes Sicht hatte Nicoles Rückenoperation keinen Einfluss auf die Trennung gehabt, wohl aber der darauf folgende exzessive Schmerzmittelkonsum, der immer problematischer geworden war. Letztlich hatte er, wie Paschke sagte, »die Segel gestrichen« und »zufällig« zur selben Zeit seine zukünftige zweite Frau kennengelernt.

Dass er seine Tochter damit mit ihrer Mutter allein gelassen hatte, bedauerte er angeblich zutiefst. Er vermutete, dass Miras »verfrühte und unbedachte« Ehe, wie er es bezeichnete, die Folge davon gewesen war.

Dann war er nach einem schweren Fahrradunfall auf den Rollstuhl angewiesen gewesen und hatte seine Tochter in der Zeit danach nur noch selten gesehen. Sein Blick war beinahe abwesend, als er davon erzählte. Seine zweite Frau Kerstin war an einem Aneurysma gestorben.

Nachdem er sich einigermaßen von den Schicksalsschlägen – seinem Unfall und dessen Folgen und dem Tod seiner zweiten Frau – erholt hatte, hatte er wieder Kontakt zu seiner Tochter gesucht, die inzwischen den Beruf der Buchhändlerin erlernt hatte.

»Ich bin mir sicher, dass Mira eine hervorragende Buchhändlerin war. Doch sie hatte auch von jeher eine große Leidenschaft für Geschichte und Archäologie.« Seine Augen leuchteten auf, als er davon erzählte. »Ich habe oft mit ihr darüber gesprochen, und so kam uns der Gedanke, dass sie doch noch studieren könnte. Ich hätte als junger Mann wahnsinnig gern studiert, doch bei mir ging das damals aus finanziellen Gründen nicht. So kam mir die Idee, es wenigstens meiner Tochter zu ermöglichen. Ich meine …« Er zuckte mit den Schultern und sah sich um. »Was sollte ich Besseres mit meinem Geld anfangen, als sie glücklich zu machen?«

»Was hat Miras Mutter dazu gesagt? Auch dazu, dass Sie und Mira auf einmal wieder engen Kontakt zueinander hatten?«

»Ich nehme an, dass es Nicole nicht sonderlich gefallen hat. Sie hat immer versucht, meine Tochter von mir fernzuhalten. Aber das hat mich nicht gekümmert. Es ging doch allein um Mira! Sie war so aufgeregt, als sie sich in Kiel für Archäologie eingeschrieben hatte. Sie kam extra mit einer Flasche Sekt hier vorbei. Ihr Ehemann Tibor war leider weniger begeistert. Er fand es ›unnötig‹, dass Mira studiert. Nun ja, zum Glück war Mira da charakterlich schon so gefestigt, dass sie es sich von Tibor nicht hat ausreden lassen.«

»Hat Ihre Tochter Ihnen von Leuten erzählt, die sie im Studium oder während des Ausgrabungsjobs kennengelernt hat? Gab es Personen, mit denen sie besonders viel zu tun hatte?«

Er zog die Augenbrauen zusammen. »Sie hat mir viel erzählt, aber an ihre Mitstudenten erinnere ich mich nicht. Bei der Ausgrabung hat sie ihren Boss erwähnt, einen Dr. Felbert. Er schien mir recht streng und anspruchsvoll zu sein. Und natürlich hat sie von verschiedenen Kollegen dort gesprochen, von denen sie aber niemanden besonders hervorgehoben hat. Mira hat schon immer lieber über Ideen, Ereignisse und Fakten geredet als über Menschen.«

»Und wie war es an ihrem neuen Wohnort? Haben Sie sie dort mal besucht?«

»In Hövelau? Ja, ich war zweimal dort. Mira war sehr angetan von der kleinen Kate, in der sie da wohnte. Ich glaube, jemand von der Ausgrabung hat sie ihr vermittelt. Ich wüsste nicht, wer sonst. Das Haus gehört jedenfalls zu einem alten Gut und liegt ziemlich abgelegen.«

»Wissen Sie, ob sie mit jemandem an ihrem neuen Wohnort näher in Kontakt stand?«

Er blickte zum Fenster hinaus und schüttelte dann langsam den Kopf. »Ich wollte, ich könnte Ihnen da helfen. Aber ich bin nur ihr alter Vater. Mira hatte mir erzählt, dass einige Leute in Hövelau sehr nett und hilfsbereit seien, andere aber auch ziemlich arrogant. Ihr hat es anscheinend gut gefallen, in einem kleinen Dorf zu wohnen.«

»Hat sie Namen genannt?«

»Nein. Ich erinnere mich jedenfalls nicht daran.« Er leerte seine Kaffeetasse und verzog wie angestrengt das Gesicht. »Hilft Ihnen irgendwas von dem weiter, was ich Ihnen sage?«

»Ich bekomme allmählich ein recht gutes Bild von Ihrer Tochter und ihren damaligen Lebensumständen. Das kann schon weiterhelfen.« Pia wusste nur noch nicht so recht, wie. Den einen Hinweis, der darauf hindeutete, dass Mira Schneider einem Verbrechen zum Opfer gefallen war, hatte sie noch nicht gefunden.

»Interessieren Sie auch meine Eindrücke jenseits von Fakten?«

»Ja, nur zu«, antwortete sie.

»Ich glaube, Mira war frisch verliebt, bevor sie verschwunden ist. Sie kam mir geradezu euphorisch vor. Ich hatte sie ein paar Wochen lang nicht getroffen, dann kam sie eines Abends hier vorbei und strahlte vor Glück.«

»In wen war sie denn verliebt?«, fragte Pia gespannt. Sollte dieser Besuch doch noch zu etwas führen?

»Wenn ich das wüsste! Glauben Sie mir, ich habe mir, nachdem sie verschwunden war, das Hirn zermartert, ob sie nicht wenigstens eine Andeutung hat fallen lassen. Aber nein. Das Einzige, woran ich mich erinnere, ist, dass sie so etwas sagte wie: ›Noch ist es zu früh. Es muss sich erst einiges klären. Aber du wirst überrascht sein.‹ Ich habe noch gewitzelt: ›Positiv oder negativ überrascht?‹ Doch sie hat nur gegrinst und gesagt, dass sie überglücklich und ›endlich angekommen‹ sei.«

»Endlich angekommen? Wann genau war das?«

»Etwa zwei Wochen vor ihrem Verschwinden.« Paschke zog ein Stofftaschentuch hervor und schnäuzte sich. Seine Augen waren auf einmal gerötet.

»Wenn Ihnen dazu doch noch etwas einfallen sollte, melden Sie sich bitte sofort bei mir.« Pia legte eine Visitenkarte auf einen Beistelltisch und beendete die Tonaufnahme.

»Glauben Sie, dass derjenige, in den sie verliebt war, auch der ist, der …« Paschke brachte den Satz nicht zu Ende.

»Ich weiß es nicht. Aber möglich wäre es.« Sogar wahrscheinlich, dachte sie. Pia erhob sich.

»Ihre Kollegen hatten dazu rein gar nichts herausgefunden«, sagte er.

»Ein gut gehütetes Geheimnis also. Es kommt mir seltsam vor, dass sich derjenige, in den Ihre Tochter angeblich verliebt war, nach ihrem Verschwinden nicht bei der Polizei gemeldet hat. Vor allem dann, wenn er nichts damit zu tun hatte.«

»Oder er wusste noch gar nichts davon? Ich meine, davon, dass Mira sich in ihn verliebt hatte.« Er seufzte. »Ich bin diese Fragen in meinen schlaflosen Nächten schon tausendmal durchgegangen. Etwas, eine Kleinigkeit, hatte ich Ihren Kollegen noch gesagt. Aber die haben das, glaube ich, nicht weiterverfolgt.«

»Was war das?«

»Mira hat einige Zeit vorher beiläufig mal eine neue Freundin erwähnt, die sie in Hövelau gefunden hatte. Leider hat sie mir auch ihren Namen nicht genannt. Nur, dass sie etwas Besonderes sei und ich sie sicher mal kennenlernen würde. Und meine Tochter hat auch mal erwähnt, dass sie sich ab und zu um ein Kind kümmert und ihm bei den Hausaufgaben hilft. Das Mädchen war wohl oft allein zu Hause und hat Mira deswegen hin und wieder in ihrer Kate besucht, wenn sie nachmittags oder am Wochenende dort war.«

»Wissen Sie, wie das Mädchen heißt?«

Er schüttelte stumm den Kopf.

Nach dem Gespräch mit Tibor Schneider war Broders wieder ins Kommissariat gefahren. Dort erwartete ihn eine Überraschung. Vor dem Termin mit Schneider hatte er noch versucht, Dr. Rainer Felbert, den damaligen Leiter der Ausgrabung, an der Mira Schneider teilgenommen hatte, telefonisch zu erreichen. Er hatte jedoch nur eine Kollegin von ihm erreicht, die angeboten hatte, Dr. Felbert umgehend zu informieren. Er würde sich dann alsbald zurückmelden.

Nun lag ein Zettel auf seinem Schreibtisch, der besagte, dass Dr. Felbert heute zufällig in Lübeck und gegebenenfalls zu sprechen sei. Mit notiert war eine Handynummer, die Broders sogleich wählte.

Zufrieden beendete er das kurze Telefonat. Das fügte sich

gut. Der Archäologe würde noch an diesem Nachmittag hier auf der Dienststelle erscheinen. Ansonsten hätte Broders die knapp einhundertvierzig Kilometer von Lübeck nach Schleswig fahren müssen, nur um sich kurz mit Mira Schneiders ehemaligem Arbeitgeber zu unterhalten. Nun kam der Knochen anscheinend zum Hund …

Broders checkte seine Fitness-App und überlegte, ob er heute oder doch lieber erst morgen zum Training gehen sollte, als ein Kollege ihn über die hausinterne Leitung anrief. »Hier ist jemand für dich, Broders. Dr. Rainer Felbert. Er sagt, dass er einen Termin bei dir hat.«

»Das ist richtig. Ich komme runter und hole ihn ab.« Mit einem Anflug schlechten Gewissens ging Broders an der Tür zum Treppenhaus vorbei und nahm den Fahrstuhl nach unten. »Arbeitszeit ist nicht Trainingszeit«, murmelte er, als er den Knopf für das Erdgeschoss drückte.

Dr. Felbert wartete im Dämmerlicht der Eingangshalle auf ihn. Er war ein untersetzter Mann mit rundem Gesicht, bartlos und bis auf einen Haarkranz kahlköpfig. Seine Haut war gebräunt, die Augen wurden von starken Brillengläsern verkleinert. Er trug einen abgewetzt aussehenden Anzug mit Hemd und gemusterter Krawatte.

Auf dem Weg mit dem Fahrstuhl nach oben sagte Broders: »Es ist eine große Hilfe, dass Sie heute spontan herkommen können. Hatten Sie beruflich in Lübeck zu tun?«

»Nein. Ich war privat hier.«

»Ach so.«

»Ich habe mir einen Urlaubstag genommen.«

»Aha.« Es folgte ein mehr oder weniger peinliches Schweigen im Fahrstuhl, während sie beobachteten, wie sie der Fahrkorb von Stockwerk zu Stockwerk bewegte. Die

Tür öffnete sich, und Broders ging mit Dr. Felbert den Gang hinunter in Richtung des Besprechungsraums des K1. Interessiert sah der Archäologe sich um und blickte in jedes offene Büro.

»Suchen Sie jemanden?«, erkundigte sich Broders.

»Äh, nein. Ich bin nur neugierig. Berufskrankheit ...«

Sie betraten den Raum und setzten sich über Eck an den langen Besprechungstisch. Nachdem Broders erfolglos Kaffee oder Wasser angeboten hatte, verkündete er, dass er das anschließende Gespräch aufzeichnen wolle. Dr. Felbert nickte gleichgültig.

»Es geht um Ihre ehemalige Mitarbeiterin auf einer Ausgrabung, Mira Schneider. Wir prüfen gerade eine mögliche Wiederaufnahme der Ermittlung anlässlich ihres Verschwindens.«

»Sie war eine meiner Studentinnen. Ich kann der Polizei nach wie vor nicht viel zu dem Vermisstenfall sagen.«

»Sie haben doch ein paar Wochen mit Frau Schneider zusammengearbeitet. Einige Dinge wissen Sie bestimmt«, sagte Broders. »Und ob die hilfreich sind oder nicht, das werden wir entscheiden.«

Broders ließ sich von Dr. Felbert noch einmal schildern, wie die Zusammenarbeit mit Mira Schneider verlaufen war. Er kannte das Vernehmungsprotokoll in der Akte, doch er wollte sich lieber selbst ein Bild von der Beziehung zwischen dem Ausgrabungsleiter und der Vermissten machen.

Rainer Felbert betonte, dass er Mira Schneider als zuverlässige und engagierte Helferin auf der Grabung und auch als interessierte Studentin geschätzt habe. Im Laufe seiner Berufstätigkeit und vor allem bei Ausgrabungen habe er schon viele Studenten kennengelernt, aber Mira Schneiders Engagement sei ungewöhnlich gewesen. »Vielleicht lag es daran, dass wir eine Siedlung aus der Wikingerzeit untersucht haben. Das war Frau Schneiders spezielles Interessengebiet. Sie erwähnte mal einem anderen Kollegen gegenüber, dass diese Obsession einer der Gründe gewesen sei, weshalb sie sich der Archäologie verschrieben hatte. Unter Archäologen ist es eher verpönt, gerade diese Epoche hervorzuheben.«

»Sie nannte ihr spezielles Interesse ›Obsession‹?«, hakte Broders nach.

»Soweit ich mich erinnere …« Er hob die Augenbrauen. »Die Wikingerzeit wurde und wird populärwissenschaftlich auf eine unangenehme Art und Weise ausgeschlachtet. Es existieren sehr viele Falschinformationen über diese Zeit. All diese hanebüchenen Filme und Bücher! Nehmen wir nur das Bild des Wikingers mit einem Helm mit Hörnern auf dem Kopf …« Er schüttelte den Kopf.

»Ach, entspricht das gar nicht den Tatsachen?«, erkundigte Broders sich gespielt arglos. Bisher hatte Dr. Felbert über seine Beziehung zu Mira Schneider so emotionslos referiert wie ein Sprachcomputer. Er wollte ihn ein bisschen aus der Reserve locken.

»Natürlich nicht! Haben Sie das etwa geglaubt?«

»Ehrlich gesagt habe ich noch nie darüber nachgedacht.«

»Ts.«

»Und Mira Schneider hatte also ein besonderes Interesse an der Wikingerzeit?«

»Ja, das muss man wohl so sagen«, antwortete der Archäologe.

»Gab es Probleme deswegen?«

»Probleme? Nein, überhaupt nicht. Wenn es irgendwelche Probleme mit ihr gegeben hätte, hätte ich ihr doch keines unserer Fundstücke anvertraut.«

»Sie sprechen von dem Fundstück, das sie nach Kiel bringen sollte und das zeitgleich mit ihr verschwunden ist?«

»Genau. Frau Schneider wollte am nächsten Tag sowieso

nach Kiel zur Uni fahren. Daher bot es sich an, dass sie es mitnahm, um es dort einem Kollegen von mir zur Begutachtung zu übergeben. Wir hatten das Fundstück vor Ort schon konservatorisch behandelt und inventarisiert. Es befand sich in einem Plastikbeutel mit einem Barcode darauf, müssen Sie sich vorstellen. Es war natürlich ein wenig unorthodox, es ihr einfach mitzugeben. Aber der Kollege in Kiel ist Spezialist für diese Art von Fibeln. Ich war sehr an seiner Meinung zu dem Stück interessiert.«

Broders zog die Augenbrauen zusammen. »Also gut. Sie haben damals ausgesagt, dass Sie Mira Schneider unbedingt vertrauen. Wie denken Sie heute darüber?«

»Das hat sich nicht geändert. Ich glaube, dass es nicht ihr freier Wille war zu verschwinden. Sie ist nicht der Typ, der einfach so alles zurücklässt. Es muss etwas Unvorhergesehenes passiert sein.«

»Wie wertvoll ist so ein antikes Fundstück wie diese Fibel eigentlich?«, wollte Broders nun wissen.

Dr. Felbert zuckte mit den Schultern. »Schwer zu sagen. Sammler gibt es natürlich für beinahe alles. Aber der materielle Wert ist nicht so hoch, als dass sich ein Diebstahl dafür lohnen würde.«

»Aus welchem Material war die Fibel?«

»Eine Kupferlegierung mit Vergoldungen.«

»Wie muss ich mir das vorstellen? Finden Sie eine Menge ähnlicher Stücke auf einer Grabung?«

»Unsere Grabung an der Eider war schon sehr erfolgreich. Die dort entdeckte Siedlung liegt an dem damals international genutzten Handelsweg, der entlang der Befestigungsanlage Danewerk von der Schiffslandestelle Hollingstedt an der Treene im Westen zu der Handelsmetropole Haithabu im Osten führte. Wir sprechen hier von Funden, die über eine Fläche von fünf Hektar verteilt waren. Wir fanden Metallgegenstände, Werkzeuge, Gewichte für Waagen, Zahlungsmittel wie Hacksilber, arabische Münzen, zum Teil vergoldete Schmuckstücke wie eben diese Walkürenfibel ... Diese Siedlung war nicht nur ein Bauerndorf!«

»Also waren die Funde doch wertvoll«, sagte Broders.

»Aber hauptsichtlich in wissenschaftlicher Hinsicht, nicht so sehr in materieller ...«

»Was ist überhaupt eine Walkürenfibel?«

»Eine Gewandfibel, also eine Art Brosche, die eine Person zu Pferd mit einer Lanze und eine davorstehende Person mit einem Schild darstellt. Man geht davon aus, dass es sich um eine reitende Walküre handelt, die von einer Schildmaid begrüßt wird. Eine Darstellung von zwei Frauen aus der nordischen Mythologie.«

Broders nickte langsam. »Wie stand Frau Schneider zu den Funden? Diese Epoche lag ihr doch besonders am Herzen, wenn ich das richtig verstanden habe.«

»Ja, viele Funde stammten tatsächlich aus der Wikingerzeit, einige waren aber auch aus der jüngeren Eisenzeit, also aus dem fünften bis neunten Jahrhundert. Es war für sie, glaube ich, wirklich etwas Besonderes«, sagte Dr. Felbert nachdenklich. »Sie wirkte manchmal regelrecht euphorisch.«

»Könnte sie aus persönlichen Gründen ein besonderes Interesse an der Walkürenfibel gehabt haben? So sehr, dass sie sie unbedingt besitzen wollte?«

Felbert wand sich etwas. »Walkürenfibeln sind zwar recht selten, aber trotzdem glaube ich das eher nicht. Sie wollte möglichst viel über das Leben in der Wikingerzeit erfahren. Doch Frau Schneider wollte sich nicht persönlich an Fundstücken bereichern, sondern sie eher der Öffentlichkeit in Museen zugänglich machen.«

Das klang plausibel, aber es erklärte nicht, wieso die Fibel in einem Teich in Hövelau gelandet war. Es sei denn, sie fanden Mira Schneiders Leiche ebenfalls dort … »Was könnte sonst noch der Grund für Frau Schneiders Verschwinden gewesen sein, wenn nicht der Diebstahl? Haben Sie eine Idee?«

»Nein«, antwortete Rainer Felbert. »Ich habe seit dem Abschluss der Ermittlungen nichts Neues mehr erfahren. Bis … Bis diese Mail bei mir eintraf und mir klar wurde, dass das Artefakt, das ich Frau Schneider damals anvertraut hatte, wieder aufgetaucht ist.« Felbert wirkte erstmals aufgebracht. Seine kräftigen Hände mit den unzähligen Narben und Schrammen lagen flach auf der Tischplatte, als wollte er sich so zwingen, sie ruhig zu halten.

»Sind Sie deswegen sofort hergekommen?«

»Unter anderem«, gab Rainer Felbert zu. »Aber ich hatte wie gesagt sowieso Verschiedenes in der Stadt zu tun. Wenn ich ehrlich bin, wollte ich wohl vermeiden, dass Sie und Ihre Leute noch einmal zu einer meiner Ausgrabungen kommen. Sie wissen gar nicht, was das Auftauchen der Polizei damals für eine Unruhe unter meinen Mitarbeitern verursacht hat. Der Ausgrabungsfortschritt und die wissenschaftliche Arbeit haben erheblich darunter gelitten.«

»Tatsächlich?«, hakte Broders nach. »Wer im Besonderen war denn so beunruhigt? Stand ihr jemand besonders nahe?«

»Nein, mir ist nichts dergleichen aufgefallen. Die Stimmung war allgemein angespannt nach Frau Schneiders Verschwinden. Und das Auftauchen der Polizei legte den Verdacht nahe, dass etwas Schlimmes passiert ist.«

»Hat sich jemand geäußert, was dieses ›Schlimme‹ gewesen sein könnte? Gab es Gerüchte?«

Doch auch auf diese Frage erhielt er keine erhellende Antwort.

11. Kapitel

Am nächsten Morgen fuhren Pia und Broders direkt nach der Dienstbesprechung nach Hövelau. Sie hatten einen Termin mit Hubertus von Steben vereinbart, Mira Schneiders ehemaligem Vermieter.

»Glaubst du, der Vermieter der vermissten Frau kann uns in diesem Fall noch irgendwie weiterhelfen?«, fragte Broders, der etwas verkrampft neben ihr auf dem Beifahrersitz hockte.

»Zumindest ist er ein guter Ansatzpunkt, um sich hinterher auch noch ganz allgemein an Mira Schneiders Wohnort umzuhören. Die Vermietung ist ja wohl nicht über einen Makler oder eine Hausverwaltung zustande gekommen. Wir müssen herausfinden, wer das vermittelt hatte. Möglicherweise gab es schon vor dem Umzug private Kontakte zu jemandem im Ort.«

Broders drehte sich zu ihr um und ächzte dabei. »Ich setze ja eher auf die Ausgrabungsstelle.« Sie hatten die Ergebnisse ihrer Befragungen vom Vortag bereits ausgetauscht.

»Das steht als Nächstes an. Ich hoffe allerdings, dass es uns vorher gelingt, die Ermittlung offiziell neu aufzurollen.« Pia sah zu ihm hinüber. »Was hast du denn?«

»Ich war gestern noch an der Beinpresse und am Bauchtrainer. Autsch.«

Pia zog eine Augenbraue hoch. Es war ihrem Kollegen anscheinend ernst mit seinen Vorsätzen.

Nach einer Fahrt von einer Dreiviertelstunde erreichten sie das Dorf Hövelau, das umgeben war von Weiden und dunklen Waldabschnitten. Sie durchquerten den Ortskern auf einer wie ausgestorben daliegenden Dorfstraße und gelangten über eine Allee in einen weiteren Ortsteil, in dem sich das Gut befand.

Ein Schild leuchtete grellgelb zwischen den hohen Bäumen hervor. *Privatgelände. Zutritt verboten!* Daneben befand sich ein beinahe zugewachsener Teich mit schwarz aussehendem Wasser. Pia passierte das Schild und fuhr über eine Brücke und dann die bucklig gepflasterte Straße entlang auf das Gutsgelände.

Linker Hand stand unter dichten Baumkronen ein Reetdachhaus wie ein Wächter der Zufahrt. Dahinter öffnete sich das Gelände zu einem lang gestreckten Hofplatz, an dessen Stirnseite sich das Gutshaus befand. Pia steuerte den Wagen an einer von Feldsteinen eingefassten Rasenfläche vorbei. Sie parkte vor dem Portal und stieg aus.

Broders hatte sich aus dem Wagen gehievt und schaute sich das eindrucksvolle, aber auch wie aus der Zeit gefallen wirkende Wohnhaus an. Eine dunkelgrün und weiß gestrichene Veranda in der Mitte betonte den Eingangsbereich. »Oh, wow, und wo ist Miss Marple?«

»Ich vermute, es ist nicht halb so romantisch, wie du es dir vorstellst«, kommentierte Pia seinen sehnsuchtsvollen Blick.

Er rümpfte die Nase. »Es riecht auch nicht besonders romantisch.« Der Geruch nach Gülle und Diesel lag in der Luft.

»Hier wird noch richtig Landwirtschaft betrieben.«

Und wie zum Beweis dieser Worte ertönte ein Brummen, das schnell lauter wurde. Ein moderner Traktor rollte zwischen zwei Nebengebäuden hindurch auf den Platz. Als der Mann in der Fahrerkabine sie erblickte, hielt er direkt auf sie zu. Pia sah ihn mit zusammengekniffenen Augen an. Das imposante Gefährt stoppte nur wenige Zentimeter von der Stoßstange ihres Wagens entfernt.

»Ein Polizeifahrzeug zu beschädigen bedeutet jede Menge unerfreulichen Papierkram«, sagte Broders verärgert.

»Tut mir leid, falls Sie sich Sorgen um das Auto gemacht haben.« Der Fahrer hatte die Kabinentür geöffnet und war lässig zu ihnen heruntergeklettert. »Aber ich weiß genau, wie lang und breit mein Traktor ist.«

»Wir haben einen Termin mit Hubertus von Steben«, erwiderte Pia und trat auf ihn zu. »Kriminalpolizei Lübeck.«

»So früh? Ich hatte Sie nicht vor elf erwartet. Ich bin derjenige, den Sie suchen.« Er streckte ihr nun friedfertig die Hand entgegen.

Pia schüttelte sie. »Dann haben Sie sich geirrt. Am Telefon hatten wir vereinbart, so früh wie möglich. Wir stehen unter Zeitdruck.«

»Ja, ja, alles gut. Korittki und Broders, nicht wahr? Willkommen auf Hövelau! Wollen wir reingehen?«

Pia nickte kurz.

»Bleibt der hier so stehen?«, fragte Broders, dessen Sinn für Ästhetik durch das riesige Gefährt vor dem hübschen Portal des Hauses offensichtlich gestört wurde.

»Ach, Jork, mein Mitarbeiter, wird den gleich wegfahren. Kommen Sie.«

Von Steben ging ihnen mit ausholenden Schritten voraus und führte sie durch eine dunkle Eingangshalle in sein Büro. Er warf seine Jacke über einen Sessel und trat hinter den Schreibtisch. Trotz der Tatsache, dass er auf einem Trecker gearbeitet hatte, trug er ein strahlend hellblaues Hemd unter einem dünnen dunkelgrünen Wollpullover.

Pia sah sich um. Der Raum mit den vertäfelten Wänden und den alten Möbeln, die einen Großteil der Einrichtung stellten, war erstaunlich hell. Durch mehrere Sprossenfenster mit spiegelblanken Scheiben schien die Vormittagssonne. Die Unordnung auf allen Ablageflächen ließ die Umgebung weniger formell wirken.

Hubertus von Steben bot ihnen Platz auf zwei Armlehnstühlen vor seinem alten Eichenschreibtisch an. In einem Korb in der Ecke hob ein angegrauter Jagdhund seinen Kopf von einer mit Hundehaaren übersäten Wolldecke. Er machte sich nicht die Mühe, sich zu erheben, sondern schaute nur auf und klopfte mit dem Schwanz auf die Decke, auf der er lag.

»Das ist Artus. Seine Tage sind leider gezählt«, sagte von Steben. »Der Tierarzt schätzt, dass er nur noch ein paar Wochen zu leben hat. Meine Mutter meint, wir sollten in seiner Gegenwart nicht darüber reden.« Er wandte sich in Richtung des Tieres. »Nicht wahr, Artie, du weißt sowieso besser Bescheid als wir.«

»Er ist ein Deutsch Drahthaar, nicht wahr? Jagen Sie auch?«, erkundigte sich Pia. Es war immer besser zu wissen, ob sich Gewehre und vielleicht auch Kurzwaffen in einem Haus befanden.

»Nicht sehr leidenschaftlich. Mehr aus Notwendigkeit. Ich habe gern den Überblick darüber, was auf meinem Grund und Boden passiert.«

»Überblick? Das passt gut«, sagte Broders. »Wir möchten ja mit Ihnen über Mira Schneider sprechen. Soweit wir wissen, wohnte sie in einem Ihrer Häuser, bevor sie verschwand.«

»Ja, das stimmt. Aber es ist lange her.«

»Der Staatsanwalt erwägt, die Ermittlungen in dem Vermisstenfall wieder aufzunehmen«, erklärte Pia.

»Hat das mit dem Fund in meinem Teich zu tun?«

Pia setzte ihn ins Bild, soweit es ihr notwendig schien. Im Gegenzug ließ sie sich von ihm schildern, wie und von wem das Artefakt im Teich gefunden worden war.

»Haben Sie bei dem Fund sofort an Mira Schneider gedacht?«, wollte Broders von ihm wissen.

Von Stebens Wangen röteten sich. Ob vor Verlegenheit, Ärger oder Stress, war nicht zu sagen. »Offen gestanden, ja. Das kam mir durchaus in den Sinn. Sie hatte ja an einer Ausgrabung teilgenommen, und es wurde gemunkelt, dass sie wohl etwas von dort gestohlen hatte. Obwohl ich mir das überhaupt nicht vorstellen konnte.«

»Warum nicht?«, hakte Pia nach.

»Sie schien mir ehrlich begeistert von der Archäologie zu sein. Nicht der Typ, der Fundstücke für den privaten Gebrauch beiseiteschafft.«

»Sie haben unseren Kollegen damals erzählt, dass Sie Mira Schneider für zuverlässig gehalten haben. Sie zahlte ihre Miete pünktlich und hatte Spaß daran, den kleinen Garten, der zum Haus gehört, in Ordnung zu bringen. Sie hatte angeblich ein paar erste Kontakte im Ort geknüpft. Ist das so weit richtig?«

Von Steben lehnte sich zurück. »Ja, so habe ich das wohl ausgedrückt. Das war mein Eindruck von ihr.« Er griff nach einem Kugelschreiber auf dem Schreibtisch und spielte damit.

»Sie hatten zu dem Zeitpunkt ihres Verschwindens keinen Verdacht, keine Idee, was passiert sein könnte?«, fragte Pia.

»Wenn, dann hätte ich es selbstverständlich der Polizei erzählt. Meine Familie und auch einige unserer Nachbarn im Dorf waren besorgt und verunsichert, als Frau Schneider nicht wieder auftauchte. Wir sind eine kleine, miteinander vertraute Gemeinschaft.«

»Da kann eine neue Mieterin, noch dazu eine attraktive

junge Frau, doch schon mal für Unruhe sorgen«, warf Broders nonchalant ein.

»Was wollen Sie damit andeuten?« Ein kaum verhohlenes Missfallen klang nun bei von Steben mit. Er hatte sich anscheinend nicht mehr ganz so gut unter Kontrolle wie zuvor.

»Wir deuten gar nichts an«, erwiderte Pia ruhig. »Wir suchen nach dem Grund, warum Ihre Mieterin spurlos von hier verschwunden ist. Vielleicht ist Ihnen im Nachhinein ja noch etwas eingefallen. Eine Kleinigkeit, die Sie unter dem frischen Eindruck ihres Verschwindens noch nicht registriert oder für unwichtig gehalten hatten.«

Von Steben runzelte die Stirn, nickte dann aber.

»Mit wem stand Mira Schneider in der näheren Umgebung in Kontakt?«

»So genau weiß ich das natürlich nicht, aber ich hatte den Eindruck, dass sie schon ein paar Leute von hier kennengelernt hatte. Wie das auf dem Dorf eben so ist.«

»Wen zum Beispiel?«

»Meine Eltern, die Familie Weitz, einige weitere Nachbarn …«

Pia nickte und machte sich Notizen.

»Sie können doch nicht eine ganze Ortschaft unter Generalverdacht stellen. Die Frau kam aus Lübeck, sie hat in Kiel studiert und in Schleswig gearbeitet. Suchen Sie nicht bei uns nach einem Schuldigen.«

»Seien Sie versichert, wir suchen überall«, sagte Pia.

»Kannten Sie Mira Schneider eigentlich von früher? Oder wie ist ausgerechnet eine Studentin aus Kiel an einen Mietvertrag für ein Haus auf Ihrem Grund und Boden gekommen?«, erkundigte sich Broders in ruhigem Tonfall. »Kannten Sie sie vielleicht aus Ihrer Studienzeit«

»Nein, bestimmt nicht.« Von Steben atmete tief durch und strich sich eine strohblonde Stirnlocke aus dem Gesicht. Pia nahm ihm seine Nachdenklichkeit jedoch nicht ab. Er überlegte nur, wie viel er der Polizei erzählen sollte, vermutete sie. »Es ist übrigens gar kein richtiges Haus, das sie von uns gemietet hatte. Nur die Hälfte einer kleinen, alten Kate mit zwei winzigen Zimmern, alles in allem knapp vierzig Quadratmeter«, wiegelte er ab. »Wir hatten das Gebäude aufwendig saniert, weil es uns sonst zusammengebrochen wäre. Es steht zusammen mit den Nachbargebäuden unter Ensembleschutz.«

Hubertus von Steben schnaubte. »Kurz bevor die Arbeiten abgeschlossen waren, hat Mira sich bei mir gemeldet. Ich hatte noch keine Vermietungsanzeige aufgegeben. Sie muss es von jemandem gehört haben. Aber sie klang sympathisch, und ich hatte ehrlich gesagt keine Lust auf viele Bewerber mit Besichtigungsterminen und so. Da hat sie, nachdem sie sich die Kate angesehen hatte, sofort den Zuschlag bekommen.«

»Von wem war denn der Tipp?«, hakte Pia nach.

»Das hat sie nicht gesagt. Gut möglich, dass es ein externer Handwerker oder so war.«

»Sie haben sie das nicht gefragt?«, wollte Broders mit skeptischer Miene wissen.

Von Steben schüttelte den Kopf. »Nein.«

»Hm.« Pia glaubte ihm nicht. Beziehungen waren doch auf dem Lande enorm wichtig. Vermutlich wusste er genau, von wem der Tipp gekommen war. Aber wieso wollte er ihnen in diesem Punkt nicht die Wahrheit sagen? War Mira Schneider möglicherweise eine nicht standesgemäße Freundin, eine Affäre von ihm gewesen, die er in direkter Nachbarschaft einquartiert hatte? Doch warum es nicht zugeben? Sie lebten im einundzwanzigsten Jahrhundert.

»Ist die Kate wieder bewohnt?«, erkundigte sich Broders.

Von Steben zögerte. »Nein. Ich wollte nach diesem unschönen Erlebnis keine festen Bewohner mehr hier haben.

Wir vermieten die Räume jetzt nur noch als Ferienwohnung. Doch zurzeit ist niemand dort.«

Wenn die Kate inzwischen eine Ferienwohnung war mit vielen unterschiedlichen Urlaubern, würde dort bestimmt nichts mehr zu finden sein, was sie weiterbrachte, vermutete Pia. Und weitergekommen waren sie auch nicht gerade.

Von Steben sah auf die schwere, antiquiert aussehende Uhr mit dem braunen Lederarmband an seinem Handgelenk. Vintage war ja gerade in. Ein Erbstück? Alles an ihm strahlte Tradition und Beständigkeit aus.

»Eine Sache noch«, sagte Pia wie beiläufig. »Mira Schneider soll sich gut mit einem Kind im Dorf verstanden haben. Es heißt, sie hat ihm bei den Hausaufgaben geholfen.«

»Tatsächlich? Das ist mir neu.«

»Um welches Kind könnte es sich denn da handeln?«, insistierte sie.

»Das weiß ich wirklich nicht. Tut mir leid«, antwortete er.

»Was ist das mit dem Kind?«, erkundigte sich Broders bei Pia, als sie wieder zu ihrem Auto gingen. »Hast du dir das eben ausgedacht?«

Pia lachte auf. »Nein. Mira Schneiders Vater hat es gestern erwähnt.«

»Du willst nach diesem Kind suchen, oder?«

Sie sah auf die Uhr. »Wahrscheinlich müssen wir abwarten, bis die Kinder aus der Schule zurück sind. Ich schlage vor, wir reden zunächst mit den beiden, die die Fibel aus dem Teich gefischt haben. Vielleicht wissen die, wem Mira bei den Hausaufgaben geholfen hat« Sie blickte zum Haus zurück. »Die sind hoffentlich etwas auskunftsfreudiger als Herr von Steben.«

12. Kapitel

Sie fuhren zurück in die Ortsmitte von Hövelau. Ein Teil der Häuser grenzte direkt an den Waldrand, was ein wenig beklemmend auf Pia wirkte. Doch immerhin konnte das Dorf mit einem Mini-Supermarkt und einer Gaststätte aufwarten.

Kurz entschlossen hielten Broders und Pia an und kauften sich in dem Laden je ein belegtes Brötchen und einen Kaffee. Pia versuchte wenig erfolgreich, die Kassiererin in ein Gespräch zu verwickeln.

Während Broders und sie mit ihrem Mittagsimbiss an ihrem Wagen auf dem Parkplatz standen und sich ein paar warme Sonnenstrahlen ins Gesicht scheinen ließen, fuhr der Schulbus an ihnen vorbei. Er entließ eine Gruppe jüngerer Schulkinder, die sich unter Knuffen und Rufen voneinander verabschiedeten und in verschiedene Richtungen davonstrebten.

Vito Zell lebte mit seiner Familie in einem großzügig aussehenden Einfamilienhaus gegenüber dem Gutsteich. Broders fuhr mit dem Wagen dorthin. Pia würde währenddessen Katharina Seibold befragen, die in der Nähe des Supermarktes wohnte. Sie waren übereingekommen, die Kinder getrennt zu befragen. Zwei Polizisten auf einmal würden sie vielleicht zu sehr einschüchtern.

Nachdem Broders erklärt hatte, wer er war und was er wollte, rief Vitos Mutter ihren Sohn herunter in die Küche. Er war ein schmaler Junge mit großen braunen Augen und beinahe kinnlangen, lockigen Haaren.

»Du, Vito, ich habe gehört, dass du neulich einen spannenden Fund gemacht hast«, sagte Broders nach der Begrüßung. Sie saßen am Küchentisch. Vitos Mutter werkelte im Hintergrund einer klinisch reinen Küche und räumte klappernd den Geschirrspüler aus.

»Das war reiner Zufall«, antwortete der Junge leise, ohne Broders anzusehen. »Ich bin draufgetreten. Zuerst dachte ich, dass es eine Glasscherbe ist.«

Broders ließ sich von ihm schildern, wie seine Freundin und er an dem Teich vor dem Gut gespielt hatten. »Wir wissen, dass es verboten ist«, räumte Vito mit einem Seitenblick zu seiner Mutter ein. »Aber wir dachten, was auf der Insel im Teich passiert, interessiert doch sowieso keinen.«

»Ich bin nicht hier, weil ihr dort verbotenerweise gespielt habt«, versicherte Broders. »Mir geht es nur darum, wie ihr die alte Fibel gefunden habt.«

»Trine hat versucht, Fische zu fangen«, erklärte er mit einem angedeuteten Lächeln. »Damit wir etwas zu essen haben. Im Spiel natürlich!«

Broders nickte. »Meinst du mit Trine Katharina Seibold?«

»Ja, aber jeder hier nennt sie Trine.« Vito betonte, dass sie diejenige gewesen war, die unbedingt in den Teich hatte gehen wollen, er aber dann auf die alte Scheibe getreten war. Weiterhin schilderte er ein wenig stockend und wieder mit schnellen Blicken zu seiner Mutter, wie Hubertus von Steben auf einmal am Ufer des Teichs aufgetaucht war und sie beinahe erwischt hätte.

»Fürchtet ihr euch vor ihm?«

Er zuckte mit den Schultern. »Wir wollten keinen Ärger. Deshalb haben wir abgewartet, bis er wieder weg war, und sind dann nach Hause gelaufen.«

Vitos Mutter im Hintergrund räusperte sich, sagte aber nichts dazu. Glücklicherweise verließ sie die Küche nun.

Broders hoffte, dass Vito etwas mitteilsamer werden würde. »Was dachtet ihr, was es ist?«

»Wir wussten es nicht. Aber es sah interessant aus. Nicht nur wie Müll. Irgendwie … besonders.«

»Was habt ihr mit eurem Fundstück gemacht?«, erkundigte Broders sich.

»Trine hat es mit nach Hause genommen. Mehr weiß ich nicht.«

Aber dann war das Stück auf verschlungenen Wegen bis zur Denkmalschutzbehörde gelangt. »Hast du eine Ahnung, ob Trine die Scheibe doch jemandem gezeigt hat? Ihrem Vater vielleicht? Hast du noch mal mit ihr darüber gesprochen?«

Der Junge schüttelte vehement den Kopf.

»Vito, hast du zufällig jemandem davon erzählt?«

»Ich musste! Herr von Steben hatte uns beide auf der Insel gesehen und ist hergekommen, um mit meinen Eltern darüber zu reden.«

»Oh, so ernst ist es ihm mit dem Betretungsverbot?«

Vito nickte und biss sich auf die Unterlippe. Seine Mutter trat mit einem Korb Wäsche unter dem Arm wieder in die Küche.

»Waren Sie dabei, als Herr von Steben mit Ihrem Sohn geredet hat?«, erkundigte Broders sich bei ihr.

»Ja, natürlich. Von Steben war sichtlich sauer. Ich wollte Vito nicht allein mit ihm sprechen lassen. Ich meine … Kinder spielen nun mal und vergessen dabei gern ihre Umgebung. Das soll ja auch so sein. Und schließlich ist gar nichts passiert.«

»Während des Gesprächs hast du, Vito, ihm dann von dem Fundstück erzählt?«

Der Junge bejahte mit gesenktem Blick.

»Ja, das hat er. Was man findet, darf man deswegen noch

lange nicht behalten«, warf Frau Zell ein. »So haben wir unsere Kinder erzogen. Die wissen das.« Sie war an den Tisch getreten, legte Socken zusammen und rollte sie paarweise auf.

»Sagen Sie Trine, dass ich es von Steben verraten habe?«, fragte Vito leise.

»Es geht leider nicht anders. Und du hattest dich ja richtig verhalten.« Broders erhob sich. »Vielen Dank, Vito. Du hast uns sehr geholfen.«

Auch der Junge stand zögernd auf.

»Ach, eine Sache noch«, sagte Broders, schon auf dem Weg zur Tür. »Erinnerst du dich an Mira Schneider, Vito? Sie hat eine Zeit lang in einer Kate in Hövelau gewohnt.«

»Die Frau, die verschwunden ist?«

Im Hintergrund hob Frau Zell den Kopf und sah Broders aufmerksam an.

»Die meine ich«, bestätigte er. »Ich habe gehört, dass sie öfter von einem Kind aus dem Dorf Besuch bekommen hat. Weißt du, mit wem sie befreundet war?«

Vito öffnete den Mund, schloss ihn wieder und schaute auf seine Füße, die für den mageren Körper viel zu groß zu sein schienen.

»Du kannst es mir ruhig sagen, wenn du es weißt. Der- oder diejenige bekommt keinen Ärger. Wir haben nur ein paar Fragen«, versicherte Broders.

Vitos Mutter räusperte sich. »War das nicht auch Trine, Vito?«, fragte sie ihren Sohn.

»Da weiß ich nichts von«, antwortete er mürrisch.

»Na ja. Meine Kollegin spricht ja ohnehin mit ihr. Da wird sie sie wohl sowieso fragen, ob sie das war«, gab Broders freundlich zurück. »Tschüss und vielen Dank!«

Katharina Seibold wohnte nur etwa fünfhundert Meter von den Zells entfernt in einer heruntergekommen aussehenden Doppelhaushälfte. Das Gras im Vorgarten stand beinahe kniehoch. Die hellgraue Fassade hatte einen neuen Anstrich nötig.

Auf Pias Läuten öffnete ihr ein etwa zehnjähriges Mädchen und schaute sie mit zusammengekniffenen Augen an. Sie hatte auffällig hellrote Haare und ein schmales Gesicht mit Sommersprossen. Sie war recht groß für ihr Alter. »Hallo, ich bin von der Polizei in Lübeck. Bist du Katharina Seibold?«

Das Mädchen nickte.

»Ist deine Mutter oder dein Vater auch da?«, fragte Pia.

»Nur mein Vater. Aber der … arbeitet.« Sie sah zu Boden, und Pia hatte den Eindruck, dass Katharina nicht die Wahrheit sagte.

»Hier im Haus? Dann sag ihm bitte Bescheid, dass die Polizei da ist.«

»Ist es meinetwegen?«, wollte das Mädchen mit trotzigem Unterton wissen.

»Ich habe nur ein paar Fragen. Nichts Schlimmes.«

Ingo Seibold kam auf Katharinas Rufen zu ihnen herunter. Er blieb in der Küche, während Pia mit seiner Tochter sprach. In diesem Haushalt war ganz offensichtlich reichlich zu tun, doch er stand nur mit verschränkten Armen am Fenster und sah hinaus.

Pia fragte Katharina nach ihrem Fund im Teich. Das Mädchen schilderte das Ereignis und sagte, dass sie ihr Fundstück anschließend mit nach Hause genommen habe. Am nächsten Tag war von Steben bei ihnen aufgetaucht. Er hatte sie gewarnt, nicht wieder auf seinem Grundstück zu spielen, und dann die Herausgabe des gefundenen Gegenstandes verlangt.

»Hat Herr von Steben dir auch gesagt, warum er dieses Teil unbedingt haben will?«

Das Mädchen schüttelte den Kopf.

»Hm, seltsam, Katharina«, erwiderte Pia.

»Alle nennen mich Trine.«

»Also gut, Trine. Kennst du eigentlich Mira Schneider?«

»Die hat in der alten Kate am Ortsrand gewohnt. Sie ist aber schon länger weg.«

»Kanntest du sie gut?«, hakte Pia nach.

»Sie war meine Freundin.«

»Wie habt ihr euch denn kennengelernt?«

»Ich habe sie einfach so mal besucht, als sie eingezogen war. Und Mira hat gesagt, dass ich jederzeit vorbeikommen darf. Sie wohnte da ganz allein.«

Pia nickte. »Was habt ihr so zusammen gemacht?« Sie blickte zu Trines Vater. Sie war sich nicht sicher, ob er schon alles wusste und ob er gutheißen würde, was er nun erfuhr.

»Wir waren in ihrem Garten. Mira hatte keine Ahnung von Gartenarbeit. Ich habe ihr ein bisschen geholfen.« Trine lächelte. »Und sie hat mir manchmal was in Mathe erklärt. Ab und zu hat Mira mir auch von ihrer Arbeit erzählt. Wenn es kalt war, haben wir heißen Kakao zusammen getrunken.«

»Wollen wir vielleicht rausgehen und dort weiterreden?«, schlug Pia vor. Sie hatte die Vermutung, dass das Mädchen ohne den Vater, der ihr aufmerksam zuhörte, offener reden würde. »Ist Ihnen das recht, Herr Seibold?«

»Meinetwegen. Aber zieh dir eine Jacke über, Trine!«

»Ich weiß nichts über Miras Verschwinden«, sagte das Mädchen bedauernd, als sie nebeneinanderher ein Stück die Straße hinuntergingen. »Die Polizei hat mich damals auch schon danach gefragt.«

»Was hat Mira dir denn so über ihre Arbeit erzählt? Gab

es etwas, was ihr Sorgen gemacht hat? Jemanden, den sie dort nicht mochte?«

Trine blickte zu Boden und schüttelte den Kopf.

»Oder gab es hier in Hövelau so jemanden, den Mira mal erwähnt hat?«

Wieder verneinte Trine, schaute Pia aber nicht an.

Das Verhalten kam ihr seltsam vor, nun, da sie doch allein waren. »Du kannst mir alles sagen, Trine. Du bekommst keinen Ärger. Versprochen!«, fügte Pia hinzu.

»Das können Sie mir doch gar nicht versprechen!«

»Nein, das kann ich in letzter Konsequenz nicht«, räumte Pia ein. »Aber ich versuche herauszufinden, was mit deiner Freundin Mira passiert ist. Vielleicht kannst du mir dabei helfen.«

»Ich habe … etwas geklaut«, stieß das Mädchen kläglich hervor.

»Sprichst du wieder von dem Fundstück im Teich?«

»Nein, das meine ich doch nicht!«, sagte das Kind.

»Und was war es dann?«

Trine kickte einen Kieselstein vor sich her. Als der Stein im Gebüsch verschwand, blieb sie abrupt stehen. »Mira hatte ein Buch geschrieben und gezeichnet. So was wie einen Comic-Roman, aber mit richtig guten Bildern. Über Wikinger. Es ging um eine Schildmaid, das ist eine Kämpferin. So hieß das Buch auch: *Die Schildmaid*. Es war unser Geheimnis. Wenn ich bei ihr war, durfte ich es bei ihr im Wohnzimmer anschauen und darin lesen. Aber wenn ich fertig war, hat Mira es sofort wieder in eine Schachtel gelegt und auf einem Sims im Kamin versteckt. Es sollte noch niemand wissen.«

»Warum denn nicht?«

Trine zuckte mit den Schultern.

»Hm. Und was passierte dann?«

»Ich war einmal nach der Schule so traurig. Wegen meiner Ma … Die ist nämlich tot.« Das Mädchen starrte einen Moment in die Ferne.

»Das tut mir sehr leid, Trine. Wann ist deine Mutter denn gestorben?«, fragte Pia vorsichtig.

»Vor über zwei Jahren. Ich vermisse sie ganz doll … An dem Tag, an dem ich das Buch genommen habe … da bin ich jedenfalls nachmittags zu Mira gegangen. Doch sie war nicht da. Ihr Auto auch nicht. Ich wollte mir aber ihr Buch so gern anschauen. Also bin ich rein zu ihr und habe es mir geholt. Ich wusste, dass sie einen Hausschlüssel unter einem Stein versteckt hatte, für den Fall, dass sie ihren mal verliert oder so. Ich wollte das Buch aber nicht allein in ihrem Haus lesen. Da war es mir zu unheimlich. *Die Schildmaid* ist spannend und auch ganz schön gruselig. Also habe ich das Buch mit zu mir nach Hause genommen. Ich wollte es Mira später zurückbringen. Und sie hätte auch nichts dagegen gehabt, dass ich es mir für ein paar Stunden ausleihe, ganz bestimmt nicht. Das müssen Sie mir glauben!«

»Das glaube ich dir, Trine. Und was passierte dann?«

»Dann habe … habe ich gehört, dass Mira verschwunden ist. Und sie ist einfach nicht wiedergekommen«, schloss das Mädchen hilflos. »Ich konnte ihr *Die Schildmaid* nicht mehr zurückbringen.«

»Dafür hätte sie bestimmt Verständnis, Trine. Aber ich muss dich noch was Wichtiges fragen …«, sagte Pia.

»Was denn?«

»Weißt du noch, an welchem Tag und um wie viel Uhr du bei Mira im Haus warst und das Buch mitgenommen hast?«

»Das weiß ich sogar noch ganz genau«, antwortete Trine und nickte.

»Erzähl es mir.«

»Also. Am Mittwoch vorher – das war der neunzehnte Oktober - hatte Mira Geburtstag, und ich bin nachmittags nach dem Turnen bei ihr gewesen. Sie hatte Zitronenkuchen gebacken, der war ganz lecker, und es gab Tee und Kaffee und für mich Kakao. Leute von ihrer Arbeit und auch ein paar aus dem Dorf sind bei ihr vorbeigekommen, um zu gratulieren.«

»Moment. Erinnerst du dich, wer genau bei ihr war?«

Trine krauste die Stirn. »Als ich da ankam, sind die vom Gut gerade gegangen. Carina Weitz war dort, später auch Jork Althoff, sogar Vitos Mutter und noch andere Leute aus Hövelau. Aber von denen weiß ich den Namen nicht.«

»Wer vom Gut war denn dort?«

»Hubertus von Steben und auch seine Eltern.« Das Mädchen verzog das Gesicht.

»Das hilft mir weiter, Trine. Und wann hast du das Manuskript mitgenommen?«

»Ich war an dem Freitagnachmittag direkt nach ihrem Geburtstag bei ihr drinnen. Dass sie verschwunden war, wusste ich da aber ja noch nicht. Ich habe die Woche über nach der Schule immer etwas vor: Turnen, Jugendfeuerwehr, Basteln. Was es halt so gibt … Aber freitagnachmittags wird nichts angeboten außer Fußball. Die Freitage und die Wochenenden sind schlimm …«

Pia nickte. Sie konnte die Einsamkeit des Mädchens nachfühlen. »Wie sah es an dem Freitagnachmittag, als du dir das Buch geliehen hast, bei Mira im Haus aus? Ist dir irgendwas aufgefallen?«, fragte Pia.

»Es sah … anders aus. Irgendwie leer. Sie hat nach der Geburtstagsfeier richtig aufgeräumt, habe ich gedacht.« Trine kniff die Augen zusammen. »Es haben keine Schuhe mehr im Flur herumgestanden, und Miras Jacken hingen nicht an der Garderobe wie sonst. Ich bin nur schnell ins Wohnzimmer gegangen, hab das Buch aus dem Versteck geholt, und dann bin ich gleich wieder rausgelaufen …«

Eine Viertelstunde später verließ Pia das Haus der Seibolds, nachdem sie das »Buch«, eigentlich ein Manuskript, von Mira Schneider gegen eine Visitenkarte mit ihrer Telefonnummer für Trine eingetauscht hatte. Sie hoffte, es dem Mädchen wieder zurückgeben zu können. Trines Vater musste noch nichts von diesem Buch wissen, doch als sie Broders traf, berichtete Pia ihm sofort davon.

»Wann war das Mädchen denn in Mira Schneiders Haus?«, wollte auch Broders sogleich wissen.

»Trine hat mir gesagt, dass sie an dem Freitagnachmittag nach Miras Geburtstag und vor der offiziellen Vermisstenmeldung am folgenden Dienstag in ihrem Haus war. Von Trine weiß ich außerdem, dass Mira ihr Manuskript versteckt hatte. Auf einem Sims in einem alten Kamin, der nicht mehr benutzt wurde.«

»Nicht sehr originell. Da hätte die Spurensicherung es finden müssen.«

»Genau. Aber die Kollegen konnten es nicht finden, weil Trine Seibold es geholt und mit zu sich nach Hause genommen hatte, bevor die Polizei von Mira Schneiders Verschwinden erfahren hatte. Als Mira dann offiziell vermisst wurde und die Polizei nach ihr suchte, hat das Mädchen sich nicht mehr getraut, etwas davon zu sagen. Sie hat gehofft, dass Mira wiederkommt und sie es ihr persönlich zurückgeben kann. Doch nun …« Pia zuckte mit den Schultern.

»Wieso hat der Vater des Mädchens nichts davon gewusst?«

»Trine hatte es vor ihm und ihrer Schwester versteckt. Es war in einem alten Spielekarton verborgen.«

»Hast du schon in das Manuskript hineingeschaut?«, wollte Broders wissen.

»Ja. Es heißt *Die Schildmaid* und handelt von einer Wikingerkriegerin. Es ist sehr gekonnt und eigenwillig illustriert. Eine Mischung aus Comic und Roman.« Pia runzelte die Stirn. »Es ist ausgefallen und besonders, und es spricht mich an, auch wenn ich normalerweise keine Comics lese.«

»Die Walkürenfibel aus dem Teich stellt angeblich eine Walküre und eine Schildmaid dar. Hältst du das Manuskript für ein mögliches Mordmotiv?«

»Nein, eher nicht«, antwortete sie. »Aber wir müssen mit Rist reden. Ich bin mir jetzt sicher, dass Mira Schneider nicht freiwillig fortgegangen ist. Dem Manuskript liegt die ausgedruckte E-Mail einer Literaturagentin bei. Sie hatte ihren Angaben zufolge großes Interesse an *Die Schildmaid*. Sie schrieb, dass sie das Manuskript verschiedenen Verlagen anbieten wolle und dass es sogar ›in Auktion‹ gehen könnte. Das heißt, dass Verlage versuchen würden, sich gegenseitig zu überbieten, um die Rechte daran zu kaufen. Da steht etwas von einem möglichen ›höheren fünfstelligen Garantiehonorar‹.«

Broders pfiff leise durch die Zähne. »Du kennst dich ja aus.«

»Nein, ich habe aber bereits mit der Agentin telefoniert. Sie hat sich sofort an *Die Schildmaid* erinnert. Die Literaturagentin war damals wohl enttäuscht darüber, dass Mira Schneider sich nie wieder bei ihr gemeldet hat. Sie dachte jedoch, eine andere Agentur hätte den Zuschlag bekommen. Deswegen hat sie die Sache auf sich beruhen lassen. Ich halte es für unwahrscheinlich, dass Mira ihr Manuskript einfach so in ihrem Haus zurückgelassen hätte, wenn sie freiwillig fortgegangen wäre. Immerhin hatte sie ja anscheinend die Zeit dafür gefunden, Kleidung und andere persönliche Sachen mitzunehmen.«

»Und wenn Mira Schneider das Manuskript nicht mitnehmen konnte, weil es nicht mehr da war?«, gab Broders zu bedenken. »Eben, weil Trine es sich vorher ausgeliehen hatte?«

»Das Mädchen war am Freitag nach der Schule bei ihr in der Kate. Da hingen die Jacken nicht mehr an der Garderobe wie sonst, die Schuhe standen nicht länger im Flur herum. Wahrscheinlich war Mira Schneider zu dem Zeitpunkt schon verschwunden. Sie wollte an dem Morgen ja früh zur Uni nach Kiel fahren, unter anderem, um das Fundstück abzugeben, und sie ist niemals dort angekommen. Mira Schneider wurde unseres Wissens danach nie wieder gesehen.«

Broders dachte kurz nach. Dann nickte er grimmig. »Sieht so aus, als hätten wir es geschafft, Pia. Die Frau ist höchstwahrscheinlich nicht freiwillig verschwunden. Die Suche nach Mira Schneider muss wieder aufgenommen werden.«

»Ja«, sagte Pia. »Und diesmal finden wir sie.«

13. Kapitel

»Vorsichtig! Pass auf, wo du hintrittst!« Clemens Berger, Kriminaltechniker aus Lübeck, sprang zu seinem Kollegen Simon Ebert in die Grube und ging in die Hocke. Behutsam, beinahe zärtlich, strich er mit einem Pinsel in seiner behandschuhten Rechten die Erde von dem blauen Stoff. Das textile Gewebe war vor Nässe dunkel verfärbt. Es schien ein Ärmel zu sein, so, wie es sich anfühlte, mit einem Arm darin. Dieser war offenbar der höchste Punkt des Objekts im Erdreich. Vielleicht lag der oder die Tote auf der Seite.

Sie befanden sich auf einer kleinen Lichtung in einem Tannenwald, etwa drei Kilometer von Hövelau entfernt. Die Grube hatten sie in den letzten Stunden mithilfe von Kollegen von der Schutzpolizei ausgehoben, nachdem zwei Leichenspürhunde unabhängig voneinander hier markiert hatten. Das Gelände war, ausgehend vom Hövelauer Teich, wo sie mit Tauchern gearbeitet hatten, weitläufig mit Hunden abgesucht worden.

Berger wischte vorsichtig weiter Erde fort. Er sog scharf die Luft ein, als er eine verweste, schmalgliedrige Frauenhand freilegte.

»Wir haben sie«, stieß er rau hervor. »Mein Gott! Ich glaube, wir haben Mira Schneider gefunden!« Er bekreuzigte sich, was er wohl während seiner Arbeit noch nie getan hatte, wie ihm klar wurde. »Wenn sie es denn ist …«, setzte er hinzu, obwohl er sich so gut wie sicher war.

Sein jüngerer Kollege Simon Ebert kletterte hastig aus

der Grube und aus Bergers Sichtfeld. Dieser hörte ihn spucken und auch würgen.

»Ruf sofort Korittki an«, rief er ihm zu. »Sie soll unverzüglich herkommen!« Als ließe sie sich das nehmen, dachte er. Doch das Gefühl der Dringlichkeit würde Ebert ein wenig von dem Geruch in der Grube und den Bildern in seinem Kopf ablenken.

Pia Korittki von der Mordkommission Lübeck schien von Anfang an davon überzeugt gewesen zu sein, dass ihre Suche ein Erfolg werden würde. Auch nach mehreren Tagen noch, als die meisten es nicht mehr für wahrscheinlich gehalten hatten, dass sie Mira Schneiders Leiche finden würden. Einschließlich ihres Chefs Rist …

Berger schaute wieder auf die verfärbten Knochen und Gewebereste, die mal eine Hand mit wohl schlanken Fingern gewesen war. Am Mittelfinger steckte ein dunkel verfärbter Silberring. Die Fingernägel hatten sich abgelöst, und ein paar wenige sah er wie Perlmutt inmitten der dunklen Erde schimmern. Die Knochen und Sehnen des Handgelenks umschloss ein Uhrenarmband aus ursprünglich wohl hellblauem Kunststoff. »Ich habe nicht mehr damit gerechnet, aber wir haben sie tatsächlich gefunden«, wiederholte er andächtig. Und dann, nach einem Räuspern. »Arme Seele!«

»Ab jetzt ist es eine Mordermittlung«, sagte Pia leise zu sich selbst. Sie stand am Rand der Grube und beobachtete, wie vier Helfer die Tote in einem Leichensack heraufhoben, um sie in einem Leichenwagen abzutransportieren.

Pias Herz pochte heftig, und ihre Hände waren zu Fäusten geballt. Achtzehn Monate war Mira Schneider dort unten gewesen, achtlos hinabgeworfen und im Waldboden verscharrt wie ein Stück Müll. Sie würde endlich ein anständiges

Begräbnis bekommen. Es wurde Zeit, dass ihr wenigstens in dieser Hinsicht Gerechtigkeit widerfuhr. Doch ihre Zukunft, das Leben, das normalerweise noch vor ihr gelegen hätte, war ihr von einem anderen Menschen gewaltsam genommen worden. Vor allem wurde es Zeit, dass sie den Täter fanden und er für das Verbrechen zur Rechenschaft gezogen wurde. Sie, Pia, würde alles tun, was dafür nötig war!

Sie hatte bereits mit dem zuständigen Rechtsmediziner in Lübeck telefoniert. Die Tote wurde schon erwartet und würde gleich am Montag obduziert werden.

»Tut mir leid, dass ich heute so spontan noch mal wegmusste«, sagte Pia, als sie Martens Haus betrat. Sie hatte eigentlich geplant, das ganze Wochenende mit ihrem Sohn hier zu verbringen. Dann war am vergangenen Mittwoch das Okay für die Suche nach Mira Schneider von ganz oben gekommen.

Sie hatten am Donnerstag und Freitag bis zum Dunkelwerden gesucht. Die Presse war aufmerksam geworden, freiwillige Helfer waren dazugekommen, und ein seltsames Fieber schien die Leute gepackt zu haben. Viele hatten angeboten, auch am Samstag weiterzumachen.

Pia war am Morgen noch dabei gewesen, dann aber zurück zu Felix und Marten gefahren, damit ihr Sohn sie am Wochenende auch mal sah. Kurz nach dem gemeinsamen Frühstück war dann der Anruf ihrer Kollegen aus dem Wald bei Hövelau gekommen … Jetzt war es früher Nachmittag.

»Nun bist du ja wieder hier, Pia. Oder musst du noch mal weg?«, erkundigte sich Marten.

Pia lachte etwas verlegen auf. »Nein, ich bin jetzt ganz bei euch – hoffe ich. Ein Vorteil bei Ermittlungen an Cold Cases sollte ja sein, dass die alten, ungelösten Fälle meistens auch noch ein paar Tage länger warten können.«

Marten schob sie ein Stück von sich weg und sah ihr direkt ins Gesicht. »War es schlimm?«

»Woher weißt du …«

»Dass ihr eine Leiche gefunden habt? Du hattest ja angedeutet, dass ihr nach einer vermissten Frau sucht. Dann musst du am Wochenende spontan noch mal weg, und jetzt riechst du …« Er schnupperte an ihrem Hals, was Pia einen angenehmen Schauder verursachte. »… nach Wald«, sagte er diplomatisch. »Hauptsächlich. Wie lange hat sie dort gelegen?«

»Knapp achtzehn Monate im Erdreich. Ein grausiger Anblick. Es macht mich wütend und auch traurig, was da ein Mensch einem anderen angetan hat. Ich werde mich mal duschen und umziehen.« Sie schauderte wieder, diesmal in Erinnerung an den Anblick der verwesten Leiche, die vor nicht allzu langer Zeit eine lebensfrohe junge Frau gewesen war.

Als Pia wieder herunterkam, waren Felix und Marten in der Küche beschäftigt. Für Pia war es ein erfreulicher Anblick, dass ihr Sohn diesen ganz normalen Alltag einer Familie mit Vater und Mutter mitbekam, mit dem Bonus, dass es ein Vater war, der keine Probleme mit Haushaltstätigkeiten hatte, sondern sie so selbstverständlich erledigte wie seinen Job.

Sie mussten Felix wirklich bald sagen, wer sein Vater war. Würde der »richtige« Moment denn überhaupt kommen, oder würde es nur immer schwieriger werden, je länger sie warteten? Marten hatte ihr ja schon mehrmals signalisiert, dass er dafür war, Felix die Wahrheit zu sagen.

Aber nicht, wenn ich mitten in einem neuen Fall stecke, schoss es Pia durch den Kopf. Die nächsten Tage würden aufreibend werden. Doch dann … Sie setzte sich im Geiste einen festen Termin.

»Mama, Mama! Ich habe einen neuen Freund!«, rief Felix.

»Oh, wie schön! Wer ist es denn?«

»Er heißt Jonas.«

»Okay, Jonas also. Und wie habt ihr euch kennengelernt?«

Felix sah zu Marten hinüber.

»Jonas Fuchs«, ergänzte der. »Die Familie Fuchs wohnt schräg gegenüber. Es ist das blaue Holzhaus mit der Veranda. Sie haben drei Kinder, und das mittlere – Jonas – ist in Felix' Alter. Wir sind vorhin, als du weg warst, mal rübergegangen.«

»Darf ich gleich zum Spielen zu Jonas gehen? Bitte!«

»Wissen seine Eltern Bescheid? Passt es ihnen denn heute?« Pia fühlte sich überrumpelt.

»Die haben schon Ja gesagt. Darf ich?«, bettelte Felix.

»Wenn das bereits geklärt ist, darfst du natürlich mit Jonas spielen«, sagte Pia. »Aber spätestens um sechs Uhr bist du wieder hier.«

»Klar. Dann gibt es ja auch die Lasagne«, antwortete Felix. »Marten und ich haben schon alles vorbereitet.«

Als Felix gegangen war, schaute Pia Marten etwas ratlos an. »Weg ist er. Und ich dachte, er will mit mir oder uns Zeit verbringen? Er wird so schnell groß.«

»Das will er ja trotzdem noch. Und egal, wie groß er schon ist: Felix und du, ihr habt eine starke Bindung zueinander. Die Verbindung zwischen Eltern und ihrem Kind ist vielleicht die stärkste, die es gibt.«

»Ich würde alles für ihn tun«, sagte Pia. Der Anblick von Mira Schneiders Leiche hatte ihr die Unsicherheit menschlichen Lebens wieder einmal drastisch vor Augen geführt.

»Ich auch.«

Sie griff nach Martens Hand. »Das weiß ich.«

»Nichtsdestotrotz«, versuchte er, die beinahe andächtige Stimmung wieder aufzulockern, »kommt Felix in …« Er blickte auf die Uhr, »dreieinhalb Stunden wieder. Und er ist dort drüben bestimmt in guten Händen. Ich kenne die Eltern mittlerweile recht gut.«

»Dann haben wir jetzt Zeit für uns? Mitten am Tag?« Pia lächelte.

»Für alles, was dir so vorschwebt …«

Sie trat einen Schritt auf ihn zu und küsste ihn.

»Und ich dachte, du wolltest mit mir im Garten weiter das Unkraut jäten. Das ist dringend notwendig«, wandte er in einer Atempause ein.

»Echt? Jetzt, wo du es sagst … Was für eine verlockende Alternative!« Sie löste sich von Marten und schaute kurz zum Fenster hinaus. »Da bin ich direkt in Versuchung, aber … nein!«

»Tu nicht so. Aus dir wird nie eine Gärtnerin«, spottete Marten und hob sie an der Taille an.

»Du willst mich jetzt aber nicht so die Treppe hochtragen?«

»Auch verlockend, doch … Nein!«

Später, als sie Arm in Arm nebeneinandersaßen, sagte Pia leise zu ihm: »Jetzt geht es mir wirklich viel besser.«

»Immer gern zu Diensten!« Er lächelte.

»Im Ernst. Vorhin zu erfahren, dass die Frau, die wir suchen, tatsächlich tot ist, war etwas ganz anderes, als es nur zu befürchten. Diese Grube in dem trostlosen Waldstück zu sehen, nicht weit entfernt von dem Ort, in dem sie gewohnt hat, war deprimierend und erschreckend. In ihrem Zuhause hat sie sich wahrscheinlich sicher gefühlt. Sie hat dort Pläne für die Zukunft geschmiedet, an eine Zukunft geglaubt. Und das alles wurde ihr von jemandem genommen! Mira Schneider war erst sechsundzwanzig Jahre alt. Dass sie getötet und dort einfach hineingeworfen und verscharrt wurde, das hat mich so wütend und traurig zugleich gemacht. Aber ich wollte es nicht so zeigen. Vor allem Felix gegenüber nicht.«

»Du kannst es mir immer sagen oder zeigen, wenn dich etwas derart belastet.«

Pia nickte. »Auch wenn ich weiß, dass du schon Ähnliches erlebt hast. Danke für dein Verständnis!« Und nach einer kurzen Pause: »Ich werde denjenigen finden, der das getan hat.«

»Wenn es jemand kann, dann du«, sagte er.

Sie knuffte ihn in die Seite. »Trag jetzt nicht zu dick auf, Marten! Bis eben habe ich dir noch geglaubt.«

Am Montagmorgen erhielt Pia einen Anruf aus der Rechtsmedizin, dass die Obduktion von Mira Schneider noch am selben Vormittag stattfinden konnte. Sie würde als ermittelnde Kriminalbeamtin daran teilnehmen, und auch Broders hatte sich dazu bereit erklärt, dabei zu sein.

Wahrscheinlich hatten sie dadurch immerhin das Vergnügen, den alten Rechtsmediziner Dr. Kinneberg noch einmal in Aktion zu erleben. Er ließ sich wegen akuten Personalmangels hin und wieder »reaktivieren«. Mit seinem Nachfolger, Dr. Tom Tetzlaff, war Pia noch nicht so richtig warmgeworden.

Eine zweifelhafte Wortwahl, dachte sie, in Anbetracht der Tatsache, wie kalt es im Obduktionssaal immer war.

Nach der Obduktion stand am Nachmittag eine erste Besprechung mit dem neuen Team an. Manfred Rist hatte Pia erwartungsgemäß die Leitung der Ermittlung überlassen. Bisher waren für den Cold Case »Mira Schneider« außer ihr selbst noch Heinz Broders, Louis Schramm und Juliane

Timmermann eingeteilt. Pia hätte gerne noch Michael Gerlach in ihrem Team gehabt, doch die übrigen Kollegen vom K1 waren anderweitig beschäftigt.

Nach der groß angelegten Fahndung nach Mira Schneiders Leiche, bei der sowohl Kollegen der Bereitschaftspolizei sowie eine Hundestaffel als auch Mitarbeiter und Freiwillige vom THW beteiligt gewesen waren, musste Pia sich nun wieder mit einem wesentlich bescheideneren Personalaufgebot begnügen.

Doch das war es nicht, was ihr Kopfzerbrechen bereitete, sondern eher die Frage, wie die anderen beteiligten Kommissariate mit ihnen zusammenarbeiten würden. Nach dem Tatortprinzip war die BKI Lübeck am Zuge, also sie und ihre Leute. Doch Mira Schneider war damals in Schleswig, im Zuständigkeitsbereich der BKI Flensburg, als vermisst gemeldet worden. Und auch das Polizeikommissariat in Oldenburg in Holstein, das für Hövelau zuständig war, war bereits in den Vermisstenfall involviert gewesen. Das war allein aus den unterschiedlichen, teils redundanten Berichten in der Fallakte deutlich ersichtlich.

Pia betrachtete die Notizen, die sie sich beim Lesen der Akten gemacht hatte. Das war eine große Ermittlung für ein überschaubares Team. Sie sammelte die Unterlagen zusammen und erhob sich etwas weniger schwungvoll als sonst.

Am frühen Nachmittag schrieb Pia den Namen *Mira Schneider* an das Whiteboard des Besprechungsraums und heftete einen Plan von Hövelau und Fotos des Leichenfundortes dazu. Dann drehte sie sich zu ihrem Team um. »Was uns jetzt noch fehlt, ist ein Foto des Opfers«, sagte sie. »Das müssen wir uns dringend beschaffen.«

Während einer Ermittlung blickte Pia immer mal wieder auf das Porträt und damit in die Augen des Opfers und gab ihm das unausgesprochene Versprechen, alles für die Aufklärung des Unrechts zu tun, das ihm widerfahren war … Eine Marotte vielleicht, aber es motivierte sie, und sie war sich sicher, dass es dem einen oder anderen Kollegen ähnlich ging.

»War in der ursprünglichen Akte zu der Vermisstensache denn kein Foto dabei?«, fragte Pias Kollegin Juliane Timmermann.

»Ich nehme an, dass es mal ein Foto in der Akte gab. Bei der Ermittlung in einem Vermisstenfall ist das obligatorisch. Wahrscheinlich ist es später, als man keine neuen Erkenntnisse mehr erwartet hat, der Person zurückgegeben worden, die es zur Verfügung gestellt hat.«

»Hätte man nicht wenigstens eine Fotokopie für die Akte machen können?«, hakte die Kollegin nach.

Der leitende Ermittler war ihrer aller Chef gewesen, Manfred Rist. Sich bei ihm über die unvollständige Fallakte zu beschweren war nicht sonderlich erfolgversprechend. Außerdem fiel die Fahndung nach Mira Schneider in die Zeitspanne von Pias eigener Entführung. Sie atmete tief durch. Da sollte sie sich wohl nicht beschweren, falls in den Ermittlungen anderer mal etwas nicht ganz nach Vorschrift verlaufen war.

»Warst du damals auf irgendeine Art und Weise mit an der Vermisstensache ›Mira Schneider‹ beteiligt, Juliane?«, erkundigte sich Pia.

Die Kollegin schüttelte den Kopf.

»Das ist gut. Je unvoreingenommener wir alle hier rangehen, desto besser. Du, Louis, kannst auch noch nicht dabei gewesen sein, so lange bist du noch nicht bei uns, und Broders und ich waren auch nicht involviert. Wir sind in dieser Mordermittlung das Kernteam und werden von Leuten aus Flensburg und gegebenenfalls aus Oldenburg in Holstein ergänzt.« Sie wandte sich an Broders. »Setzt du bitte die anderen über die vorläufigen Obduktionsergebnisse von heute Vormittag ins Bild?«, bat sie ihn.

Während er sprach, schlug Pia ihre Unterlagen auf. In der Kopie der alten Akte des Vermisstenfalls waren die Zeugenaussagen von damals geschwärzt worden. Diese Vorgehensweise hatte Pia in einer Fortbildung über die Ermittlung in sogenannten Cold Cases gelernt und für sinnvoll erachtet. Bei der Wiederaufnahme einer Ermittlung hielt man sich streng an Fakten. Zu groß war die Gefahr, dass Zeugen sich damals geirrt oder etwas aus eigennützigen Motiven verschwiegen oder falsch dargestellt hatten, was vielleicht sogar zum Scheitern der ursprünglichen Ermittlung mit beigetragen hatte.

Als Broders geendet hatte, erläuterte Pia die verschiedenen Berichte der Spurensicherung, soweit sie ihr schon vorlagen. Sie hatte einen enormen Respekt vor der Arbeit des K6. Wenn es Fakten gab, auf die sie sich verlassen konnte, dann auf die Ergebnisse der Arbeit der Spurensicherer. Die Interpretation blieb danach allerdings ihren Leuten und ihr selbst überlassen.

»Ich gebe zuerst die alten Fotos des Hauses herum, in dem Mira Schneider bis zu ihrem Tod gewohnt hat. Es ist eine Kate in einem Dorf namens Hövelau. Der Ort liegt ungefähr auf Höhe der Autobahnausfahrt Lensahn an der A 1, südlich des Oldenburger Grabens. Wir wissen noch nicht, wer Mira Schneider den Tipp gegeben hatte, sich für das Haus als Mieterin zu bewerben. Ihr Vermieter, Hubertus von Steben, scheint diesbezüglich unter partiellem Gedächtnisverlust zu leiden. Es könnte interessant sein, den Tippgeber zu ermitteln, weil seine Identität uns einen Hinweis auf Mira Schneiders Kontakte liefern würde.«

Die Kopien der Fotos gingen herum. Pia hatte sie zuvor eingehend studiert. Das Haus, in dem das Mordopfer gewohnt hatte, war ein einstöckiges Wohngebäude mit ausgebautem Dachboden. Eine alte Kate, die äußerlich kaum verändert worden war. Eine für die damalige Zeit typische Unterkunft für Arbeiter und deren Familien auf einem landwirtschaftlichen Gut.

Sie hatte einen rechteckigen Grundriss, rotes Ziegelmauerwerk, ein Satteldach und kleine, mittlerweile neue weiße Sprossenfenster. Ein berankter Staketenzaun umgab ein ebenso rechteckiges Grundstück mit Blumen- und Gemüsebeeten, einer Rasenfläche und einer Holzterrasse. In einem der Beete steckte ein buntes Windspiel. Die Terrassenmöbel waren aus dunkelblauem Kunststoff, der Grill stammte wohl von einem Discounter, wie es aussah. Alles war einer Studentin mit eher begrenzten Mitteln angemessen.

»Nach ihrem Verschwinden war die Spurensicherung dort. Die neu eingebaute Haustür wies keinerlei Einbruchspuren auf, ebenso wenig die Fenster im Erdgeschoss oder das Dachflächenfenster. Neben der Haustür lagen ein paar auffällige Steine, wie Mitbringsel von Urlaubsreisen oder Strandspaziergängen. Unter einem dieser Steine soll Mira einen Ersatzschlüssel versteckt haben.«

Pia erläuterte, was sie von Katharina Seibold darüber erfahren hatte, die mithilfe des Ersatzschlüssels ja ins Haus gelangt war und sich das Manuskript ausgeliehen hatte.

»Dann hatte unser Opfer wohl keine Angst vor Einbrechern oder sonstigen Bedrohungen durch ihre Mitmenschen«, sagte Louis. »Sonst hätte Mira Schneider doch den Schlüssel nicht an so einem einfallslosen Ort versteckt.«

»Wer weiß? Ich nehme aber auch an, dass sie ahnungslos gewesen ist, was ihr zukünftiges Schicksal betrifft.«

Im Inneren des Hauses gab es weiß verputzte Wände, freigelegte Holzbalken, eine offene Kiefernholzküche. Die Einrichtung war schlicht, aber mit einer heiteren Ausstrahlung, und dekoriert mit Schwarz-Weiß-Fotografien, unter anderem von Ausgrabungsstätten, soweit man es auf den Bildern erkennen konnte. Spurenkärtchen lagen neben dem benutzten Geschirr auf der Arbeitsplatte, einem Teebecher auf dem Couchtisch, auf dem Steinfußboden, auf dem ungemachten Bett …

»Die daktyloskopische Untersuchung hat eine unerwartet hohe Zahl von Fingerspuren aufgewiesen«, sagte Pia. »Unsere Kollegen haben auch ungewöhnlich viele Faserspuren, Haare et cetera gefunden und sichergestellt. Es müssen sich in dem Zeitraum vor der Tat mehrere Leute in der Kate aufgehalten haben.«

»Mira Schneider hatte wenige Tage vor ihrem Verschwinden Geburtstag«, merkte Broders an. »Da sie angeblich recht viel Besuch hatte, erklärt das die Spurenlage.«

»Genau. Und dieser Umstand spielt dem Täter natürlich in die Hände. Wenn er aus Schneiders Familien-, Bekanntenoder Kollegenkreis stammt, haben seine Fingerspuren oder auch DNA-Material von ihm in der Kate keinerlei Beweiskraft für seine Täterschaft.«

»Wieso haben die Kollegen damals eigentlich so bereitwillig geglaubt, dass das Opfer freiwillig gegangen ist?«, wollte Louis wissen.

»Unter anderem, weil Mira Schneiders Kleidung und ihre Kultursachen fehlten, ebenso persönliche Unterlagen, Ausweisdokumente und auch ihr Smartphone. Da es keine Koffer oder Reisetaschen mehr im Haus gab, ist die Polizei davon ausgegangen, dass sie ihre Sachen gepackt und mitgenommen hatte.«

»Ist davon je wieder etwas aufgetaucht?«, fragte Juliane.

»Nein, bisher noch nicht«, antwortete Pia. »Und auch ihr Auto ist mit ihr verschwunden.«

Pia blätterte durch den Bericht. Mira hatte einen neun

Jahre alten schwarzen Audi Avant gefahren. Ein ungewöhnlich großes Auto für ihren sonst eher bescheidenen Lebensstil.

Die Spurensicherung hatte Fotos vom Stellplatz des Autos auf der anderen Seite des Hauses gemacht, wo ein Teil des Gartens außerhalb des Staketenzauns abgeteilt worden war. Tiefe Reifenpuren im Rasen zeigten, dass hier regelmäßig ein Auto gestanden hatte. Dieser Bereich war von Miras Fenstern in der Kate aus nicht einsehbar. Günstig gelegen für den Fall, dass ihr dort jemand aufgelauert hatte.

»Wissen wir schon, wann genau sie ermordet worden ist?«, wollte Broders wissen.

»Mira Schneider wurde zuletzt am Donnerstag, einen Tag nach ihrem Geburtstag, von mehreren Kollegen auf der Ausgrabung an der Eider gesehen. Von dort wollte sie angeblich nach Hause fahren und am nächsten Tag zur Uni nach Kiel. Sie wurde erst am folgenden Dienstag von ihrem Chef auf der Ausgrabungsstelle als vermisst gemeldet. Das ist unser Zeitfenster für den Mord. Einen genaueren Todeszeitpunkt hat die Obduktion nach der langen Zeit, die die Tote unter der Erde lag, nicht mehr ergeben.«

»Und wer oder was sagt uns, dass das Opfer an jenem Tag überhaupt zurück nach Hövelau gefahren ist?«, erkundigte sich Louis. »Man könnte ihre Leiche auch in der Nähe ihres Wohnortes vergraben haben, um vom eigentlichen Tatort in der Nähe der Grabungsstelle und vom dazugehörigen Täterkreis abzulenken.«

»Guter Hinweis!«, antwortete Pia. »Doch egal, wo das Opfer ermordet worden ist: Der Täter muss irgendwann in Mira Schneiders Haus gewesen sein, um die meisten ihrer Sachen zusammenzupacken und verschwinden zu lassen. Laut Katharina Seibold waren Jacken und Schuhe schon am Freitagnachmittag aus dem Haus verschwunden. Das spricht dafür, dass der Mord davor stattgefunden hat. Außerdem ist da noch das Fundstück von der Ausgrabungsstelle, die antike Fibel. Es ist in Hövelau in einem Teich wieder aufgetaucht.«

Pia heftete ein vergrößertes Bild davon an das Whiteboard. »Dieses Artefakt war auf der Ausgrabung bereits inventarisiert worden. Es handelt sich um eine Gewandfibel aus der Wikingerzeit, angeblich Mira Schneiders besonderes Interessengebiet. Sie sollte es wohl einem Kollegen ihres Chefs an der Uni Kiel zur weiteren Begutachtung übergeben. Wenn wir den Aussagen dazu Glauben schenken, war die Fibel mit ihr verschwunden.«

»War?«, hakte Juliane nach.

Pia nickte. »Genau. Denn jetzt ist das spezielle Fundstück in einem Teich in Hövelau wieder aufgetaucht.«

Sie redeten noch eine Weile über die bisherigen Ermittlungsergebnisse, besahen sich den Fall von unterschiedlichen Seiten. Schließlich beendete Pia die Besprechung. Am nächsten Tag mussten sie mit neuer Frische an die Ermittlungen herangehen. Der Fall warf viele Fragen auf. Warum war die Fibel ausgerechnet in dem Teich von Hövelau wieder aufgetaucht? Was war zuvor passiert? Hatte der Täter das Artefakt dort hineingeworfen? Oder hatte Mira Schneider es selbst auf diese Weise »entsorgt«, und wenn ja, warum?

14. Kapitel

»*Oh, must I, Miss Sophie?*« Der ewig gleiche Monolog. Broders zog die Tür hinter sich zu und wäre beinahe über seine bereits gepackte Sporttasche gestolpert. Beim Verlassen des Hauses hatte er sie absichtlich im Eingangsbereich neben der Treppe platziert, sozusagen als Mahnmal. Doch sollte er wirklich gleich zum Sport gehen? Wenn er es nicht sofort tat, dann würde es heute sowieso nichts mehr werden. Bist du denn nicht viel zu kaputt dafür?, wandte sein schwacher Geist zaghaft ein.

Erst hatte Broders stundenlang im Obduktionssaal gestanden. Die Prozedur der Leichenschau war mal wieder hart gewesen. Mira Schneider war erdrosselt und im Wald verscharrt worden. Das hatte Broders trotz seiner langjährigen Erfahrung als Polizist mitgenommen. Er wurde langsam zu alt für diesen Stress. Danach war die Dienstbesprechung gefolgt, die sich ziemlich lange hingezogen hatte …

Im Haus war es still und auch schon dunkel. Er schaltete das Flurlicht ein. Sein Partner Ralph war also noch nicht da. Was einerseits gut war. Wenn aus der Küche bereits der köstliche Geruch nach Abendessen zu ihm herübergeweht wäre, wäre es noch schwerer für ihn, sich noch mal aufzuraffen. Andererseits motivierte Ralph ihn neuerdings, mehr für seine Gesundheit zu tun. Ihr gemeinsamer Hausarzt hatte Broders nach seinem letzten Check-up dringend geraten, seinen Lebensstil zu ändern. »*Oh, must I?*«, murmelte er nochmals.

Mit Todesverachtung ergriff er den Henkel der Sporttasche. Oje, verdammt, war das Ding schwer und unhandlich! Er seufzte tief, straffte sich und verließ noch einmal das Haus. Wenn er hierbliebe, täte es ihm den ganzen Abend über leid. Das schlechte Gewissen würde ihm keine Ruhe lassen. Broders versuchte, sich vorzustellen, wie er sich nach seinem Krafttraining fühlen würde: erschöpft, aber glücklich! Ach was, es reichte ihm schon, wenn die Bewegung bewirkte, dass seine Gedanken nicht mehr unablässig um die tote Frau kreisen würden.

Er lud seine Tasche aufs Fahrrad und schob es aus der Garage. Auf dem Weg die ruhige Wohnstraße entlang sah er wieder Mira Schneiders sterbliche Überreste vor sich auf dem Obduktionstisch liegen. An den Anblick von Tod und Verwesung konnte man sich wohl einigermaßen gewöhnen, sogar an den Geruch, aber die Schicksale, die hinter den Morden standen, an die gewöhnte man sich nicht, zumindest er nicht. Manche beschäftigten ihn einfach mehr als andere …

Mira Schneider war erdrosselt worden, wahrscheinlich mit einem Draht. Tief und unerbittlich hatte das Metall in das zarte Gewebe des Halses eingeschnitten, das war trotz der längeren Verweildauer in dem Grab noch deutlich zu sehen gewesen. Sie hatte sich anscheinend gewehrt. An den verwesten Händen waren trotz allem noch die Abwehrverletzungen feststellbar gewesen.

Jemanden zu erdrosseln war nicht einfach. Der Todeskampf musste einige Zeit gedauert haben. Der Täter hatte hinter ihr gestanden, die Schlinge um ihren Hals zugezogen und festgehalten, bis das Leben aus Mira Schneiders Körper gewichen war. Wo das geschehen war, wo sich der Tatort befand, ließ sich nicht mehr feststellen. Zu der Stelle im Wald, wo die Grube ausgehoben worden war, konnte das Opfer sowohl lebendig als auch bereits tot gelangt sein. Broders hoffte, dass sie schon tot oder wenigstens ohne Bewusstsein gewesen war … Wenigstens war Mira Schneider zu dem Zeitpunkt, als sie vergraben wurde, bereits tot gewesen.

Die Grube war gerade mal so tief, dass Waldtiere die Leiche nicht wieder ausgegraben hatten. Doch die gut trainierten und äußerst sensiblen Leichenspürhunde hatten die Stelle trotzdem ausfindig gemacht. Die erste Suchaktion direkt nach der Vermisstenmeldung hatte das Waldgebiet, in dem sie die Leiche gefunden hatten, damals nicht mit eingeschlossen.

Wie hatten Mira Schneiders letzte Stunden ausgesehen?

Pia und er hatten noch ein paar Minuten auf den Stufen des Instituts für Rechtsmedizin gestanden und über das geredet, was sie kurz zuvor von Dr. Kinneberg erfahren hatten:

Mira Schneider war nicht vergewaltigt worden. Sie war vollständig bekleidet gewesen, doch anscheinend mit etwas anderem als an ihrem letzten Arbeitstag. Die Kleidungsstücke hatte ihr Chef, Dr. Felbert, seinerzeit recht detailliert beschreiben können. Also war Mira Schneider nach der Arbeit auf der Ausgrabungsstelle nach Hause in ihre Kate gekommen. Sie hatte sich irgendwann umgezogen und war entweder am Donnerstagabend, in der Nacht oder am frühen Freitagmorgen ermordet worden. Zumindest ließ der Umstand, dass jemand – wahrscheinlich der Täter – vor Freitagnachmittag ihre Sachen gepackt und versteckt hatte, darauf schließen.

Wo waren diese Dinge und auch ihr Auto geblieben? Hatte der Täter den Wagen und ihre Kleider und Papiere in einer alten Scheune versteckt oder in einem See versenkt? Und wie war das Artefakt, das dem Opfer anvertraut worden war, im Dorftümpel gelandet?

Broders trat viel zu schnell in die Pedale und bremste scharf vor einer roten Ampel. Das war noch nicht alles gewesen. Dr. Kinneberg hatte ihnen außerdem mitgeteilt, dass das Opfer schon einmal schwanger gewesen war, das Kind aber wahrscheinlich durch eine frühe Fehlgeburt oder eine Abtreibung verloren hatte. Aufgrund der langen Liegedauer der Toten und des Verwesungsgrades war Genaueres nicht mehr feststellbar.

Doch dadurch ergab sich ein weiteres mögliches Motiv. Wer war der Vater des Kindes gewesen? War die vorzeitig beendete Schwangerschaft ein Grund für den Mord gewesen? Auf jeden Fall rückte dieser Umstand den Ehemann noch weiter in den Fokus. Apropos Fokus: Er selbst war gerade viel zu abgelenkt und sogar falsch abgebogen. Broders bremste wieder ab. Ein Autofahrer hupte ihn an. Mist. Er musste mehr auf den Verkehr achten!

Nach zehn Minuten Fahrradfahren kam Broders vor seinem Fitnessstudio an. Durch die Fenster sah er, wie sich drinnen andere Kunden auf den Steppern, Crosstrainern und Laufbändern abmühten. Sahen die glücklich dabei aus? Ein letztes Knurren seines inneren Schweinehundes: »*Oh, must I, Miss …?*« Doch nun war er schon mal hier. Er würde es mit Todesverachtung durchziehen!

Als Broders eineinhalb Stunden später wieder aus dem Studio herauskam, summte er leise vor sich hin: »*I'm a supergirl …*«

Immer noch beschwingt vom Stolz auf seine Disziplin und das durchgestandene Training am Vortag, fuhr Broders am nächsten Morgen nach der Dienstbesprechung in Richtung Norden. Er war auf dem Weg zu einer Ausgrabung in der Nähe von Schleswig. Nicht zu der an der Eider, auf der Mira Schneider gearbeitet hatte, sondern zu einer, wo nun einige der damaligen Mitarbeiter beschäftigt waren. Die alte Ausgrabung, ein erst in jüngster Zeit von Sondengängern entdeckter Handelsposten der Wikinger, war inzwischen abgeschlossen.

Die neue Ausgrabungsstelle war ein weiteres, angeblich vielversprechendes Gebiet, wiederum in der Nähe des Danewerk, jedoch näher an Schleswig gelegen, das erforscht werden sollte.

Broders kannte gerade mal Haithabu, die legendäre alte Handelsmetropole der Wikinger an der Schlei. Von der wusste allerdings jedes Schulkind in Schleswig-Holstein. Broders' Besuch dort lag bestimmt Jahrzehnte zurück. Er hoffte, dass seine Unwissenheit in Bezug auf Heimatkunde und Archäologie sich nicht als hinderlich für die anstehenden Befragungen erweisen würde. Immerhin rechnete man an der Ausgrabungsstelle mit seinem Auftauchen, die Leute von der Ausgrabung ebenso wie ein Kollege von der BKI Flensburg, der schon vor eineinhalb Jahren mal in dem Vermisstenfall »Mira Schneider« ermittelt hatte.

Broders war gespannt, was ihn an diesem Tag erwartete. Ob die Befragung der Leute, mit denen Mira zusammengearbeitet hatte, sie weiterbringen würde? Pia hatte ihm dafür ihre Kollegin Juliane Timmermann zur Seite stellen wollen, doch Juliane hatte durch ihre Miene mehr als deutlich gemacht, dass sie die Ermittlungen lieber von ihrem Schreibtisch aus unterstützen wollte. Außerdem waren sie knapp an Leuten und brauchten wirklich jemanden, der im K1 die Stellung hielt, die Hintergrundrecherche übernahm und die »Akte baute«.

Also hatte Pia eingelenkt und Broders allein fahren lassen. Weder sie noch er rissen sich um den Papierkram, der aber auf jeden Fall erledigt werden musste. Von einer vollständigen und korrekt geführten Akte hing später oft die Verurteilung eines Straftäters ab.

Broders schaltete das Radio ein und suchte einen Sender, der ihm gefiel. Vor ihm lag eine Fahrt von mindestens anderthalb Stunden.

Während Broders eine entspannte Autofahrt über die A 7 nach Schleswig genoss, stand Pia mit ihrem Kollegen Louis Schramm auf dem Weg nach Kiel im Stau. Auf der B 76 floss der Autoverkehr zu den Hauptverkehrszeiten meistens so zäh dahin wie Zuckerrübensirup. Pia hatte gehofft, dass sich der stockende Verkehr schon aufgelöst haben würde, wenn sie eintrafen. Zwei größere Baustellen, die die beiden Fahrspuren auf eine einzige verengten, sorgten jedoch für anhaltendes Chaos.

Louis war seit einem guten halben Jahr bei ihnen im K1 und hatte sich bisher als zuverlässiger und fähiger Kollege gezeigt. Einzig wenn sehr attraktive Frauen mit im Spiel waren, befragt oder vernommen wurden, ließ er sich gelegentlich vom äußeren Schein blenden. Einmal hatte er sich direkt nach einer Befragung von einer Zeugin während einer laufenden Ermittlung zu einem Kneipenbummel überreden lassen. Großer Fauxpas … Aber Louis lernte schnell. So etwas würde wahrscheinlich nicht noch einmal vorkommen.

»Das kann dauern«, bemerkte er mit Blick auf die Autoschlangen vor ihnen und zog sein Handy hervor.

Pia trommelte ungeduldig auf das Lenkrad. Sie schaute auf die Uhr. »Wenn das nicht bald mal vorangeht, erwischen wir Tibor Schneider womöglich nicht mehr. Er hatte am Telefon gesagt, dass er mittags wegmuss.«

»Meinst du, der wartet nicht auf uns?«

»Er hat angeblich später noch einen wichtigen Termin«, antwortete Pia.

»Was soll denn wichtiger sein?« Louis sah von seinem

Smartphone auf. »Will der denn gar nicht wissen, was mit seiner Frau passiert ist?«

Louis' Verständnislosigkeit führte Pia vor Augen, dass er noch nicht so abgebrüht und misstrauisch war wie die langjährigen Mitarbeiter im K1, die bei der Polizei überhaupt. »Eigentlich sollte er es wissen wollen«, sagte Pia. Vielleicht wusste er es schon lange? Verdrängte die grauenhaften Bilder jeden Tag?

Die Fahrzeuge vor ihnen setzten sich wieder in Bewegung. Na endlich! Pia war zwar nicht wirklich versucht gewesen, das Blaulicht aufs Dach zu setzen, doch sie hatte kurz daran gedacht. Damit hätte sie Louis jedoch ein sehr schlechtes Beispiel gegeben.

Sie fuhren zu den Holbes-Werken in Kiel, in denen seit Generationen erfolgreich unter anderem Dieselmotoren für Schiffe und Stromerzeugungsanlagen, Gasmotoren, Stromaggregate sowie Gasturbinen gefertigt wurden. Pia hatte sich vor dem Termin noch die Internetseite des Unternehmens angeschaut.

Louis und sie wiesen sich am Tor beim Pförtner aus, bekamen bereits vorbereitete Besucherausweise ausgehändigt, passierten die Schranke und gelangten auf den Mitarbeiterparkplatz.

Tibor Schneider erwartete sie in einer schlichten Empfangshalle und begrüßte sie mit zurückhaltender Miene. Sein Blick aus hellen blauen Augen flog zwischen Louis und Pia hin und her, als versuchte er einzuschätzen, wer von ihnen das Sagen hatte.

»Wir können in die Kantine gehen«, sagte er nach einem nervösen Seitenblick auf die große Uhr an der Wand. »Dort ist jetzt noch nicht viel los. Der erste richtige Ansturm fängt erst um halb zwölf an.« Und als er Louis' erstaunten Gesichtsausdruck sah: »Die Frühschicht beginnt um fünf Uhr.«

»Sollten wir nicht besser irgendwo hingehen, wo wir allein sind?«, schlug Pia vor.

»Nein, nein. Das geht schon. Die Kantine ist in Ordnung. Da sollten wir noch unsere Ruhe haben.«

Sie folgten Tibor Schneider einen langen Gang hinunter, an einer Werkhalle vorbei, in die man durch Glasscheiben in der Wand schauen konnte. Maschinen und einige wenige Beschäftigte waren zu sehen. Dann gelangten sie um ein paar Ecken herum in die Kantine.

Der hallenartige Raum war tatsächlich nur spärlich besucht. Viele der Anwesenden trugen Arbeitsoveralls, aber auch weiße Laborkittel- und Anzugträger waren dabei. Pia sah auf den ersten Blick nur zwei Frauen in Hosenanzügen, bis auf das überwiegend weibliche Personal hinter der Theke …

Tibor Schneider deutete auf die Essensausgabe und die Kaffeeautomaten. »Möchten Sie etwas? Ich habe Gästegutscheine. Und noch muss man nicht lange anstehen.«

»Nein, danke«, antwortete Pia. »Wir sollten die Zeit nutzen. Sie haben heute noch einen Termin, Herr Schneider?«

»Äh, ja. Das sagte ich ja schon am Telefon. Mit einem Lieferanten … Die Verabredung steht schon seit Wochen.«

»Na dann.«

Sie setzten sich Tibor Schneider gegenüber, der sich sichtlich bemühte, auf dem Kunststoffschalenstuhl eine halbwegs erträgliche Sitzposition zu finden.

Nachdem Louis mit seiner Erlaubnis das kleine Aufnahmegerät installiert hatte, begann Pia mit der Befragung. Sie informierte ihr Gegenüber so sachlich wie möglich, wie genau Mira Schneiders Leiche in dem Waldstück bei Hövelau aufgefunden worden war. Die sterile, betont sachliche Atmosphäre der Kantine stand dabei in herbem Kontrast zu den Bildern, die Pia bei der Erinnerung an die Auffindesituation im Kopf hatte.

Als sie geschildert hatte, wie die Leiche in der Grube gelegen hatte und in welchem Zustand sie gewesen war, beugte Schneider sich vor, stützte den Kopf in die Hände und starrte die türkisgrüne Tischplatte an. Sein Gesicht war blass geworden. Er schüttelte langsam den Kopf.

»Wenn Ihnen nicht gut ist, können wir einen Moment Pause machen«, schlug Louis vor.

»Nein. Es geht schon«, stieß Schneider hervor. »Ich … kann es nur nicht glauben. Seit Sie mich am Wochenende angerufen haben, geht es mir nicht mehr aus dem Sinn. Ich dachte, ich wäre auf das Schlimmste gefasst, aber nun …« Er sah Pia mit einem gequälten Ausdruck in den blauen Augen an. Seine Kiefermuskeln arbeiteten. Hatte sie ihn falsch eingeschätzt? Möglicherweise war er doch nicht gleichgültig, was das Schicksal seiner Frau betraf, sondern schlichtweg überfordert.

»Die Leiche Ihrer Frau ist gestern obduziert worden«, sagte Louis, wohl um das Schweigen zu brechen.

»Das auch noch?«

»Es ist enorm hilfreich und wichtig, um den Täter zu finden, der Ihrer Frau das angetan hat«, erwiderte Louis.

»Sagen Sie doch nicht immer ›meine Frau‹!«, rief Schneider aufgebracht. Ein paar Leute, die sich soeben am entfernt stehenden Nebentisch niedergelassen hatten, sahen zu ihnen herüber. Er starrte sie wütend an, dämpfte jedoch seine Lautstärke, als er fortfuhr: »Mira war nicht mehr meine Frau. Wir waren getrennt, als ihr das alles passiert ist. Wir waren nur noch nicht geschieden. Der verdammte Mord ist dazwischengekommen, verstehen Sie?«

»Sehr gut verstehe ich das«, antwortete Pia ruhig. »Soll ich von Frau Schneider sprechen?«

»Sagen Sie Mira. Sie mochte keine Förmlichkeiten.«

Es war wohl das erste Mal, dass er etwas Persönliches über seine Frau äußerte. Die beiden waren auch einmal ein Liebespaar, rief sie sich ins Gedächtnis. »Die Obduktion hat ergeben, dass Mira mal schwanger war«, fuhr sie ruhig fort.

Er stöhnte auf. »Das ist noch feststellbar? Nach der langen Zeit?« Er schüttelte sich leicht. »Ja, sie war einmal schwanger. Für kurze Zeit. Aber sie wollte es nicht! Nicht von mir jedenfalls. Als sie es festgestellt hat, war unsere Beziehung schon nicht mehr in Ordnung. Sie hat mir Vorwürfe deswegen gemacht.«

»Nicht mehr in Ordnung? Was genau meinen Sie damit?«, fragte Pia.

»Miras Vater hatte ihr eingeredet, dass das Leben, das sie mit mir hatte, nicht gut genug für sie wäre. Er mochte mich nicht. Und sie war so geschmeichelt davon, dass ihr alter Herr sich endlich für sie interessierte – er hätte ihr alles einreden können. Wahrscheinlich wollte er sie ganz für sich haben.«

»Woher wissen Sie das?«

»Ich habe es einfach gemerkt. Auch daran, wie Mira sich von mir zurückgezogen hat, wenn sie bei ihm gewesen war. Wie sie plötzlich alles hinterfragt hat, was ich gesagt habe. Meine … Zuwendung nicht mehr wollte. Im Bett lief dann irgendwann auch nichts mehr. Und dann wollte sie plötzlich Archäologie studieren!«

»Wann genau stellten Sie fest, dass Mira schwanger war? Studierte sie da schon?«

»Ja, ich glaube schon. Ich wollte es ihr noch ausreden. Was sollte es bringen? Ausgerechnet Archäologie! Ich meine, wir brauchten zwei Gehälter, um das Leben zu führen, das wir uns vorgestellt hatten. Und ich arbeite hier weiß Gott genug.« Er wedelte mit dem Arm herum, was wohl symbolisch die Kantine, das Gebäude, das gesamte Werksgelände einschließen sollte.

»Ich verstehe«, sagte Pia. Und sie tat es wirklich. Tibor Schneider hatte sich im Stich gelassen und verraten gefühlt, weil seine Frau das Leben, das sie gemeinsam geplant hatten, aufgeben wollte, um etwas ganz anderes zu tun. Sie war im Begriff gewesen, sich von ihm wegzuentwickeln. Seine Enttäuschung und Wut, der verletzte Stolz – all das war nachvollziehbar. Die Trennung der beiden war nur die logische Konsequenz dessen gewesen. Doch Pia wollte auf etwas anderes hinaus. »Wie kam es, dass sie schwanger wurde?«

Schneider lachte trocken auf. »Das muss ich Ihnen wohl nicht erklären.«

»Sie sagten doch eben, dass Mira sich von Ihnen zurückgezogen hatte und dass im Bett nichts mehr lief.«

Seine Augen wurden schmal. »Ich habe nicht gesagt, dass *gar nichts* mehr lief. Nur weniger. Und einmal war eben einmal zu viel.«

»War es einvernehmlich?«

»Wir waren verheiratet«, erwiderte er.

»Das ist keine Antwort auf die Frage.«

»Ja, natürlich war es einvernehmlich. Was denken Sie denn?«, fuhr er auf.

»Ich versuche herauszufinden, was passiert ist«, gab Pia ruhig zurück. »War Mira beim Arzt wegen der Schwangerschaft?«

»Ja, das war sie«, stieß er zähneknirschend hervor.

»Bei welchem Arzt?«

»Ich weiß es nicht mehr.«

»Das lässt sich herausfinden«, antwortete Pia gespielt gleichgültig. »Je eher wir mit dem Arzt oder der Ärztin sprechen, desto schneller sind diese unangenehmen Nachforschungen beendet.«

»Ich schaue nach und sage Bescheid«, gab Schneider nach.

»Wie endete die Schwangerschaft?«

»Mira hatte eine Fehlgeburt.«

»Wann genau war das?«, fragte Louis und wechselte einen kurzen Blick mit Pia.

»Noch vor dem dritten Monat. Man hat noch nichts gesehen. Sie war nur immer müde, und ab und zu war ihr schlecht.«

»Oder war es doch eine Abtreibung?«, erkundigte sich Pia. Das hatte Dr. Kinneberg aufgrund des Zustands der Leiche nicht sicher feststellen können.

»Natürlich nicht!« Er starrte Pia einen Moment an, schien nachzudenken. »Und wenn es so war, dann hat Mira es mir nicht erzählt. Wie gesagt, sie hatte sich von mir abgewendet. Kurz darauf ist sie dann auch ausgezogen.«

»Wie bald, nachdem die Schwangerschaft beendet war?«

Er zögerte. »Ich weiß es nicht mehr so genau.«

»Das lässt sich ja noch feststellen – anhand der Arztberichte und des Einzugstermins in Hövelau«, erwiderte Pia.

Ein leises Piepen erklang. Schneider zog sein Handy aus der Tasche. »Ich muss jetzt gleich los.« Er schaltete den Alarm aus.

Pia nickte. Sie hatte im Wesentlichen gefragt, was sie hatte fragen wollen. Und jetzt, da Schneider sich schon beinahe sicher wähnte, die Rüstung sozusagen abgelegt hatte, war ein günstiger Moment für eine entscheidende Frage. »Könnte Miras Fehlgeburt durch einen Sturz oder ein anderes körperliches Trauma ausgelöst worden sein?«

»Was?« Tibor Schneider erhob sich, sodass der Kantinenstuhl mit einem hässlichen Kreischen über den glänzenden Fußboden schabte. »Nein!« Schneider presste die Lippen aufeinander und sah ihr stur in die Augen, als wollte er sie damit von seiner Aufrichtigkeit überzeugen. Er war offensichtlich aufgebracht und verärgert.

Pia und Louis erhoben sich ebenfalls.

»Unser Kollege Broders hat uns übrigens noch gesagt, dass Sie bereits eine neue Partnerin haben«, ergriff Louis mit beinahe kumpelhaftem Tonfall das Wort.

Verwirrt blickte Schneider ihn an. »Ja, das habe ich. Aber noch nicht sehr lange …«, wiegelte er ab.

»Mein Kollege erwähnte außerdem noch, dass Ihre Freundin schwanger ist und Sie sie demnächst heiraten wollen.«

»Ich wüsste nicht, was Sie das angeht«, stieß Tibor Schneider hervor. »Tut mir leid, ich muss sofort los!«

15. Kapitel

Nachdem Broders die A 7 in Schleswig verlassen hatte, folgte er den Anweisungen seines Navigationsgerätes. Irgendwie sahen die Wiesen und Landstraßen eine wie die andere aus.

Es dauerte nicht lange, da erblickte er einen Bauzaun und zwei Bauwagen etwas abseits der Straße. Ein großes Schild verkündete:

UNESCO-WELTKULTURERBE Haithabu und Danewerk.
Lehrgrabung der Universität Kiel
Institut für Ur- und Frühgeschichte
Grabungsleitung: Dr. Rainer Felbert

Hier war er richtig. Broders fand einen Parkplatz zwischen einem kleinen Transporter und einem Radlader und stieg aus dem Wagen. Kaum war er draußen, beugte er sich wieder hinein und nahm seinen Parka und eine Mütze von der Rückbank. Er hatte sich schon gedacht, dass es hier oben kühler und auch windiger sein würde.

Neugierig blickte er sich um. In einiger Entfernung konnte er den Wall des Danewerk sehen, angeblich das größte archäologische Denkmal Nordeuropas. Er studierte kurz eine der Schautafeln für Besucher.

Die historische Befestigungsanlage bestand aus etwa dreißig Kilometern Wällen, Mauern und Gräben, die ab dem fünften Jahrhundert angelegt worden waren, um die Landenge zwischen Nord- und Ostsee als Südgrenze vor Invasoren zu schützen.

Hinter dem Bauzaun war Erdreich in verschiedenen Höhen abgetragen, teils von Planen bedeckt; im Hintergrund stand auch ein Zelt. In der Ecke einer flachen Grube waren zwei junge Leute, eine Frau und ein Mann, mit irgendetwas beschäftigt, was wie eine Mischung aus Bauarbeiten und peniblem Hausputz aussah. Auch in der Nähe der Bauwagen entdeckte er jemanden, der anscheinend dazugehörte. Auf diese Person hielt Broders zu.

Es war eine Frau Mitte zwanzig mit kurzen, dunklen Haaren und Sommersprossen. Sie trug eine Arbeitshose und ein kariertes Flanellhemd mit aufgekrempelten Ärmeln. Über ihre Nase zog sich eine Spur von Lehm oder Ähnlichem. »Moin!«, sagte sie und grinste Broders an. »Kann ich dir helfen?« Sie hatte einen dänischen Akzent.

»Moin! Ich suche Dr. Felbert. Wir sind verabredet.«

»Den habe ich heute noch gar nicht gesehen. Ich hoffe, er ist da und du bist nicht umsonst gekommen.« Sie musterte ihn. Parka, Mütze, Jeans ... Ihr Blick blieb an seinen blank geputzten braunen Lederschuhen hängen, die im Kontrast zu ihren derben, verschmutzten Stiefeln standen.

»Ich versuche es mal bei den Bauwagen. Da sind doch sicher die Büros untergebracht?«, erkundigte er sich.

»Büros, na ja ... Ich komme mit dir«, bot sie an. »Unbefugten ist der Zutritt zu dem Ausgrabungsgelände nämlich verboten.« Sie wies auf ein Schild, milderte die Aussage jedoch mit einem ironischen Grinsen ab.

»Danke. Ich bin Heinz Broders von der Kripo Lübeck. Und du?«

»Hanne Bjerg«, antwortete sie. »Ich arbeite hier als Grabungstechnikerin. Und Sie sind von der Polizei?«, fragte sie und wechselte automatisch zum Sie. »Das habe ich ja nicht geahnt. Ist etwas passiert?«

Er überlegte, wie er die Frage am besten beantworten sollte, und entschied sich für eine Gegenfrage. »Kannten Sie Mira Schneider?«

»Nein.« Hanne Bjerg schüttelte bedauernd den Kopf. »Aber ich habe von ihr gehört. Von den anderen hier. Sie ist verschwunden, oder?«

»Richtig. Leider haben wir nun ihre sterblichen Überreste gefunden. Deswegen die erneute Ermittlung.«

»Oh.« Sie blieb abrupt stehen und fasste sich an die Brust. »Schrecklich. Das tut mir leid. Was ist mit ihr passiert?«

»Wir ermitteln in einem Mordfall«, antwortete er.

»Was? Das ist ja furchtbar!« Ihr Blick wanderte wie Hilfe suchend über das Gelände. Dann deutete sie mit einem Kopfnicken in Richtung eines der Bauwagen. »Versuchen Sie es dort. Da hält Dr. Felbert sich manchmal auf.«

Broders klopfte an die dünnwandige Tür. Als niemand öffnete, versuchte er, durch eines der Fenster ins Innere des Bauwagens zu schauen.

»Kommissar Broders! Da sind Sie ja schon«, erklang eine Stimme schräg hinter ihm. Er zuckte zusammen, fing sich jedoch sofort, als er Dr. Felbert erkannte, und begrüßte den Archäologen.

»Entschuldigen Sie bitte meine Verspätung«, sagte der. »Ich musste mal austreten … Nun denn. Haben Sie gut hergefunden?«

»Das war kein Problem. Hübsche kleine Fahrt.« Broders musterte Felbert. In seiner alltäglichen Umgebung wirkte er gelöster als neulich im Kommissariat. Leger gekleidet in Cordhose und Pulli sah er jünger aus als beim letzten Mal.

»Wollen wir hineingehen?« Er deutete zur Tür. »Dadrinnen herrscht leider ein ziemliches Chaos. Ich komme einfach nicht dazu aufzuräumen, und es ist auch immer zu wenig Platz.«

»Gibt es eine Alternative?«

Felbert blickte in den Himmel, der dunkel bewölkt war. »Wenn wir nicht nass werden wollen, eigentlich nicht.« Er zog einen Schlüsselbund aus der Jackentasche. Broders registrierte, dass er den Schlüssel zweimal im Schloss umdrehte.

Sie betraten den Bauwagen mit seiner dumpfen Akustik und dem leicht klammen Raumklima. Im Inneren standen sich zwei hellgraue Schreibtische gegenüber, beide mit Computerbildschirmen, Tastaturen, Schreibutensilien und allerlei Zeug bedeckt. An einer Seiten- und der Rückwand sah Broders verschließbare Metallschränke, ebenfalls in Hellgrau. Auf der anderen Seite zwischen den Fenstern hing eine detaillierte Karte des Ausgrabungsgebiets, wie es aussah, mit allerlei Pins und Klebezetteln darauf.

Wahrscheinlich unterschied sich eine archäologische Untersuchung gar nicht so sehr von einer kriminalistischen, überlegte Broders. Besonders, wenn das Verbrechen, wie in diesem Fall, schon anderthalb Jahre zurücklag. Man forschte nach Indizien, versuchte, sie so zu verknüpfen, dass die sich daraus ergebende Geschichte einen Sinn ergab, und suchte nach noch mehr Indizien, um die Annahme zu beweisen.

»Erinnert Sie das an etwas?« Dr. Felbert schien seine Gedanken zu erraten. »So ging es mir bei Ihnen im Kommissariat auch.«

»Ach ja? Sie graben nur etwas tiefer«, bemerkte Broders.

»Wer weiß? Und hier gibt es keine lebenden Zeugen mehr.«

»Die werden eh oft überbewertet«, erwiderte Broders.

Dr. Felbert blickte ihn erstaunt an. Dann runzelte er die

Stirn. »Wo bleiben meine Manieren? Setzen Sie sich doch bitte.« Felbert zog einen Stuhl aus der Ecke heran, befreite ihn von einem Stoß Fachzeitschriften und deutete einladend auf das verstaubte Möbelstück. »Was meinen Sie mit ›überbewertet‹?«, erkundigte er sich mit einem amüsierten Unterton, als sie beide Platz genommen hatten.

»Gibt es etwas Unzuverlässigeres als Erinnerungen?«

Felbert schien darüber nachzudenken. »Bei den Kollegen der Geschichtswissenschaft heißt es: ›Der Feind des Historikers ist der Zeitzeuge.‹« Er grinste kurz. »Mit Zeitzeugen müssen wir Archäologen uns zumindest nicht herumplagen. Höchstens mit unzuverlässigen Chronisten und Schriftquellen.«

»Nun denn. Trotzdem muss ich Ihnen noch ein paar Fragen stellen«, sagte Broders.

»Ja, ja, gewiss.« Der Anflug von Amüsement verschwand augenblicklich aus seinem Gesicht. »Schrecklich, dass Mira Schneider tatsächlich tot ist. Ich habe ja kaum noch zu hoffen gewagt, dass es gut für sie ausgegangen ist. Aber solange man nichts Gegenteiliges hört …«

»Wieso haben Sie das kaum noch zu hoffen gewagt?«

Rainer Felbert zuckte vage mit den Schultern. »Das sagte ich ja bereits beim letzten Mal. Sie war außergewöhnlich engagiert. Und sie war beinahe besessen von den Wikingern. Die Fibel, die sie nach Kiel bringen sollte: Mira brannte genauso sehr wie ich auf das Untersuchungsergebnis. Sie hätte nichts unternommen, was den Fortschritt unserer Ausgrabung gefährdet.«

»Nun sieht es ja so aus, als wäre Ihre Einschätzung richtig gewesen. Irgendjemand hat Mira Schneider überfallen, getötet und ihre Leiche versteckt. Auf bisher noch unbekannte Art und Weise ist das Fundstück in dem Teich in ihrem Wohnort gelandet.«

»Das war keinesfalls Mira selbst!«, warf Dr. Felbert aufgebracht ein.

Broders warf ihm einen nachdenklichen Blick zu. »Wir suchen nach einem Motiv, der Studentin das anzutun. Da sie viel Zeit hier auf der Ausgrabung verbracht hat …«

»Das war aber gar nicht hier. Die damalige Ausgrabungsstätte lag ein ganzes Stück westlich.«

Broders ließ sich von Dr. Felbert schildern, was genau Miras Aufgaben während der damaligen Ausgrabung gewesen waren. Sie hatte sich zeitweise einen Bauwagen mit ihm geteilt, erfuhr er dabei, was wohl für eine Studentin eher ungewöhnlich war.

»Aber sie war sehr gut im Dokumentieren und Inventarisieren«, fügte Felbert wohl als Rechtfertigung hinzu. »Und sie konnte gut mit Besuchern umgehen.«

»Können Sie mir die Leute nennen, mit denen sie zu tun gehabt hat? Speziell kurz vor ihrem Verschwinden.«

»Ich kann nachschauen. Aber auf Anhieb habe ich die Namen nicht parat.«

»Kein Problem. Schicken Sie mir eine Liste, am besten per Mail. Und wir werden alle Teilnehmer der damaligen Ausgrabung befragen. Ist von denen noch jemand hier?«, fragte Broders, obwohl er das bereits in Erfahrung gebracht hatte.

»Diese Art Befragungen haben damals schon unsere Arbeit beeinträchtigt«, sagte Dr. Felbert. »Die Mitarbeiter haben nervös reagiert.«

»Wir haben einen Mord aufzuklären.«

»Ja, sicher. Die Einzigen, die damals auch dabei waren, sind allerdings nur Chris Dankert, ebenfalls ein Student, der hier als Grabungshelfer arbeitet, und Roland Scheper, einer der Grabungstechniker.«

»Was ist mit Hanne Bjerg?«

»Nein, die nicht. Sie ist recht neu.« Ein Lächeln erhellte kurz seine Züge, doch er hatte es schnell wieder unter Kontrolle. Broders blickte auf Rainer Felberts von der Arbeit strapaziert aussehende Hände mit den kurzen Fingern. Kein Ehering.

»Hatte einer der beiden, Chris Dankert oder Roland Scheper, Interesse an Mira Schneider, das über das berufliche hinausging?«, fragte er zunächst.

Dr. Felbert blickte auf die Karte an der Wand, wiegte langsam den Kopf. »Geäußert haben sie nie etwas in der Richtung.«

Broders wartete ab.

Felbert räusperte sich. »Aber Mira Schneider zog einfach die Blicke auf sich. Und sie war so positiv, beinahe immer gut gelaunt. Man musste sie einfach mögen, wenn man …«

»Wenn man was?«

»Ein Herz in der Brust hatte«, schloss er lahm.

»Gab es Zwischenfälle deswegen? Streit? Vielleicht Beschwerden vonseiten Ihrer Grabungshelferin?«

»Oh, nein. Überhaupt nicht. Es war eine sehr angenehme Atmosphäre auf dieser Ausgrabung. Bis … ja, bis Mira verschwunden ist. Und mit ihr das Artefakt.«

»Und was war mit Ihnen?«

»Was sollte mit mir sein?«

»Haben Sie sich für Mira Schneider interessiert, abgesehen von den rein beruflichen Angelegenheiten?«

Er starrte Broders an, schüttelte dann langsam den Kopf. »Natürlich nicht. Damit hätte ich ja die ganze Ausgrabung gefährdet.«

»So etwas hat wohl bisher die wenigsten abgehalten.«

»Mich schon«, antwortete Felbert.

Broders schwieg abermals. Er sah zu, wie Dr. Felbert den Blick abwandte und Hilfe suchend auf den dunklen Monitor auf seinem Schreibtisch blickte. Die Finger seiner Linken klopften leise auf den Schreibtisch. »Sie mochten sie, nicht wahr?«, stellte Broders leise fest.

»So war es«, gab er schließlich zu. »Jeder mochte Mira Schneider. Aber sie hat sich neutral verhalten. Sie hat nie jemanden bevorzugt.«

»Irgendjemand hat sie aber ermordet«, sagte Broders.

16. Kapitel

Louis Schramm stand vor dem Haus von Mira Schneiders Mutter. Kurz winkte er dem Kollegen, der ihn aus Kiel mit zurück nach Lübeck genommen hatte und der nun langsam davonfuhr. Dann schwebte seine Hand einen Moment über dem Namen *Paschke* auf dem Klingelbrett.

Pia hatte ihn umgehend hergeschickt, weil sie die Befragungen der Mutter des Opfers zur Auffindesituation und zu Miras früherer Fehlgeburt zeitnah erledigt haben wollte. Tibor Schneider hatte laut Pia noch regelmäßigen Kontakt zu Miras Mutter. Einen Austausch der beiden über das, was sie gegenüber der Polizei aussagten, und sei er noch so arglos und zufällig, wollte sie möglichst verhindern. Pia hoffte, dass Tibor Schneider wegen seines beruflichen Termins noch nicht die Zeit gefunden hatte, seine Ex-Schwiegermutter anzurufen. Pia war in Kiel geblieben, um mit Miras Professoren und Kommilitonen an der Uni zu sprechen.

Louis klingelte nachdrücklich.

»Ja, bitte?«, kam es knarzend aus der Gegensprechanlage.

»Schramm hier, Kripo Lübeck. Frau Paschke, ich muss mit Ihnen sprechen.« Die Nachricht, dass Mira Schneiders Leiche gefunden worden war, war Frau Paschke bereits persönlich übermittelt worden, kurz nachdem festgestanden hatte, dass die Tote ihre Tochter war. Es war nicht ratsam gewesen, es länger geheim zu halten, denn die Mutter hatte nicht aus der Presse oder aus anderen, unseriösen Quellen von Miras Tod erfahren sollen.

»Könnt ihr mich nicht in Frieden lassen?«, herrschte Nicole Paschke ihn durch die Anlage an.

»Leider nein.«

»Ach, herrje noch mal!«

Es summte lautstark, und Louis Schramm drückte die Tür auf.

Oben angekommen, führte Nicole Paschke ihn in die Küche. Er folgte der schlanken Gestalt mit den blondierten Haaren. Nicole Paschke trug enge Jeans und einen flauschigen Pullover. Von hinten sah sie jünger aus, doch ihr Gesicht wirkte wie von Erschöpfung und Kummer ausgezehrt. Nun, da sie ihn eingelassen hatte, war sie nicht mehr so barsch wie an der Gegensprechanlage. »Ich hatte jemand anderes erwartet.« Sie musterte ihn.

»Was mit Ihrer Tochter passiert ist, tut mir sehr leid«, sagte Louis, als sie sich in dem schmalen Raum gegenüberstanden.

»Es ist ein Schock gewesen, als Ihre Kollegin mich informiert hat, dass Sie Mira endlich gefunden haben. Nach so langer Zeit … Aber immerhin habe ich nun Gewissheit …« Sie brach ab und sah aus dem Fenster. »Und was wollen Sie jetzt von mir?«

»Wir arbeiten mit einem Team an dem Fall. Aus der Vermisstensache ist ein Mordfall geworden. Zunächst einmal …«

»Auf einmal nehmt ihr die Sache ernst«, unterbrach sie ihn vorwurfsvoll.

»Das Verschwinden Ihrer Tochter wurde vor eineinhalb Jahren auch ernst genommen. Doch nun sind neue Anhaltspunkte aufgetaucht, die uns bei der Suche nach dem Täter helfen können.«

Nicole Paschke schnaubte spöttisch. »Was denn für Anhaltspunkte?«

Sie legte es darauf an, ihn zu provozieren. Louis hatte dergleichen schon erlebt. Ihre Trauer und Wut mussten irgendwo ein Ventil finden. Doch wie viele Details der Obduktion konnte diese Frau überhaupt ertragen? Grundsätzlich gingen sie offen und ehrlich mit den Angehörigen um. Doch etwas warnte ihn, dass er in diesem Fall nicht zu viel sagen sollte. Er fasste das Ergebnis nur grob zusammen und hielt Frau Paschke am Ellenbogen, als sie auf einen Stuhl sank.

»Möchten Sie etwas trinken?«

»Nein, machen Sie weiter«, antwortete sie. »Ich will es hinter mir haben.«

»Es hat sich auch herausgestellt, dass Ihre Tochter einmal eine Fehlgeburt hatte.«

Sie atmete schwer. »Das ist leider wahr«, sagte sie. »Ich hätte ein Enkelkind haben können.«

»Ihre Tochter wollte angeblich kein Kind«, erwiderte Louis.

»Ach, Mira war immer erst mal gegen alles. Sie hätte es sich bestimmt noch anders überlegt.«

»Wissen Sie, ob Ihre Tochter und ihr Mann sich in der letzten Zeit vor ihrem Verschwinden gestritten haben?«

»Es war nicht leicht mit meiner Tochter …«

»Ist das ein Ja?«, hakte er nach.

»Das ist es. Sie hatten sich natürlich gestritten. Zum Beispiel, als Mira ihren Job in der Buchhandlung von einem Tag auf den anderen aufgegeben hat. Als sie begonnen hat, Archäologie zu studieren und sich als etwas Besseres zu fühlen. Und zuletzt, als sie bei Tibor ausgezogen ist, ihn mit der hohen Miete hat sitzen lassen und sich in diesem Dorf versteckt hat.«

Louis runzelte die Stirn. »Versteckt?«

»Das hat sie behauptet ...«

»Vor wem denn versteckt?«

In Nicole Paschkes Gesicht rangen unterschiedliche Emotionen miteinander. Dann, als hätte sie einen Entschluss gefasst, fixierte sie Louis mit schmalen, geröteten Augen. »Meine Tochter hat behauptet, Tibor sei schuld an der Fehlgeburt. Und das, nachdem Mira mir erzählt hatte, dass es für sie die allerungünstigste Zeit sei, ein Kind zu bekommen.«

»Was meinte Ihre Tochter wohl damit, dass Tibor schuld sei?«

»Das hat sie nicht gesagt. Aber es muss etwas vorgefallen sein.« Nun blinzelte sie heftig. »Nachdem sie nach der Fehlgeburt aus dem Krankenhaus gekommen war, hat sie ein paar Nächte bei Freunden in Lübeck geschlafen. Sie hat sich geweigert, mit Tibor auch nur zu reden. Er saß hier bei mir auf der Couch und hat geheult wie ein Schlosshund. Aber meine Tochter ist nur Hals über Kopf in dieses Dorf gezogen.«

»Also war anscheinend noch mehr vorgefallen zwischen den beiden«, überlegte Louis laut.

»Tibor sagt, nein.«

»Wie ist es bei Nicole Paschke gelaufen?«, erkundigte sich Pia am Telefon bei ihrem Kollegen Louis. »Hast du sie zu Hause angetroffen?«

»Ja, sie war da. Es war recht aufschlussreich. Ich habe unser Gespräch aufgezeichnet.«

»Wusste sie von der Fehlgeburt ihrer Tochter?«

»Ja«, antwortete er, »aber ihre Reaktion war merkwürdig.«

»Inwiefern merkwürdig?«

»Sie war kühl, beinahe schroff, wenn sie über ihre Tochter gesprochen hat. Ihr Schwiegersohn scheint ihr mehr am Herzen zu liegen.«

Pia nickte, obwohl Louis das am Telefon natürlich nicht sehen konnte. Das deckte sich mit ihrem Eindruck. Sie war froh über die Bestätigung. Pia war sich ihrer Einschätzung nicht ganz sicher gewesen, weil ihr Nicole Paschke einfach unsympathisch gewesen war. Doch von Sympathie oder Antipathie durfte sie sich als Ermittlerin nicht beeinflussen lassen.

»Wir teilen uns weiterhin auf«, sagte Pia. »Du befragst eine alte Schulfreundin von Mira in Lübeck, deren Namen und Telefonnummer ich von Frau Paschke bekommen habe. Ich suche Mira Schneiders Vater noch mal auf. Er wohnt an der Ostsee. Wir treffen uns auf der Dienststelle wieder.«

»Was ist mit der Ärztin oder dem Arzt, die oder der Mira Schneider wegen ihrer Schwangerschaft und Fehlgeburt behandelt hat?«, wollte Louis Schramm wissen. »Vielleicht wissen die etwas?«

»Bestimmt wissen die etwas«, stieß Pia leicht frustriert hervor. »Aber das funktioniert so nicht.«

»Du meinst wegen der ärztlichen Schweigepflicht? In einer Mordermittlung?« Louis erinnerte sich dunkel an die entsprechenden Lektionen während seiner Ausbildung. Es war kompliziert gewesen.

»Genau. Es gibt ein ziemliches Spannungsverhältnis zwischen dem Strafverfolgungsauftrag des Staates und der Schweigepflicht der Ärzte. Der Konflikt lässt sich nur auflösen durch eine Schweigepflichtsentbindung des Patienten, was schwierig ist, da Mira Schneider tot ist, oder einen rechtfertigenden Notstand, wie ein geplanter Mord zum Beispiel. Hier ist leider weder das eine noch das andere gegeben.«

»Aber es geht um ein Kapitalverbrechen«, wandte Louis ein. »Der Täter soll doch ermittelt und bestraft werden.«

»Momentan besteht unseres Wissens jedoch nicht die Gefahr, dass er erneut zuschlägt.« Pia blickte über die Kreuzung auf das Auditorium Maximum, über dem immer noch dunkle Wolken hingen. »Durch die Verletzung der Schweigepflicht durch den Arzt oder die Ärztin würde wohl keine zukünftige schwerwiegende Straftat abgewendet werden. Wenigstens ist uns davon nichts bekannt.«

»Verdammt, gibt es denn da keine Ausnahmen?«

»Doch. Es gibt zum Beispiel bei Bewusstlosigkeit des Patienten die Möglichkeit, dass man annimmt, er würde den Arzt von seiner Schweigepflicht entbinden, weil es in seinem Interesse liegt.« Sie seufzte. »In diesem Fall könnte der Arzt auch straffrei ausgehen.«

»Ich verstehe«, sagte Louis. »Wir halten uns erst mal an die Freundin.«

Louis Schramm traf Miras ehemalige Schulfreundin Alexa Knorr nach einem kurzen Telefonat am Ende der Fußgängerbrücke, die von der Musik- und Kongresshalle zur Altstadtinsel führte. Seit seiner Rückkehr nach Lübeck war das Wetter besser geworden, und nun schien die Sonne zwischen rasch dahinfliegenden Wolken hindurch. Das Wasser der Kanal-Trave glitzerte, und einige Touristen machten von der Brücke aus Fotos in Richtung der alten Häuser. Er zog die Schultern hoch. Der Wind war für Frühling nach wie vor frisch.

Eine kleine rothaarige Frau kam festen Schrittes auf ihn zu. »Sie sehen aus wie von der Polizei«, sagte sie und musterte ihn ausgiebig. »Stimmt es, oder habe ich recht?«

»Louis Schramm«, antwortete er. »Richtig geraten.«

»Alexa Knorr.« Sie hielt ihm eine schmale Hand hin. »Wir haben eben telefoniert. Leider habe ich nicht so viel Zeit. Wollen wir zum Reden irgendwo reingehen?«

»Gern. Was schlagen Sie vor?«

»Da vorn bekommt man sehr guten Kaffee«, erwiderte sie.

Louis, der nicht aus Lübeck stammte, ließ sich gern neue Kneipen, Restaurants und Cafés zeigen. Er hoffte, dass er die Stadt irgendwann auch richtig gut kennen würde. Leider wohnte er aus Kostengründen etwas außerhalb und konnte die Vorzüge des Stadtlebens nicht in dem Maße genießen, wie er es gerne wollte.

Sie betraten ein altes Speichergebäude mit hohen Räumen und abgetretenem Steinfußboden und suchten sich einen Platz am Fenster.

»Eigentlich schade, heute drinnen zu sitzen«, bemerkte Alexa Knorr mit einem Blick hinaus.

»Draußen ist es aber noch zu kalt«, sagte er und klappte die Karte auf. Sie bestellten einen Filterkaffee und einen Cappuccino.

»Sie sind nicht von hier, oder?«, fragte sie.

»Wie kommen Sie darauf?«

Sie lächelte. »Man hört es.«

»Ich bin in Bayern aufgewachsen. Meine Eltern sind mit mir nach Schleswig-Holstein gezogen, als ich sechzehn war. Ich dachte eigentlich …«

»Man hört es kaum«, versicherte sie. »Aber ich bin Musikerin. Ich habe ein sehr gutes Gehör.«

»Musikerin? Was für ein Instrument spielen Sie?« Er sollte sie zur Sache befragen und sich nicht in eine Plauderei verwickeln lassen.

»Klavier und Gesang.«

Ihre Getränke wurden serviert. Er trank einen Schluck heißen Kaffee und zwang sich, sich auf die Befragung zu konzentrieren. »Darf ich unser Gespräch aufzeichnen, nur als Gedankenstütze für mich?«

Sie zuckte mit den Schultern. »Warum nicht?« Dann veränderte sich ihr Ausdruck von unbekümmert zu bedrückt. »Sie haben sie gefunden, nicht wahr? Ist Mira tot?«

»Ja, sie ist tot aufgefunden worden. Es tut mir sehr leid.« Er schilderte ihr die Umstände, ohne detaillierte Informationen dabei preiszugeben. Dann fragte er: »Wie lange kannten Sie Mira Schneider?«

Alexa Knorr blinzelte heftig, wischte sich über die Augen und schluckte. Nach einer Weile, die sie offensichtlich gebraucht hatte, um sich zu sammeln, sagte sie: »Früher hieß sie Mira Paschke. Wir kannten uns seit der fünften Klasse und waren auch quasi Nachbarinnen.« Bei der Erinnerung lächelte sie versonnen. »Ich habe mich nie daran gewöhnt, dass sie geheiratet hat.«

»Warum nicht?«, fragte er.

»Sie war zu jung dafür. Es gab keinen Grund. Dieser Tibor war jedenfalls kein guter Grund.«

»Was für ein Typ ist er?«

»Ach, was soll ich sagen? Erst hat er sie wie eine verdammte Prinzessin behandelt und mit Aufmerksamkeiten überschüttet. Dann hat er ihr ewige Liebe geschworen und ihr einen romantischen Antrag gemacht. Doch als sie dann verheiratet waren, hat er sich wohl bald als despotisch und fantasielos entpuppt.«

»Ein hartes Urteil«, bemerkte Louis. »Können Sie mir dafür ein konkretes Beispiel nennen?«

Sie legte den Kopf schief und sah ihm in die Augen. Ihre waren olivgrün mit goldenen Sprenkeln. Ihm wurde ein wenig wärmer unter ihrem aufmerksamen Blick. »Ein Beispiel? Mira sollte sich nicht mehr mit mir treffen. Ich hatte seiner Ansicht nach einen schlechten Einfluss auf sie. Pah, so ein Blödsinn!«

»Hat Mira Ihnen etwas über ihre Ehe mit ihm erzählt?«

»Natürlich. Gute Freundinnen erzählen sich doch alles. Oder wenigstens beinahe. Als ihr Vater sich wieder bei ihr gemeldet hat, war Tibor auch dagegen, dass sie ihn sieht. Dabei hat es Mira gutgetan, Zeit mit ihm zu verbringen. Ich glaube, er ist ein netter Kerl. Er hat sie dazu ermutigt, das Studium anzufangen. Wussten Sie das?«

Louis nickte nur, um ihren Redefluss nicht zu unterbrechen.

»Als sie Archäologie studieren wollte, ist es mit ihrer Ehe mit Tibor noch weiter bergab gegangen. Die beiden waren nach Kiel gezogen, sodass wir uns nicht mehr so oft gesehen haben. Aber immer, wenn wir telefoniert oder geschrieben haben, hatte ich das Gefühl, dass sie unglücklich mit ihm ist. Einige Zeit später hat sie dann gesagt, dass sie eine eigene Wohnung oder ein WG-Zimmer in Kiel sucht. Doch das war schwierig. Leider hatte sie nicht den Mut, Tibor zu verlassen, bevor sie woanders eine Bleibe hatte.«

»War das nicht eher vernünftig?«, wandte er ein. »Sie konnte ja schlecht auf der Straße schlafen.«

Alexa winkte ab. »Ich sage immer, dass man erst mal machen soll und sich dann schon etwas ergibt. Sie hätte bestimmt übergangsweise bei ihrem Dad wohnen können … Oder wieder bei ihrer Ma? Klar wäre die Fahrerei lästig gewesen. Aber immerhin hatte sie ein eigenes Auto und war mobil. Sie erzählte, dass sie und Tibor sich nur noch streiten würden und sie manchmal sogar Angst vor ihm habe.«

»Angst? Hat sie gesagt, wovor genau sie Angst hatte?«

Alexa hob die Schultern. »Nein. Aber ich habe vermutet, dass sie die Befürchtung hatte, er könne handgreiflich werden. Oder er war es bereits geworden …«

»Wissen Sie darüber mehr?«

»Nein. Sie ist nicht ins Detail gegangen, und ich habe keinen Druck gemacht.«

»Okay. Was passierte dann?«, fragte Louis.

»Als Mira festgestellt hat, dass sie schwanger ist, hat sie mich sofort angerufen. Sie hat geweint und gesagt, sie wüsste nicht, was sie tun soll. Sie fühlte sich wie in der Falle …«

»Hat sie erwogen, das Kind abzutreiben?«

Alexa Knorr schüttelte den Kopf. »Nein, das wollte sie nicht. Obwohl ich ihr gesagt habe, dass ich sie begleiten würde, wenn sie sich dazu entschließen sollte. Sie wollte das Kind behalten. Doch alleinerziehend zu sein als Studentin, das hat ihr verständlicherweise auch eine Mordsangst gemacht.«

»Wie hatte Tibor auf die Schwangerschaft reagiert?«

»Zu dem Zeitpunkt, als sie mich angerufen hat, wusste er es noch nicht. Aber sie wollte es ihm bei nächster Gelegenheit erzählen. Ich hatte die Befürchtung, sie wollte ihrer Ehe noch mal eine Chance geben. Doch ob ein Kind und Wohnungsmangel der richtige Grund dafür sind? Ich weiß es nicht.«

»Wie ging es weiter?«

»Keine Ahnung«, antwortete Alexa Knorr. »Ich fühle mich schrecklich deswegen. Ich weiß nicht einmal, wie Tibor auf die Schwangerschaft reagiert hat. Ich hatte zu dem Zeitpunkt selbst viel um die Ohren und habe das alles ja nur aus der Entfernung mitbekommen. Das Nächste, was ich von Mira gehört habe, war, dass sie das Kind verloren hatte und zum Glück auch bei Tibor ausgezogen war.«

»Hat Ihre Freundin Ihnen erzählt, wie es zu der Fehlgeburt gekommen ist?«

Alexa verneinte. »Mira wollte irgendwie nicht so recht darüber sprechen, war mein Eindruck …«

Louis nickte. »Wie ist sie zu ihrer neuen Wohnung gekommen? Wissen Sie das?«

»Nicht genau. Das war angeblich eine Zufallsbekanntschaft. Mira hat spät abends das Haus verlassen. Dabei hat sie eine Frau kennengelernt, die gerade aus einer Kneipe neben Miras Haus gekommen war. Die Frau hat ihr wohl geholfen, bei was auch immer, und ihr dann die Adresse von Miras späterem Vermieter gegeben. Irgendeinem von und zu …«

Alexa Knorr verzog leicht den Mund. »Das war der Grund, warum Mira dann ausgerechnet aufs Dorf gezogen ist. Hövelau! Ich war nur einmal dort. Aber Mira schien recht glücklich zu sein in ihrer kleinen Kate. Vor allem wohl auch, weil sie Tibor los war und weil sie endlich einen Job bei einer richtigen Ausgrabung hatte. Das war ihr Traum.« Wieder zuckte Alexa Knorr auf aufreizende Art mit den Schultern. »Es war ein bisschen wie im Märchen dort.«

»Was war wie im Märchen dort?«

»Dieses Knusperhäuschen mit allem Drum und Dran …«

»Und wer war die Hexe oder der böse Wolf in diesem Märchen?«

Sie lachte auf. Ihre Augen funkelten. »Da merkt man, dass Sie Polizist sind. Niemand, von dem ich wüsste. Das war nur die Atmosphäre, die mir aufgefallen ist. Aber wahrscheinlich habe ich mir das im Nachhinein auch bloß eingeredet.«

Als Louis vor dem Café stand und Alexa Knorr nachsah, wie sie leichtfüßig davonging, wurde ihm klar, dass das eben nicht gerade eine lehrbuchmäßige Befragung gewesen war. Alexa hatte mit ihm geflirtet … Er hatte es genossen. Und er wollte sie wiedersehen.

17. Kapitel

»Da sind Sie ja wieder, Frau Korittki«, begrüßte Michael Paschke sie. Er klang weder vorwurfsvoll noch erfreut, einfach nur resigniert. Mit einer schlaffen Geste gab er ihr zu verstehen, ihn ins Haus zu begleiten.

»Es tut mir sehr leid, Herr Paschke. Die Wiederaufnahme der Ermittlungen hat leider das schlimmstmögliche Ergebnis zutage gebracht.«

»Ja, ich weiß. Gleich nachdem Sie Mira gefunden haben, war ein Kollege von Ihnen aus Lübeck bei mir und hat mir die Nachricht von ihrem Tod überbracht, mit dem Pastor im Schlepptau, falls ich zusammenbrechen sollte.«

Pia nickte. Es war ihr wichtig gewesen, dass auch der Vater es sofort und von jemandem persönlich erfuhr, mit einem Back-up, falls die Nachricht ihn zu sehr mitnehmen würde. Ihre nächsten Worte kamen nur zögernd. »Ich war dort. Möchten Sie noch etwas dazu wissen?«

Er hob die Hände. »Im Augenblick nicht, nein.«

»Fühlen Sie sich dazu in der Lage, mir noch ein paar Fragen zu beantworten?«, erkundigte sie sich.

»Ja, ja, natürlich. Ich will der Polizei auf jeden Fall helfen. Ich hätte meine Tochter beschützen müssen!«

»Vor dem, was passiert ist, hätten Sie sie höchstwahrscheinlich nicht beschützen können. Sie sollten sich keine Vorwürfe machen.«

»Ich habe sie ermutigt zu studieren. Deswegen ist ihre Ehe in die Brüche gegangen, und deswegen ist sie aufs Land gezogen.«

»Was ist das für eine Ehe, die in die Brüche geht, weil einer der beiden sich in so jungen Jahren noch weiterentwickeln und studieren will?«, fragte Pia. »Wir haben außerdem etwas erfahren, was mit ein Grund für Miras Umzug in die Kate in Hövelau gewesen sein könnte.«

»Und was war das?«

»Sie war angeblich schwanger«, erklärte Pia. »Das beziehungsweise die nachfolgende Fehlgeburt könnten zusätzlich zu Konflikten mit ihrem Mann geführt haben.«

»Mira war schwanger?«

»Ja. Und sie hatte wohl eine Fehlgeburt.«

Er schüttelte den Kopf und schluckte schwer. »Wie traurig! Mein armes Mädchen! Und sie hat mir nichts davon gesagt.«

»Es ist wohl in einem frühen Stadium passiert.«

»Ich verstehe das alles nicht mehr. Mira hatte mir doch erzählt, dass sie frisch verliebt war. Ob der neue Mann der Vater des Kindes war? Ob die Schwangerschaft der Grund für den Umzug war?«

»Wir wissen es noch nicht. Aber das passt eigentlich nicht zu dem zeitlichen Ablauf. Ihre Tochter soll erst kurz nach ihrer Fehlgeburt nach Hövelau gezogen sein.« Pia zögerte kurz. »Ist Ihnen in der Zwischenzeit eingefallen, wer der Mann gewesen sein könnte, in den sie sich verliebt hatte?«

»Alles, was ich weiß, habe ich Ihnen schon gesagt«, antwortete er.

»Sie hat niemanden aus Hövelau erwähnt? Oder von der Ausgrabung? Vielleicht beiläufig?«

»Sie hatte einen guten Hausarzt in ihrem neuen Wohnort gefunden. Einen richtigen Landarzt vom alten Schlag, wie sie mir erzählte … Vielleicht hat er die Nachsorge gemacht, nach der Fehlgeburt.« Sein Gesicht verzog sich gequält.

»Erinnern Sie sich an den Namen des Arztes?«

Er dachte einen Augenblick nach, dann verneinte er. »Mira hat ihn mir meines Wissens nicht genannt. Aber mit etwas Glück gibt es dort nur einen.«

Pia nickte. Das war nicht viel, aber immerhin ein Ansatzpunkt. Doch auch für einen Hausarzt galt die ärztliche Schweigepflicht.

Nach der Befragung des Archäologen Dr. Felbert war Broders in ein Restaurant mit angeschlossenem Bistro an der Schlei gefahren. Sein sich selbst gegebenes Versprechen, kein Junkfood mehr zu essen und auf regelmäßige, gesunde Mahlzeiten zu achten, kostete ihn Zeit und auch Geld. Aber seit er mehr auf seine Gesundheit achtete, fühlte er sich besser. Und er sah auch besser aus, fand er …

Er hatte einen »Wikingerteller« bestellt, einen großen bunten Salat mit Hähnchenbrustfilet, und fragte sich, was ein echter Wikinger wohl zu Avocados, Cranberrys und Aceto Balsamico gesagt hätte.

Nach seiner Mittagspause fuhr Broders zum Ausgrabungsort zurück und traf sich als Nächstes mit einem der Studenten, die mit Mira Schneider zusammengearbeitet hatten.

Chris Dankert war ein gut aussehender, mindestens zwei Meter großer Mann, schlank und muskulös, der ihn jovial, aber mit einem leicht misstrauischen Ausdruck in den Augen begrüßte. Er studierte Archäologie, sagte er, und arbeitete nebenbei auf der Grabung.

Der Mann erinnerte an die Typen, die sich vor laufender Kamera nackt in der Wildnis aussetzen ließen. Oder vielleicht in der Nähe eines Maya-Tempels im Dschungel, um das Klischee des Testosteron ausschwitzenden »History-Man« zu bedienen … Wenn Broders an das Foto dachte, das er inzwischen von Mira Schneider kannte, wären die beiden ein hübsches Paar gewesen. Aber das waren Äußerlichkeiten.

Dankerts Hand war warm, sein Handschlag fest. Mit einem Blick in den dunkel bewölkten Himmel schlug er Broders vor, dass sie sich in den zweiten Bauwagen setzten. »Dort beantworte ich Ihnen dann all Ihre Fragen«, setzte er optimistisch hinzu.

Der zweite Bauwagen diente offensichtlich teils als Materiallager, teils als Aufenthaltsraum für die Mitarbeiter, samt Kaffeemaschine, Mikrowelle und Kühlschrank.

Chris Dankert bot Broders einen Kaffee an, den er, auch im Hinblick auf die dicke Staub- und Schmierschicht auf der Kaffeemaschine, höflich ablehnte. Der Student zuckte mit den Schultern und deutete auf ein altes Sofa und zwei Küchenstühle.

Broders zog den Stuhl vor. Chris Dankert setzte sich breitbeinig auf das niedrige Sofa und beugte sich zu Broders vor.

»Ich bin hier, weil wir die Leiche einer ehemaligen Kollegin von Ihnen im Wald begraben aufgefunden haben. Mira Schneider«, eröffnete Broders die Befragung. Auch dieses Gespräch zeichnete er mit Dankerts Zustimmung auf.

»Dann ist es also wahr«, sagte er. »Befürchtet haben wir es ja schon lange. Wie furchtbar!«

»Wie gut kannten Sie sie?«

»Mira und ich haben auf einer Ausgrabung zusammen gearbeitet. Sie hat Archäologie studiert, wie ich. Dann wurde sie vermisst. Schreckliche Sache.«

»Wie war Ihr Verhältnis zueinander?«

Sie kommen ja verdammt schnell zur Sache, sagte Chris Dankerts Blick. Laut antwortete er: »Es war ein rein kollegiales Verhältnis. Nicht mal freundschaftlich, würde ich sagen. Mira war ein netter Kumpel, aber nicht der Typ, der sich anderen schnell anvertraut. Sie schien privat ein paar Sorgen zu haben, aber sie hat nicht darüber gesprochen. Jedenfalls nicht mit mir.«

»Mit jemand anders, von dem Sie wissen?«

Er überlegte kurz. »Sie hat damals recht eng mit Felbert, also Dr. Felbert, zusammengearbeitet. Aber ich weiß nicht, ob sie ihm etwas anvertraut hat.«

»Wieso haben Sie angenommen, dass sie private Sorgen hatte?«

»Wieso denkt man so etwas? Sie wirkte manchmal bedrückt. Und sie war schreckhaft. Wenn man sich ihr unvermutet genähert und sie angesprochen hat, ist sie zusammengezuckt. Also mehr, als normale Leute das tun. Hilft Ihnen das weiter?«

»Wir werden sehen«, erwiderte Broders. »Hat sie mal etwas über ihre Ehe oder Freunde, Bekannte außerhalb der Grabung erzählt?«

»Ich wusste, dass sie verheiratet ist, und fand es … ein bisschen seltsam. Es passte nicht zu ihr. Einmal erwähnte sie, dass ihr Mann … Timo?«

»Tibor«, erklärte Broders.

»… dass Tibor nicht gerade begeistert davon ist, dass sie studiert. Aus finanziellen Gründen, habe ich damals vermutet, weil sie ja vorher schon als Buchhändlerin gearbeitet hat. Aber Mira war besessen von der Archäologie. Und sie war richtig gut. Deshalb hat Dr. Felbert sich auch gern mit ihr besprochen, auch wenn sie noch Studentin war.«

»Hat Sie das nicht gestört?«, fragte Broders.

»Was?« Er schaute vollkommen arglos.

»Dass Ihr Chef Mira Schneider vorgezogen hat.«

»Er hat sie nicht vorgezogen. Ich bin mehr als zufrieden mit meinem Job hier. Und vieles von dem, was läuft, will ich auch gar nicht so genau wissen.«

»Was meinen Sie damit?«

»Bleibt das auch unter uns?«, erwiderte Chris Dankert.

»Wenn es nicht direkt mit dem Mord an Mira Schneider zu tun hat, schon.«

Dankert kämpfte offensichtlich mit sich. Dann sagte er: »Dr. Felbert … Er hat einen gewissen Ruf. Es sind nur Gerüchte … Aber er soll Kontakte zu privaten Sammlern unterhalten. Zum Beispiel zu Leuten aus China, die viel Geld für gewisse Artefakte zahlen würden.«

»Deuten Sie an, dass Dr. Felbert in illegalen Antikenhandel verwickelt sein könnte?«

»Ich weiß wirklich nichts Konkretes.« Dankert ruderte schnell zurück. »Wahrscheinlich ist an den Gerüchten nichts dran. Das ist nur Neid …«

»Hm.« Broders beobachtete, wie Chris Dankert versuchte, mit seinen langen Gräten eine halbwegs komfortable Sitzposition zu finden. Er würde Dr. Felbert nicht sagen, woher er die Information hatte, auf den Grund gehen würde er der Sache jedoch schon. »Wussten Sie von Mira Schneiders Schwangerschaft?«, fragte er unvermittelt.

»Äh … ja. Aber sie hat das Kind doch verloren«, gab Dankert freimütig zu.

»Also war Ihre Beziehung zu Mira Schneider doch nicht rein kollegial?«

»Na ja. Schon«, antwortete Dankert. »Aber wenn man den ganzen Tag bei Regen und Sturm in einer matschigen Grube hockt, bleibt nicht viel geheim …«

»Was haben Sie also noch erfahren?«

Er dachte einen Augenblick nach. »Sie wollte sich von ihrem Mann scheiden lassen. Warum genau, weiß ich nicht. Ehrlich! Sie hat eine Zeit lang beinahe jeden, dem sie begegnet ist, gefragt, ob er ihr eine Wohnung vermitteln könne. Und dann hatte sie etwas in dem Dorf gefunden …«

Broders hakte weiter nach, versuchte, etwas über Mira Schneiders Beziehungen in Hövelau oder auf der Grabung zu erfahren. »Woher hatte sie denn auf einmal diese Kate?«, erkundigte er sich.

»Tja. Ich glaube, von irgendeiner Frau. Das war eine seltsame Geschichte …«

»Ach ja?«

»Wir leben hier während der Ausgrabung recht eng aufeinander. Sie sehen es ja …« Er machte eine allumfassende Geste. »Einmal habe ich beim Umziehen gesehen, dass ihre linke Seite grün und blau war. Der Arm und auch die Rippen. Sie sagte sofort, dass sie in ihrem Wohnhaus in Kiel die Treppe heruntergefallen sei. Ich habe noch vollkommen arglos gefragt, ob sich das mal ein Arzt angeschaut habe. Da hat sie etwas gesagt wie: ›Nein, das war nicht nötig. Draußen vor dem Haus bin ich quasi in eine Frau hineingerannt, und die hat sich um mich gekümmert.‹« Er schaute Broders vielsagend an.

»War das ihr genauer Wortlaut?«

»Soweit ich mich erinnere, schon. Später habe ich mich gefragt, wieso sie bei sich zu Hause eine Treppe heruntergefallen ist, obwohl sie im Gelände doch so klettern kann wie eine Bergziege. Und außerdem, wieso Mira nach ihrem Treppensturz auf der Straße in eine Frau hineingerannt ist.«

»Hatten Sie das auch meinen Kollegen gegenüber erwähnt, damals, nachdem Mira Schneider als vermisst gemeldet worden war?«, wollte Broders wissen.

Chris Dankerts Wangen röteten sich. »Äh, nein. Die haben mich nicht gefragt. Und … es bestand ja kein direkter zeitlicher Zusammenhang zu ihrem Verschwinden.«

»Vielleicht ist es trotzdem wichtig. Wissen Sie, wer die Frau war, in die sie da ›hineingerannt‹ ist?«

»Nein. Mira hat diesen Zwischenfall nicht wieder erwähnt. Und ich habe da auch nicht mehr nachgehakt. Sie wollte offensichtlich nicht darüber sprechen. Es war ihr unangenehm, dass ich ihre blauen Flecken überhaupt gesehen hatte.«

18. Kapitel

Nach der Dienstbesprechung am nächsten Morgen fuhr Pia mit ihrem Kollegen Louis erneut in Richtung Kiel. Sie war nicht begeistert von der Aussicht auf die lange Fahrt und vor allem auf den zu erwartenden Stau in Kiel. Doch Broders hatte ihnen allen von Chris Dankerts Aussage bezüglich Miras blauer Flecken berichtet. Im Zusammenhang mit ihrer Fehlgeburt und der Tatsache, dass sie behauptet hatte, sie sei eine Treppe hinuntergefallen, stellte das einen neuen Ermittlungsansatz dar. Der Treppensturz war ein Ausredenklassiker, wenn eine Frau ihren Partner decken wollte, der sie geschlagen hatte.

Da Broders heute wieder in der Nähe der Ausgrabungsstelle war und mit den Kollegen vor Ort reden wollte, ließ Pia sich von Louis begleiten. Die Erfahrung hatte sie gelehrt, dass es mit fortschreitender Ermittlung immer weniger ratsam war, potenzielle Tatverdächtige allein mit Fragen zu konfrontieren.

Louis, der zuvor mit Tibor Schneider telefoniert hatte, riet Pia, heute zu seiner Wohnung zu fahren. »Der hat einen freien Tag, hat er mir gesagt. Und Schneider hat uns gebeten, möglichst früh zu kommen, weil er noch einiges zu erledigen hat.«

»Wir werden sehen, wie schnell wir durchkommen. Hast du die Adresse schon ins Navi eingegeben?«

»*Aye, aye, Captain*«, spottete Louis gutmütig.

»Beste Laune heute?«, erkundigte sich Pia.

»Ist doch ein schöner Tag. Und ich mag es, aus dem Büro rauszukommen.«

»Dann solltest du dich auf der Karriereleiter nicht zu schnell nach oben bewegen«, erwiderte Pia leichthin.

»Werde ich schon nicht«, antwortete er lachend.

Insgeheim vermisste Pia Broders' bissige Kommentare ein wenig. »Deine Befragungen gestern scheinen gut gelaufen zu sein. Die Aussage der Freundin …«

»Alexa … Knorr«, warf Louis bereitwillig ein.

»Genau. Hältst du sie für zuverlässig?«

»Auf jeden Fall!«

»Eine Frau, die um ihre langjährige Freundin trauert, könnte unbewusst nach einem Schuldigen suchen«, wandte Pia ein.

»Nein. Sie hatte ein gutes Urteilsvermögen.«

Pia warf ihrem Kollegen einen schnellen Seitenblick zu. War er etwa errötet? »Es kann uns gleich helfen, dass die Frau ausgesagt hat, dass Mira womöglich Angst vor Tibor hatte. Das, zusammen mit der Aussage ihres Kollegen, die blauen Flecken betreffend, und dann die Fehlgeburt …«

»Ihr Ehemann hat das stärkste Motiv«, sagte Louis.

»Beinahe das einzige, von dem wir bisher wissen.« Pia bog ab in Richtung Alte Lübecker Chaussee. Den schlimmsten Stau hatten sie hinter sich gelassen. »Aber sich zu früh auf einen Tatverdächtigen festzulegen ist gefährlich. Mal sehen, was die anstehende Befragung bringt.«

»Ich soll meine Frau geschlagen haben?«

»Das haben wir nicht behauptet. Die Frage ist, ob Sie wissen, wovon Ihre Frau ihre Verletzungen, hauptsächlich Hämatome am Oberkörper, davongetragen hatte.«

»Wer sagt denn, dass sie welche hatte?«

Pia warf Louis einen warnenden Blick zu. Noch würden sie ihre Quelle nicht preisgeben.

Als sie ihn beide nur schweigend ansahen, wurde Schneider unruhig. Schließlich zuckte er missmutig mit den Schultern. »Keine Ahnung.«

»Wirklich nicht?«, hakte Pia nach.

»Und woher wissen Sie überhaupt davon?«, fragte er.

»Die Leiche Ihrer Frau wurde obduziert.«

»Und das war nach der langen Zeit noch feststellbar?«

Das haben wir nicht gesagt, dachte Pia. Aber es schadete nicht, wenn Tibor Schneider es dachte. Der Mann hatte sich mit in die Hüfte gestützten Händen vor ihnen aufgebaut. Doch nun sank er auf die Couch, als versagten seine Beine ihm den Dienst. Er sah zu Boden und schüttelte den Kopf. »Ich bin kein Mann, der Frauen schlägt. Ganz bestimmt nicht. Da können Sie jeden fragen …«

»Das mag sein«, antwortete Pia ruhig. »Aber manchmal gerät man in eine Situation im Leben, wo man nicht mehr man selbst ist.«

Schneider blickte immer noch zu Boden. »Ich habe Mira geliebt!«, stieß er hervor.

Pia setzte sich Schneider gegenüber auf einen Hocker, und Louis nahm neben ihm auf dem Sofa Platz. »Es ist nicht so gelaufen, wie Sie es sich erhofft hatten«, stellte sie ruhig fest.

»Nichts, gar nichts ist so gelaufen. Obwohl ich mir den Arsch für sie aufgerissen habe. Ich wollte Mira glücklich machen. Ein guter Ehemann und auch ein guter Vater sein, wenn wir ein Kind bekommen hätten. Sie war es, die sich auf einmal alles anders überlegt hat.«

»Wie haben Sie sich da gefühlt?«

»Verraten! Ich habe mich von ihr verraten gefühlt, Frau Korittki. Mit diesem Studium fing alles an. Da wusste ich schon, dass das nicht gut für uns beide enden kann. Aber sie wollte nicht auf mich hören. Mira hatte sich total verändert.

Ich habe sie kaum noch wiedererkannt. Hat geredet, als hätte sie jemand einer bescheuerten Gehirnwäsche unterzogen!«

»Wer könnte sie derart beeinflusst haben?«, mischte sich Louis ein.

»Ich dachte zuerst, dass es ihr Vater ist. Aber mittlerweile glaube ich, dass sie eher einen Lover hatte. Darum wollte sie auch unser Kind nicht. Sie hat es mir direkt ins Gesicht gesagt, dass die Schwangerschaft nichts an ihrem Entschluss ändert, mich zu verlassen, und dass sie das Kind zur Not auch allein großzieht.«

»War das der Grund für Ihre Auseinandersetzung?«, wollte Pia wissen.

»Natürlich! Ich habe sie geliebt. Es war mein Kind. Dachte ich zumindest. Und für sie war das alles auf einmal nicht mehr wahr. Wir standen hier, in diesem Raum, als sie es mir gesagt hat. Aber ich habe sie nicht geschlagen«, beharrte Schneider.

»Was genau ist passiert?«, fragte Pia leise.

Tibor Schneider fuhr sich aufgebracht mit den Fingern durch die Haare. »Sie wollte mir nicht weiter zuhören, sondern mich einfach so stehen lassen. Sie hat mir allein die Schuld an allem gegeben. Da habe ich sie am Arm gepackt, damit sie bleibt. Doch Mira ließ mich gar nicht zu Wort kommen. Sie wehrte sich und hat mich beschimpft. Da habe ich sie geschüttelt, damit sie mir endlich zuhört. Sie hat sich losgerissen und ist dabei auf den Couchtisch gefallen. Erst auf die Seite, und dann ist sie heruntergerollt und hat gewimmert. Ich wollte ihr aufhelfen, aber sie hat nur gebrüllt, ich soll sie nie wieder anfassen.«

Pia nickte. Das erklärte die blauen Flecken, von denen Chris Dankert Broders erzählt hatte. »Und was passierte als Nächstes?«

»Sie ist aus der Wohnung gerannt, die Treppen runter, aus dem Haus … Mehr weiß ich nicht.«

»Sie sind nicht hinter ihr hergelaufen?«, erkundigte sich Louis. »Immerhin war sie verletzt.«

Schneider schaute unruhig hin und her. »Sie haben sie nicht gekannt. Damit hätte ich es nur noch schlimmer gemacht. Aber ich bin ans Fenster gegangen, hab es aufgemacht und hinausgeschaut. Ich wollte ... Ich wollte ihr so etwas hinterherrufen wie: ›Du brauchst dich hier nie wieder blicken zu lassen!‹ Ich bin auf das, was an dem Abend passiert ist, nicht stolz. Bestimmt nicht. Aber Mira hat mich so entsetzlich wütend gemacht.«

»Was ist dann geschehen?«, fragte Pia.

»Ich habe doch meine Klappe gehalten.«

Pia runzelte die Stirn. »Wieso?«

»Da war plötzlich jemand bei ihr. Auf der Straße. Und nahm sie in den Arm.«

»Konnten Sie erkennen, wer das war?«

»Erst dachte ich, dass ihr neuer Freund unten auf sie gewartet haben musste. Dass Mira mich absichtlich provoziert hat. Dass sie alles so geplant hatte, damit ich mich schuldig fühle und sie einen guten Grund hat zu gehen.«

»Und was denken Sie nun?«, erkundigte Pia sich.

»Das war, glaube ich, kein Mann. Es war nur eine Frau, und sie schien zufällig vorbeigekommen zu sein.«

»Konnten Sie erkennen, wo sie herkam?«, fragte Pia.

Schneider schüttelte den Kopf. »Sie kam nicht von der gegenüberliegenden Straßenseite. Das hätte ich ja gesehen. Sie muss auf dieser Straßenseite unterwegs gewesen sein. Oder sie kam aus einer der Kneipen.«

»Können Sie die Frau beschreiben?«

»Ich konnte nicht viel erkennen«, antwortete Tibor Schneider. »Sie war dunkel gekleidet, glaube ich, und sie standen zwischen zwei Straßenlaternen im Schatten.«

»Was genau hat die Frau getan?«, wollte Pia wissen.

»Sie hat Mira angesprochen und dann gestützt und festgehalten. Dann hat sie sie zu Miras Wagen gebracht. Der stand ein Stück die Straße runter.«

»Und das war alles?«

»Nein.«

Pia sah ihn abwartend an.

»Die Frau und Mira haben weiter miteinander gesprochen. Verstehen konnte ich allerdings kein Wort. Mira musste sich währenddessen am Auto abstützen. Der Sturz auf den Couchtisch war bestimmt schmerzhaft. Ich habe noch überlegt, ob ich nicht doch runtergehen und ihr meine Hilfe anbieten soll. Doch dann ist die fremde Frau auf der Fahrerseite von Miras Wagen eingestiegen und hat sie weggefahren.«

Pia atmete tief durch. »Warum erzählen Sie uns das erst jetzt?« Vorwürfe brachten sie nicht weiter, doch Pia ärgerte sich. Die Person, die Mira fortgebracht hatte, konnte eine wichtige Zeugin oder sogar die Täterin sein. Doch sie nach der langen Zeit noch ausfindig zu machen schien geradezu aussichtslos zu sein.

»Ich habe das der Polizei nicht gleich erzählt, weil ich ein schlechtes Gewissen hatte«, sagte Tibor Schneider. »Wir hatten uns schließlich gestritten, und Mira war so blöd gestürzt. Noch dazu war sie schwanger. Wie hätte das denn für mich ausgesehen? Ich dachte, die Polizei würde mich sofort für schuldig halten. Nachdem Mira verschwunden war, konnte ich das doch nicht mehr erzählen!«

Pia erhob sich. »Wir werden die Frau suchen, die mit Mira fortgefahren ist. Das könnte Sie entlasten, Herr Schneider. Haben Sie das genaue Datum dieses Vorfalls noch im Kopf?«

Er nannte das Datum, ohne lange darüber nachzudenken. »Den Tag werde ich wohl nie vergessen. Sie hat danach nur noch ihre Sachen hier abgeholt und war fort. Ist in dieses Dorf gezogen …«

»Und wann genau war die Fehlgeburt?«

»Sie hat es nicht mal für nötig befunden, mir das genaue Datum mitzuteilen.« Tibor Schneider wandte den Kopf ab und starrte mit zusammengezogenen Augenbrauen vor sich hin.

Pia stand auf. »Für heute war es das, Herr Schneider.«

Auch Louis hatte sich erhoben. Er steckte das Aufnahmegerät wieder ein.

»Wie groß ist die Chance, dass Sie die Frau finden?«, erkundigte sich Schneider.

Pia zuckte mit den Schultern. »Wir werden Ihre Nachbarn befragen und uns in den umliegenden Kneipen umhören.« Sie hegte keine große Hoffnung, dass sich dort nach all der Zeit noch jemand an die fremde Frau erinnern würde, doch das behielt Pia für sich. »Auch die Notaufnahmen der Krankenhäuser sind eine Option. So schlecht stehen die Chancen nicht.«

Tibor Schneider krauste nachdenklich die Stirn. »Dann sollten Sie auch mein Alibi für die Nacht von Miras Verschwinden finden können, oder etwa nicht?«

»Ihren One-Night-Stand?« Louis dachte offenbar an den Bericht dazu in der Vermisstenakte. Schneider hatte besagte Nacht angeblich mit einer Frau verbracht, die er an jenem Abend in einem Club namens *Treasure* kennengelernt hatte. An ihren Namen hatte er sich allerdings nicht mehr erinnern können.

»Nennen Sie es, wie Sie wollen«, erwiderte Tibor Schneider. »Aber die Frau kann bestätigen, dass ich nichts mit Miras Verschwinden zu tun habe. In der Nacht, als Mira endgültig verschwunden ist, war ich mit dieser Frau zusammen. Warum suchen Sie die nicht?«

»Wir brauchen dafür schon ein paar Anhaltspunkte.«

»Sie haben da auch ein Datum, die Uhrzeit und den Club, in dem wir uns kennengelernt haben.«

»Die Kollegen haben es damals dort versucht. Leider ohne Ergebnis.«

»Mir ist aber noch etwas dazu eingefallen«, sagte Schneider.

»Und zwar?«, fragte Louis.

»Sie hieß Josie. Aber das habe ich damals ja schon zu Protokoll gegeben. Und sie hatte, glaube ich, erwähnt, dass sie manchmal in einem Bioladen arbeitet.«

»Ihre Erinnerung an einen Bioladen ist aber neu, oder?« Louis klang skeptisch.

»Es ist mir neulich erst wieder eingefallen, als ich einkaufen war«, rechtfertigte sich Schneider.

»Haben Sie die Frau dort wiedergesehen?«, erkundigte sich Pia gespannt.

Er schüttelte missmutig den Kopf.

»Wir können ein Phantombild von ihr anfertigen lassen und schauen, wie weit wir damit kommen«, schlug Pia vor. »Wissen Sie noch, wie sie ausgesehen hat?«

»Josie? In etwa«, antwortete er.

Pia unterdrückte einen Seufzer. »Dann sehen wir mal, wie weit wir damit kommen.«

Zurück im Kommissariat, veranlasste Pia, dass mit Tibor Schneiders Hilfe ein Phantombild der Frau namens Josie angefertigt wurde. Den Aufwand, seinen »One-Night-Stand« mit allen ihr zur Verfügung stehenden Mitteln aufzuspüren, hielt sie für vertretbar und würde es sich von Rist auch nicht ausreden lassen. Tibor Schneider als möglichen Mörder seiner Frau auszuschließen würde sie ein erhebliches Stück weiterbringen. Ohne ein Alibi sah es nicht allzu gut aus für den Mann. Die traurige Realität war, dass der Partner oftmals leider auch der Täter war. Nur dass es ihm in diesem Fall nur schwer zu beweisen sein würde.

Sie beauftragte Louis und Juliane, die Suche nach der unbekannten Frau zu organisieren, von der Schneider behauptete, sie habe Mira an dem Abend nach dem Streit und dem Sturz geholfen. Die Unbekannte hatte Mira Schneider in deren Auto weggefahren. Eine barmherzige Samariterin. Sie sollten in den Nachbarhäusern fragen, in den umliegenden Kneipen und in den Notaufnahmen der Kieler Krankenhäuser. Die Frau sollte doch wohl zu finden sein!

Die Recherchen würden allerdings einiges an Zeit kosten. Pia plante, am nächsten Tag noch einmal gemeinsam mit Broders nach Hövelau zu fahren. Dafür suchte sie sich Fotos von Dr. Felbert und ein paar weiteren Mitarbeitern der Ausgrabungen im Internet heraus und druckte sie aus. Falls einer von ihnen mal in Hövelau gewesen war, wollte sie es wissen.

19. Kapitel

»Was willst du hier eigentlich schon wieder?«, fragte Broders, als sie in die Zufahrt zum Gutshaus einbogen. »Gefällt dir die Umgebung so gut?«

»Ja, klar. Total schön hier ... Nur irgendwie wie aus einer anderen Zeit. Beinahe wie eine Filmkulisse.«

»Dann wäre dieser Hubertus von Steben die ideale Besetzung. ›Ich fordere Satisfaktion!‹«, deklamierte Broders mit theatralischer Geste.

Pia hielt mit knirschenden Reifen vor dem Portal. »Wenn man vom Teufel spricht ... Da kommt er schon.«

Hubertus von Steben trat mit unbewegter Miene auf sie zu und blieb neben der Fahrertür stehen. Sein Hund mit der angegrauten Schnauze folgte ihm mit steifen Bewegungen und setzte sich bei Fuß. Das Tier blickte etwas weniger indigniert als sein Herrchen.

»Guten Morgen, Herr von Steben! Gut, dass wir Sie gleich antreffen«, sagte Pia.

»Womit kann ich Ihnen beiden helfen?«

»Wir haben noch ein paar Fragen. Tut mir leid, dass wir unangemeldet aufkreuzen, aber die Zeit ist knapp.«

Er schien kurz abzuwägen, was er darauf antworten sollte. »Schon gut. Die Tatsache, dass Mira Schneider tot aufgefunden wurde, ändert so einiges. Es ist ein Unterschied, ob man es nur befürchtet und für wahrscheinlich hält oder ob es sich als Tatsache herausstellt.«

»Sie sagen es.« Broders blickte erwartungsvoll in Richtung Haus.

»Ich wollte eigentlich gerade mit einem meiner Arbeiter sprechen«, bemerkte Hubertus von Steben. »Ich rufe ihn besser an und sage ihm, dass ich eine Viertelstunde später komme.«

Nachdem er telefoniert hatte, bat er sie wieder in das Arbeitszimmer, das sie von ihrem letzten Besuch her kannten. »Was können Sie mir zu der Angelegenheit sagen?«, fragte er sogleich, als sie alle Platz genommen hatten. »Korittki und Broders war doch richtig?«

Angelegenheit? Pia nickte, obwohl sie sich über seine Wortwahl wunderte. »In einem Waldstück, das nur wenige Kilometer von Hövelau entfernt liegt, ist die Leiche von Mira Schneider in einem flachen Erdgrab aufgefunden worden«, antwortete sie in neutralem Tonfall. Sie beschrieb ihm die Lage dieses Waldstücks.

»Ja, die Leute reden von nichts anderem mehr. Es ist schrecklich. Ich weiß, wo das liegt. Sie war die ganze Zeit über gar nicht so weit weg, nicht wahr?«

Eine eher rhetorische Frage. Pia ging nicht darauf ein. »Was können Sie uns über dieses Gebiet sagen?«

»Es gehört jedenfalls nicht zum Gut«, antwortete von Steben. »Das Gelände befindet sich ja in der Nähe des Oldenburger Grabens. Es ist zu feucht, um dort Landwirtschaft zu betreiben. Ein unwirtliches, düsteres Gebiet, das die Menschen hier meiden. Schon, weil man sich schnell nasse Füße holt, wenn man von den Wegen abkommt.«

»Ist das so? Der Täter konnte dann davon ausgehen, dass er dort relativ ungestört ist?«, vergewisserte sich Pia.

»Richtig. Glauben Sie mir: Ich kenne mich hier aus.«

»Der Täter anscheinend auch.«

Von Steben warf Broders auf dessen Kommentar hin einen verächtlichen Blick zu.

»Die Obduktion hat die Identität der Toten als Mira

Schneider inzwischen zweifelsfrei bestätigt. Und auch die Tatsache, dass ihr Tod auf Fremdverschulden zurückgeht«, sagte Pia.

»Sie wurde tatsächlich ermordet.« Er schüttelte den Kopf.

»Ja, das steht nun außer Frage.«

»Eine schreckliche Vorstellung, dass es in unserer unmittelbaren Umgebung passiert ist«, sagte Hubertus von Steben. »Und niemand hat etwas mitbekommen …«

»Das wissen wir noch nicht. In so einem kleinen Ort geschieht wenig, was völlig unbemerkt bleibt, oder?« Pia zeigte ihm die Fotos von den Mitarbeitern der Ausgrabung. »Kommt Ihnen einer dieser Leute bekannt vor? Haben Sie mal eine dieser Personen hier im Dorf gesehen?«

Von Steben blätterte langsam durch die Aufnahmen und schüttelte dann bedauernd den Kopf. »Nein, nie, tut mir leid.«

»Wir werden die Fotos möglichst vielen Leuten vor Ort zeigen und mit ihnen darüber sprechen. Falls der Täter beziehungsweise die Täterin ein Ortsfremder war, ist er oder sie wahrscheinlich mal jemandem aufgefallen.«

»Natürlich ist der Täter ein ›Ortsfremder‹ gewesen«, sagte von Steben. »Das Opfer war ja quasi auch eine Fremde. Dies ist kein Dorf, in dem ein Mörder wohnt. Wir kennen einander hier alle schon sehr lange.«

Pias Erfahrungen hatten sie etwas anderes gelehrt. Nicht immer kam das Böse von außen. Und überhaupt, wen kannte man schon ganz genau? »Wenn Sie sich alle so nahestehen, erinnern Sie sich bestimmt inzwischen, wer Ihnen Mira Schneider als Mieterin empfohlen hat.«

Hubertus von Steben seufzte. »Ich weiß es wirklich nicht mehr. Bestimmt ein Handwerker, der an der Renovierung der Kate beteiligt war.«

»Dann geben Sie uns bitte die Namen der beteiligten Firmen oder Handwerker.«

»Die habe ich nicht im Kopf«, sagte er abweisend.

Broders winkte großzügig ab. »Schauen Sie gerne nach. Die Zeit nehmen wir uns.«

»Teilweise gibt es darüber aber gar nichts Schriftliches«, wandte von Steben ein.

Pia zog in gespielter Überraschung die Augenbrauen hoch. Schwarzarbeit war leider nicht unüblich. Doch sie waren nicht hier, um deswegen zu ermitteln. Aber es konnte helfen, wenn von Steben diesbezüglich ein bisschen ins Schwitzen geriet. Aus dem Augenwinkel sah sie, wie Broders demonstrativ seinen Notizblock und einen Stift hervorholte.

»Die Empfehlung eines Ihnen nicht weiter bekannten Handwerkers hat Ihnen ausgereicht, ein Haus auf Ihrem Grund und Boden an eine Ihnen unbekannte Frau zu vermieten?«, fragte er betont skeptisch.

»Kein Haus, nur eine kleine, alte Kate. Und schon recht weit abgelegen.«

Pia enthielt sich dazu eines Kommentars, und auch Broders spielte mit, kritzelte nur etwas in seinen Block.

»Ich hatte Angst, dass die Kate sonst keiner haben will. Ich meine … wer sollte dort schon wohnen wollen, so abgelegen, wie sie nun mal ist?«, fragte Hubertus von Steben.

»Ich fand es recht idyllisch dort«, sagte Broders.

»Da sind Sie aber einer der wenigen«, blaffte von Steben. »Und Mira Schneider hat mir auch ein bisschen leidgetan. Sie sagte, dass sie dringend zu Hause ausziehen musste, weil sie sich von ihrem Mann getrennt hatte. Sie saß deswegen quasi auf der Straße.«

»Was nun genau? Sie hatten Angst, dass niemand die Kate mieten wollte nach all Ihren teuren Renovierungsarbeiten, Herr von Steben, oder aber Sie wollten einer Ihnen vollkommen unbekannten, wohnungslosen Frau helfen?«, erkundigte sich Pia.

»Es war vielleicht von beidem etwas. Das passte zu dem Zeitpunkt einfach zu gut.«

Pia sah ihn aufmerksam an. »Zu dem Zeitpunkt? Gab es denn einen Moment, an dem Sie Ihre Entscheidung bereut haben?«

»Ein Mord ist wirklich das Letzte, was wir hier in Hövelau haben wollen.«

Ein Punkt für ihn. »Und vorher? Hatten Sie auch schon vor Mira Schneiders Verschwinden mal Schwierigkeiten oder Bedenken ihretwegen?«

Zu Pias Überraschung überlegte er einen Moment, bevor er antwortete. »Nein. Ich nicht. Aber meine Mutter hat mir erst gestern gesagt, dass Mira ihr gegenüber mal eine komische Bemerkung fallen gelassen hat …«

»Was für eine Bemerkung?«

»Fragen Sie sie das bitte selbst«, bat er. »Sie ist heute Vormittag noch im Haus. Wenn Sie sich beeilen, erwischen Sie sie noch …«

Pia hatte nicht die Absicht, sich zur Eile drängen zu lassen. »Bei unserem ersten Gespräch konnten Sie uns niemanden nennen, der mit Frau Schneider in näherem Kontakt stand, Herr von Steben. Ist Ihnen inzwischen, auch im Hinblick auf den Leichenfund, vielleicht doch noch jemand eingefallen?«

»Leider nein.« Nach einem Moment des Nachdenkens fügte er hinzu: »Höchstens noch unser aller Hausarzt. Ich meine mich zu erinnern, dass ich Mira Schneider mal in seinem Wartezimmer getroffen habe.«

»Wie heißt der örtliche Hausarzt?«, fragte Broders.

»Dr. Andreas Weitz«, antwortete von Steben. »Seine Praxis liegt schräg gegenüber vom *Schützenhof*. Sie können sie nicht verfehlen.«

Pia erhob sich nun doch und dankte ihm für seine Zeit. »Ach ja, und wo genau finden wir Ihre Eltern?«

»Ich bringe Sie noch zu meiner Mutter. Mein Vater ist heute Vormittag nicht da.«

Monika von Steben, Hubertus' Mutter, überraschte Pia in zweifacher Hinsicht. Sie war sofort bereit, mit der Polizei zu sprechen, schien sogar erleichtert, wenn nicht erfreut zu sein, endlich befragt zu werden. Sie war ganz zwanglos gekleidet, trug eine Latzhose, ein geringeltes Shirt darunter und hellgrüne Gartenclogs an den Füßen. An ihren Ohrläppchen baumelten Ohrringe aus bunten Perlen, die selbst gemacht aussahen.

»Ich lasse euch nun allein«, hatte ihr Sohn noch mit einem warnenden Unterton gesagt. Es hatte ein bisschen geklungen wie: »Nun bist du auf dich gestellt, Mutter. Pass auf, was du denen erzählst!«

Sie hatte nur mit »Ja, ja, Hubi« geantwortet.

Hubi ... Pia unterdrückte ein Grinsen.

Nachdem Broders sie mit den notwendigen Fakten, dem Fundort und der Identität der gefundenen Toten sowie dem mutmaßlichen Mord konfrontiert hatte, verdüsterte sich Monika von Stebens Blick. »Ich habe es schon gehört. Das arme Mädchen! Na ja, ein Mädchen im eigentlichen Sinne war sie ja nicht mehr. Aber mit zunehmendem Alter kommen mir immer mehr meiner Mitmenschen erschreckend jung vor.«

Broders nickte unwillkürlich.

»Wie gut kannten Sie Mira Schneider?«, erkundigte sich Pia.

Frau von Steben wiegte den Kopf. »Nicht sehr gut. Aber ich habe natürlich so meine Beobachtungen gemacht. Meines Erachtens hatte sie ein freundliches Wesen. Tiere und kleine Kinder mochten sie. Das ist immer ein gutes Zeichen.«

»Mit wem im Dorf hatte sie denn Kontakt?«

»Ach, wenn Sie mich so fragen ... Die kleine Katharina Seibold habe ich mehrmals mit Mira im Garten der Kate gesehen. Die beiden schienen sich gut zu verstehen. Sie wohnt in Hövelau, in der ...«

Pia nickte. »Mit Katharina Seibold haben wir bereits gesprochen.«

»Richtig! Sie hat ja gemeinsam mit Vito die Fibel im Teich gefunden«, sagte Monika von Steben sofort.

»Was denken Sie, wie das Fundstück in Ihrem Teich gelandet ist?«, hakte Pia nach.

»Jemand muss es hineingeworfen haben. Zufällig kann es dort eigentlich nicht hineingelangt sein. Das Ufer ist dicht bewachsen. Da geht niemand spazieren oder so.«

Pia dachte an die Verbotsschilder. Die Umgebung des Gutsgeländes lud generell nicht zum Spaziergang ein.

»Was ist mit Dr. Andreas Weitz?«, erkundigte sich Broders. »Uns ist zu Ohren gekommen, dass Mira Schneider ihn mal aufgesucht hat.«

»Das haben Sie gehört?« Sie runzelte die Stirn. »Er ist unser aller Hausarzt. Ein sehr guter wohlgemerkt. Aber ich hätte nicht gedacht, dass eine Zugezogene ihn konsultieren würde. Darüber weiß ich auch nichts.«

»Wir werden ihn danach fragen«, sagte Pia zuversichtlicher, als sie sich fühlte. Da war wieder die ärztliche Schweigepflicht ...

»Hat mein Sohn eigentlich Jork Althoff erwähnt?« Monika von Steben sah auf ihre Hände.

»Ihr Sohn hatte uns gesagt, dass er tatsächlich gerade einen seiner Arbeiter sprechen wollte, als wir kamen. Ist das Herr Althoff?«

»Das weiß ich nicht, aber Jork arbeitet gelegentlich für uns. Er wohnt in einem der Häuser, die zum Gut gehören. Das letzte Haus im Teichweg.«

Broders runzelte die Stirn. »Warum interessiert Sie, ob Ihr Sohn von Althoff gesprochen hat?«

»Ich sollte es wohl zumindest erwähnen. Auch wenn es wahrscheinlich bedeutungslos ist …«

»Überlassen Sie die Entscheidung, was für diese Ermittlung bedeutsam ist und was nicht, ruhig uns«, schlug Pia vor.

»Ich will ja nicht tratschen …«, wandte Monika von Steben ein.

Pia seufzte leise. »Bitte, Frau von Steben.«

»Also gut. Sie haben recht. Ich wollte nur sagen, dass Mira, also Frau Schneider, sich mal bei Hubi über Jork Althoff beschwert hat.«

»Weswegen hat Sie sich beschwert?«

»Sie sagte, dass sich von Jork Althoff in ihre Angelegenheiten eingemischt habe.«

»Eingemischt inwiefern?«

»Ich weiß es nicht. Fragen Sie ihn das am besten selbst.«

20. Kapitel

Pia und Broders trafen Jork Althoff auf seinem Grundstück unweit des Gutes an. Sein Haus befand sich in einer einseitig bebauten Straße, die nach wenigen Hundert Metern an einem Feld endete. Auf dem Rasen zwischen Wohnhaus und Stallgebäude stand ein Fahnenmast, an dem eine Schleswig-Holstein-Flagge wehte.

Althoff grub gerade ein Beet um und schaute auf, als sie den Wagen auf der anderen Straßenseite neben einem Graben parkten und zu ihm herüberkamen.

Broders stellte Pia und sich vor. »Wir würden uns gern einen Moment mit Ihnen unterhalten, Herr Althoff.«

»Kein Problem. Ich habe mir schon gedacht, dass Sie irgendwann hier aufkreuzen.« Er kam zum Tor und öffnete es für sie. Jork Althoff war mittelgroß und muskulös. Seine Haut sah sonnengebräunt aus, die Bräune reichte aber nur bis zu den Ärmeln und dem Ausschnitt seines hellblauen Polohemds mit dem Emblem einer amerikanischen Uni. Er hatte kurzes graublondes Haar. Seine Augen waren hellblau, seine Zähne ebenmäßig. Pia schätzte ihn auf Ende vierzig.

»Frau von Steben hat uns gesagt, wo wir Sie wahrscheinlich finden können.« Pia schaute sich um.

Sie standen vor einem Backsteinhaus. Es ähnelte stark den Nachbargebäuden. Die Jahreszahl am Giebel besagte, dass es im Jahr 1905 errichtet worden war. Seitdem schien auch nicht viel daran verändert worden zu sein. Die Fenster waren offenbar noch im Originalzustand. Doch das Gebäude sah gepflegt aus, genau wie der umliegende Garten. Sauber gejätete Beete und ein frisch vertikutierter Rasen, wie Pia dank ihrer Gartenarbeit bei Marten nun mühelos registrierte.

Ein Stück Treibholz neben der Eingangstür, das wie Knochen schimmerte, war mit kleinen Laternen, Muscheln und Hühnergöttern – Steinen mit Löchern darin – dekoriert. Im Hintergrund befand sich neben dem dunkel gestrichenen Holz-Carport eine Sitzecke mit einem Grill. Daneben, hinter einem hohen Weidezaun, standen eine Ziege und ein kleines Pony in einem Paddock.

»Schön haben Sie es hier«, sagte Broders, wohl um das Eis zu brechen. Er war ein Stadtmensch, wie er im Buche stand, und mied gemeinhin alles, was allzu sehr an Landleben erinnerte. Wahrscheinlich gefiel ihm hier, dass alles so ordentlich und aufgeräumt aussah, als hätte da jemand die Natur im Griff.

»Wollen wir nicht reingehen? Der Wind ist noch frisch, wenn man nur so herumsteht«, schlug Althoff vor.

Sie folgten Jork Althoff ins Haus, wo er sie ins Wohnzimmer führte und ihnen Platz auf einer großen dunkelgrünen Ledergarnitur anbot. Pia war aufgefallen, dass Althoff beim Gehen leicht ein Bein nachzog, und als er sich hinsetzte, griff er an seinen Oberschenkel.

»Möchten Sie etwas trinken? Kaffee, Wasser oder ein Bier?« Er lächelte verlegen. »Letzteres habe ich nur für Gäste im Haus. Es ist auch gar nicht kühl gestellt, fürchte ich.«

»Nein, danke. Machen Sie sich nicht die Mühe«, antwortete Broders. »Sie trinken nicht?«

»Nein. Ich bin trockener Alkoholiker«, bekannte er. »Das Zeug hat beinahe mein Leben ruiniert.«

Pia nahm an, dass Althoff ihnen das Bier nur angeboten hatte, um seine Alkoholsucht zu erwähnen. Wollte er mit offenen Karten spielen, weil er annahm oder gar befürchtete, sie würden sich ohnehin über seine Vergangenheit erkundigen? »Wir ermitteln im Mordfall ›Mira Schneider‹«, kam Pia direkt zur Sache.

»Ich weiß.«

Broders griff nach dem kleinen Aufnahmegerät in seiner Jackentasche. »Dürfen wir das Gespräch mit Ihnen aufzeichnen?«

»Meinetwegen. Ich habe nichts zu verbergen.«

»Mira Schneider, die Frau, die in einer Kate der von Stebens gewohnt hat, wurde ja vor achtzehn Monaten als vermisst gemeldet. Nun ist unweit von hier, in der Nähe des Oldenburger Grabens, ihre Leiche entdeckt worden.«

Althoff nickte ernst. »Ja, ich habe schon davon gehört. Das Aufgebot an Leuten war ja nicht zu übersehen, dahinten im Wald. Eine schreckliche Sache.«

»Wie gut kannten Sie Mira Schneider?«, fragte Pia.

Er sah kurz zu Boden. Als er wieder aufblickte, hatte er die Stirn in Falten gezogen. »Kaum. Sie war ja gerade erst eingezogen. Aber sie schien eine nette junge Frau zu sein. Ruhig und hilfsbereit.«

»Woher wissen Sie das?«

»Ein paarmal haben wir uns schon gesehen. Bleibt ja nicht aus, wenn man so nah beieinander wohnt. Ich habe ihr zum Beispiel geholfen, als sie eingezogen ist. Hubertus, also Herr von Steben, hat mich zu ihr geschickt. Sie hatte nicht viele Sachen, trotzdem konnte sie sie ja schlecht allein ins Haus schleppen.«

»Hat ihr sonst niemand geholfen?«, hakte Pia nach.

»Doch, ein Arbeitskollege oder so kam später auch noch vorbei. Aber da waren wir schon beinahe fertig. Es war Mira unangenehm, dass ich geholfen habe. Sie hat mir Geld angeboten, doch ich habe ihr versichert, dass das Nachbarschaftshilfe war.«

»Hm.« Pia nickte. »Wie hieß der Kollege, der da kam?«

»Das weiß ich nicht«, antwortete Jork Althoff. »Er hat sich mir nicht vorgestellt, sondern schien sogar ein bisschen genervt zu sein, dass ich ebenfalls dort war. Ich bin dann auch schnell gegangen. Die Situation war etwas ... unangenehm.«

»Wie sah er denn aus?«, erkundigte sich Broders.

»Er war sehr groß, das weiß ich noch. Ansonsten sah er aber ganz normal aus. So Mitte zwanzig.«

»Welche Haarfarbe hatte er?«, hakte Pia nach. »Was für ein Auto fuhr er?«

Althoff hob die Schultern. »Keine besondere Haarfarbe. So blond bis braun. Und auf den Wagen habe ich nicht geachtet. Tut mir leid. Ich wusste ja nicht, dass es wichtig ist. Ich habe nur zugesehen, dass ich die zwei allein lasse.«

»Möglicherweise weiß ich, wer das war«, bemerkte Broders.

»Also gut. Haben Sie den Mann noch einmal wiedergesehen?«, fragte Pia.

»Nein.«

»Oder sonst jemanden, mit dem Mira Kontakt hatte?«

Althoff dachte einen Augenblick nach, dann schüttelte er langsam den Kopf. »Nein, niemanden speziell. Ich bin ihr manchmal im Ort begegnet, aber da war sie meistens allein. Sie hatte wohl Kontakt zur Familie Weitz. Vielleicht war sie auch bei Dr. Weitz in der Praxis. Als Patientin.«

»Wenn sie ›meistens‹ allein war, war sie ja nicht immer allein«, sagte Pia. »Mit wem haben Sie sie denn mal zusammen gesehen?«

Er warf ihr einen genervten Blick zu. Das erste Mal, dass er ein wenig die Fassung verlor. »Da ist dieses Kind. Die kleine Seibold. Die war wohl ab und zu mal bei ihr.«

Pia nickte. Das wussten sie schon. »Sonst niemand?«

»Sie fragen den Falschen. Ich war ja nicht ihr Aufpasser.« Nun klang Althoff beinahe schroff.

»Wir haben gehört, dass Mira sich über Sie beschwert hat. Sie hatten sich angeblich in ihre Angelegenheiten eingemischt.«

»Ach, das.« Althoff winkte ab. »Sie war da etwas überempfindlich.«

»Und was meinen Sie mit ›Ach, das‹?«, wollte Broders wissen.

»Einmal kam ein Auto mit Kieler Kennzeichen. Ein Mann stieg aus. So Ende zwanzig, dunkle Haare … Er fragte mich, ob ich wüsste, wo Mira Schneider wohnt. Ich sagte ihm, dass ich keine Ahnung hätte. Der Mann schien mir nämlich wütend zu sein. Ich fand, es ging ihn nichts an, wer hier in Hövelau wo wohnt. Jedenfalls wollte ich nicht derjenige sein, der ihm Mira Schneiders Adresse verrät.«

Althoff wiegte nachdenklich den Kopf. »Es passte alles: das aggressive Auftreten, sein Alter. Ich habe vermutet, dass er ihr Mann beziehungsweise Exmann war. Mira hatte mal erwähnt, dass sie noch verheiratet ist. Ich wollte verhindern, dass der einfach so bei ihr aufkreuzt und ihr vielleicht Schwierigkeiten macht.«

»Sie wollten Mira vor ihm beschützen?«, erkundigte Broders sich.

»Ja. So in etwa«, sagte er mit einem verlegenen Schulterzucken. »Wir halten hier zusammen.«

»Machte der Mann denn einen unbeherrschten oder gar gefährlichen Eindruck auf Sie?«, insistierte Pia.

Althoff sah von ihr zu Broders. »Das weiß man doch nie so genau. Hinterher habe ich ihr aber erzählt, dass jemand nach ihr gefragt hat.«

»Und wie hat Frau Schneider reagiert?«

»Als ich ihr das Kennzeichen des Wagens genannt habe, hat sie genickt und gemeint: ›Du hättest es ihm ruhig erzählen können. Aber trotzdem danke.‹«

»Das erklärt aber nicht, wieso sich Mira Schneider über sie beschwert hat«, wandte Pia ein.

»Doch«, erwiderte er bestimmt. »Ich habe mich ihrer Ansicht nach in ihre Angelegenheiten eingemischt. Und mein Arbeitsweg führt nun öfter mal an der Kate vorbei. Vielleicht hat es sie gestört, dass ich ab und zu bei ihr vorbeigegangen bin. Wenn dann jemand da ist, schaut man ja nicht weg, oder?«

»Wohin führt Sie dieser ›Arbeitsweg‹?«

»Auf die Felder und in den Wald, der zum Gut gehört. Ich bin dort auch regelmäßig langgegangen, bevor sie eingezogen ist, und ich tue es immer noch«, sagte er mit einem leicht trotzigen Unterton.

»Wissen Sie, wo genau wir die Tote gefunden haben?«, erkundigte sich Pia. »Gehört dieses Waldstück auch zu Ihrem Arbeitsbereich?«

»Ja, ich weiß … Nein, das Waldgebiet in der Nähe des Oldenburger Grabens gehört, glaube ich, der Kirche.«

Pia ließ die Neuigkeiten auf sich wirken. Eine Uhr in der Mahagonischrankwand tickte. »Wissen Sie noch, wo Sie am Abend und in der Nacht des zwanzigsten Oktober 2022 sowie am einundzwanzigsten Oktober waren?«, fragte sie dann. »Das waren ein Donnerstag und ein Freitag.«

Althoff zog die Brauen zusammen. »Ist das der Zeitraum, in dem Mira verschwunden ist?«

»Genau.«

Jork Althoff zuckte mit den Schultern. »Das ist lange her. Normalerweise wüsste ich das ja nicht mehr. Aber da ich da krank war … Ich lag mit vierzig Grad Fieber zu Hause im Bett und habe erst später von Miras Verschwinden gehört. So einen Infekt habe ich alle Jubeljahre mal, seit ich einmal eine schwere Verletzung am Oberschenkel hatte. Die Bakterien haben sich seitdem in meinem Körper festgesetzt, hat mir Andreas, also Dr. Weitz, erklärt. Die schlagen immer mal wieder zu und knocken mich für ein paar Tage aus. Man kann nichts dagegen machen. Wenn es so weit ist, helfen nur Bettruhe und starke Antibiotika.«

»Waren Sie deswegen beim Arzt oder im Krankenhaus?«, fragte Broders.

»Als ich gemerkt habe, dass es mal wieder losgeht, habe ich mich zu Dr. Weitz in die Praxis geschleppt. Ich brauche dann verschiedene starke Antibiotika und liege mindestens vier bis fünf Tage flach. Carina Weitz war am Abend und auch am nächsten Morgen kurz hier, um sich davon zu überzeugen, dass ich genug trinke und die Tabletten rechtzeitig nehme. Wohl auch, um sicherzugehen, dass ich nicht schon weggetreten oder tot bin …«

Broders war hellhörig geworden. »Carina Weitz? Weshalb sie?«

»Sie ist die Frau und auch eine Arzthelferin vom Doc. Sie und eine andere … Es ist Carinas Job. Mehr oder weniger. Und es war nicht das erste Mal, dass sie das getan hat. Wir sind ja beinahe Nachbarn. Trotzdem weiß ich es zu schätzen, denn normalerweise trägt sie die Nase ganz schön hoch. Sie und ebenso ihre Tochter Penelope. Aber wenn es hart auf hart kommt, kann man sich auf die Leute in Hövelau verlassen. Reicht Ihnen das?«

»Wofür sollte es reichen?«, hakte Pia nach.

»Ich weiß, dass die Polizei einen alleinstehenden Mann wie mich sofort auf dem Kieker hat.«

»Wir haben niemanden oder eben jeden ›auf dem Kieker‹, wenn Sie es unbedingt so ausdrücken wollen«, erwiderte Pia mit einem Anflug schlechten Gewissens. Waren sie nicht tatsächlich manchmal voreingenommen? Oder ging das noch als Intuition aufgrund langjähriger Erfahrung durch? Zumindest ließ sich Althoffs Alibi gegenprüfen.

Broders wollte noch wissen, ob Jork Althoff rund um den Zeitpunkt von Mira Schneiders Verschwinden irgendetwas aufgefallen war. Fremde Fahrzeuge oder Menschen, die hier nicht hergehörten … Dann zeigte er ihm die Fotos der Leute, die mit Mira auf der Ausgrabung gearbeitet hatten.

Althoff sah sich die Aufnahmen konzentriert an und deutete dann auf die von Chris Dankert. »Ach nee. Ich kann mich täuschen, aber ich glaube, das ist derjenige, der ihr beim Umzug geholfen hat.«

»Haben Sie ihn zu einem späteren Zeitpunkt noch einmal in Hövelau oder Umgebung gesehen?«, fragte Broders.

»Ich bin mir nicht sicher. Ist ja ein Allerweltsgesicht.«

»Lassen Sie sich ruhig Zeit.«

»Also, jetzt, wo Sie mir das Foto zeigen … Möglich wäre es«, antwortete Jork Althoff dann.

»Wann war das?«

»Das ist nach all der Zeit schwer zu sagen. Es muss eine ganze Weile nach dem Umzug gewesen sein, denn ich habe mich gefragt, ob es Miras Bekannter ist oder bloß einer, der ihm ähnelt.«

»Und wo genau haben Sie den Mann gesehen?« Broders ließ nicht locker.

Althoff runzelte die Stirn. »An unserem kleinen Supermarkt.«

Zufrieden steckte Broders die Fotos wieder ein.

»Althoff will den Arbeitskollegen, diesen Chris Dankert, noch mal hier gesehen haben? Ein bisschen zu schön, um wahr zu sein«, sagte Pia, nachdem sie das Haus verlassen hatten und wieder auf der Straße standen.

»Warum? Ich glaube, dem Mann entgeht wenig von dem, was in seinem Dorf vor sich geht.«

»Nur dass er hier gleich zwei Männer gesehen haben will, die auf der Liste unserer Verdächtigen stehen.«

»Möglich ist es schon«, beharrte Broders. »Und warum sollte er lügen? Dass er ausgerechnet Dankert erkannt haben will, der mit Mira Schneider eng zusammengearbeitet hat, spricht doch dafür, dass er die Wahrheit sagt.«

»Mir fällt schon der eine oder andere Grund ein, weshalb er lügen sollte«, erwiderte Pia. »Jetzt zu dem Arzt, Dr. Andreas Weitz, und zu Carina Weitz.«

Sie gingen die wenigen Hundert Meter zu dem Wohnhaus der Familie Weitz zu Fuß. In der Praxis war um diese Uhrzeit Mittagspause, hatte Pia nach einem Anruf herausgefunden. Eine hilfsbereite Mitarbeiterin war trotzdem ans Telefon gegangen und hatte ihr die Privatadresse der Arztfamilie genannt. Wie Althoff gesagt hatte, waren die Weitz und er beinahe Nachbarn. Das Haus der Arztfamilie befand sich in einer Seitenstraße, die gegenüber dem Dorfteich abging.

Als sie dort ankamen, schwang sich gerade ein stämmiger Mann mit Bauchansatz von einem E-Bike. Auf seiner Stirn und der gebräunten Glatze standen Schweißperlen.

»Die Polizei mal wieder«, sagte er, nachdem Pia und Broders sich vorgestellt hatten. »Ich glaube kaum, dass ich Ihnen noch helfen kann. Aber kommen Sie doch mit herein.«

Das Heim der Familie Weitz war ein Holzhaus im skandinavischen Stil. Es schien nicht ganz passend für die Umgebung zu sein, dafür wirkte es gemütlich und dennoch modern. Das Klischeehaus einer Bilderbuchfamilie. Das Gebäude lag hinter einer dicht bewachsenen Wallhecke verborgen, sodass die gelb gestrichene Holzfassade das antiquierte Dorfensemble rund um Teich und Gut nicht störte.

Nachdem sie, versorgt mit Wasser beziehungsweise Kaffee, an einem großen Küchentisch Platz genommen hatten, zeigte Broders auch Andreas Weitz die Fotos der Grabungsmitarbeiter.

Doch der Arzt zuckte nur mit den Schultern. »In meiner Praxis war keiner von denen. Ansonsten bekomme ich recht wenig von meinen Mitmenschen zu sehen.«

Weiterhin sagte er aus, dass er während der Zeit, als Mira Schneider in der Kate gewohnt hatte, nichts Auffälliges bemerkt habe. »Meine Frau behauptet, ich merke sowieso nicht viel«, fügte er augenzwinkernd hinzu. »Möglicherweise liegt es am Stress. Vielleicht fragen Sie also besser Carina.«

»Das werden wir. Ist Ihre Frau zu Hause?«, erkundigte sich Pia.

»Nein, im Augenblick nicht. Sie ist in die Stadt gefahren.«

»Wohnt hier sonst noch jemand?«

»Nein.« Er schaute sie über seine Kaffeetasse hinweg an. »Also nein, hier wohnt außer meiner Frau und mir niemand mehr. Aber wir haben eine Tochter. Penelope studiert Medizin und ist zurzeit in Heidelberg. Aber dies ist natürlich ihr Zuhause.«

»Wie alt ist Ihre Tochter?«, fragte Pia.

»Sie ist siebenundzwanzig Jahre alt.« Er schaute nun wachsamer als zu Beginn.

»Kannte Ihre Tochter Mira Schneider?«, warf Broders ein. »Sie sind oder waren ja ungefähr im gleichen Alter.«

»Soviel ich weiß, sind sie sich hier ab und zu begegnet. Aber meine Tochter ist viel beschäftigt«, erklärte er. »So ein Medizinstudium ist aufwendig.«

Pia nickte. »Und Sie? Wie war Ihr Kontakt zu Frau Schneider?«

»Sie war meine Patientin. Sie verstehen sicher, dass ich über eine Patientin nicht viel sagen darf …« Er presste die Lippen aufeinander und sah Pia starr in die Augen. Täuschte sie sich, oder versetzte ihn das Thema »Mira Schneider« in Stress? Und selbst wenn es so war: Es war nicht weiter verwunderlich in Anbetracht der Tatsache, dass man gerade ihre Leiche in der Nähe des Oldenburger Grabens gefunden hatte.

»Hatten Sie darüber hinaus Kontakt zu Frau Schneider?«, hakte sie weiter nach.

Weitz blickte sie verwundert an. »Nein. Warum sollte ich?«

»Hatte Ihre Frau vielleicht private Berührungspunkte mit ihr? Alles, was wir über Mira erfahren, kann uns helfen, den Täter zu ermitteln, der ihr das angetan hat«, erläuterte Broders.

»Einen Mörder«, fügte Pia hinzu.

»Ja, natürlich. Ich helfe so gut, wie ich kann. Ehrlich gesagt bin ich froh, dass Penelope so weit weg ist. Bei all dem, was hier quasi vor unser aller Augen passiert ist.«

»Möglicherweise müssen wir Ihre Tochter auch sprechen«, wandte Broders ein.

»Das lässt sich sicher einrichten.«

»Und Herr Althoff hat eben uns gegenüber ein Alibi erwähnt, das mit seinen Gesundheitsproblemen in Zusammenhang steht.«

»Wenn er mir die Erlaubnis gibt, Ihnen darüber Auskunft zu geben, werde ich es Ihnen gern erläutern. Wir können dann auch seine Patientenakte einsehen, sofern es notwendig ist«, antwortete Dr. Weitz.

»Ja, das könnte notwendig werden.«

»Wie sieht es mit Ihrem Alibi für den mutmaßlichen Zeitraum der Tat aus?«, fragte Pia. Sie nannte ihm die Daten.

Andreas Weitz riss überrascht die Augen auf. »Das ist lange her. Ich muss in meinem Terminkalender nachsehen. Aber ich war nach einem langen Tag in der Praxis höchstwahrscheinlich zu Hause. Meine Frau kann das bestimmt bezeugen.«

»Aber sie hat nachts sicherlich geschlafen«, wandte Broders ein.

»Äh, natürlich. Und ich auch. Wir hätten es wohl gemerkt, wenn einer von uns das Haus verlassen hätte. Dieses Haus, besonders die Treppe, ist sehr hellhörig, und meine Frau hat seit geraumer Zeit einen sehr leichten Schlaf.« Er nahm sein Handy zur Hand und tippte darauf herum. »Da ist nichts Privates eingetragen. Meine Frau und ich waren beide zu Hause.«

»Besteht die Chance, dass wir Ihre Frau heute auch noch sprechen können?«

»Heute Nachmittag hat sie frei. Ich erwarte sie erst am Abend zurück.«

21. Kapitel

Nach ihrem Gespräch mit Andreas Weitz telefonierte Pia mit Louis Schramm, um sich von ihm auf den neuesten Stand bringen zu lassen, was Tibor Schneiders Alibi betraf.

»Wenn es eine Josie gibt – Josephine, Johanna, Josanna, Jolanda oder wie auch immer –, dann ist sie nicht so leicht aufzuspüren«, berichtete Louis. »Die Bioläden und Reformhäuser in Kiel haben wir fast alle erfolglos abgeklappert.«

»Schlecht für Tibor Schneider, würde ich sagen. Habt ihr euch auch in dem Club *Treasure* nach der Frau erkundigt, in dem er sie angeblich kennengelernt hat?«

»Der ist noch nicht geöffnet, aber ich kümmere mich später darum.«

»Und Juliane?«, kam Pia nicht umhin zu fragen.

»Die beschäftigt sich jetzt wieder mit der Auswertung der eingehenden Hinweise aus der Bevölkerung. Der Leichenfund am Oldenburger Graben scheint die Leute zu beschäftigen.«

»Ist etwas Brauchbares dabei?«, hakte sie nach.

»Ich glaube, Juliane will sich später noch bei dir melden«, erwiderte der Kollege. »Bisher war da wohl nichts, dem wir nachgehen sollten.«

»Also gut. Wir machen weiter wie geplant. Broders und ich sind heute noch den ganzen Tag in Hövelau.« Und morgen wahrscheinlich noch einmal, setzte sie mit einem Gedanken an Carina Weitz hinzu. »Aber wir sehen uns morgen früh zur Besprechung, Louis.«

Justus von Steben stand am Fenster seines Arbeitszimmers und erblickte seinen Sohn Hubertus, der mit einem seiner Saisonarbeiter vor der Scheune stand und offensichtlich mit ihm diskutierte. Hubertus gestikulierte heftig. Sein Gegenüber hatte die Arme vor der Brust verschränkt. Der andere Mann, ein Hilfsarbeiter vom Arbeitsamt, schüttelte in regelmäßigen Abständen missmutig den Kopf.

Sein Sohn würde das Problem sicherlich zum Vorteil von Gut und Familie lösen. Daran hatte Justus keinen Zweifel. Wo er selbst versagt hatte, brillierte Hubertus und rieb es ihm auch in regelmäßigen Abständen unter die Nase. Er liebte seinen Sohn, doch, natürlich tat er das, denn Hubertus war schließlich sein eigen Fleisch und Blut. Aber manchmal ging er ihm auch gehörig auf die Nerven, gestand Justus sich ein.

Da sie im selben Haus wohnten, sahen sie sich täglich. Sonntags traf sich die Familie zum Abendessen im großen Speisezimmer. Das war Tradition. Die Anspannung war bei diesen Treffen stets so greifbar, als säße eine unbewegliche, hässliche Kröte auf dem weiß eingedeckten Tisch.

Von der Suppe bis zum Dessert erklärte Hubertus ihnen bei diesen Gelegenheiten, dass der Familienbetrieb einzig und allein durch seine Mühe und Aufopferung am Leben erhalten wurde. Er schmückte diese Kernaussage mit Anekdoten über die Faulheit und Unfähigkeit einiger Arbeiter und natürlich die eigene Vortrefflichkeit aus.

Justus hörte meistens nur mit halbem Ohr zu, trank unterdessen den guten Wein aus dem von Hubertus gefüllten Weinkeller, lobte die einzelnen Gänge und scherzte leise mit seiner Frau. Wenn ihm das Gebaren seines Sohnes zu sehr auf den Geist ging, streute er auch schon mal eine Frage nach Penelope, Hubertus' ehemaliger Verlobten, in die ansonsten einseitige Unterhaltung ein.

Im Grunde liebte er seinen Sohn jedoch und wollte ihn nicht verletzen. Das Problem war nur, dass alles an Hubertus ihn an seinen eigenen Vater erinnerte. Und der war, milde ausgedrückt, ein Despot gewesen.

Der alte Herr hatte damals keine Gelegenheit ausgelassen, seinen einzigen Sohn für kleinste Vergehen zu bestrafen oder zu demütigen. Justus' zwei jüngere Schwestern hingegen war ein Fehlverhalten meist nachgesehen worden. Sie waren ja »nur« Mädchen. Hauptsache, sie sahen hübsch und gefällig aus und erwiesen zumindest dem Vater den nötigen Respekt. Sie würden ja eh in absehbarer Zeit aus der Familie »ausheiraten«, pflegte er zu sagen.

Kein Wunder, dass Justus keine Ambitionen verspürt hatte, Gut Hövelau zu leiten, als er es schon mit zwanzig Jahren und noch im Studium geerbt hatte. Er hatte den Betrieb verschiedenen Verwaltern überlassen, die ihn im Laufe der Zeit heruntergewirtschaftet hatten. Beinahe hätten sie über die prekäre finanzielle Lage das angestammte Heim der Familie verloren.

Doch dann hatte Hubertus übernommen, war eingesprungen wie ein Ritter in glänzender Rüstung. Zu ihrer aller Beruhigung und Justus' heimlichem Verdruss schrieb der landwirtschaftliche Betrieb unter Hubertus' Leitung nach wenigen Jahren wieder schwarze Zahlen. Und so war er immer noch hier, in dem museumsartigen Gemäuer, dem er doch eigentlich immer hatte entfliehen wollen. Und wenn er nicht aufpasste, verwechselte er gefühlsmäßig seinen Sohn mit seinem verhassten Vater!

Der Wagen, der auf das Haus zurollte und direkt vor dem Portal anhielt, lenkte ihn von seinen Grübeleien ab. Der stämmige Mann und die agil wirkende blonde Frau, die auf das Portal zukamen, waren zweifelsohne von der Polizei. Hubertus hatte ihm am Mittag gesagt, dass die ermittelnden

Polizeibeamten mit Monika und ihm schon gesprochen hatten. Und dass sie seinetwegen wohl noch mal wiederkommen würden.

An einem trüben und trübsinnigen Tag wie diesem hätte ich auch mit dem Teufel Kaffee vor dem Kamin getrunken, dachte Justus, als er die Polizeibeamten bereitwillig im offiziellen Wohnzimmer platzierte und ihnen heiße oder kalte Getränke anbot.

Die beiden lehnten freundlich, aber bestimmt ab und informierten ihn offiziell über den Fund von Mira Schneiders Leiche. Die Tote war in einem Waldstück aufgefunden worden, das, dem Himmel sei Dank, nicht zu Gut Hövelau gehörte, sondern nur unmittelbar daran angrenzte.

Der Mann, der sich als Kriminalhauptkommissar Broders vorgestellt hatte, fragte ihn nach seinem Verhältnis zu der Toten.

Justus antwortete, dass es kein »Verhältnis«, keinerlei Berührungspunkte zwischen ihm und der Studentin gegeben hatte.

»Soweit ich es verstanden habe, leitet Ihr Sohn Hubertus den landwirtschaftlichen Betrieb«, sagte die Hauptkommissarin namens Korittki.

»Das ist richtig. Ich habe mich leider nie sehr für das Gut interessiert. Als es an mir war, mich darum zu kümmern, habe ich es einem Verwalter überlassen.«

»Was sind Sie von Beruf, Herr von Steben?«, hakte sie nach.

»Ich bin Mathematiker.«

»Wo arbeiten Sie?«

»Ich war für verschiedene Versicherungen tätig. Inzwischen bin ich im Vorruhestand«, antwortete er.

»Waren Sie da in Hövelau nicht ziemlich weit ab von allem?«, mischte sich der Hauptkommissar ein.

»Früher hatte ich noch eine kleine Wohnung in Hamburg. Diese unselige Fahrerei ist Gott sei Dank nicht mehr nötig.«

Broders sah sich um. »Binden einen Tradition und Verantwortung eigentlich an so ein Gemäuer? Oder lebt man hier vollständig aus freien Stücken?«

»Ich habe mich für das alles leider immer verantwortlich gefühlt«, erwiderte Justus. »Trotzdem habe ich zeitlebens versucht, ein einigermaßen selbstbestimmtes Leben zu führen.«

Der Polizeibeamte sah ihn eindringlich an. »Ist Ihnen das gelungen?«

Erstaunt, wie sich das Gespräch entwickelte, zog Justus die Augenbrauen in die Höhe. Doch es gefiel ihm, dass sie abschweiften, auch wenn er vermutete, dass alles gerade zu einem bestimmten Zweck gesagt wurde und auf Umwegen den Ermittlungen diente. »Wie Sie sehen, bin ich zumindest immer noch hier. Meine Frau Monika hatte sich bei ihrem ersten Besuch in dieses Haus und in die Umgebung verliebt.« Er lächelte. »Es ist ein Widerspruch in ihrem Charakter, müssen Sie wissen, denn im Grunde ihres Herzens ist sie eine Sozialistin.«

»Sie kennen die Nachbarn rundherum sicher sehr gut«, vermutete Frau Korittki.

»Es kommt darauf an, worum es geht. Ich weiß, wer wo wohnt, wie die Familien zusammengehören. Aber Details … Da müssen Sie meine Frau fragen.«

»Was ist mit Jork Althoff? Arbeitet er schon immer für das Gut?«, hakte die Beamtin nach.

»Wieso interessieren Sie sich für ihn?«

Die Kommissarin sah ihn nur abwartend an.

»Er hat schon immer hier gewohnt, hat das Haus von seinen Eltern übernommen, die tatsächlich Angestellte meines Vaters waren. Jork Althoff hat Dachdecker gelernt, konnte jedoch wegen eines Berufsunfalls nicht mehr als solcher arbeiten. Er wurde umgeschult, aber da hat er auch nichts Passendes gefunden. Er zahlt nur eine lächerlich geringe Miete an uns und ist wohl auch recht anspruchslos. Deshalb kommt er mit der stundenweisen Arbeit für uns und ein paar anderen Gelegenheitsjobs im Dorf über die Runden.«

»Was ist mit seinen sozialen Beziehungen? Frauen?«

»Er ist geschieden«, erwiderte Justus. »Die Ehe hat leider nicht lange gehalten. Ich glaube, seiner Frau war es hier zu einsam. Eine neue Partnerin hat er meines Wissens aktuell nicht.«

»Es heißt, Mira Schneider habe sich von Jork Althoff beobachtet gefühlt«, bemerkte Frau Korittki. »Und er habe sich angeblich in ihre Angelegenheiten eingemischt …«

»Ach ja? Wirklich? Davon wusste ich nichts.« Unter dem direkten Blick der Polizeibeamtin wurde ihm langsam unbehaglich.

»Wir haben die Information von Ihrer Frau«, erklärte sie.

»Von Monika? Kann sein, dass sie es mir gegenüber doch mal erwähnt hat. Ich bin manchmal ein … lausiger Zuhörer.«

»Hm.« Die Beamtin wirkte skeptisch.

»Sie denken doch nicht etwa, dass ausgerechnet Jork Althoff etwas mit Frau Schneiders Tod zu tun hat?«, fragte Justus. »Ich kenne ihn sein Leben lang. Er ist zwar manchmal ein Sturkopf, aber ansonsten ein eher sanftmütiger Charakter, der alles für andere tut.«

Der Kommissar nickte, als hätte er gerade ein unschlagbares Argument vorgebracht. Dann zog er ein paar Fotos in Klarsichthüllen hervor und reichte sie ihm. Sie zeigten niemanden, den Justus kannte oder der ihm schon mal aufgefallen war.

»Haben meine Frau oder mein Sohn jemanden auf den Bildern erkannt?«, wollte er wissen. Es wäre das Beste für sie alle, wenn sich ein Außenstehender als der Täter herausstellte. Der Schaden, den die Gemeinschaft durch den Mord und die Mordermittlungen nehmen würde, war schon bedauerlich genug. Dabei wollten die Leute, die hier lebten, doch nur ihre Ruhe haben. Er seufzte unbewusst.

Die Kommissarin ging nicht auf seine Frage ein. »Fällt Ihnen noch irgendwas zu Mira Schneider ein, Herr von Steben?«, erkundigte sie sich. »Jede Kleinigkeit kann wichtig sein.«

Er schüttelte bedauernd den Kopf. Das, was er von Mira Schneider oder über sie mitbekommen hatte, hatte nichts mit dem Tod der Frau zu tun. Und er würde den Teufel tun, die Polizei auf Hubertus' Abneigung gegen Mira Schneider hinzuweisen, nachdem der Junge bestimmte Dinge über sie herausgefunden hatte. Man konnte über Hubertus denken, was man wollte – ein Mörder war sein Sohn nicht.

22. Kapitel

»Hattest du einen schönen Tag?«, erkundigte sich Andreas Weitz, als seine Frau zu ihm in die Küche trat.

Sie ging zum Kühlschrank, holte eine angebrochene Flasche Weißwein heraus und goss sich ein Glas ein. »Möchtest du auch?«, fragte sie leicht verspätet.

»Nein, danke. Ich war heute Nachmittag bei Carl Mewes.«

»Wie geht es ihm?«

»Erstaunlicherweise wieder besser«, antwortete er. »Wir beide, er und ich, dachten schon, sein letztes Stündlein hätte geschlagen. Aber er scheint sich noch mal von der schweren Bronchitis zu erholen. Ein Wunder, mit seinen zweiundneunzig Jahren.«

»Schön für ihn.« Carina Weitz musterte ihren Mann. »Aber du siehst geschafft aus. War noch mehr los?«

»Eigentlich nicht. Oder doch. Die Polizei war hier.« Andreas öffnete den Wasserhahn und hielt ein bereitstehendes Glas darunter.

»Was haben die so gefragt?«

»Es ging noch einmal um unsere Alibis in der Nacht, als Mira verschwunden ist. Und um ihre Kontakte im Dorf …« Er trank sein Glas in einem langen Zug leer.

»Das Übliche also?«, hakte Carina nach.

»Nicht ganz. Sie haben sich bei mir auch nach Jork erkundigt. Sie wollten etwas über sein Alibi wissen. Ob ich es bestätigen kann.«

»Es ist lange her. Aber es steht ja alles schwarz auf weiß in seiner Patientenakte. Und ich erinnere mich auch daran …«

»Du bist diejenige, die auch bei ihm zu Hause war.«

Sie seufzte leise. »Es blieb mir ja wohl nicht viel anderes übrig. Er hatte hohes Fieber. Und er hat ja sonst niemanden, der sich um ihn kümmert. Anderenfalls hätten wir ihn ins Krankenhaus bringen lassen müssen. Und das wollte der Sturkopf ja partout nicht.«

Andreas stellte das Glas auf die Arbeitsfläche und trat einen Schritt näher. Er strich Carina übers Haar. »Das ist eines der Dinge, die ich so an dir liebe, Schatz. Du machst keine Unterschiede. Du hilfst den Leuten, egal, ob sie dir sympathisch oder unsympathisch sind.«

»Ist das nicht unser Job?«

»Was du für Hövelau und Umgebung tust, geht über einen bloßen ›Job‹ hinaus, Schatz!«, erwiderte er.

»Ich kann Jork wirklich nicht sonderlich gut leiden«, gab sie mit einem vagen Schulterzucken zu. »Aus gutem Grund, wie du weißt.«

»Du bist meine Heldin.«

»Andreas, hör auf damit.« Sie wich einen Schritt von ihm zurück. »Da ist doch noch etwas im Busch, oder etwa nicht?«

Sie hatte ihn durchschaut. Das tat sie eigentlich immer. Warum war er nicht gleich mit der Wahrheit herausgerückt? Das wäre einfacher gewesen, denn nun war sie auf der Hut.

»Sie haben mich auch nach Penelope gefragt.«

»Hast du ihnen etwas gesagt?«, wollte sie sogleich wissen.

»Sie wollten von sich aus wissen, wie gut Penelope und Mira sich kannten.«

Carina zog die Augenbrauen zusammen. »Hat da jemand geplaudert?«

»Es liegt doch nahe, dass sie einander gekannt haben. Zwei junge Frauen in einem kleinen Ort wie Hövelau, die ungefähr im gleichen Alter sind …«

Sie nickte. »Gut. Aber dabei sollte man es belassen.«

»Das habe ich auch. Doch sie werden wohl auch mit Penelope darüber sprechen.«

»Wollen sie sie etwa in Heidelberg anrufen? Dann sollten wir unsere Tochter vielleicht vorwarnen? Es wird sie aufregen zu hören, dass man Miras Leiche gefunden hat. Ich hätte ihr das gerne erspart.« Carinas Stimme klang ein bisschen zittrig. Sie trank schnell noch einen Schluck Wein. »Zumindest sollte sie es nicht von der Polizei erfahren.«

Andreas atmete einmal tief durch. »Ich habe schon mit ihr darüber gesprochen.«

»Ach ja? Wie hat sie reagiert?«, fragte Carina mit vor Besorgnis geweiteten Augen.

»Relativ gefasst. Aber sie hatte Fragen. Sie kommt wahrscheinlich am Wochenende her.«

»Wie bitte? Ist das klug, bei allem, was sie zu tun hat?«

»Ja. Und Penelope kann sogar eine ganze Woche lang hierbleiben«, antwortete Andreas.

Doch wider Erwarten reagierte Carina nicht erfreut. Sonst war sie immer hochbeglückt, wenn ihre Tochter sie besuchte. Penelope war ihr Ein und Alles. Doch nun sah sie eher nachdenklich aus. »Ist das wirklich eine gute Idee?«

»Da die Leute von der Polizei sowieso mit unserer Tochter über Mira reden wollen, ist es besser, sie tun es hier, wo wir Penelope gegebenenfalls unterstützen können. Sie muss das mit dem Leichenfund im Wald ja überhaupt erst einmal verarbeiten.«

»Da hast du wahrscheinlich recht«, räumte Carina nach einem Moment des Nachdenkens ein. »Ich werde Penelopes Zimmer herrichten. Wann genau kommt sie an?«

»Sie gibt uns Bescheid, sobald sie einen Flug gebucht hat.«

»Alles klar.« Carina trank ihren Wein aus und stellte das Glas in den Geschirrspüler. Sie verließ die Küche.

Andreas hörte, wie die Bügel an der Garderobe klapperten.

»Musst du noch mal weg?«, erkundigte er sich.

»Nein, aber ich brauche ein bisschen frische Luft. Bereite doch schon mal den Abendbrottisch vor.«

Die Haustür fiel hinter Carina ins Schloss.

Hubertus ging mit seinem Hund Artus Gassi, als sein Smartphone klingelte. Eigentlich *stand* er mehr Gassi, seit das Tier so alt und krank geworden war. Hubertus kontrollierte nebenbei Weidezäune und Gatter, schaute in die Fenster der Nachbarn, merkte sich, was für Autos durch den Ort fuhren. Und das alles, weil ihn Herumstehen und Warten schier wahnsinnig machten. Während Artus langsam neben ihm hertrottete, zog er sein Handy hervor, um darauf zu scrollen. Trotzdem zuckte er zusammen, als ein Anruf einging.

»Hallo, Carina«, sagte er.

»Hallo, Hubertus, wie geht es dir?«

»Alles bestens. Ich stehe mit dem Hund fast vor eurem Haus.«

»Oh, warte!«, erwiderte sie. »Ich sehe dich. Ich komme zu dir.«

Stirnrunzelnd beendete er das Gespräch. Carina Weitz tauchte hinter der Wallhecke auf und kam mit gesenktem Kopf und in den Jackentaschen vergrabenen Händen auf ihn zu.

»Was machst du hier draußen? Hat Andreas dich an die Luft gesetzt?«

Sie lachte auf. »Er bereitet schon mal das Abendbrot vor.«

»Was gibt es denn? Du hast mich sicher nicht angerufen, um einen Abendspaziergang mit mir zu unternehmen.«

»Penelope kommt am Wochenende.«

Hubertus presste die Lippen aufeinander. »Wie schön«, stieß er schließlich hervor.

»Es wird meine Tochter schwer mitnehmen, dass Miras Leiche gefunden worden ist. Damit steht nun fest, dass sie wirklich tot ist.«

»Es ist wohl für uns alle ein Schock«, antwortete er.

»Wirklich, Hubertus? Für alle?« Sie sah ihn aus unergründlichen Augen an.

»Was willst du damit sagen?«

»Dass jemand aus der Gegend hier vielleicht ihren Tod auf dem Gewissen hat«, antwortete sie.

»Wie bitte? Nein, das glaube ich nicht. Mira war nicht von hier. Sie kam aus der Stadt und kannte alles mögliche Gesindel. Wahrscheinlich hat einer von denen …«

»Gesindel? Wirklich, Hubertus? Auf welchem Planeten lebst du? Ich hoffe, so redest du nicht mit der Polizei.« Carina verzog amüsiert das Gesicht.

»Ich rede so, mit wem ich will.«

»Jedenfalls wollte ich dir Bescheid sagen, dass Penelope am Wochenende herkommt. Dann bist du auf alles vorbereitet. Sie schaut sicher auch mal bei euch auf dem Gut vorbei. Und wenn es nur ist, um deine Eltern zu sehen.«

»Mach dir keine Sorgen, Carina«, erwiderte Hubertus. »Es wird keine Szene geben. Keine bösen Worte. Ich bin mittlerweile froh darüber, wie sich alles entwickelt hat.«

»Hast du ein neues Pferdchen am Start?«

»Pferdchen?« Er schnaubte leise. »Ich bin ehrlich gesagt viel zu beschäftigt für eine Verlobte oder Ehefrau.«

Carina lachte nun richtig auf. »Oh, Hubertus. Nicht dein Ernst! Du rettest mir den Tag!«

»Das war nicht meine Absicht«, entgegnete er trocken. »Ich danke dir jedenfalls, dass du dir die Mühe gemacht hast, mir zu sagen, dass deine Tochter herkommt.«

Artus hatte mittlerweile sein Geschäft verrichtet. Zum Glück war der Hund dafür so tief in den Graben gegangen, dass er selbst diesbezüglich nicht tätig werden musste. Hubertus hatte die Plastikbeutel, auf die seine Mutter bestand, um Artus' Hinterlassenschaften zu beseitigen, sowieso wieder auf der Kommode liegen gelassen.

»Ich bedaure immer noch, dass alles so gekommen ist, wie es ist.« Carina blickte ihm nun ernst in die Augen. Sie wäre wohl gern seine Schwiegermutter geworden. Doch Penelope hatte ihnen beiden einen Strich durch die Rechnung gemacht.

»Ich trage deiner Tochter nicht nach, dass sie unsere Verlobung gelöst hat«, sagte er eine Spur zu pathetisch. »Es war auf jeden Fall besser so.«

»Ach ja? Dann ist ja alles klar. Du weißt Bescheid. Einen schönen Abend noch, Hubertus!« Carina drehte sich um und ging wieder mit gesenktem Kopf in Richtung Haus. Durch die erst leicht belaubten Zweige des Knicks hindurch schimmerte aus der Küche ihres Hauses warm das Licht. Eine schemenhafte Gestalt wich rasch vom Fenster zurück. Die Bewegung war eine Spur zu hastig, als dass es ein Zufall sein konnte.

Hubertus ruckte an Artus' Leine. »Komm schon, alter Junge. Wir werden anscheinend beobachtet«, sagte er leise. Soziale Kontrolle funktionierte natürlich in beide Richtungen. Er wollte rasch ausschreiten, seinen Emotionen damit Luft machen, doch der Hund wollte nicht so wie er, sondern ließ sich am Straßenrand nieder und schaute ihn beleidigt an.

Hubertus hakte die Leine aus und machte sich allein auf den Weg. Artus würde schon nach Hause zu Futternapf und Körbchen finden. Er selbst wollte noch eine schnelle Runde um das Dorf drehen.

Pia sah rasch auf die Uhr. Sie war pünktlich. Wie mit Hinnerk verabredet, holte sie Felix heute erst um halb acht bei ihm ab. Es war ihr eigentlich zu spät, weil Felix am morgigen Freitag noch Schule hatte.

Ihr Sohn hatte am Nachmittag an einer Musikveranstaltung für Kinder teilgenommen, und Hinnerk hatte darauf bestanden, hinterher noch etwas mehr Zeit mit Felix zu verbringen. Besonders, da der Junge ja am Wochenende mit ihr zu Marten an die Ostsee fuhr. Nicht dass es nicht ohnehin Pias Wochenende mit Felix gewesen wäre … Wie dem auch sei, Hinnerk hatte erwähnt, dass sie noch gemeinsam zum Bogenschießen fahren wollten.

Mascha, Hinnerks Frau, öffnete ihr die Tür. »Hallo, Pia, du bist ganz schön spät dran. Nun essen die Kinder gerade im Wohnzimmer zu Abend. Da will ich sie nicht unterbrechen.«

»Hi, Mascha. Hinnerk hatte mich ausdrücklich gebeten, dass ich heute erst um halb acht hier sein soll.«

»Hat er das?«

»Hat er.« Pia betrat das Haus. Ihr lag eine genervte Erwiderung auf der Zunge. Während einer laufenden Mordermittlung war sie angespannter als sonst. Das wollte sie nicht an ihren Mitmenschen auslassen. Schon gar nicht, wenn Felix möglicherweise in Hörweite war. Der konnte nun wirklich nichts für ihre Konflikte oder ihren Stress.

»Dann komm doch noch einen Augenblick mit in die Küche, Pia.« Dort angekommen, stellte Mascha sich mit verschränkten Armen vor sie hin und lehnte sich an die Arbeitsplatte.

»Wie war es denn heute beim Bogenschießen?«, erkundigte Pia sich so freundlich wie möglich.

»Wie soll es schon gewesen sein? Langweilig. Felix ist nicht besonders sportlich. Rike schon.«

»Hauptsache, es hat ihm Freude gemacht«, erwiderte Pia. Sie kochte vor Wut, wollte sich aber keinesfalls von Mascha provozieren lassen, was Felix dann womöglich später würde ausbaden müssen.

»Wenn du das so siehst …« Sie blickte Pia starr in die Augen.

»Was ist los, Mascha? Was willst du mir sagen?«

»So geht das nicht weiter. Hinnerk ist vollkommen durch den Wind, seit ihr so oft bei deinem neuen Freund seid.«

»Wie bitte?«

»Bei deinem Marten an der Ostsee«, fügte Mascha unnötigerweise hinzu. »Felix erzählt von nichts anderem mehr.«

»Das tut mir leid. Wahrscheinlich, weil es neu und aufregend für ihn ist. Das geht sicher bald vorbei.«

»Meinst du?«

Pia nickte. »Ja, meine ich. Ich sehe jedenfalls keine Alternative.«

»Weiß dein Freund schon, dass er Felix' biologischer Vater ist.«

»Ja, das weiß er.«

Mascha kniff die Augen zusammen. »Aber Felix weiß es noch nicht.«

»Nein.« Pia versuchte, tief durchzuatmen. Mascha blickte unruhig zur Küchentür. Es war klar, dass sie für das, was sie nun sagen würde, ungestört sein wollte. Doch was sollte das sein?

»Entweder erzählst du es ihm am Wochenende, oder ich tue es.«

»Du?«, stieß Pia im ersten Moment mehr überrascht als ärgerlich hervor. »Das ist doch wohl Hinnerks und meine Angelegenheit.«

»Aber Hinnerk und ich sind verheiratet, schon vergessen?«

»Nein. Doch Felix ist unser Sohn.« Oder eben auch nicht, dachte sie, aber nach Felix' Ansicht schon. Warum war das Leben nur so kompliziert?

»Ist mir egal«, erwiderte Mascha. »Entweder du oder ich. Ich lasse dir die Wahl.«

»Und dann?«, fragte Pia mit einem engen Gefühl im Brustkorb. Wollte Mascha etwa unterbinden, dass Hinnerk und Felix zusammen Zeit verbrachten? Wie würde ihr Sohn darauf reagieren? Das konnte sie ihm doch nicht antun. Warum war Mascha auf einmal so offen feindselig? »Ich werde das mit Hinnerk besprechen«, erklärte sie. »Ist er hier?«

»Nein. Er wollte, dass ich dir das heute sage.«

»Das sieht ihm aber gar nicht ähnlich.«

»Pia. Er ist mein Mann. Du kennst ihn gar nicht«, erwiderte Mascha.

23. Kapitel

»Kommt ihr morgen zeitig her?«, fragte Marten, als Pia abends mit ihm telefonierte.

»Theoretisch habe ich ab morgen Mittag frei«, sagte Pia. »Vorher findet noch eine wichtige Vernehmung statt. Rist denkt, dass unser Fall dann wahrscheinlich gelöst ist.«

Ihr Chef hatte Broders und sie nach ihrer Ankunft im Kommissariat zu sich gerufen und sich Bericht erstatten lassen. Er war darauf aus, nach dem spektakulären Leichenfund möglichst schnell einen Tatverdächtigen zu präsentieren. Und mit Tibor Schneider glaubte er, den passenden Kandidaten gefunden zu haben.

»Und was denkst du?«, fragte Marten, der Pias zweifelnden Tonfall richtig interpretierte.

»Der Mann, den wir zur Vernehmung geladen haben, hat ein glaubwürdiges Motiv. Wir haben Zeugen für eine vorausgegangene Körperverletzung, und er kann bisher trotz einiger Bemühungen unsererseits kein Alibi für die Tatzeit vorweisen. Was uns noch fehlt, sind Indizienbeweise.«

»Ist es der Ehemann?«

»Ja. Und bisher scheint es darauf hinauszulaufen, dass er es war.«

»Du klingst nicht überzeugt, Pia.«

»Ich fürchte zumindest, dass es noch nicht für eine Verurteilung reichen wird. Mit Sachbeweisen, die ihn mit der Tat selbst in Verbindung bringen, hätte ich ein besseres Gefühl«, gab sie zu. »Aber Rist besteht darauf, dass wir den Ehemann morgen schon bei uns vernehmen. Ich hätte dafür gern mehr gegen ihn in der Hand.«

»Verstehe. Soll ich Felix morgen von der Schule abholen, falls es bei dir später wird?«

»Bist du denn in Lübeck?«

»Ich kann ohne Weiteres hinkommen«, antwortete Marten. »Dann bist du entspannter, was die Vernehmung betrifft, und Felix kann schon mit mir an die Ostsee fahren und mir beim Einkaufen helfen.«

»Das klingt gut«, sagte Pia nachdenklich. Mascha und Hinnerk wollte sie keinesfalls um Hilfe bitten. Es blieben sonst noch die Eltern eines Freundes von Felix oder ihre eigenen Eltern.

»Dann machen wir es so«, erklärte Marten. »Bis um wie viel Uhr ist Felix in der Betreuung?«

»Du kannst ihn zwischen fünfzehn und sechzehn Uhr abholen.« Sie lächelte erleichtert. »Felix wird sich freuen. Danke, Marten!«

»Wofür? Das ist doch selbstverständlich.«

»Nicht unbedingt. Und da ist noch etwas …« Sie stockte.

»Was ist los?«

Pia holte tief Luft und erzählte ihm, was Mascha ihr vor einer guten Stunde mitgeteilt hatte. »Sie war offen feindselig. Ich habe keine Ahnung, warum. Wir hatten in letzter Zeit kaum Berührungspunkte, und ich habe meines Wissens nichts gesagt oder getan, was sie so gegen uns aufbringen könnte.«

»Wer weiß, was für eigene Themen die beiden gerade haben!«, bemerkte Marten. »Letztlich ist es Hinnerks und Maschas Problem und nicht unseres. Ehrlich gesagt bin ich auch ein wenig erleichtert, dass es weitergeht.«

»Ich hoffe, es ist für Felix der richtige Zeitpunkt.«

»Du kannst ihm, glaube ich, viel mehr zutrauen, als du denkst, Pia. Er wird damit umgehen können. Bestimmt.«

»Ich hoffe, du hast recht.«

»Ich auch.«

Pia hörte die Zuneigung und Wärme in Martens Stimme und fühlte sich besser als vor ihrem Anruf. Ihre Konfrontation mit Mascha kam ihr inzwischen vor wie ein schlechter Witz. War ihre Ankündigung, Felix die Wahrheit zu sagen, überhaupt mit Hinnerk abgesprochen gewesen? Sie wünschte Marten eine gute Nacht und beschloss, heute nicht allzu spät ins Bett zu gehen. Der morgige Tag versprach in vielerlei Hinsicht anstrengend zu werden.

Pia hatte gemeinsam mit ihrem Team eine Strategie für die Vernehmung von Tibor Schneider abgesprochen. Alles war akribisch vorbereitet, und sie selbst fühlte sich hellwach und zu allem bereit.

Sie würden ihn zunächst in Sicherheit wiegen. Er sollte glauben, dass es eine Routinebefragung sei und die Polizei weiterhin in alle Richtungen ermittelte. Doch langsam, aber sicher würden sich die Fragen auf den Beschuldigten selbst konzentrieren. Das würde eine mühsame und auch aufreibende Prozedur werden, bei der der Vernommene zunehmend unter Stress stand. Falls Schneider einen Anwalt verlangte, würde man den natürlich auch noch hinzurufen müssen. Doch Pia schätzte ihren Tatverdächtigen so ein, dass sein Stolz ihn davon abhielt und er alles allein würde regeln wollen.

Erst wenn Tibor Schneiders Anspannung und Wachsamkeit nachließen, würden sie ihn mit dem Tatvorwurf konfrontieren. Manchmal funktionierte es auf diese Weise und führte zu einem Geständnis. Der Täter war in so einem Fall dann beinahe erleichtert, dass das Versteckspiel und der permanente Druck, sich nicht zu verraten, endlich vorbei waren.

Andere Verbrecher hatten anscheinend sogar das Bedürfnis, mit ihrer Tat zu prahlen. Ihrer Ansicht nach hatten sie ein »Meisterstück« vollbracht, mit ihrer vermeintlichen Genialität die Polizei und ihr Umfeld gewaltig hinters Licht geführt, und nun wollten sie endlich die Anerkennung und Bewunderung der Ermittler auf sich ziehen. Dass sie sich mit diesem Verhalten belasteten, vor Gericht gestellt wurden und höchstwahrscheinlich für ihre Tat büßen mussten, schienen sie in diesem Moment zu verdrängen. So wie zum Zeitpunkt des Mordes nichts wichtiger gewesen war, als die Tat zu begehen, war bei solchen Menschen in der nachfolgenden Situation das Bedürfnis übermächtig, gesehen und bewundert zu werden.

Ein unangenehmer, jedoch menschlicher Zug, der den Ermittlern in diesem Fall sogar nützlich war.

Wieder andere Verdächtige waren die Selbstbeherrschung in Person und schwiegen bis zum Ende oder beteuerten bis zuletzt ihre Unschuld.

Pia konnte nicht einschätzen, zu welcher Art Täter Tibor Schneider womöglich gehörte. Zur letzteren wahrscheinlich nicht, da seine Impulskontrolle nur schwach ausgeprägt sein konnte, wenn er sich dazu hatte verleiten lassen, handgreiflich gegen seine Frau zu werden. Es sei denn, dies war nicht unkontrolliert geschehen, sondern mit voller Absicht, beispielsweise aus einer sadistischen Neigung heraus. Dann konnte es sein, dass sie hier trotz seiner möglichen Schuld zu keinem Ergebnis kamen.

Nach zweieinhalb Stunden Vernehmung, in denen Tibor Schneider ihnen Rede und Antwort gestanden hatte, sah Pia erste Anzeichen, dass er ermüdete. Einen Anwalt verlangte er jedoch noch nicht. Sie tauschte einen Blick mit Broders.

Der setzte die Befragung fort, schob die Fotos vom Fundort der Leiche nochmals in Schneiders Blickfeld und fragte ihn, woher er den Ort kannte und wieso er ihn ausgewählt habe.

Schneider wandte den Blick ab und wiederholte, dass er niemals zuvor dort gewesen war.

»Wie können Sie sich da sicher sein? Es sieht doch aus wie in jedem Wald, finde ich. Waren Sie vorher noch nie im Wald?«, insistierte Broders.

»Ich war noch nie auf dieser Lichtung. Das weiß ich genau«, behauptete Schneider lauter als notwendig und zeigte damit klare Anzeichen von Stress.

Das war der Moment, in dem Pia sagte: »Wir benötigen wohl alle eine kleine Pause.« Sie blickte auf die Uhr an der Wand. »In fünf Minuten unterbrechen wir für einen Moment. Das ist auch so Vorschrift. Passt dir das so weit, Broders? Und Ihnen auch, Herr Schneider?« Sie gab vor, ihren Kollegen anzuschauen, seine Zustimmung zu suchen, doch sie registrierte, wie Schneiders Schultern ein Stück herunterfielen, als er das hörte.

Er atmete langsam aus und drehte den Kopf, um seinen Nacken zu lockern. »Ist mir so was von egal«, sagte Tibor Schneider.

Broders nickte, aber er machte wie mit Pia abgesprochen ungerührt weiter.

Schneider reagierte genervt, dachte wohl schon an die wohlverdiente Pause. Er warf wiederholt einen Blick auf die Uhr. Und, da war sich Pia sicher, er antwortete nun nur noch mit halber Konzentration.

»Ich brauche jetzt einen Kaffee«, erklärte Pia und stand auf. »Möchten Sie auch einen, Herr Schneider?« Sie achtete darauf, dass die Aufzeichnung weiterlief und sie nichts von »Unterbrechung« oder »Pause« sagte.

Er sah erleichtert auf. »Ja, bitte. Mit Milch, ohne Zucker«, antwortete er und strich sich fahrig das Haar aus der Stirn.

Pia warf einen Blick auf die Fotos. »Ich mag das nicht mehr sehen. Wer tut so etwas?«

»Das sind Bilder, die man nicht aus dem Kopf bekommt«, bestätigte Broders. »Sie verfolgen einen und tauchen in den ungünstigsten Momenten wieder auf …«

Tibor Schneiders Gesicht verzog sich verächtlich. »Was wissen Sie schon davon?«, fragte er Broders.

»Ich weiß nicht, wie es ist, mit einem Mord davonzukommen. Das schaffen nur Menschen mit außergewöhnlicher Selbstbeherrschung und ausgeprägtem schauspielerischen Talent. Diese Eigenschaften kann ich hier bei keinem der Anwesenden feststellen«, entgegnete er, um den Verdächtigen zu provozieren.

»Sie kennen mich nicht. Sie haben ja keine Ahnung«, fuhr Schneider auf.

»Sie doch auch nicht. Sie wissen nichts über den Tod Ihrer Frau.«

»Phh. Sie haben wirklich keine Ahnung.«

»Und ich glaube nicht einen Moment, dass Sie wissen, wovon Sie da reden!«, sagte Broders süffisant.

Pia registrierte an Schneiders maskenhaftem Gesicht und den zusammengekniffenen Augen, dass er vor Wut kochte und kurz davorstand, die Beherrschung zu verlieren. Ihr Handy gab einen Signalton von sich. Sie blickte auf die Nachricht

`Vernehmung sofort stoppen!`, schrieb Rist.

Pia runzelte die Stirn. »Pause«, sagte sie. »Für den Moment ist Schluss!«

Broders starrte sie entgeistert an. Er war anscheinend überzeugt, dass Schneider ihm womöglich gleich den Mord an seiner Frau gestanden hätte.

»Was ist los?«, fragte Pia ihren Vorgesetzten, als sie einen Moment später in seinem Büro stand.

»Tibor Schneider hat ein Alibi«, sagte er lapidar.

»Wie bitte? Bis vor der Vernehmung hatte er keines. Jedenfalls keines, das einer Überprüfung standgehalten hätte.«

»Louis und Juliane haben sich eben bei mir gemeldet. Sie haben diese Frau namens Josie Nessler gefunden. Sagt dir der Name etwas, Pia?«

»Josie? Ja, klar.«

»Die Frau bestätigt klipp und klar, in der Tatnacht mit Tibor Schneider zusammen gewesen zu sein.«

Pia unterdrückte einen Kraftausdruck. »Ist sie überhaupt zuverlässig? Wir standen vielleicht kurz vor dem Durchbruch, und ich musste mitten in der Vernehmung unterbrechen.«

»Gut, dass du einer einfachen Anweisung Folge geleistet hast.«

»Möglicherweise hätte Tibor Schneider heute noch gestanden«, beharrte sie verärgert. »Er könnte die Frau für sein Alibi gekauft, bestochen oder auch erpresst haben.«

»Natürlich könnte er das. Aber seien wir ehrlich: Für den Moment ist er aus dem Schneider.«

Pia schwieg einen Moment ärgerlich. Dann nickte sie langsam. Sie war nicht vollständig von Tibor Schneiders Schuld überzeugt gewesen. Sie hatte sich verlocken lassen, denn ein frühzeitiger Abschluss wäre ein schöner Erfolg gewesen. Aber nur, wenn sie den wahren Mörder überführt hatten. Vielleicht sollte sie sogar erleichtert sein.

»Alles Weitere wird sich zeigen, Pia. Nur eines: Ein falsches Geständnis bringt uns nicht weiter«, mahnte Rist.

Sie atmete langsam aus. Da sprach er ein heikles Thema an. Ab und zu gab es Tatverdächtige, die eine Vernehmung schlecht aushielten. Sie verloren unter dem psychologischen Druck die Nerven und gestanden eine Tat, die sie gar nicht begangen hatten. Unschuldige legten ein Geständnis ab. Pia konnte es nicht ganz nachvollziehen, aber es war eine Situation, die hin und wieder vorkam. Von diesem Irrweg mit einem Team wieder zurück auf null zu gelangen und von Neuem zu ermitteln, war gar nicht so einfach.

Doch dort standen sie im Grunde auch ohne falsches Geständnis: wieder am Anfang.

24. Kapitel

»Hej, Felix, Marten! Ich bin auch endlich zu Hause!« Pia zuckte leicht bei ihren eigenen Worten. War dieses Haus schon ihr Zuhause? Sie hängte ihre Jacke an die Garderobe und zog sich die Stiefel aus. Als sie sich wieder aufrichtete, kam Marten auf sie zu und nahm sie in den Arm.

»Gut, dass du da bist, Pia.« Er küsste sie und hielt sie dann ein Stück von sich entfernt. »Harter Tag?«

»Frag lieber nicht. Ich würde mir gern einbilden, dass ich nicht so ramponiert aussehe, wie ich mich fühle.«

»Du siehst nicht ramponiert aus. Nur ein bisschen … zerzaust.«

Sie strich ein paar Haarsträhnen zurück, die sich aus ihrem Zopf gelöst hatten. »Wo ist Felix?«

»Bei den Nachbarn. Er wollte noch bis zum Abendbrot mit seinem neuen Freund Jonas spielen.«

»Ich freue mich für ihn, dass er hier schon Anschluss gefunden hat«, sagte Pia.

»Felix geht es gut. Jetzt bist du dran. Was möchtest du? Etwas trinken, Schokolade, eine Dusche, eine Massage?«

»Alles. Genau in der Reihenfolge.«

Marten nickte. »Wir können draußen im Garten sitzen. Ich habe die Gartenmöbel heute wieder aufgestellt.«

Als sie im Schein der späten Nachmittagssonne saßen, beide mit einer großen Apfelschorle versorgt, erzählte Pia Marten von der Vernehmung.

»Man kann sich noch so gut vorbereiten, eine Strategie entwickeln und die Technik im Schlaf beherrschen. Trotzdem lässt sich nie voraussagen, was bei einer Vernehmung herauskommt«, kommentierte er, was passiert war.

Pia nickte. »Immerhin hat sich die Zeugin für Tibor Schneiders Alibi noch rechtzeitig eingefunden, bevor uns der Fall womöglich vor Gericht um die Ohren geflogen wäre.«

»Hältst du die Zeugin für glaubwürdig?«

»Louis und Juliane hatten sie gebeten, gleich mit ins Kommissariat zu kommen, um ihre Aussage zu Protokoll zu geben. Bei der Gelegenheit habe ich persönlich mit ihr sprechen können«, berichtete Pia. »Sie zu uns raufzubugsieren war ein Eiertanz, weil Schneider und die Frau sich nicht zufällig auf dem Gang begegnen sollten.«

»Wie haben deine Kollegen die Frau überhaupt ausfindig gemacht?«

»Wir hatten anfangs nur Schneiders Aussage, dass die besagte Zeugin Josie heißt und er sie in der Tatnacht gegen neun Uhr im *Treasure*, einem Kieler Club, kennengelernt hatte. Diese Josie stand an dem Abend angeblich allein an der Theke, und er hatte sie angesprochen. Sie haben zusammen getrunken und getanzt. Danach sind sie in seine Wohnung gegangen und haben die Nacht zusammen verbracht. Sie ist erst am nächsten Morgen wieder gegangen, und er ist wie immer zur Arbeit gefahren. Das war's. Danach haben sie sich nie wiedergesehen. Die Frau und Schneider hatten keine Nummern ausgetauscht; er wusste weder ihren Nachnamen, noch konnte er uns eine konkrete Beschreibung ihres Aussehens geben. Er wusste quasi nichts über seinen One-Night-Stand. Mir ist auch klar, dass das nicht so ungewöhnlich ist. Trotzdem war die Glaubwürdigkeit seines Alibis unserer Einschätzung nach eher gering.«

»Dennoch habt ihr die Frau gefunden«, erwiderte er.

»Dank Louis' und Julianes Einsatz. Die haben sich dahintergeklemmt. Zunächst waren sie in dem Club, haben ein Foto von Tibor Schneider herumgezeigt. Aber da die Tatnacht schon so lange zurückliegt, konnte sich dort niemand daran erinnern, ihn damals gesehen zu haben. Gleich nachdem Mira Schneider als vermisst gemeldet worden war, war die Überprüfung des Alibis des Ehemannes recht schnell im Sande verlaufen.«

»Wie konnte er sich nach der langen Zeit überhaupt noch daran erinnern, was er ausgerechnet in der Mordnacht gemacht hatte?«

»Den Club-Besuch hatte er ja damals schon erwähnt. Er steht auch in seinem alten Terminkalender. An besagtem Abend spielte nämlich eine Band dort, und er hatte sich übers Internet eine Karte gekauft. Das zumindest konnte er nachweisen. Doch von der Frau gab es zunächst keine Spur. Auch diesmal nicht.« Pia trank einen Schluck und sah in die Bäume im Hintergrund des Gartens, die erstes frisches Grün zeigten. »Weder das Personal von damals noch ein paar der Stammgäste haben sich an Schneider oder an die Frau erinnert, mit der er an dem Abend zusammen gewesen sein will. Sämtliche Videoaufnahmen des Eingangsbereichs sind natürlich längst gelöscht worden.«

»Nicht gerade aussichtsreich …«

»Genau. Juliane und Louis wollten schon aufgeben. Doch dann fiel Schneider auf einmal wieder ein, dass diese Josie ihm erzählt hatte, dass sie in einem Bioladen oder etwas Ähnlichem arbeitet. Also haben Louis und Juliane die Biomärkte Kiels abgeklappert, mit nichts als dem Rufnamen der Frau und einer rudimentären Beschreibung.«

»Und sie haben sie gefunden.«

»Erst einmal nicht. Heute haben sie dann aber endlich den entscheidenden Hinweis bekommen, in einem der letzten noch nicht aufgesuchten Bioläden. Ein Kunde eines Biomarkts, der zufällig mit angehört hatte, was Louis und Juliane die Verkäuferin gefragt haben, sagte ihnen, dass er genau wisse, dass eine Josephine, genannt Josie, auf dem Wochenmarkt in Kiel-Wik an einem Obst- und Gemüsestand arbeitet. Früher habe sie wohl auch mal in dem Bioladen ausgeholfen, erinnerte er sich. Der Wochenmarkt findet dienstags und freitags statt. Meine Kollegen sind sofort dorthin gefahren. Sie haben die Marktleute noch beim Abbauen der Stände erwischt und die Frau so gefunden.«

»Und sie hat sich wiederum an die Nacht mit Tibor Schneider erinnert?«

»Sie führt ebenfalls einen Terminkalender auf ihrem Handy. Der Abend in dem Club mit dem Konzert der Band war darin notiert. Das passte also schon mal. Mit der Einschränkung allerdings, dass sie sich diesen Termin auch im Nachhinein eingetragen haben könnte. Louis will das noch mal prüfen lassen. Dann haben Juliane und er sich weiter vorgetastet, was die Bestätigung des Alibis betrifft. Diese Josephine hat sich an Schneider erinnert und konnte ihn auch ganz gut beschreiben. Ebenso seine Wohnung, die Adresse und noch ein paar Dinge mehr …«

»Ein paar Dinge mehr?«

Pia zuckte mit den Schultern. »So ist es halt.«

»Und du hältst die Frau tatsächlich für glaubwürdig? Sie und Schneider können sich auch zu einem anderen Zeitpunkt kennengelernt haben. Tibor Schneider könnte trotzdem nach Hövelau gefahren sein und einen Mord begangen haben. Er könnte diese Josie dazu überredet haben, ihm ein Alibi zu geben.«

»Ja, das wäre möglich. Aber zum einen machte die Frau auf mich nicht den Eindruck, sich auf so etwas einzulassen und bestechlich zu sein. Das ist natürlich nur meine persönliche Einschätzung. Zum anderen vermute ich, dass Schneider uns früher und einfacher zu ihr geführt hätte, wenn er sich die Mühe gemacht hätte, sich ein falsches Alibi zu organisieren. Er konnte sich nicht darauf verlassen, dass wir die Frau anhand seiner mageren Angaben finden.«

»Immerhin ist ihm das mit dem Biomarkt nachträglich noch eingefallen.«

Pia schüttelte den Kopf. »Ich vermute, das Alibi ist echt. Der Stand der Ermittlungen ist, dass der Ehemann es wohl nicht war. Jemand anders hat Mira Schneider ermordet.« Sie runzelte die Stirn. »Ich frage mich nur, wer das ist und warum derjenige es getan hat.«

»Oh, mein Goldstück! Ich bin ja so froh, dich zu sehen!« Carina Weitz drückte ihre Tochter an sich. »Warum hast du uns nicht Bescheid gesagt, dass du schon auf dem Weg bist? Wir hätten dich in Hamburg vom Flughafen abgeholt.«

»So war das doch viel einfacher.« Penelope Weitz machte sich von ihrer Mutter los. »Ihr müsst meinetwegen nicht zweimal zum Flughafen und wieder zurückfahren. Und ich brauche für die paar Tage, die ich hier bin, sowieso einen Mietwagen.«

»Wofür denn, Schätzchen?«

»Ich möchte auch ein paar Freunde besuchen, wenn ich schon mal in der Gegend bin, Mama.«

»Du kannst doch auch unseren Wagen nehmen«, wandte ihr Vater ein.

»Den braucht ihr selbst. Ich hatte beinahe vergessen, wie einsam und abgelegen es hier ist.«

»Hauptsache, du bist jetzt da!« Ihre Mutter hakte sich bei ihr unter und führte sie ins Wohnzimmer.

Penelope ließ sich auf dem vertrauten Platz auf dem

Ecksofa nieder und schlug die Beine unter. Als sie mit Weißweinschorle und einer Schale Nüsse versorgt war – ein spätes Abendessen hatte sie abgelehnt –, sagte sie: »Ich will alles wissen. Papa, du hast am Telefon nur so kryptische Andeutungen gemacht.« Sie schluckte, um Fassung bemüht. »Ist es wahr, dass man Mira tot aufgefunden hat?«

»Ja, leider ist es wahr, mein Schatz«, antwortete ihr Vater.

Penelope schüttelte abwehrend den Kopf. »Ich glaube es nicht! Sind die sich ganz sicher?« Und als ihre Eltern sie nur unbehaglich ansahen, stieß sie aus: »Ich *will* es nicht glauben! Es ist so schrecklich!« Sie vergrub das Gesicht in den Händen.

Ihre Mutter setzte sich neben sie und streichelte ihr langsam über den Rücken. »Ich weiß, Liebes. Es tut mir sehr leid.«

»Irgendwie hatte ich immer noch gehofft, dass sie nur weggegangen ist«, sagte Penelope nach einer Weile. »Dass es ihr trotz allem gut geht.« Sie schluchzte auf. »Ach, Mira!«

Es dauerte eine Weile, bis sie sich wieder beruhigen konnte. Ihre Eltern warteten einfach ab, und dafür war Penelope ihnen dankbar. Es tat ihr gut, mit ihrem Schmerz nicht allein zu sein. »Was genau ist passiert?«, fragte sie schließlich.

»Nun …« Ihr Vater sah Hilfe suchend zu ihrer Mutter hinüber. »Alles hat damit angefangen, dass Vito und Trine verbotenerweise im Gutsteich gespielt haben …«

Penelope nickte. »Das überrascht mich nicht. Das habe ich früher auch getan.« Es war einer der Streitpunkte zwischen Hubertus und ihr gewesen, dass er seine Familie und das Gut inzwischen so von den Dorfbewohnern abschirmte.

»Die Kinder haben dabei ein altes Schmuckstück im Schlick des Teichs gefunden. Angeblich ist es ein antikes Stück aus der Wikingerzeit.«

Penelope sog scharf die Luft ein. »Was?«

»Hubertus hat davon erfahren und es an sich genommen. Zum Glück haben die von Stebens es der Denkmalschutzbehörde – oder wer immer dafür zuständig ist – gemeldet. Es stellte sich heraus, dass es das Artefakt ist, das sich in Miras Obhut befand, als sie … vermisst wurde.«

»Die verschwundene Wikinger-Fibel«, murmelte Penelope.

»Wollen wir nicht lieber morgen darüber reden?«, schlug ihre Mutter vor. »Siehst du nicht, Andreas, dass sie das ungeheuer mitnimmt?«

»Nein, es geht«, widersprach Penelope. »Erzähl bitte weiter, Papa.«

Ihr Vater seufzte. »Es ist wirklich bitter. Aber es nützt ja nichts. Jemand hat den Fund der Polizei gemeldet. Die ist daraufhin hier in Hövelau erschienen und hat allen möglichen Leuten Fragen gestellt. Zunächst war wohl unklar, ob es sich lohnt, doch dann haben sie die Ermittlungen wieder aufgenommen.«

Penelope schnaubte. »Damals haben die doch gar nicht richtig ermittelt!«

»Nein. Da sah es ja auch wohl so aus, als wäre Mira freiwillig gegangen«, erwiderte ihr Vater.

»Sogar ich hab das gedacht …«, sagte Penelope leise. »Ich war so wütend auf sie.«

»Nun, jedenfalls gab es dann doch eine groß angelegte Suchaktion in der Umgebung. Und dabei ist die Polizei auf ein flaches Erdgrab im Wald gestoßen … Weiter hinten, am Oldenburger Graben.«

»Ich weiß ungefähr, wo das ist, Papa. Und dort haben sie Mira gefunden? Im Wald vergraben?« Penelope umschlang wie Trost suchend ihren Oberkörper.

Ihre Mutter rückte wieder näher zu ihr und legte ihr nochmals einen Arm um die Schultern.

»Rede weiter«, forderte Penelope ihren Vater auf. »Das war bestimmt noch nicht alles.«

»Doch. Im Wesentlichen schon. Sie haben die Tote obduziert und ihre Identität einwandfrei festgestellt. Sie, also Mira, hat diese Gegend nie verlassen.«

Penelope schluchzte auf. »Und woran ist sie gestorben?«

»Sie wurde ermordet«, antwortete ihr Vater. »Genaueres hat man uns nicht mitgeteilt. Aber die Polizei ermittelt nun in einer Mordsache.«

Penelope hatte sich eine Hand vor den Mund geschlagen. »Immerhin ermittelt sie.«

»Es ist alles … sehr tragisch«, sagte ihre Mutter. »Mit so etwas hat doch niemand gerechnet.«

»Ich manchmal schon«, behauptete Penelope. Doch sie war sich nicht sicher gewesen. Damals hatte sie zwischen der Annahme, dass Mira etwas Schreckliches zugestoßen sein musste, und der, dass sie sie getäuscht und verlassen hatte, geschwankt. Einen Moment herrschte Schweigen. Dann schluckte Penelope, straffte die Schultern und fragte: »Und wer war es? Steht jemand unter Verdacht?«

»Das wissen wir nicht. Die Polizeibeamten haben wohl mit allen geredet, die etwas mit Mira zu tun hatten.«

»Mit mir noch nicht!«

»Das kommt noch. Die wissen, dass du jetzt hier bist, und hatten ja gesagt, sie wollten dich sprechen«, erwiderte ihr Vater.

»Ich will so schnell wie möglich mit der Polizei reden.«

»Das lässt sich sicher einrichten«, antwortete ihre Mutter.

»Gut«, stieß Penelope hervor und schloss die Augen. Ihr war ein bisschen schwindelig. Sie war an diesem Morgen für den Flug um fünf Uhr in der Früh aufgestanden. Das Warten am Flughafen, der unbequeme Sitz im Flugzeug, dann noch die Autofahrt in dem fremden Auto und kein anständiges

Essen den ganzen Tag über. Und nun auch noch die tragische Gewissheit ... Sie erhob sich abrupt und musste sich prompt an der Sofalehne festhalten.

»Willst du ins Bett, Schatz? In deinem alten Zimmer ist schon alles vorbereitet.«

»Danke, Mama. Zum Schlafen ist es noch ein bisschen zu früh.«

»Möchtest du doch noch etwas essen?«, fragte ihre Mutter.

»Immer noch nein«, antwortete sie gereizt.

»Was dann?«

Penelope war es nicht mehr gewohnt, über ihr Tun und Lassen Auskunft geben zu müssen. »Ich gehe raus. Schau vielleicht mal im *Schützenhof* vorbei«, sagte sie eine Spur zu barsch.

»Ja, klar, mach das, Schatz«, sagte ihr Vater ruhig. Ihre Mutter hingegen wirkte verletzt.

Penelope fühlte die neugierigen und besorgten Blicke ihrer Eltern im Nacken, als sie das Zimmer verließ.

Wie sage ich es meinem Kind?

Aus eigener Erfahrung wusste Pia, wie unangenehm es war, wenn die Eltern oder ein Elternteil einem eröffneten, sie hätten einem etwas Wichtiges mitzuteilen. Dazu ein ernster Blick, nervöses Herumrutschen auf der Stuhlkante, eine geschlossene Zimmertür, das Ticken einer Uhr. Das führte zu einer unheilvollen Spannung, die nur schwer auszuhalten war. So wollte sie es nicht machen.

Immerhin wusste Felix grob, wo die Babys herkamen. Pia hatte ihn aufgeklärt, bevor in der Schule das Thema »Sexualkunde« ohnehin in Sachkunde durchgenommen wurde.

»Wir haben etwas herausgefunden, was du auch wissen

sollst«, sagte sie daher in ruhigem Tonfall, während Felix und sie das Frühstücksgeschirr in die Küche trugen. Pia hatte Marten gebeten, sie zunächst allein zu lassen, damit Felix sich nicht gezwungen fühlte, anders auf die Nachricht von Martens Vaterschaft zu reagieren, als er es in dem Moment empfand.

Felix runzelte die Stirn. »Du und Marten?«

»Marten, Hinnerk und ich.«

»Ihr drei alle zusammen?«

»Warum wundert dich das?«, fragte Pia.

Felix zuckte mit den Schultern. »Papa ist manchmal ein bisschen sauer, wenn er mich herbringen muss. Ich dachte, das liegt daran, dass er Marten nicht so gern mag.«

Natürlich entging ihrem Sohn nichts von den sich aufbauenden Spannungen. »Das kann schon sein«, sagte Pia vorsichtig. »Wollen wir uns einen Moment setzen, wir zwei?«

Felix hockte sich auf den Stuhl neben sie und sah sie konzentriert an. »Was ist denn los, Mama? Ist es was Schlimmes?«

»Nein, überhaupt nicht!«, widersprach Pia mit klopfendem Herzen. »Wir haben herausgefunden, dass Marten dein Vater ist.«

Felix starrte sie einen Moment nachdenklich an. »Und was ist mit Papa … also mit Hinnerk? Ist er jetzt nicht mehr mein Vater?«

Genau diese Frage hatte Pia befürchtet. »Es gibt viele Arten, einem Kind ein Vater zu sein, Felix. Wenn ich sage, dass Marten dein Vater ist, dann meine ich damit die Biologie. Er ist dein biologischer Vater. Aber Vater zu sein bedeutet ja noch viel mehr. Eltern sein, Mutter oder Vater, heißt auch, ein Kind über alles lieb zu haben, sich verantwortlich zu fühlen, sich zu kümmern und an seinem Leben teilzuhaben.«

Sie schwieg und blickte Felix an, um zu sehen, wie er die Neuigkeiten aufnahm.

»Ach so«, sagte Felix endlich. »So ein Vater war Marten

ja schon lange. So einer, der sich kümmert und so, meine ich. Und jetzt macht das eben Hinnerk. Dann haben sie bloß getauscht.« Und nach einer Weile: »Aber eigentlich habe ich zwei Väter, oder?«

»Ja. Wenn es bedeutet, dich lieb zu haben und sich um dich kümmern zu wollen, dann hast du zwei Väter.«

»Darf ich Papa ... also Hinnerk trotzdem weiter sehen?«

»Ja, natürlich.« Pia hoffte inständig, dass Hinnerk das auch wollte und Mascha ihnen nicht einen Strich durch die Rechnung machte.

»Und was sagt Marten dazu? Dass er jetzt mein Papa ist, meine ich.«

»Er hat dich sehr lieb, und er freut sich riesig, dass du sein Sohn bist.«

Felix nickte langsam. »Und Hinnerk, ist er jetzt traurig?«

Pia antwortete ihm so ehrlich wie möglich: »Ich weiß es nicht so genau, Schatz. Er hat dich auch sehr lieb. Ich glaube fest, dass er mit der neuen Situation klarkommen wird.« Es war bezeichnend für Felix, dass er erst einmal an die anderen dachte, weniger an sich selbst.

»Das ist ganz schön komisch.« Felix kaute auf seiner Unterlippe herum.

Pia zog ihn eng an sich. »Ja, das ist es. Aber nur am Anfang, denke ich«, sagte sie zuversichtlich. »So viel wird sich dadurch wahrscheinlich gar nicht ändern.«

»Können wir jetzt immer hier wohnen?«

»Das weiß ich noch nicht.« Sie blickte ihn prüfend an. »Möchtest du das?«

»Es ist schön hier bei Marten. Aber ich mag auch unser Zuhause in Lübeck. Ich mag sogar irgendwie meine Schule.«

Pia nickte. Sie fühlte sich ähnlich zwiegespalten. Davon abgesehen würde sie ein Umzug an die Ostsee vor eine Menge praktischer Probleme stellen.

Ein Lächeln erhellte Felix' zarte Züge. »Hm. Weißt du, was, Mama?«

»Nein.«

»Es ist auch irgendwie cool: Ich bin der Einzige in meiner Klasse, der zwei Papas hat. Die meisten haben nur einen … und ein paar Kinder überhaupt keinen. Und ich habe sogar zwei!«

25. Kapitel

Broders hatte vergessen, wie groß Chris Dankert war. Er musste den Kopf in den Nacken legen, wenn er ihm in die Augen sehen wollte. Und seine Vorgehensweise, ohne Anmeldung auf der Grabungsstelle aufzukreuzen, schien den Mann tatsächlich ein wenig aus der Fassung gebracht zu haben.

»Wir müssen noch mal miteinander sprechen«, hatte Broders ihm in nüchternem Tonfall gesagt. »Was meinen Sie, wo wir ein wenig Ruhe dafür haben?«

»Jetzt gleich? Ich bin gerade bei der Arbeit.« Dankert hatte sich aufgerichtet, als Broders zu ihm getreten war, doch vorher hatte er an einem sauber abgestochenen Erdloch gehockt und dort etwas freigelegt.

»Wahlweise kann ich Sie auch zu uns nach Lübeck zu einer ausgiebigeren Befragung bestellen.« Diese Androhung erhöhte die Gesprächsbereitschaft meistens immens.

»Ist das wirklich notwendig?«, wandte Dankert ein, doch ohne großen Nachdruck. »Weiß Dr. Felbert denn davon?«

»Ich hörte eben, dass Ihr Chef noch gar nicht hier ist.«

Dankert verzog das Gesicht zu einer Grimasse. »Er kommt manchmal später. Also meinetwegen. Wir können uns kurz dahinten auf die Bänke setzen. Ist ja schönes Wetter.«

»Ich weiß nicht, ob es so ›kurz‹ werden wird.« Broders setzte eine strenge Miene auf.

Der Student ging ihm mit langen Schritten voraus, einen kleinen Hang hinauf, wo es eine Art Picknickplatz mit Bänken und einem Tisch neben einer Schautafel gab. Erfreut registrierte er, dass er nach dem kleinen Anstieg gar nicht so außer Atem war wie früher. Der gesündere Lebensstil schien sich schon bemerkbar zu machen.

Sie setzten sich einander gegenüber. Broders achtete darauf, dass Dankert in die Sonne schaute, nicht er. Wiederum zeichnete er das Gespräch auf.

»Also, Herr Dankert. Sie hatten ja in der Zwischenzeit die Gelegenheit, Ihre Aussage von neulich noch einmal zu überdenken. Vielleicht möchten Sie etwas ergänzen oder richtigstellen.«

Der Mann riss die Augen auf. »Was? Ich habe Ihnen schon alles erzählt, was ich über Mira weiß.«

Broders zog sein Notizbuch hervor und schlug es auf. »Letztes Mal sagten Sie mir über Ihre Beziehung zu Mira Schneider: ›Es war ein rein kollegiales Verhältnis. Nicht mal freundschaftlich. Mira war lieber für sich. Nicht der Typ, der sich anderen schnell anvertraut.‹ Und so weiter und so fort … Broders blickte den Studenten mit sorgenvoller Miene an.

»Ja, das stimmt ja auch so.«

»Tatsächlich?«

Dankert schwieg. Seine großen Hände lagen etwas zu angespannt auf seinen Oberschenkeln.

»Wir waren in der Zwischenzeit nicht untätig, Herr Dankert …«

Der Student schüttelte verwirrt den Kopf. »Ja, und?«

Nun schwieg Broders, behielt dabei seine sorgenvolle Miene bei. »Es gibt Zeugen.«

»Zeugen wofür?«, wollte Chris Dankert wissen. »Ich habe mit Miras Verschwinden nichts zu tun.«

»Wir ermitteln in Sachen Mord, Herr Dankert.«

Der Jüngere schluckte. Sein Adamsapfel hüpfte sichtbar.

»Was werfen Sie mir vor?«, fragte er trotzig. »Brauche ich etwa einen Anwalt? Ich habe nichts getan!«

»Sie haben nicht die Wahrheit gesagt, Herr Dankert. Das erschwert die Ermittlungsarbeit der Polizei.«

»Inwiefern? Ausgerechnet ich erschwere Ihre Arbeit?« Er schnaubte. »Fragen Sie da doch lieber mal Felbert. Fragen Sie … Ich bin hier derjenige, der der Polizei hilft, so gut es geht.«

»Im Gegensatz zu Herrn Felbert? Inwiefern hilft er uns denn nicht?«

»Es stimmt, dass die Fibel verschwunden war, nachdem Mira sie mit nach Kiel nehmen sollte. Aber das ist doch nichts dagegen, dass angeblich bei anderen Ausgrabungen besondere und wertvolle Fundstücke gar nicht erst offiziell erfasst werden, sondern sich vorher einfach so in Luft auflösen.«

»Eröffnen Sie jetzt damit nicht einen Nebenkriegsschauplatz?«, erwiderte Broders. »Vermutlich, um vom eigentlichen Geschehen und von Mira und sich selbst abzulenken?«

»Was wollen Sie überhaupt von mir?«

»Ich frage Sie noch einmal, Herr Dankert: Wie war Ihre Beziehung zu Mira Schneider?« Broders hob die flache Hand. »Überlegen Sie gut, bevor Sie mir antworten.«

Dankert rutschte auf der Bank hin und her. Dann sagte er: »Es gab keine Beziehung. Wir haben hier zusammen gearbeitet und dabei auch hin und wieder ein privates Wort gewechselt, wie man das so macht.«

»Sie wurden allerdings in Hövelau gesehen, Herr Dankert.«

Der Student runzelte die Stirn. »Was meinen Sie … Wann und wo?«

»Sie haben Mira Schneider bei ihrem Umzug in das Haus in Hövelau geholfen.«

»Ach, das!« Dankert winkte ab. »Ich sollte ihr ein bisschen beim Einzug helfen. Sie hatte mich darum gebeten. Aber als ich dort ankam, war quasi schon alles fertig. Da war so ein Mann, der mit angepackt hatte. Den sollten Sie besser mal befragen.«

Es deckte sich mit Jork Althoffs Aussage. »Wen wir wann befragen, überlassen Sie besser uns«, gab Broders zurück. »Und warum haben Sie mir das mit dem Umzug nicht gleich gesagt?«

»Ich hielt es nicht für wichtig.«

»Herr Dankert …« Broders zog eine Augenbraue hoch.

»Sie sollten keinen falschen Eindruck von mir bekommen. Denn da war ja wirklich nichts zwischen Mira und mir. Ich wollte es nicht zusätzlich noch kompliziert machen.«

»Was kompliziert machen?«, hakte Broders nach.

»Ich mochte Mira. Das gebe ich ja zu. Aber sie wollte nichts von mir. Ende der Geschichte.«

»Das hört sich aber schon etwas anders an«, entgegnete Broders. »Sie wollten also etwas von ihr?«

Er errötete und blinzelte gegen die Sonne. »Sie war eine tolle Frau. Wir haben zusammen bei Wind und Wetter hier auf der Fläche gehockt. Das verbindet einen doch. Ich habe …«

Broders sah ihn abwartend an.

»Ich habe mich in sie verliebt«, gab er schließlich zu. »Aber als klar war, dass sie nichts von mir will, da habe ich es akzeptiert. So etwas passiert doch alle Tage … Einer will, der andere nicht. Ende, aus.«

»Ja, es könnte so gewesen sein«, räumte Broders ein. »Oder eben auch nicht.«

»Das müssen Sie mir einfach glauben.«

»Das fällt mir allerdings schwer. Erst sagen Sie aus, dass da gar nichts zwischen Ihnen und Mira Schneider war, alles rein kollegial. Wenn dann Zeugen auftauchen, die Sie gesehen haben wollen, geben Sie zu, dass Sie auch privat bei ihr waren. Dann räumen Sie ein, mal kurz in Mira Schneider verliebt gewesen zu sein. Und jetzt, bevor ich weitermache, sollten Sie die Gelegenheit nutzen, mir die ganze Wahrheit von sich aus zu erzählen.«

Dankert blickte starr auf die Tischplatte.

»Sie wurden mehrmals in Hövelau gesehen.«

»Ja, ich war noch ein zweites Mal dort. Aber es hat nichts zu bedeuten. Das war nicht zum Zeitpunkt von Miras Verschwinden. Das schwöre ich Ihnen.«

Broders lehnte sich zurück und sah ihn schweigend an.

Als Dankert den Kopf hob, glänzten seine Augen verdächtig. »Waren das die Kinder? Wann haben die mich gesehen?«

»Warum fragen Sie das?«

»Da stromerten ein Junge und ein Mädchen im Knick herum, als ich dort war. Ich glaube, denen bin ich aufgefallen«, antwortete Chris Dankert.

»Wie sahen die Kinder denn aus?«

Dankert lieferte eine recht konkrete Beschreibung, die zu Vito Zell passte. Das Mädchen hatte Broders bisher noch nicht gesehen, doch vermutlich handelte es sich bei dem zweiten Kind um sie. Er würde Pia fragen müssen.

»Ich wollte doch nur privat mit Mira sprechen«, hob Dankert wieder an. »Es war irgendein Samstag, das weiß ich noch. Mir ist hier die Decke auf den Kopf gefallen, also bin ich noch einmal nach Hövelau gefahren. Mira war auch zu Hause in ihrer Kate, aber sie hat mich nicht reingelassen. Und das, obwohl ich extra in dieses Kaff gekommen war, um sie zu besuchen.«

»Waren Sie verabredet?«

Chris Dankert verneinte. »Dann hätte sie mich nur vorher abgewimmelt. Ich dachte, wenn ich schon mal da bin, redet sie mit mir. Aber da wurde mir klar, dass ich keine Chance bei ihr habe.«

»Wie ging es Ihnen damit, dass sie Sie abgewiesen hat? Muss ein blödes Gefühl sein, nach der Fahrt vor der Tür stehen gelassen zu werden.«

»Ich hatte schon damit gerechnet«, gab der Student zu. »Ich war enttäuscht, aber dann war ich auch erleichtert, weil ich nun Klarheit hatte.«

»Was haben Sie daraufhin gemacht?«

»Ich bin noch in die Ortsmitte gefahren. Nicht dass es dort viel zu sehen gibt ...«

»Was wollten Sie denn dort?«

»Da war in der Nähe ein kleiner Supermarkt. Das wusste ich noch vom letzten Mal. Ich habe mir für die Rückfahrt etwas zu trinken und zu essen gekauft. Diese Kinder, ein Junge und ein Mädchen, hockten da nun auch herum. Ich habe ihnen je ein kleines Eis geschenkt.«

»Warum das?«

»Nur so«, antwortete Dankert.

»Könnte ja auch sein, dass die niemandem sagen sollten, dass sie Sie bei Miras Kate gesehen haben?«

»Nein, natürlich nicht!«

Sie würden nochmals mit den Kindern sprechen müssen. Broders hatte jedoch das Gefühl, dass Chris Dankert jetzt die Wahrheit sagte. Die Anspannung des jungen Mannes hatte nachgelassen. Er wirkte beinahe erleichtert. Trotzdem hatte er nun ein Motiv. Er war in Mira Schneider verliebt gewesen, und sie hatte ihn zurückgewiesen. Ein Klassiker.

»Wo waren Sie, als Mira Schneider verschwunden ist, Herr Dankert? Das waren der Donnerstag und der Freitag nach Miras Geburtstag. Waren Sie eigentlich zu ihrem Geburtstag in Hövelau?«

»Nein, da hatte ich keine Zeit.«

»Und wo waren Sie an besagten beiden Tagen?«

»Das ist doch viel zu lange her, als dass ich es noch wüsste!«, protestierte Chris Dankert.

»Die meisten Leute führen einen Terminkalender.«

Dankert nahm demonstrativ sein Smartphone zur Hand und schaute nach. »Da steht nichts. Ich war offenbar zu Hause in Schleswig. Allein.«

Broders nickte.

»Wenn ich Mira etwas hätte antun wollen, hätte ich mir ein Alibi besorgt. Kino, Kneipe oder dergleichen. Dass da nichts steht, beweist doch, dass ich unschuldig bin.«

»Das wird sich zeigen, Herr Dankert.«

»Ich hoffe es!«

»Schade, dass Sie in Bezug auf Ihre Gefühle für Mira Schneider nicht gleich mit offenen Karten gespielt haben«, bemerkte Broders. »Das hätte uns viel Zeit erspart.«

Der junge Mann nickte und sah tatsächlich zerknirscht dabei aus.

»Also gut. Das hätten wir schon mal. Dann erzählen Sie mir doch noch von den angeblich nicht erfassten Fundstücken …«

Pia war wieder auf dem Weg nach Hövelau. Inzwischen freute sie sich direkt auf den Zeitpunkt, wenn sie die Autobahn verließ und die sich durch Wälder und Wiesen windende Landstraße entlangfuhr.

An diesem Montag begleitete Juliane Timmermann sie. Obwohl die Kollegin zum ersten Mal herfuhr, hatte sie keinen Blick für ihre Umgebung übrig, sondern scrollte während der Fahrt auf ihrem Smartphone. Pia unterdrückte einen Seufzer.

Broders war früh in Richtung Schleswig gefahren, um auf der Ausgrabungsstelle mit Chris Dankert zu sprechen. Ihr Kollege Louis Schramm hatte einen wichtigen Arzttermin. Er hätte das sicher auch gern anders organisiert, um Pia zu begleiten, doch sie wollte vermeiden, dass es hieß, sie würde mit Louis und Broders stets männliche Kollegen bevorzugen. Solche Gerüchte waren schnell verbreitet und ließen sich nur mühsam wieder aus der Welt schaffen.

Der Begriff »Hühnerstreife« für zwei Polizistinnen, die in einem Streifenwagen ein Team bildeten, wurde zumindest in Pias Umfeld nicht mehr gebraucht. Dass Juliane und sie selten zusammen unterwegs waren, lag eher daran, dass Pias Kollegin lieber auf der Dienststelle arbeitete. Außerdem hatten Juliane und sie nicht das beste Verhältnis zueinander. Doch warum war das eigentlich so?

»Soll ich einmal herumfahren und dir die wichtigen Orte von Hövelau zeigen?«, bot Pia an, als sie das Ortsschild passierten.

Juliane schüttelte den Kopf. »Ich brauche das nicht. Hier gibt's doch nichts. Lass uns gleich zu Penelope Weitz fahren. Die wartet sicher schon auf uns.«

Pia zuckte mit den Schultern und lenkte den Wagen vor das Haus der Familie Weitz. Sie parkten am Knick und gingen durch die Einfahrt, die den hoch bewachsenen Wall teilte, auf das Holzhaus zu. Die gelb gestrichene Fassade leuchtete in der Morgensonne. Auf dem nicht gemähten Rasen vor dem Haus blühten Butterblumen und Gänseblümchen.

»Bullerbü, wie niedlich«, sagte Juliane.

»Hier wohnen Carina und Andreas Weitz. Er hat eine Hausarztpraxis in Hövelau schräg gegenüber dem Dorfgasthof, dem *Schützenhof*. Seine Frau arbeitet als Arzthelferin in seiner Praxis. Die Tochter, Penelope Weitz, studiert zurzeit in Heidelberg – oder besser gesagt macht sie dort an der Universitätsklinik ihr PJ – und ist gerade zu Besuch bei ihren Eltern.«

Juliane nickte nur und strebte ihr voraus zum Eingang.

Auf ihr Läuten hin öffnete eine junge Frau die Tür. Sie war hochgewachsen, beinahe eins achtzig groß, sehr schlank, und hatte langes dunkelbraunes Haar, das sie in der Mitte gescheitelt trug. Ihr Gesicht, das an Madonnendarstellungen der Alten Meister erinnerte, war ungeschminkt. Sie trug Jeans und einen weiten Pullover.

»Guten Morgen, wir sind von der Kriminalpolizei Lübeck«, begrüßte Juliane sie schnell. »Das ist Kriminalhauptkommissarin Korittki. Mein Name ist Kriminaloberkommissarin Juliane Timmermann.«

»Penelope Weitz«, erwiderte die Frau leicht unsicher. »Kommen Sie doch bitte herein.«

Penelope Weitz führte sie in eine lichtdurchflutete Küche. »Wir sind allein hier. Meine Eltern arbeiten schon. Setzen Sie sich doch bitte!« Sie deutete auf den mindestens zwei Meter langen Esstisch mit unterschiedlichen alten Stühlen daran. »Kaffee, Tee, Wasser?«, bot die junge Frau ihnen an. »Entschuldigen Sie bitte. Ich weiß nicht, was so üblich ist. Es ist das erste Mal, dass die Polizei mich verhört«, setzte sie hinzu.

»Wir verhören Sie nicht«, erwiderte Pia in beruhigendem Tonfall. ›Verhör‹ war ein Begriff, der schon lange nicht mehr von der Polizei verwendet wurde. »Es ist eine informatorische Befragung. Setzen Sie sich doch bitte zu uns.«

Penelope tat wie ihr geheißen, faltete die Hände auf dem Tisch und sah von einer zur anderen.

Nachdem die Formalien abgehandelt waren, fragte Pia: »In was für einem Verhältnis standen Sie zu Mira Schneider, Frau Weitz?«

Penelope presste die Lippen aufeinander und schaute zur Seite. Die Reaktion auf die Erwähnung der Toten überraschte Pia ein wenig. Juliane wollte sofort etwas sagen, doch Pia bedeutete ihr mit einem raschen Blick, der Frau einen Moment Zeit zu lassen. Bei einer Befragung ging es nicht nur darum, was jemand sagte, sondern auch um die Emotionen, auf die man durch das Verhalten des Befragten schließen konnte. Mimik und Gestik waren oft aussagekräftiger als Worte. Man musste den Menschen allerdings den Raum und die Zeit dafür lassen.

»Mira war meine Freundin«, antwortete Penelope Weitz schließlich. Sie hob das Kinn. »Und meine große Liebe.«

26. Kapitel

»Ich will, dass Sie denjenigen finden, der Mira das … das alles angetan hat. Deswegen bin ich auch sofort hergekommen, als ich erfahren habe, dass Sie sie gefunden haben.« Penelope Weitz blickte Juliane und Pia nacheinander an. »Ich werde der Polizei gegenüber vollkommen offen sein, auch wenn es mein Privatleben betrifft.«

In diesem Moment war Pia froh, ausgerechnet Juliane mitgenommen zu haben. Möglicherweise fiel es der Befragten leichter, nur mit Frauen über ihr Liebesleben zu sprechen.

Penelope erzählte ihnen, dass sie im zweiten Semester ihres Medizinstudiums gewesen war und zudem mit Hubertus von Steben verlobt, als sie Mira kennengelernt hatte.

»Ich weiß nicht, warum ich dieser Verlobung überhaupt zugestimmt hatte«, fügte sie hinzu und blickte auf die Tischplatte. »Ich habe ihn nicht geliebt. Jedenfalls nicht richtig. Es war mehr eine Freundschaft. Wir kennen uns schon unser ganzes Leben lang. Hauptsächlich war ich wohl geschmeichelt, und es fühlte sich so selbstverständlich an, mit ihm zusammen zu sein. Als nähme alles in meinem Leben seinen vorgesehenen und natürlichen Lauf. Hubertus war äußerst bemüht und zurückhaltend.«

Sie schüttelte den Kopf. »Wir haben zwar auch miteinander geschlafen. Doch es war … Es fühlte sich langweilig für mich an. Eher wie etwas, was man tut, weil man es halt tut. Verstehen Sie? Aber ich hatte keine Ahnung, was mit mir los ist. Ich dachte, ich hätte nur nicht so viel Interesse an Sex wie offensichtlich die meisten anderen Leute.«

Penelope lachte unfroh auf. »Als Schülerin war ich mal in eine französische Austauschschülerin verliebt. Sie hieß Chantal. Nein, im Ernst … Es hätte mir vielleicht zu denken geben sollen. Ich habe es niemandem gesagt, und Chantal hat mich kaum beachtet. Ich redete mir ein, dass es nichts zu bedeuten hat. Dass es nur eine Jungmädchenschwärmerei war. Mir war lange nicht klar, dass ich lesbisch bin. Ich wollte möglichst normal sein, überall dazugehören, meine Eltern stolz machen und all das …«

Die Studentin verzog reumütig das Gesicht. »Anscheinend war mein einziges Bestreben, es allen recht zu machen und nie und unter keinen Umständen anders zu sein oder aufzufallen. Heute weiß ich, dass das nicht gut funktioniert.«

»Wie haben Sie Mira kennengelernt?«, hakte Pia nach.

»Es war kein Zufall, dass sie hierher nach Hövelau gezogen ist. Ich war in Kiel mit Freunden auf einer Feier. Aber auf der Party hat's mir nicht gefallen, daher bin ich um halb zwölf gegangen, ohne jemandem etwas zu sagen. Als ich aus der Kneipe trat, ist eine Frau, die aus dem Hauseingang nebenan gestürzt kam, in mich hineingerannt. Sie hat an der Augenbraue leicht geblutet, und sie hielt sich die Seite. Sie hatte offensichtlich Schmerzen.«

Penelope schwieg einen Moment und sprach dann weiter. »Außerdem schien sie wütend und auch schockiert zu sein. Ich habe sie beruhigt und sie ins Krankenhaus in die Notaufnahme gefahren. Sie wollte es nicht, sagte noch, es sei nicht so schlimm. Aber ich habe darauf bestanden. Sie hätte innere Verletzungen haben können. Das musste doch abgeklärt werden!«, setzte sie hinzu. »Die Frau war Mira. Ich fühlte mich in dem Moment verantwortlich für sie.«

»Haben Sie Mira Schneider in ihrem Wagen ins Krankenhaus gefahren?«

»Ja, in die Notaufnahme der Uniklinik. Ich kannte jemanden, der in der Nacht dort Dienst hatte. Mira konnte nicht selbst fahren, weil sie offensichtlich unter Schock stand.«

»Was passierte dann?«, wollte Pia wissen.

»Wir mussten ziemlich lange in der Notaufnahme warten. Da erzählte sie mir, dass ihr Mann handgreiflich geworden ist, dass sie ihn verlassen will, aber keine Wohnung finden kann. Wir tauschten Telefonnummern aus. Ein paar Tage später habe ich Mira die Nummer von Hubertus gegeben und ihr gesagt, dass er eine kleine Kate in Hövelau zu vermieten hat. Ich habe sie gebeten, ihm gegenüber zu behaupten, sie hätte die Telefonnummer von einem der Handwerker anstatt von mir. Ich habe mich von Anfang an stark zu Mira hingezogen gefühlt. Hubertus sollte nicht wissen, dass ich quasi meinen Crush bei ihm einquartieren will. Das hat sich damals schon falsch angefühlt.«

Pia nickte.

»Mira ist dann tatsächlich nach Hövelau gezogen. Und dann hat sie sich ebenso in mich verliebt wie ich mich in sie. Es war verrückt, weil wir doch beide gedacht hatten, dass wir Männer lieben!«

»Was geschah dann?«

»Ich schwebte wie auf Wolke sieben. Mir ist so etwas noch nie zuvor passiert, dass ich mich jemandem so stark verbunden gefühlt habe.« Sie schlug die Augen nieder und knetete die Hände. »Mira hatte bald darauf eine Fehlgeburt. Das gemeinsam durchzustehen hat uns, glaube ich, zusätzlich verbunden. Aber wir waren noch vorsichtig. Sie hatte gerade erst ihren Ehemann verlassen. Ich musste zuerst offiziell die Verlobung mit Hubertus lösen. Ich wollte damit möglichst wenig Aufsehen erregen, schon um Hubertus und seiner Familie willen. Die waren alle so nett zu mir. Aber in so einem kleinen Dorf ist das gar nicht einfach. Die Leute reden über einen … Daher haben Mira und ich uns meistens in meiner WG in Kiel gesehen. Ich hatte während des Studiums dort ein Zimmer gemietet. Zu Mira in die Kate bin ich nur heimlich im Dunkeln gegangen.«

»Wie hat Hubertus von Steben die Verlobungsauflösung aufgenommen?«, fragte Juliane.

»Gefasst.« Penelope wiegte den Kopf. »Er kann es nicht zugeben, wenn er sauer oder unglücklich oder wütend ist. Als ihm klar wurde, was ich gesagt hatte, wurde sein Gesicht starr. Seine ersten Gedanken gingen zu seiner Familie ... Wie die es aufnehmen würde. Zum Dorf, zu den Angestellten ... Was geredet werden würde. In dem Moment war mir klar, dass diese Ehe niemals hätte gut gehen können. Er hat in mir nur eine gesellschaftlich passende und angepasste Ehefrau gesehen.«

»Angepasst?«, hakte Pia nach. »Immerhin studieren Sie Medizin, oder nicht?«

»Ja. Eine Ärztin hätte wohl das Prestige der Familie erhöht, und mein späterer Verdienst hätte das Gut finanziell unterstützen können. Ich weiß, wie das klingt ... Hubertus ist ein netter Kerl, wirklich, und hat mir nie etwas getan. Ich will ihm keine böse Absicht unterstellen.« Ihre Stimme wurde leiser. »Mira und ich wollten fortgehen. Uns war klar, dass es hier zu eng für uns ist. Uns stand ja vermeintlich die Welt offen.« Sie schnaubte verächtlich. »Wenn wir sparsam lebten, könnten wir ein Jahr um die Welt reisen und uns währenddessen überlegen, wie es weitergehen soll – dachten wir!«

»Sie wollten Ihr Studium hinschmeißen?« Juliane gelang es kaum, ihre Verwunderung zu verbergen.

Penelope zuckte mit den Schultern. »Erst mal nur unterbrechen ... Wenn Mira und ich Pläne geschmiedet haben, klang alles vollkommen selbstverständlich und machbar. Als ich es allerdings meinen Eltern erzählt habe ...« Sie sah aus dem Fenster. »Sie waren furchtbar enttäuscht. Dass ich

Hubertus nicht mehr heiraten wollte, war in ihren Augen bedauerlich, und sie waren der Überzeugung, ich würde es einmal bereuen. Aber das mit meinem Studium ... Sie hatten Angst, ich würde meine Zukunft wegwerfen.«

Penelope seufzte tief. »Besonders meine Mutter hat es tief getroffen. Sie war immer so stolz auf mich. Ich konnte sie in gewisser Weise sogar verstehen. Meine Eltern haben sich natürlich Sorgen um mich gemacht. Und es klang ja auch alles ein bisschen verrückt.«

»Wer wusste noch von Ihren Plänen?«, fragte Pia.

»Mira, meine Eltern ... Nicht einmal Hubertus habe ich davon erzählt. Es ging ihn ja auch nichts mehr an.«

»Haben Sie sich nicht einer Freundin oder einem Freund anvertraut? Immerhin planten Sie große Veränderungen in Ihrem Leben.«

»Nein«, antwortete Penelope.

»Was ist mit Miras Ehemann, Tibor Schneider? Wusste er davon?«

»Dieser Kerl! Mira hat ihm nur noch das Notwendigste von sich mitgeteilt. Ich glaube, er wusste nicht einmal von mir. Mira hat befürchtet, er könne mir Ärger machen. Wenn irgendjemand einen Hass auf Mira hatte und ein Motiv, ihr etwas anzutun, dann er.«

»Könnten Miras Verletzungen bei Ihrer ersten Begegnung, die angeblich von dem versehentlichen Sturz herrührten, die Fehlgeburt verursacht haben? Dachte Mira, dass es so war?«

»Wir waren uns nicht sicher. Mira kam Mitte Juli nach Hövelau, die Verletzungen hatte sie sich etwa zwei Wochen vorher zugezogen. Und die Fehlgeburt hatte sie erst, als sie schon ein paar Tage in der Kate wohnte ... Schwer zu sagen, aber unsere Vermutung war, dass es wohl nichts miteinander zu tun hatte.«

Pia nickte. Tibor Schneider hatte ein einleuchtendes Motiv und möglicherweise auch das Temperament für ein Gewaltverbrechen. Doch er hatte ein Alibi. Aufgrund von Penelope Weitz' Schilderung hatte auch Hubertus von Steben ein plausibles Motiv.

Sie befragten die junge Frau nach Leuten aus dem Ort und aus ihrem Freundeskreis, die möglicherweise ebenfalls ein Motiv gehabt haben könnten, Mira etwas anzutun. Dabei ergab sich jedoch nichts, was Pias Pulsfrequenz nennenswert erhöhte.

Auch was Miras Arbeit auf der Ausgrabung betraf, blieb Penelope Weitz vage. »Sie hat mal erwähnt, dass ihr Boss sich nicht immer ganz korrekt verhält. Nicht dass er sie belästigt hat oder so. Es ging um etwas, was mit Archäologie zu tun hat.«

»Was genau hat sie erzählt?«, fragte Pia. Sie hatte bereits von Broders davon gehört, wollte aber herausfinden, ob Penelope mehr wusste.

Penelope zog die Augenbrauen zusammen. »Ich weiß leider nichts Genaues. Ich versuche schon die ganze Zeit, mich daran zu erinnern. Hätte ich bloß nachgefragt! Aber ehrlich gesagt fand ich das, was Mira dort machte, eher langweilig. Im Erdboden nach alten Sachen herumwühlen …«

»Möglicherweise hatte ihr Chef ein Motiv, sie umzubringen, wenn er etwas Illegales getan hat«, gab Pia zu bedenken.

»Tut mir leid. Ich weiß es nicht. Ich wünschte, es wäre anders.«

Sie hakten weiter nach, doch Penelope fiel in dieser Hinsicht nichts mehr ein, was ihnen weiterhelfen konnte. Die junge Frau wusste auch von Miras Manuskript *Die Schildmaid*, doch es schien sie nicht weiter interessiert zu haben.

Schließlich bemerkte Pia: »Das ist doch aber noch nicht

alles. Was wollen Sie uns noch sagen, Frau Weitz? Jetzt ist die Gelegenheit.« Es war nur so ein Gefühl …

»Wie kommen Sie darauf, dass ich Ihnen noch etwas sagen möchte?« Penelope Weitz blickte Pia starr in die Augen, wie um sie von ihrer Ehrlichkeit zu überzeugen.

»Wenn wir den Mörder Ihrer Freundin überführen sollen, damit er für seine Tat zur Rechenschaft gezogen wird, benötigen wir jede Hilfe, die wir bekommen können. Wir haben hier noch ein paar Fotos vom Fundort, falls Sie wissen möchten, was genau jemand Ihrer Partnerin angetan hat.« Sie beugte sich zu ihrer Umhängetasche hinunter und holte einen großen Umschlag mit Fotos heraus.

Penelope starrte darauf, die Augen angstvoll geweitet. »Moment! Da ist tatsächlich noch etwas.«

Pia wartete ab.

»Vielleicht tue ich Mira unrecht. Sie kann sich nicht mehr verteidigen …«

»Wogegen sollte sie sich verteidigen müssen?«, warf Juliane ein.

»Wir glauben, dass sie etwas gestohlen hatte.«

Pia runzelte die Stirn. »Wer ist ›wir‹?«

»Meine Eltern und ich. Es geht um Schmuck. Stücke, die ich von meiner Großmutter väterlicherseits geerbt habe. Meine Großmutter war eine wohlhabende Frau und hatte wertvollen Schmuck. Ich hatte nach ihrem Tod das meiste davon in einem Bankschließfach aufbewahrt. So etwas wie ein Perlencollier oder mit Brillanten besetzte Platinringe trage ich im Alltag nicht. Als Gutsherrin hätte ich vielleicht, aber …« Sie schnaubte wieder. »Als Mira und ich die Pläne für unsere Weltreise geschmiedet haben, wollte ich einen Teil des Schmucks verkaufen, um die Reise zu finanzieren. Auch für Mira mit …«, fügte sie beinahe trotzig hinzu.

»Von welchen Werten sprechen wir hier denn?«, hakte Pia nach.

»Vater meinte mal, insgesamt wäre der Schmuck ungefähr fünfzigtausend Euro wert. Aber wie gesagt: Ich habe nur einen Teil davon aus dem Schließfach geholt. Für die Reise rechnete ich mit zwanzigtausend Euro, die wir davon benötigen würden. Ich habe die betreffenden Schmuckstücke auch fotografiert.«

»Wo haben Sie sie aufbewahrt?«

»Hier im Haus. In meinem Zimmer in der untersten Schreibtischschublade, die man abschließen kann. Ich hatte die Sachen Mira gezeigt. Sie meinte, ich müsste sie nicht verkaufen, sondern sollte sie lieber zur Bank zurückbringen. Wir bräuchten das nicht. Wir sollten auf der Reise zwischendurch arbeiten und uns alles selbst finanzieren.« Nun schluchzte Penelope trocken auf. »Ich habe ihr das geglaubt. Einem Menschen, den man über alles liebt, dem glaubt man doch!«

»Wann und wie sind die Schmuckstücke verschwunden?«, wollte Pia wissen.

»Ich war in den Semesterferien hier. Ein paar Tage lang habe ich gar nicht in meinen Schreibtisch geschaut. Als ich es dann tat, war der Schmuck weg, mitsamt der Samtmappe, in der ich ihn aufbewahrt habe.«

»Wer wusste alles von dem Schmuck?«, warf Juliane ein.

»Nur meine Eltern, Mira und ich. Sonst niemand.«

»Und wer hatte Zugang zu dem Haus und Ihrem Zimmer?«

»Wieder nur meine Eltern, Mira, die Putzfrau und ich«, antwortete Penelope. »Aber die Putzfrau arbeitet schon so lange bei uns, ohne dass je etwas weggekommen wäre.«

»War das Schloss der Schublade aufgebrochen?«

Die Studentin schüttelte den Kopf. »Nein, das war nicht

nötig. Der kleine Schlüssel lag in einem Kästchen auf dem Schreibtisch.«

»Wie clever«, kommentierte Juliane.

Pia warf ihr einen warnenden Blick zu. »Hatte Mira denn überhaupt die Gelegenheit dazu, den Schmuck an sich zu nehmen? War sie mal allein in Ihrem Zimmer?«

»Natürlich. Sie hätte vormittags, wenn meine Eltern in der Praxis sind, mit dem Schlüssel, den ich ihr gegeben hatte, einfach hier reingehen und den Schmuck holen können.«

»Aber Mira müsste in dem Fall klar gewesen sein, dass sie dann auch diejenige wäre, die sofort unter Verdacht stehen würde«, wandte Pia ein.

Penelope nickte. »Als ich sie danach gefragt habe, hat sie alles abgestritten. Es hat so wehgetan, sie zu verdächtigen! Ich konnte nicht glauben, dass sie es getan hat. Ich glaube es im Grunde bis heute nicht, obwohl alles gegen sie spricht.«

»Haben Sie den Diebstahl bei der Polizei angezeigt, Frau Weitz?«

»Nein.«

Pia seufzte. »Warum nicht?«

»Mira wäre offiziell verdächtigt worden. Das hätte unsere Beziehung nicht überlebt.«

»Aber mit dem Misstrauen Ihrer Partnerin gegenüber hätten Sie leben können?«

Sie schien zu überlegen. »Mira ist in ärmlichen Verhältnissen aufgewachsen. Sie wollte partout nichts von mir annehmen. Da hatte sie ihren Stolz. Aber ich bin mir sicher: Wenn sie es war, die den Schmuck genommen hat, dann hätte sie mir während der Reise alles indirekt wieder zurückgegeben. Das Schlimmste an der Armut ist doch, dass man nicht großzügig sein kann.«

Und das Schlimmste am Verliebtsein ist, dass es blind machen kann und man die Wahrheit nicht erkennt, dachte Pia.

27. Kapitel

Nach dem Gespräch mit Penelope Weitz gingen Juliane und Pia zu ihrem Wagen, um abzuklären, wie sie mit den neuen Informationen umgehen wollten.

»Die Beziehung zwischen Mira Schneider und Penelope Weitz und auch der angebliche Schmuckdiebstahl werfen ein völlig neues Licht auf den Mord«, sagte Pia.

»Mira Schneider könnte einen Mittäter gehabt haben, was den gestohlenen Schmuck betrifft. Jemanden, der die Beute anschließend für sich allein haben wollte …«, schlug die Kollegin vor. »Hast du daran schon gedacht?«

»Ja, habe ich. Aber deswegen einen Mord begehen? Für geraubten Schmuck in dieser Größenordnung?«

»Es sind schon Menschen für ein Butterbrot erschlagen worden«, versetzte Juliane.

Pia blickte mit gerunzelter Stirn über die Felder und Wiesen, die sich bis zu dem Waldstück ausdehnten, wo Mira Schneider begraben worden war. Der finstere Tannenwald zeichnete sich von hier nur als schmaler dunkelgrauer Streifen am Horizont ab. »Ich fürchte, wir überblicken noch nicht einmal annähernd, was sich hier abgespielt hat.«

Juliane biss sich auf die Lippe. »Und nun?« Sie klang provokativ.

»Wir hören mal, was Penelope Weitz' Eltern zu alldem sagen. Warum wurde die Beziehung der Frauen vor uns geheim gehalten? Und dann dieser Schmuckdiebstahl im Zusammenhang mit einem Mord? Dass Penelope Weitz ihre

Geliebte nicht gleich anzeigen wollte, kann ich vielleicht noch nachvollziehen. Aber der Diebstahl soll ja im Haus ihrer Eltern begangen worden sein. Es handelte sich bei den verschwundenen Sachen im weitesten Sinne um Familienbesitz. Nachdem klar war, dass Mira Schneider ermordet wurde, hatte sich der Einsatz in dieser Angelegenheit um einiges erhöht. Spätestens da hätten die Weitz uns über die Beziehung ihrer Tochter und den mutmaßlichen Diebstahl reinen Wein einschenken müssen.«

»Willst du sie wegen Strafvereitelung oder versuchter Strafvereitelung beschuldigen?«, fragte Juliane eine Spur zu eifrig.

Pia zuckte mit den Schultern. »Fragen wir sie doch erst mal, was sie uns dazu zu sagen haben.«

Sie betraten die Hausarztpraxis von Hövelau um kurz nach elf Uhr. Eine Frau mit halblangen braunen Haaren, die zu einem Zopf gebunden waren, saß hinter dem Empfangstresen. Sie war sorgfältig geschminkt und trug ein weißes Polohemd. An ihren Ohrläppchen und in ihrem Ausschnitt war dezenter Perlenschmuck zu sehen. Auf einem Schild an ihrem Shirt stand *C. Weitz*.

Nachdem Pia und Juliane sich vorgestellt hatten, bat Carina Weitz eine Kollegin, die sie von hinten herbeirief, den Platz an der Rezeption für sie zu übernehmen. Nachdem das organisiert war, führte Penelopes Mutter Pia und Juliane in einen kleinen Laborraum, wo sie auf einen Hocker und einen Stuhl deutete. Sie selbst setzte sich auf einen Drehstuhl, der wohl sonst dem behandelnden Arzt vorbehalten war.

»Tut mir leid, dass es so beengt ist«, entschuldigte sie sich. »Aber die anderen Praxisräume sind alle besetzt. Und Sie wollen ja wohl zeitnah mit mir sprechen, wenn ich es richtig verstanden habe.«

»Ja. Das ist richtig. Der Raum hier ist kein Problem, Frau Weitz«, versicherte Pia.

»Nach halb zwölf kann sich auch Andreas, also mein Mann, einen Moment Zeit für Ihre Fragen nehmen. Meine Kollegin Gerda sagt ihm gleich Bescheid, dass Sie hier sind.«

»Vielen Dank für Ihre Hilfe, Frau Weitz. Mit Ihrem Mann hatten wir auch schon einmal gesprochen. Und nun kommen wir gerade von der Befragung Ihrer Tochter«, erklärte Pia.

»Ach ja, arme Penelope …« Carina Weitz' bemüht joviales Auftreten bekam einen Riss. Sie holte tief Luft und blickte die Polizistinnen mit sorgenvoller Miene an. Hinter ihr hing ein Plakat an der Wand, das Venenerkrankungen mit der charmanten Bezeichnung »Varizen« in allen Ausprägungen veranschaulichte.

Nach kurzem Zögern räumte Carina Weitz ein, sowohl von der Liebesbeziehung ihrer Tochter zu Mira Schneider als auch dem Verschwinden des Schmucks aus der Schreibtischschublade gewusst zu haben. Die Frage, warum die Polizei das jetzt erst erfuhr, stand zwar im Raum, doch es waren ja sie, die Ermittler, die es bisher noch nicht geschafft hatten, Carina Weitz zu befragen.

Sie hätten auch für die Überprüfung von Jork Althoffs Alibi schon längst mit ihr sprechen sollen. Doch da Tibor Schneider unter dringendem Tatverdacht gestanden hatte, hatte Pia es aufgeschoben. Ihr Versäumnis hatte möglicherweise die Ermittlungen beeinträchtigt.

»Wir dachten, das mit Penelope und Mira ist nur eine Phase«, sagte Carina Weitz und zupfte an ihrem Perlenohrring. »Mein Mann und ich wollten es nicht an die große Glocke hängen. Wir haben gehofft, dass Penelope zu einem späteren Zeitpunkt doch noch einen Mann heiraten und eine Familie gründen wird, wenn sie die Gelegenheit bekommt, ihre Gefühle für diese Frau auszuleben.«

»Sie hatte ihre Verlobung mit Hubertus von Steben gelöst«, stellte Pia fest.

»Das ist leider wahr.«

»Wieso ›leider‹?«

»Ach, wenn es nicht sein sollte, wenn es wirklich nicht passte, dann war es wohl besser, dass sie es rechtzeitig erkannt haben«, räumte Carina Weitz ein. »Aber es wirkte alles so harmonisch und selbstverständlich. Penelope wäre gut für das Gut gewesen …«

»Gut für das Gut?«, brachte Pia erstaunt hervor.

»Penelope liebt diese Umgebung und das Landleben. Und die Menschen hier lieben sie.«

Pia fragte sich weiterhin, ob das ein Grund zum Heiraten sein sollte. »Wie haben Sie auf die veränderten Lebenspläne Ihrer Tochter reagiert?«

»Ich war enttäuscht. Das gebe ich offen zu. Aber letztlich liegt mir nur Penelopes Glück am Herzen. Und wenn sie es mit Mira gefunden hätte …«

»Haben Sie sie darin unterstützt?«, hakte Pia nach.

»Nach dem ersten Schock, den es mir versetzt hat, schon. Sie ist meine Tochter!«

»Und Ihr Mann?«

»Der sowieso.« Carina Weitz lächelte. »Penelope ist sein Goldstück.«

»Wie war das mit dem Schmuck der Großmutter, den Penelope geerbt hatte? Warum hat Ihre Tochter ihn aus dem Schließfach geholt?«, meldete sich Juliane zu Wort.

»Sie wollte einen Teil davon verkaufen, um Mira und sich eine Weltreise zu finanzieren.«

»War das in Ihrem Sinne?«, fragte Juliane.

Carina Weitz zuckte resigniert mit den Schultern. »Das machen heute doch alle so …«

»Und was dachten Sie, als der Schmuck verschwunden war?«

Frau Weitz seufzte. »Penelope hat es uns erst gar nicht gesagt. Wahrscheinlich war sie schockiert. Vor allem, weil Mira die Hauptverdächtige war.«

»Warum wurde die Polizei nicht informiert?«, erkundigte sich Pia. »Und die Versicherung?«

»Weil meine Tochter es nicht wollte. Sie hat gedacht, Mira würde es wiedergutmachen.«

»Aber als sie dann verschwunden war …«

»Wir haben doch nicht vermutet, dass sie tot ist!«, sagte Frau Weitz. »Wir dachten, dass sie sich mit dem Erbschmuck abgesetzt hat.«

»So wertvoll war der Schmuck dann aber doch nicht, oder, dass sich das gelohnt hätte?«, fragte Juliane.

»Da liegt die Wahrheit doch im Auge des Betrachters. Für Mira war das vielleicht ausreichend.«

»In Ihrem Haus hatte sich ein Diebstahl ereignet«, insistierte Pia.

Carina Weitz nickte. »Es war ein Fehler, nicht gleich die Polizei zu verständigen. Nun weiß ich das auch.«

»Noch etwas anderes, Frau Weitz, wo wir schon mal miteinander sprechen«, sagte Pia. »Es handelt sich um Ihren Patienten Jork Althoff.«

»Ich kann mir schon denken, was Sie wissen wollen.«

»Es geht um den Zeitpunkt von Mira Schneiders Verschwinden.« Pia nannte ihr das Datum. »Er sagte uns, dass er an diesem Tag schwer krank gewesen war. Erzählen Sie uns bitte, was sich da zugetragen hatte.«

»Dann entbindet er mich also von der Schweigepflicht?«

»Ja, ausdrücklich. Wir haben uns bei ihm erkundigt.«

»Also gut. Mein Mann hat mir schon erzählt, dass Sie ihn danach gefragt haben. Jork Althoff hat in unregelmäßigen Abständen bakterielle Infekte, die auf eine alte Verletzung zurückzuführen sind. Bisher hat keine Antibiotikabehandlung das Problem gänzlich aus der Welt schaffen können. Er hat hin und wieder mal schwere Rückfälle. Und er war nicht nur bei meinem Mann in Behandlung, sondern er war deswegen auch schon im Krankenhaus.«

»Und zu der Zeit, als Mira Schneider verschwunden ist, hatte er einen solchen Rückfall?«, vergewisserte Pia sich und nannte ihr noch einmal die betreffenden Daten und Wochentage.

»Genau. Er kam mit Fieber und starker Abgeschlagenheit in die Praxis. Mein Mann hat ihm eine Kombination von Antibiotika verschrieben, die er regelmäßig und in der erforderlichen Dosis einnehmen musste. Das ist das übliche Vorgehen bei diesen Rückfällen. Gleichzeitig hatte er ihm absolute Bettruhe verordnet, zumindest solange das Fieber anhält. Ehrlich gesagt hat Althoff gar keine andere Wahl, wenn es ihn erwischt. Es geht ihm mit einem dieser Infekte anfangs immer sehr schlecht … Noch dazu hat er Herzprobleme, wie auch schon sein Vater.«

Sie schwieg einen Augenblick und fügte dann hinzu: »Deswegen bin ich abends noch einmal kurz zu ihm gegangen, habe nach dem Rechten gesehen. Da hatte er über vierzig Grad Fieber. Ich habe nachgeschaut, ob er seine Medikamente nimmt und auch genug trinkt. Wir haben für diesen Zweck übrigens einen Hausschlüssel von ihm. Er wäre an dem besagten Abend nicht mal bis zur Tür gekommen, um mir zu öffnen. Deswegen war ich auch noch mal am frühen Morgen des nächsten Tages dort, so gegen kurz vor halb sieben. Da war das Fieber etwas heruntergegangen, aber immer noch so hoch, dass er im Bett bleiben musste.«

»Warum wurde er in diesem Zustand nicht in ein Krankenhaus eingeliefert, anstatt allein in seinem Haus zu bleiben?«, erkundigte sich Juliane.

Carina Weitz bedachte sie mit einem mitleidigen Blick. »Denken Sie, dort wäre er in seinem Zustand besser versorgt gewesen? Außerdem hätte Jork Althoff das niemals zugelassen.«

»Wäre er in der Lage gewesen, das Haus zu verlassen?«

Frau Weitz schüttelte nachdrücklich den Kopf. »Nein, definitiv nicht.«

»Machen Sie solche Hausbesuche bei vielen Ihrer Patienten?«, erkundigte Pia sich. »Und warum Sie und nicht Ihr Mann?«

»Ich tue das nur, wenn es absolut notwendig ist. Es stimmt, dass es eigentlich Andreas' Aufgabe als sein behandelnder Hausarzt wäre. Aber Jork Althoff hat einen schwierigen Charakter. Obwohl wir nicht besonders gut aufeinander zu sprechen sind, nimmt er Anweisungen von mir eher an als von meinem Mann. Außerdem entlaste ich Andreas, so gut es geht.«

»Wieso sind Sie und Herr Althoff nicht gut aufeinander zu sprechen?«, hakte Pia nach.

Carinas Gesicht rötete sich leicht. »Muss ich Ihnen das unbedingt sagen?«

»Es bleibt unter uns und dem Varizen-Poster hier«, antwortete Pia.

Carina Weitz runzelte die Stirn, schnaubte dann verächtlich. »Was soll's! Wenn Sie Jork Althoff fragen, wird er es Ihnen brühwarm erzählen. Außerdem hat später das halbe Dorf darüber Bescheid gewusst. Er hat mich im Beisein mehrerer Patienten mal eine ›hochnäsige, vertrocknete alte Gans‹ genannt, um nur ein Beispiel zu nennen.«

28. Kapitel

Broders rief an, als Pia und Juliane gerade die Praxis verließen. Sie wollten noch einen Moment an die frische Luft gehen, bis Andreas Weitz Zeit für ein Gespräch mit ihnen hatte.

»He, Pia. Es gibt ein paar Neuigkeiten aus der Nähe von Schleswig.«

»Was hast du herausgefunden?«, wollte sie wissen.

»Ich habe mit dem Studenten gesprochen, mit dem Mira Schneider zusammengearbeitet hat.«

»Mit Chris Dankert? Hast du etwas erfahren, was uns weiterbringt?« Pia schaute sich um. Juliane und sie waren ganz allein auf der Dorfstraße unterwegs. »Warte, ich stell dich auf Lautsprecher, dann kann Juliane mithören.«

»Wo genau bist du überhaupt, Broders?«, fragte die Kollegin.

»Jetzt bin ich in Flensburg an der Universität. Ich hebe den Altersdurchschnitt gerade um gefühlte einhundert Prozent. Und bevor Pia die Augen verdreht: Es hat sich gelohnt herzufahren. Eine der Studentinnen, die mit Mira auf der Ausgrabung gearbeitet hat, hat das Studienfach gewechselt und ist jetzt hier. Ihr Name ist Norma Sörens. Sie sagte mir am Telefon, dass sie sich gut an Mira Schneider erinnert. Und sie hat mich um ein persönliches Gespräch gebeten.«

»Warum? Weiß sie etwas?«

»Sie war zeitweise so was, wie Dr. Felberts persönliche Assistentin. Sie hat mehr im Büro als draußen im Matsch gearbeitet, sagte sie mir. Aber sie erinnert sich trotzdem recht gut an Mira Schneider. Sie meinte, dass Mira auffiel, weil sie so hübsch und vor allem so begeisterungsfähig war. Sie hatten aber wohl nicht sehr viel Kontakt zueinander.«

Pia nickte. »Was ist der Grund dafür, dass sie persönlich mit der Polizei sprechen wollte?«

»Ein Gespräch, das sie mal mit Mira geführt hatte. Es ging dabei um ihren Chef auf der Ausgrabungsstelle, Dr. Felbert. Sie fanden beide, dass er sich manchmal seltsam umständlich und misstrauisch benahm, so, als wollte er etwas vor ihnen verbergen. Er schickte Norma Sörens wohl sogar hin und wieder aus dem Bauwagen, wenn er telefonieren wollte. Und er schloss angeblich immer alles hinter sich ab. Mira Schneider hatte wohl diesbezüglich ähnliche Beobachtungen gemacht wie Norma Sörens. Interessant wurde es laut Frau Sörens aber erst, als sie Dr. Felbert einmal abends zufällig in einem Restaurant angetroffen hat.«

Pia runzelte die Stirn. »Wann war das?«

»Noch während Mira Schneiders und ihrer gemeinsamen Zeit auf der Ausgrabungsstelle. Moment, ich habe es notiert …« Er nannte das Datum. »Es handelte sich bei dem Lokal übrigens um eines, das ich auch schon kenne. Ein Restaurant in der Nähe von Schleswig«, erläuterte Broders. »Das *Njord*. Norma Sörens war von ihren Eltern zu deren Hochzeitstag dorthin eingeladen worden. Daher weiß sie auch das Datum noch so genau. Als sie einmal zur Toilette gegangen ist, hat sie an einem der Tische in einer Ecke Dr. Felbert sitzen sehen, mit zwei weiteren Männern, die sie aber nicht kannte.«

»So ungewöhnlich kommt mir das nun nicht vor«, erwiderte Pia. »Was hat sie daran stutzig gemacht?«

»Angeblich Dr. Felberts Benehmen. Er wirkte nach Sörens Einschätzung nervös und sah sich des Öfteren im Restaurant um, wie um zu prüfen, ob jemand da ist, der ihn kennt. Sie wollte ihn trotzdem kurz begrüßen, weil es ihr sonst komisch vorgekommen wäre. Vielleicht auch, weil sie neugierig war … Doch als ihr Chef sie entdeckte, funkelte er sie wütend an und winkte sie weg, um ihr zu bedeuten, dass sie nicht näher kommen sollte. Anscheinend wollte er wirklich nicht gestört werden.«

»Dafür kann es eine Menge Gründe geben«, warf Juliane ein.

»Natürlich. Aber als Norma Sörens ihn am nächsten Morgen darauf ansprach, stritt Dr. Felbert ab, überhaupt dort gewesen zu sein.«

»Wie bitte?«, entfuhr es Juliane.

»Das ist in der Tat merkwürdig«, sagte Pia. »Damit hat er das Interesse ja umso mehr auf dieses Zusammentreffen gelenkt.«

»Genauso war es. Norma Sörens schaute am nächsten Tag, als sie dazu die Gelegenheit hatte, in Dr. Felberts Terminkalender, der offen auf seinem Schreibtisch lag. Es sah ihr nämlich nicht nach einem privaten Essen aus. Also dachte sie sich, dass ihr Chef vielleicht irgendwelche Kollegen getroffen hatte. Schon am Vorabend hatte sie herausgefunden, dass Dr. Felberts Gäste Portugiesisch miteinander geredet haben.«

»Wie will sie das auf die Entfernung denn festgestellt haben? Er hatte sie doch nicht näher kommen lassen.«

»Nun, wir haben es bei Norma Sörens wohl mit einer wissbegierigen jungen Frau zu tun.« Broders lachte. »Dr. Felberts geheimnistuerisches Benehmen auf der Ausgrabung hat sie wohl neugierig gemacht. Sie hatte jedenfalls später am Abend, als Dr. Felbert und seine Tischnachbarn gegangen waren, einen der Kellner gefragt, wer die Leute an besagtem Tisch waren. Der Angestellte war wohl nicht sehr diskret und erzählte ihr, die Reservierung sei von einem deutschen Doktor gekommen. Bei ihm am Tisch hätten zwei Herren aus Brasilien gesessen. Dr. Felbert hatte angeblich extra wegen des ›Besuchs aus Brasilien‹, wie er es genannt hatte, den Tisch in einer Nische am Fenster reserviert, mit Blick auf die Schlei. Er wusste im Vorfeld genau, wo er sitzen wollte.«

»Und was stand für den Abend in Dr. Felberts Terminkalender?«

»Nichts«, antwortete Broders.

»Also ein spontanes Treffen, ein privates … oder eines, von dem keiner wissen sollte«, sagte Pia. »Wie bringt uns das weiter? Hast du Dr. Felbert schon danach gefragt?«

»Dazu war noch keine Gelegenheit. Er ist unterwegs zu einer Tagung und kommt erst morgen zurück.«

»Wenn es tatsächlich eine Verabredung war, von der keiner wissen sollte, wird er uns jetzt kaum verraten, worum es dabei ging«, wandte Juliane ein. »Er kann weiterhin alles abstreiten.«

»Es kommt darauf an, wie viel Druck wir auf ihn ausüben können«, widersprach Broders. »Es gibt schließlich zwei Zeugen. Norma Sörens weiß übrigens, wie der Kellner heißt, der die drei an dem Abend bedient hat. Sie hatte es sich für eventuelle Rückfragen aufgeschrieben.«

»Ganz schön hartnäckig, diese Frau Sörens. Und hast du diesen Mann schon sprechen können?«, wollte Pia wissen.

»Nein. Aber ich habe mich im *Njord* nach ihm erkundigt. Er arbeitet immer noch dort und hat zufällig auch später da Schicht. Ich hoffe, ein Essen in dem Restaurant ist in meiner Spesenabrechnung mit drin.«

»Aber nur ein kleiner Salat und ein Mineralwasser«, spottete Pia. »Es sei denn, du servierst uns Mira Schneiders Mörder danach auf einem Silbertablett.«

»Mit Trüffeln und einer silbernen Haube, die ich dann mit großer Geste lüfte.«

Andreas Weitz sah in seiner Mittagspause so aus, als wäre er schon reif für den Feierabend. In seinem zerknitterten beigen Hemd, der ausgeleierten Jeans und den Sandalen mit Socken wirkte er noch etwas nachlässiger und gestresster als bei ihrem ersten Zusammentreffen. Da hatte er immerhin Sportkleidung getragen.

In der Praxis war es ruhig geworden. Der Empfang war unbesetzt, das Wartezimmer leer. Dr. Weitz hatte Juliane und Pia direkt in sein Sprechzimmer geführt.

Er gab nun, da er die Erlaubnis des Patienten hatte, bereitwillig Auskunft über Jork Althoffs gesundheitliche Probleme, auf die sein Alibi für die Tatnacht fußte.

»Ein Irrtum ist ausgeschlossen?«, erkundigte sich Pia. »Könnte er die Symptome nicht vorgespielt haben?«

»Sowohl meine Frau als auch ich kennen das Krankheitsbild genau. Es gibt Aufzeichnungen in seiner Patientenakte darüber. Temperaturmessung, Blutwerte ...«

Pia nickte. Die Aufzeichnungen in der Patientenakte ließen sich nachprüfen.

»Warum hat Ihre Frau eigentlich den Krankenbesuch bei Althoff zu Hause am späten Abend und am frühen Morgen des nächsten Tages gemacht? Gehört das zu ihren Aufgaben als Arzthelferin?«, erkundigte sich Juliane.

»Im Grunde nicht, nein, da haben Sie recht«, räumte er ein. »Aber Carina entlastet mich, wo immer es möglich ist. Ich habe ein paar gesundheitliche Probleme in letzter Zeit. Die möchten wir aber nicht an die große Glocke hängen. Wir wollen die Leute nicht verunsichern. Wissen Sie, ich bin der einzige Hausarzt in der Gegend. Wer oder was nach mir kommt ... Keine Ahnung! Die Leute verlassen sich auf mich.«

Andreas Weitz wiegte den Kopf. »Solche Besuche wie den bei Jork Althoff verbuchen wir als Nachbarschaftshilfe.

Da ist es auch egal, wie gut man den Betreffenden leiden kann oder auch nicht. In Carinas Fall ist es so, dass da … eine gewisse Abneigung vorhanden ist. Aber davon lässt meine Frau sich nicht abhalten. So ist sie halt. Und so ist das eben auch, wenn man hier wohnt.«

»Verstehe«, sagte Juliane.

Was einer der Gründe für ihre Abneigung war, hatte seine Frau ihnen ja schon erzählt. Damit war Jork Althoff, der zweite Verdächtige, durch ein Alibi ebenfalls aus dem Rennen.

»Erzählen Sie uns bitte von dem Schmuck Ihrer Tochter«, forderte Pia den Arzt nun auf.

»Ach herrje!«, brach es aus ihm heraus. »Diese dumme Geschichte!«

»Was genau ist da passiert?« Pia ging nicht auf seinen gequälten Gesichtsausdruck ein. Das Zurückhalten dieser Informationen hatte sie wertvolle Zeit gekostet und die Ermittlungen behindert.

Er nahm seine Brille ab und blinzelte an ihnen vorbei in Richtung Tür, als könnte er damit der Realität entfliehen. Mit monotoner Stimme berichtete er von dem wertvollen Schmuck, den seine Tochter von ihrer Großmutter geerbt hatte. Davon, dass sie einen Teil davon aus dem Schließfach geholt hatte, um ihn zu verkaufen. Und dann, nach Mira Schneiders Verschwinden, war Penelope eines Tages mit der Sprache herausgerückt, dass die Schmuckstücke, die sie in ihrer Schreibtischschublade deponiert hatte, nicht mehr auffindbar waren.

»Penelope wollte erst nichts davon wissen, dass es Mira gewesen sein könnte. Sie hat ihre Freundin sehr gemocht und ihr vertraut.«

»Ihre Tochter sagte uns, dass sie und Mira Schneider eine Liebesbeziehung miteinander hatten.«

»Mag sein.« Er hob die Hände, die Handflächen nach oben gerichtet.

»Hat sie Ihnen das auch so erzählt?«, hakte Pia nach, obwohl sie es schon von Carina Weitz wussten.

Er setzte die mit Fingerabdrücken verschmierte Brille wieder auf. Seine Augen wurden durch die Gläser vergrößert. Er blickte sie mit einem ratlosen Ausdruck im Gesicht an. »Doch, irgendwann schon. Aber ich dachte, es sei nur eine Phase.«

»Eine Phase?«, wiederholte Pia.

»Ja. Genau wie ihre Verlobung mit Hubertus von Steben. Sind Sie darüber informiert? Da war Penelope anfangs auch vollkommen sicher, dass es das Richtige für sie wäre.« Er zuckte mit den Schultern. »Ich liebe meine Tochter über alles. Doch sie ist ähnlich von ihren Stimmungen abhängig wie ihre Mutter. Wenn sie gut drauf ist, ist sie der entzückendste Mensch der Welt, aber wehe, wenn es nicht nach ihren Vorstellungen läuft! Dann geht für sie gleich die Welt unter. Ich musste erst lernen, mit diesen Gefühlsschwankungen umzugehen.«

»Wie war das nun mit dem Schmuck?«, kam Juliane auf die ursprüngliche Frage zurück. »Was haben Sie unternommen, nachdem Sie wussten, dass er aus Ihrem Haus verschwunden war?«

»Ich bin zunächst mit Penelope zu unserer Bank gefahren. Wir haben im Schließfach kontrolliert, was noch da ist, weil sie sich plötzlich nicht mehr so sicher war, welche Stücke sie überhaupt nach Hause geholt hatte. Es war mehr weg, als sie uns ursprünglich gesagt hatte. Meiner Schätzung nach liegt der Wert des vermissten Schmucks bei weit mehr als zwanzigtausend Euro. Aber das ist nur meine persönliche Meinung. Ich bin kein Experte.«

»Ist der Schmuck versichert?«

»Der Inhalt des Schließfachs ist bis zu einer bestimmten Summe versichert. Da waren wir wohl sowieso schon unterversichert. Aber der in Penelopes Schreibtischschublade? Nur insofern, als er im Rahmen der normalen Hausratsversicherung abgedeckt wird.«

»Warum haben Sie den Diebstahl nicht zur Anzeige gebracht?«, wollte Pia wissen.

»Nun ja.« Er wand sich auf seinem Stuhl. Offensichtlich war ihm das Versäumnis im Nachhinein unangenehm. »Ich kann mir vorstellen, wie das für Sie aussieht …«

»Wie denn?«

»Als verdächtigten wir unsere Tochter, etwas damit zu tun zu haben, nicht wahr?«, erwiderte er.

»Wieso sollte Ihre Tochter ihren eigenen Schmuck verschwinden lassen?«

»Um das Geld ihrer Geliebten zu geben? Für die gemeinsame geplante Reise der beiden? Penelope war zu der Zeit nicht wiederzuerkennen. Sie war so voller Begeisterung für Mira Schneider und ihre Pläne. Es passte nicht so recht zu unserer pflichtbewussten, ehrgeizigen Tochter, dass sie sich erst mal die Welt ansehen und möglicherweise ihr Studium aufgeben wollte. Aber ich hatte mir eingeredet, dass es Penelope vielleicht sogar guttun könnte, ihr gemütliches Nest zu verlassen und etwas zu riskieren. Sie würde dann zwangsläufig merken, wie das Leben wirklich läuft. Zu dem Zeitpunkt hat sie ja noch in Kiel studiert und war zumindest an den Wochenenden regelmäßig zu Hause.«

»Wie läuft es denn, das Leben?«, hakte Pia nach.

»Nun, es geht nicht immer alles glatt. Das kann es ja gar nicht. Wissen Sie, Penelope musste nie eine wirkliche Niederlage hinnehmen. Ihr ist von Kindheit an beinahe alles gelungen, was sie angepackt hat. Und jeder schien sie zu mögen. Ich behaupte mal, dass das Leben einfach für sie war.

Natürlich freut man sich als Vater darüber, wenn es der Tochter so gut geht. Aber insgeheim, nach all den Schicksalen, mit denen ich Tag für Tag in der Praxis konfrontiert werde, hatte ich die Befürchtung, dass es sich auch bei Penelope nicht immer nur positiv weiterentwickeln würde. Und dass meine Tochter dann auf die üblichen Katastrophen des menschlichen Lebens nicht gerade gut vorbereitet ist.«

Pia ließ das einen Moment so im Raum stehen. Sie konnte Andreas Weitz' Gedanken und Gefühle in gewisser Weise nachvollziehen. Auch sie wollte nur das Beste für Felix und ihn vor allen Schwierigkeiten bewahren. Er war noch jung und so unschuldig. Doch irgendwann würde sich das zwangsläufig ändern. Ihr Sohn würde erwachsen werden. Er musste einmal lernen, dass nicht immer alles glattlief und dass seine Mutter ihn nicht vor allem bewahren konnte. Allerdings waren nicht alle Kinder solche »Glückskekse« wie anscheinend Penelope. Die meisten lernten recht früh, mit Niederlagen und Schwierigkeiten fertig zu werden.

»Verstehe ich das richtig?«, fragte Juliane. »Sie haben den Diebstahl von wertvollem Schmuck, der aus Ihrem Haus entwendet wurde, nicht der Polizei gemeldet, weil Sie befürchtet haben, dass Ihre Tochter Ihnen nur gesagt hatte, er sei verschwunden? Warum hätte sie das tun sollen? Sie hat ja damit Mira, ihre Partnerin, reingerissen. Sie hätte ja vor ihrer Abreise gar nichts zu sagen brauchen.«

»Wir wollten nur das Beste für unsere Tochter, aber wir haben die Situation vollkommen falsch eingeschätzt. Ihren eigenen Schmuck konnte Penelope ja schlecht *stehlen*«, wandte Weitz ein. »Er gehörte ihr ja bereits. Und aus rechtlicher Sicht konnte sie damit machen, was sie wollte.« Dann schüttelte der Arzt den Kopf. »Wir wussten es einfach nicht. Aber die andere Möglichkeit, dass sie von ihrer Geliebten bestohlen worden war, war genauso unerfreulich. Und wir wollten es daher Penelope überlassen, die Konsequenzen daraus zu ziehen.«

Andreas Weitz sah auf die Schreibtischplatte hinunter. »Es war eine schlechte Idee«, räumte er ein. »Besonders nachdem klar war, dass Mira Schneider verschwunden ist. Aber da dachten wir natürlich, dass die Frau die Gelegenheit beim Schopfe gepackt hat und mit den gestohlenen Wertsachen untergetaucht ist. Und … so dumm das auch ist: Carina und ich wollten Penelope vor der harten Realität beschützen, dass alle wissen, dass sie von einem geliebten Menschen ausgenutzt und bestohlen worden ist.«

»Aber etwas totzuschweigen macht es nicht ungeschehen.«

»Nein, Frau Korittki«, gab er in resigniertem Tonfall zu.

Pia unterdrückte einen Seufzer. Sie nahm sich vor, Fehler dieser Art bei Felix zu vermeiden, wenn es denn möglich war.

29. Kapitel

Nach dem Gespräch mit Andreas Weitz rief Pia ihren Kollegen Louis an und beauftragte ihn, Informationen über die finanzielle Situation der Familie Weitz einzuholen. Pia wollte herausfinden, ob Carina oder Andreas Weitz oder auch ihre Tochter Penelope in finanziellen Schwierigkeiten gesteckt und den Schmuck selbst an sich genommen hatten, um ihn heimlich zu verkaufen und möglicherweise die Versicherungssumme zu kassieren.

Sie würden sich von den Weitz eine Aufstellung und wenn möglich auch Fotografien der verschwundenen Schmuckstücke besorgen. Penelope Weitz hatte nach eigenen Angaben Fotos davon gemacht. Es war immerhin möglich, dass jemand die Stücke auf den Bildern wiedererkannte, weil sie ihm zum Beispiel zum Kauf angeboten worden waren, wenn sie auf den entsprechenden Seiten des LKA oder auch des BKA veröffentlicht wurden.

Zu wissen, von wem der Schmuck zum Kauf angeboten worden war, könnte sie möglicherweise auch zu Mira Schneiders Mörder führen. Doch die Chancen auf schnelle Ergebnisse nach einer Veröffentlichung im Netz standen erfahrungsgemäß nicht besonders gut.

Als Pia das Telefonat beendet hatte, meldete Broders sich bei ihr. Er hatte den Kellner im *Njord* getroffen, den Norma Sörens ihm genannt hatte. Dieser hatte ihre Aussage bestätigt, was Dr. Felberts Essen mit zwei unbekannten Herren an dem besagten Abend betraf. Dazu hatte es eines Fotos des Archäologen und eines Blicks in das alte Reservierungsbuch bedurft.

Dr. Rainer Felbert hatte anscheinend unter dem Namen Dr. Müller an dem betreffenden Abend den besonderen Tisch in der Nische am Fenster reserviert, mit der Anmerkung, dass er Gäste aus Brasilien erwarte. Da diese Gäste der deutschen Sprache nicht mächtig gewesen waren, hatte Dr. Felbert die Bestellungen übernommen.

»Danke, Broders. Dann sind wir da auch ein Stück weiter. Auch wenn ich noch nicht so recht weiß, wohin uns das führen wird.«

»Ich habe da so eine Idee«, sagte Broders gut gelaunt. »Und weil ich auf dem Rückweg nach Lübeck sowieso an Kiel vorbeikomme, werde ich noch bei zwei unserer Kollegen vom LKA reinschauen. Beide beschäftigen sich unter anderem mit Kunstraub und Antikenhandel.«

»Antikenhandel? Illegaler Handel mit Artefakten? Das wäre ein mögliches Motiv«, stimmte Pia nachdenklich zu. »Es kommt mir allerdings unwahrscheinlich vor, bei uns in Schleswig-Holstein. Aber wer weiß? Und was ist mit Rainer Felbert?«

»Ich komme an den Herrn Doktor heute nicht mehr heran. Morgen soll er aber wieder in seinem Büro an der Ausgrabungsstelle sein. Auf seine Befragung werde ich mich so gut wie möglich vorbereiten. Vielleicht wissen die Kollegen in Kiel etwas über eine Verbindung zu illegalem Handel mit Artefakten.«

»Wirklich, Broders? Es kommt mir unwahrscheinlich vor.«

»Wir werden ja sehen. Wenn Dr. Felbert ein Treffen mit zwei unbekannten, Portugiesisch sprechenden Herren leugnet, obwohl es zwei Zeugen dafür gibt, müssen wir dem Verdacht nachgehen, dass er in illegale Aktivitäten verwickelt ist.«

»Haben die Kollegen in Kiel denn so kurzfristig Zeit für

dich?«, erkundigte Pia sich. Bei der Erwähnung des LKA Kiel musste sie an Marten denken. Doch ihr Freund arbeitete im Bereich Staatsschutz und würde ihnen bei allem, was Antikenhandel oder Kunstraub betraf, nicht weiterhelfen können. Marten und sie sahen sich wohl erst am Wochenende wieder. Das war noch lange hin. Am liebsten würde sie gleich mit Broders nach Kiel fahren.

»Die Kollegen erwarten mich schon sehnsüchtig«, spottete Broders, als hätte er ihre Gedanken erraten. »Die haben bestimmt eine Catering-Firma beauftragt, um mich mit Sekt mit Erdbeeren und frischen Kanapees zu bewirten.«

»Ruf mich heute noch an, wenn du beim LKA etwas Relevantes zu unserem Fall erfährst, Broders, ja? Zu jeder Uhrzeit! Und befrage diesen Dr. Felbert morgen nicht allein!«

»Du darfst selbstredend bei der Befragung dabei sein, Pia. Ich nehme dich gern mit nach Schleswig.«

Sie seufzte. »Das wird leider nicht klappen. Ich habe mehrere Termine in Lübeck, unter anderem mit Rist. Aber vielleicht kann Juliane mit dir fahren oder Louis?«, schlug Pia vor.

»Das klären wir noch«, sagte Broders und beendete das Gespräch.

Die abgeschlossene Zimmertür war ein schlechtes Zeichen. Trine wusste, dass ihre Schwester da war, denn die Musik, die durch Tür und Wände drang, war ohrenbetäubend. Sie klopfte erst zaghaft, dann lauter, schließlich hämmerte sie mit aller Kraft gegen das Türblatt. Die Füllung gab unter ihrer Faust leicht nach, und ein Spinnennetz aus Rissen und eine leichte Delle waren in dem Pressspan zu sehen. Auch das noch! Aber wahrscheinlich würde die Beschädigung so schnell niemandem sonst in diesem Haushalt auffallen.

Sie hörte ein Poltern, die Tür wurde aufgerissen, und Fietsche blickte sie ungeduldig an. »Was ist los, Trine?« Ihr Haar war zu einem Knoten mitten auf dem Oberkopf zusammengebunden, und ihre Haut sah maskenhaft blass aus.

Ihre Schwester drehte sich sofort wieder um und setzte sich vor ihren »Schmink-Altar«, wie Trine den Schreibtisch mit den drei Spiegeln und der hellen Lampe darauf nannte. Ein Schulheft oder einen Kuli hatte die mit Pinseln, Tuben und Döschen übersäte Schreibtischplatte aus Kunststofffurnier wohl schon lange nicht mehr gesehen. Fietsche griff nach einer Tube, gab etwas von ihrem Inhalt auf ihren Handrücken und verteilte es dann in ihrem Gesicht.

»Es ist nichts mehr zu essen da. Und ich hab Hunger.« Trine wusste, dass sie weinerlich klang, aber genau so war ihr auch zumute.

»Geh zu Papa!«

»Der ist nicht da. Weißt du, wann er wiederkommt?«

»Keine Ahnung, Trine. Er müsste bald zurück sein. Vielleicht ist er ja einkaufen gefahren.« Friederike fischte einen Streifen falscher Wimpern aus einem Döschen, der für Trine Ähnlichkeit mit einem Insekt hatte. Sie hielt sie an ihr Auge und schnitt rechts und links jeweils ein paar Millimeter ab. Dann bestrich sie das Wimpernbändchen mit einem Klebstoff.

»Ich habe aber jetzt Hunger«, sagte Trine, um die Aufmerksamkeit ihrer Schwester zurückzuerlangen.

Friederike pinselte konzentriert weiter. Sie griff zu einer Pinzette, die schon bereitlag. »Dann geh zum Supermarkt und kauf dir Brötchen.« Sie setzte die falschen Wimpern an ihrem eigenen Wimpernkranz an. Fasziniert beobachtete Trine, wie ihre Schwester die falschen Wimpern über ihren eigenen justierte.

»Ich habe aber kein Geld«, wandte Trine ein, als das Wimpernband an Ort und Stelle saß.

Fietsche seufzte, griff in ihre Jeanstasche und zog einen zerknitterten Zehn-Euro-Schein heraus. »Hier. Aber ich will das Geld wiederhaben. Alles. Sprich mit Papa darüber!«

Trine nahm den Schein entgegen, doch das war es nicht, was sie wollte. »Wohin gehst du heute Abend?«, fragte sie. Dass Fietsche nach dem Aufwand, den sie hier betrieb, nicht zu Hause bleiben würde, war klar.

»Ich treffe mich mit ein paar Leuten. Wir gehen feiern.«

»Morgen ist doch Schule …«

Ihre Schwester bedachte sie nur mit einem mitleidigen Blick und ergriff mit der Pinzette den zweiten künstlichen Wimpernkranz.

»Wie kommst du denn hier weg?«, wollte Trine wissen.

»Mit einem Auto«, antwortete Fietsche. »Ich werde abgeholt. Bitte schau mich nicht an wie eine Kuh, wenn es donnert.«

»Ist das schwierig?« Sie deutete auf die leere Plastikschachtel, in der sich die künstlichen Wimpern befunden hatten. Es interessierte sie nicht wirklich, aber sie wollte nicht allein sein.

»Einfach ist es jedenfalls nicht.« Ihre Schwester klimperte mit den Lidern und griff nach der Wimperntusche. »Schau, ich muss die falschen Wimpern noch mit den echten zusammenkleben.«

Trine unterdrückte ein »Igitt!«. Wie konnte man sich so viel Chemie an die Augen pappen? Sie nickte nur.

»Anschließend überdecke ich das Bändchen der falschen Wimpern noch mit flüssigem Eyeliner.« Fietsche wechselte das Instrument und begann, oberhalb des Wimpernkranzes eine Linie zu stricheln. Nachdem das erste Auge fertig war, schaute sie Trine fragend an. »Was stehst du noch hier rum? Ich denke, du hast solchen Hunger.«

Trine schluckte. »Ich vermisse Mama so!«

Fietsche starrte sie mit ihren schwarz bewimperten Augen erschrocken an. Dann fing sie sich und streckte die Hände aus, nahm die ihrer Schwester in ihre. »Das geht mir genauso, Trine. Sie fehlt mir schrecklich! Aber wir müssen einfach irgendwie weitermachen.«

»Du kannst das«, stieß Trine hervor. »Du hast ja auch immer was zu tun, sogar abends. Alle sind so beschäftigt. Bloß ich nicht …«

»Unsinn. Ich bin nur beschäftigt, weil ich mich darum kümmere, beschäftigt zu sein.« Sie seufzte leise. »Meine kleine Schwester«, sagte sie. »Ich weiß echt nicht, wie ich dir helfen kann.«

»Kannst du nicht einfach heute Abend hierbleiben?«, antwortete Trine leise. »Und wir machen was zusammen? Gucken einen Film oder so?«

Fietsche schüttelte den Kopf. »Nein, das geht nicht. Tut mir leid.« Sie ließ Trines Hände los und drehte sich wieder halb zu ihrem Spiegel um. Dort wühlte sie fahrig in einer Schachtel mit Lippenstiften. »Geh, kauf dir was zu essen. Mit etwas im Magen fühlst du dich sofort besser!«

Trine sah sie traurig an. »Dann gehe ich eben zu Mama!«

Doch ihre Schwester hörte ihr schon nicht mehr zu.

Trine aß die belegten Brötchen, die sie sich in dem kleinen Supermarkt gekauft hatte, auf der Wiese an der Kapelle von Hövelau. Ihre Mutter lag auf dem Friedhof von Lensahn. Ihr Vater hatte ihr verboten, allein dorthin zu fahren, sondern stattdessen vorgeschlagen, sie könne zu der kleinen Kapelle gehen, wenn sie an ihre Mama denken wollte. Ihre Mutter war früher öfter hier gewesen.

Trine lehnte mit dem Rücken an dem großen Holzkreuz und blickte über die von Butterblumen gesprenkelte Wiese.

Zwei Spatzen näherten sich und warteten offensichtlich auf Brötchenkrümel. Ein ganzes Stück entfernt jätete eine alte Frau Unkraut in einem der Beete. Trine beobachtete sie eine Weile. Erst zupfte sie hier und da herum und bearbeitete den Boden mit einer kleinen Hacke, dann goss sie die Blumen. Trine war wohl der einzige Mensch auf der Welt, der sich nicht zu beschäftigen wusste.

Als die Frau fertig war, ging sie rasch in Richtung Straße davon. Die Schatten der umgebenden Bäume wurden schon länger. Trine war nun allein hier. Doch der Gedanke, gleich in ein leeres Haus zurückzukehren, war noch unangenehmer.

Trine seufzte und zog die Knie hoch, legte die Stirn darauf und vergoss ein paar Tränen. Aber schon seit Langem hatte sie festgestellt, dass Weinen eigentlich kein bisschen half. Die Leute reagierten peinlich berührt, und man sah danach scheußlich aus. Ablenkung half besser, wenn sie so traurig war.

Eine Weile hatten sie die Besuche bei Mira über Wasser gehalten. Als Mira fort gewesen war, hatte sie immerhin noch ihr Manuskript gehabt und darin lesen können. Doch das hatte jetzt die Polizei. Die Polizistin war zwar nett zu ihr gewesen, aber sie hatte ihr diese Ablenkung auch noch genommen. Was sollte sie also tun? Seit der Sache am Teich durfte Vito nicht mehr mit ihr spielen. Vorläufig, hatte er ihr in der Schule gesagt. Seine Eltern würden sich bestimmt bald wieder abregen. Hoffentlich …

Oben auf der Anhöhe neben der Kapelle schien noch die Sonne, doch der Weg hinunter zur Straße lag bereits in tiefem Schatten. Trine erhob sich. Sie wählte für den Rückweg lieber den Kiespfad direkt an der Kapelle entlang und lief dann quer über die Wiese.

Als Trine sich im Schatten der Straßenbäume zu ihrem

Fahrrad hinunterbeugte, um das Schloss zu öffnen, war ihr nicht ganz wohl zumute. Sie hatte es plötzlich eilig, von hier wegzukommen. Trine sprang auf ihr Rad und fuhr zurück nach Hövelau, so schnell sie konnte.

Der kleine Supermarkt hatte die Blumenkisten und Schilder inzwischen hereingeholt und die Rollläden vor den Schaufenstern heruntergelassen. In ihrer Doppelhaushälfte brannte kein Licht hinter den Fenstern. Es war also noch niemand da. Kurz entschlossen steuerte Trine nicht ihr Zuhause an, sondern das der Familie Weitz. Vorhin beim Brötchenkaufen hatte jemand gesagt, dass Penelope Weitz wieder zu Hause war. Penelope war Miras beste Freundin gewesen.

Trine mochte sie nicht halb so gern, wie sie Mira gemocht hatte. Die hübsche und angeblich so »begabte« Tochter der Weitz hatte sich stets so benommen, als würden sie kleine Mädchen wie Trine nicht die Spur interessieren. Und wahrscheinlich war das auch so. Aber vielleicht konnte sie trotzdem mit ihr über Mira reden …

Auch das Haus der Familie Weitz unter den alten Linden lag schon beinahe in vollkommener Dunkelheit. Auf der Veranda brannte das Licht einer altmodisch aussehenden Laterne. Der gelbliche Lichtkegel erhellte die Eingangstür, die einen Spalt offen stand. Eine Holzbank ohne Füße, die an Ketten aufgehängt war, schaukelte sachte im Wind.

Trine ging den gekiesten Weg entlang zu den Stufen und betrat leise die Veranda. Auf der Bank lagen große Kissen in Blau- und Orangetönen. Terrakottakübel waren üppig mit Buchsbaum, Efeu und blühenden Tulpen bepflanzt. Trotz des schwindenden Tageslichts schimmerten die Fensterscheiben vor Sauberkeit.

Dies war eine ganz andere Art von Zuhause, als sie es

kannte. Hier konnte man sich geschützt und geborgen fühlen. Sicher kannte Penelope nicht den Anblick eines leeren Kühlschranks, wenn ihr der Magen knurrte. Doch Trine hatte hier spontan das Gefühl, nicht erwünscht zu sein. Sie wollte sich schon umdrehen, als sie Stimmen aus dem Inneren des Hauses hörte.

»Ich weiß wirklich nicht, was du auf einmal hast«, sagte eine weibliche Stimme. »Als würde ich nicht alles für dich tun.«

»Reg dich doch nicht so auf, Carina! Man wird ja zumindest mal nachfragen dürfen!«, rief ein Mann. Wahrscheinlich war es Dr. Weitz – obwohl Trine ihren Hausarzt, der sie in Ermangelung eines Kinderarztes in der näheren Umgebung schon öfter untersucht hatte, noch nie so wütend hatte reden hören.

»Das habe ich nicht verdient, nach allem, was ich für dich aufgegeben habe.«

»Nicht schon wieder diese alte Leier. Es war schließlich deine Entscheidung. Und im Übrigen war es auch für Penelope das Beste, dass du deine Zeit unserer Tochter und der Praxis gewidmet hast!«

Trine hatte das Gefühl, nicht hier sein zu dürfen. Die beiden sollten sie nicht beim Lauschen ertappen. Doch sie lauschte eigentlich ja auch gar nicht. Sie hasste Streit und laute Stimmen. Am liebsten hätte sie sich die Ohren zugehalten und leise vor sich hin gesummt. Stattdessen kauerte sie sich unterhalb der Veranda zusammen, in der Hoffnung, dass man sie so von drinnen nicht sehen konnte. Wenn die Luft rein war und die Streithähne verschwunden waren, wollte sie Penelope suchen gehen.

»Ja, ich habe sie *deiner* Praxis gewidmet!«, erklang es bitter. Wieder die Frau, Dr. Weitz' Ehefrau. »Doch sieht das irgendwer? Und Penelope erkenne ich in letzter Zeit auch nicht wieder. Sie benimmt sich, als wären wir Fremde für sie.«

»Woran du nicht ganz unschuldig bist«, versetzte der Doktor. »Es kommt einem ja so vor, als wären dir Hubertus und seine hochwohlgeborene Familie wichtiger als deine eigene ...«

»Die kleinbürgerlichen Minderwertigkeitskomplexe aus deinem Elternhaus solltest du langsam mal abgelegt haben, Andreas!«

»Ach, leg dich doch ...!«

Trine hörte eine Tür schlagen, dann schwere Schritte auf der Veranda. Jemand atmete heftig, Schlüssel klimperten. Trine bückte sich hastig und kroch in den etwa einen halben Meter hohen Zwischenraum zwischen Erdboden und Verandabrettern. Keine Sekunde zu früh.

Andreas Weitz stapfte die Treppe hinunter, ging quer durch den Vorgarten und stieg schwerfällig in sein Auto. Als er rückwärts aus der Einfahrt fuhr, streifte das Licht der Volvo-Scheinwerfer sie für ein oder zwei Sekunden. Sie hörte, wie der Wagen die Straße hinunterfuhr in Richtung Dorfteich. Dann verstummte das Geräusch abrupt.

Er war weg. Trine atmete auf. Doch sie wagte noch nicht, unter der Veranda hervorzukriechen. Dies war wohl nicht der richtige Zeitpunkt für ein tröstliches Gespräch mit Penelope. Sicherlich war sie gar nicht zu Hause. Ansonsten hätten ihre Eltern wohl nicht so lautstark miteinander gestritten.

Doch in ihrem Versteck zwischen den Stützen unter dem Holz war es feucht und eng. Bestimmt hatte sie gerade ihre helle Jeans und die rote Jacke schmutzig gemacht. Hoffentlich ging das wieder raus! Andreas Weitz war weggefahren, und seine Frau musste den Streit sicherlich erst mal verdauen. Vielleicht trank sie ja ein Glas Wein. Oder setzte sich an ihr Smartphone oder ihren Computer, wie ihr Vater es immer tat?

Langsam, möglichst ohne die moosigen Stützen, die Bretter über ihr oder den nackten, feuchten Erdboden mehr als nötig zu berühren, schob Trine sich vorwärts. Wenn sie es heute nicht schaffte, Penelope zu sprechen, war die Tochter der Weitz womöglich abgereist, bevor sie eine zweite Chance für ein Gespräch bekommen würde.

Frau Weitz hatte sich beklagt, Penelope würde sich benehmen, als wären ihre Eltern Fremde für sie. Außerdem hatte Trine jemanden sagen hören, dass Mira Schneider wohl in Lübeck beigesetzt werden würde, nicht in der Umgebung von Hövelau. So würde sie Miras beste Freundin womöglich verpassen. Wenn Andreas Weitz weg war und seine Frau sich zurückgezogen hatte nach dem hässlichen Streit, war jetzt vielleicht doch die beste Gelegenheit, Penelope zu treffen …

Als sie unter der Veranda hervorgekrochen war, richtete Trine sich auf und sah wieder zum Wohnhaus. Hinter zweien der Fenster im Erdgeschoss brannte nun Licht. War Penelope zu Hause oder nicht?

Trine beschloss, einmal das Haus zu umrunden, die Lage zu erkunden und sich dann zu entscheiden, was sie tun wollte.

Sie ging an der Veranda vorbei. Seitlich des Hauses standen die Büsche dichter. Von dort konnte sie ungesehen die Fenster von Erd- und Dachgeschoss kontrollieren.

Als sie ein Stück gegangen war, überzog auf einmal eine Gänsehaut ihre Arme, und ihr Herz begann zu rasen. Trine sah niemanden und hörte auch nichts, was hier nicht hingehörte. Trotzdem fühlte sie sich wie steif gefroren und konnte sich nicht rühren. Ihr Instinkt sagte ihr, nein schrie sie förmlich an, dass sie nicht mehr allein im Garten war. Jemand befand sich in ihrer Nähe, beobachtete sie, unsichtbar im Schatten der Rhododendren.

Wie zur Bestätigung ihrer Ahnung hörte sie Schritte, Blätter raschelten, und wie aus dem Nichts legte sich eine schwere Hand auf ihre Schulter.

30. Kapitel

»Katharina! Habe ich mich also nicht getäuscht, dass du hier herumstreunst!«

»Doktor Weitz! Haben Sie mich erschreckt! Ich wollte nur Penelope besuchen«, stammelte Trine. Der Hausarzt, der ihr sonst meist als langweiliger, leicht überheblicher Mann im weißen Kittel gegenübergetreten war, starrte sie aus schmalen Augen an. Sein Gesicht war eine wütende Grimasse. Aber am schlimmsten waren die schwarzen Lederhandschuhe mit den Löchern auf den Fingerknöcheln! Warum trug er im Frühling Handschuhe?

Er hielt sie weiter an der Schulter fest.

Trine versuchte, sich loszumachen. »Sie tun mir weh!«, klagte sie.

»Oh, entschuldige bitte, junge Dame.« Er nahm die Hand herunter, stand jedoch weiterhin viel zu nah bei ihr. »Aber solltest du um diese Uhrzeit nicht längst zu Hause sein? Wie lange bist du schon in meinem Garten?«

»Noch nicht lange«, wisperte sie und unterdrückte ein »Ich habe nichts gehört«. Stattdessen fragte sie: »Ist Penelope nicht hier?«

»Meine Tochter ist heute Abend bei Freunden.« Er warf einen Blick zu seinem Haus. »Warum hast du nicht geklingelt wie jeder normale Mensch, sondern schleichst hier herum?«

»Ich wollte ja …«

»Aber dann hast du uns streiten gehört, nicht wahr? Es war ja laut genug …«

Sie konnte nicht anders, als unter seinem prüfenden Blick zu nicken. »Ich muss jetzt nach Hause. Mein Vater wartet schon auf mich«, sagte sie so entschlossen wie möglich.

»Dein Vater wartet. So, so.« Weitz massierte mit Daumen und Zeigefinger der einen Hand seine zweite.

Trine versuchte, nicht zu sehr auf die behandschuhten Hände zu schauen. Doch es fiel ihr schwer.

»Nichts für ungut, Katharina. Ich wollte dich auch nicht erschrecken. Ich war selbst erschrocken, als ich jemanden um mein Haus herumschleichen sah.«

Sie nickte wieder, glaubte ihm aber kein Wort. Er hatte sie erkannt, und er hatte überhaupt nicht erschrocken gewirkt. Nur wütend.

»Ich fahre dich schnell nach Hause«, sagte der Doktor. »Dann bekommst du keinen Ärger.«

»Ich soll aber mit niemandem mitfahren. Ich kann laufen«, erwiderte sie.

»Ich lasse doch nicht zu, dass ein Mädchen in deinem Alter im Dunkeln noch alleine durch die Gegend läuft. Mein Auto steht schon vorn am Weg. Dort gehen wir gemeinsam hin, und ich fahre dich nach Hause.«

Er fasste sie sacht am Oberarm und führte sie aus dem Gebüsch. Trine fühlte sich wie in einer Falle. Keinesfalls würde sie in Weitz' Auto steigen.

Wenn sie jetzt laut riefe, würde Carina Weitz sie dann hören? Doch wenn er schnell reagierte und ihr den Mund zuhielt, dann sicher nicht. Die Fenster und Türen des Hauses waren nun alle geschlossen. Die Nachbarn waren zu weit weg … Es wäre ein Wunder, wenn jemand auf ihr Rufen reagierte. Und dann wusste Weitz, dass sie nicht freiwillig in sein Auto steigen würde. Was würde der Doktor dann tun?

Also ging sie erst mal gehorsam mit, als wäre sie damit einverstanden, dass der Hausarzt ihrer Familie sie nach

Hause fuhr. Vielleicht war das ja wirklich sein einziges Ziel, sie sicher bei ihrem Vater abzuliefern. War sie zu ängstlich und misstrauisch wegen dem, was Mira passiert war? Bei dem Gedanken daran, was die Leute über das Grab im Wald erzählten, durchlief Trine ein Zittern.

»Ist dir kalt? Soll ich dir meine Jacke geben?«

Sie wollte schon verneinen, doch dann hatte sie eine Idee. Sie würde nicht unbedingt schneller als er sein. Er hatte ja viel längere Beine als sie. Doch sie war gelenkiger, flinker und geschickter ... Es war ihre einzige Chance!

»Mir ist wirklich schrecklich kalt«, jammerte sie.

»Warte!«, sagte er gönnerhaft. Als er die Jacke halb ausgezogen hatte, rannte Trine los.

Sie zwängte sich durch die eng stehenden Büsche am Straßenrand und rollte sich unter einem Stacheldrahtzaun hindurch. Die Weide, auf der sie sich nun befand, grenzte an ein weiteres Waldstück. Im Sichtschutz der Bäume gelangte sie zu den Häusern an der Dorfstraße.

Sie hatte es tatsächlich geschafft! Sie hatte Andreas Weitz abgehängt! Er war nirgends mehr zu sehen. Trine kauerte sich hinter einem großen Feldstein zusammen und versuchte, wieder zu Atem zu kommen. Von hier aus konnte sie ihre Umgebung gut überblicken, und es konnte sich ihr niemand ungesehen nähern. Und da vorn war schon die Hauptstraße. Von dort waren es nur noch wenige Meter bis zu ihrem Haus.

Als alles ruhig blieb, machte Trine sich wieder auf den Weg. Dann fiel ihr ein, dass Weitz ja wusste, wo sie hinwollte. Er könnte sie also einfach kurz vor ihrem Zuhause abfangen. Sie verlangsamte ihren Schritt. Überlegte, was sie tun sollte. War es ein Risiko, nach Hause zu laufen? Oder hatte sie sich die Bedrohung, die Feindseligkeit des Mannes, den sie doch schon ihr Leben lang kannte, nur eingebildet? Er war vielleicht bloß sauer, weil sie ihn und seine Frau belauscht hatte. Nach dem Streit hatte er schlechte Laune. Es war durchaus möglich, dass er sie nur sicher nach Hause bringen wollte.

Doch was, wenn nicht? Mira hatte ihr mal gesagt, dass man stets seinem »Bauchgefühl« vertrauen sollte. Ein Angstschauer kroch über Trine hinweg.

Ihr Vater war vielleicht noch nicht wieder zurück. Es konnte sein, dass sie in einem leeren Haus Hilfe suchte. Und dass *er* sie dort im Dunkeln erwartete … Trine wollte dringend Menschen um sich haben. Nach kurzer Überlegung schlug sie einen anderen Weg ein.

Pia klappte das Buch zu. »Für heute ist es genug, Felix. Es ist Schlafenszeit.«

»Jetzt schon? Nur noch ein Kapitel! Bittteee!«

»Nein. Du brauchst deinen Schlaf, wenn du morgen fit sein willst. Morgen ist doch wieder Turnen, oder?«

»Aber ich muss wissen, wie es weitergeht.«

»Das lesen wir morgen. Die Dinosaurier laufen uns nicht weg. Siehst du: Das Buch ist fest zugeklappt, da kommen die nicht heraus«, sagte sie spaßeshalber.

»Oder ich lese selbst weiter!« Er schnappte sich das Buch.

Sanft, aber bestimmt nahm Pia es Felix aus der Hand. »Jetzt wird geschlafen. Gute Nacht, mein Schatz!« Sie drückte ihm einen Kuss auf die Stirn.

»Du bist sooo streng«, murmelte er. »Marten liest immer noch ein Kapitel weiter.«

Sie strich ihm über das weiche Haar. »Am Wochenende sind wir wieder bei ihm. Da kann er dir meinetwegen vorlesen, bis euch die Dinosaurier zu den Ohren rauskommen.«

»Gute Nacht, Mama!«

»Schlaf gut und träum was Schönes.«

Als Pia die Kinderzimmertür von außen schloss und in die Küche trat, sah sie, dass ihr Diensthandy einen entgangenen Anruf verzeichnete. Es zeigte eine ihr unbekannte Festnetznummer an. An der Vorwahl erkannte sie, dass er aus der Gegend um Hövelau gekommen war. Sie hatte den Anruf knapp verpasst. Leicht beunruhigt rief sie zurück.

»Kästner vom *Schützenhof*«, meldete sich eine etwas gehetzt klingende Frau.

»Korittki. Kriminalpolizei Lübeck. Sie haben mich eben angerufen?«

»Ich nicht, aber die junge Dame hier neben mir. Warten Sie, ich übergebe.«

Es raschelte. Dann sagte eine zittrige, helle Mädchenstimme: »Hallo. Ist da Frau Korittki?« Die Anruferin hörte sich so an, als müsste sie all ihren Mut zusammennehmen. Was war da los?

»Ja, da bist du bei mir richtig. Wer spricht denn da?« Pia setzte sich auf die Küchenbank und fischte nach einem Kugelschreiber und einem leeren Blatt Papier.

»Trine. Katharina Seibold. Erinnern Sie sich an mich? Sie haben mir Ihre Visitenkarte gegeben. Und ich Ihnen Miras Buch. Die Karte war zum Glück noch in meiner Jeanstasche …«

»Ja, natürlich, Katharina. Ich erinnere mich gut an dich. Was ist denn los?«

»Ich kann nicht nach Hause«, wisperte das Kind.

»Und wo bist du gerade?« Die Frau eben hatte sich mit »Kästner vom *Schützenhof*« gemeldet. Im Hintergrund vernahm Pia Stimmengewirr und vereinzelt Gläserklirren. Vermutlich war das Mädchen also im Gasthaus von Hövelau.

»Bei Ilona Kästner im *Schützenhof*«, bestätigte Trine Pias

Vermutung. »Ich bin hergelaufen, weil ich nicht wusste, wohin!«

»Aber im Moment bist du dort in Sicherheit, oder? Frau Kästner passt auf dich auf?«

»Ich glaube schon.«

»Also gut. Dann mal der Reihe nach, Trine. Was ist passiert, dass du nicht nach Hause kannst?«

»Mein Vater und meine Schwester sind nicht da. Fietsche ist mit Freunden weg und mein Vater … Ich weiß es nicht so genau.« Sie schluchzte auf.

»Machst du dir Sorgen um deinen Vater?«

»Eigentlich nicht. Es ist etwas anderes passiert. Ich wollte mit Penelope reden. Penelope Weitz, weil sie doch Miras Freundin war.«

»Okay. Hast du sie getroffen?«, fragte Pia.

»Nein, ich war bei ihrem Haus, aber als ich an der Tür klingeln wollte, da hab ich gehört, wie sich zwei Leute laut miteinander gestritten haben.«

»Wer hat sich gestritten, Trine?«

»Penelopes Eltern waren das«, antwortete das Mädchen.

Also Andreas und Carina Weitz, die sie beide heute vernommen hatten. »Hast du verstanden, worum es bei dem Streit ging?«

»Ich weiß nicht so genau …«

»Was passierte dann?«, hakte Pia nach. Irgendwas musste die Kleine ja in Angst versetzt haben.

»Der Doktor kam herausgelaufen und ist erst mit seinem Auto weggefahren. Ich wollte ums Haus herumgehen und schauen, ob oben Licht brennt, dort, wo ich denke, dass da Penelopes Zimmer ist. Aber dann …« Sie schluchzte auf. Im Hintergrund hörte sie die Wirtin etwas Beruhigendes murmeln.

Pia merkte, wie ihre Anspannung wuchs. Das Mädchen

schien für den Moment in Sicherheit zu sein. Doch was war ihr widerfahren?

Katharina schilderte ihr, wie Andreas Weitz sie im Dunkeln in seinem Garten überrascht und angesprochen hatte. Dass sie sich plötzlich vor ihm gefürchtet habe. Er habe sie unbedingt im Auto nach Hause fahren wollen, und da sei sie ihm weggelaufen. Doch dann hatte sie Angst bekommen, dass er sie vor ihrem Haus abfangen könnte.

Sie wusste nicht, ob ihr Vater schon zu Hause war. Deswegen war sie stattdessen zum *Schützenhof* gelaufen und hatte Ilona Kästner gefragt, ob sie bei ihr telefonieren dürfe. Trine besaß noch kein eigenes Handy, erzählte sie. Sie hatte mal ein altes von ihrem Vater bekommen, doch das funktionierte seit ein paar Wochen nicht mehr.

»Und da hast du gleich mich, also die Polizei, angerufen?«

»Nein, nicht sofort. Aber mein Vater ist nicht an sein Handy gegangen. Und meine Schwester auch nicht. Ich wusste nicht, wen ich sonst anrufen soll.«

»Du hast absolut richtig gehandelt«, sagte Pia. Sie ließ sich die Wirtin noch einmal ans Telefon holen und vergewisserte sich, dass sie Katharina bei sich behalten und auf sie aufpassen würde, bis die Polizei da war.

Am liebsten wäre Pia sofort nach Hövelau gefahren und hätte die Sache selbst in die Hand genommen. Doch das ging jetzt nicht. Pia konnte und wollte Felix nicht allein lassen. Genau genommen war es auch nicht ihre Aufgabe, sich in dieser Situation um Katharina Seibold zu kümmern.

Doch Pia hatte das dringende Bedürfnis, sich von dem Wohlergehen des Mädchens zu überzeugen, vor allem davon, dass sich jemand nach dem erlittenen Schrecken gut um sie kümmerte. Sie konnte in etwa nachvollziehen, wie Katharina sich fühlte. Außerdem wollte sie mit Katharinas Vater sprechen. Kümmerte er sich gut genug um seine Töchter? Sie wollte ihm erklären, dass er das Kind abends nicht allein lassen durfte, erst recht nicht, wenn man bedachte, was mit Mira Schneider passiert war.

Wenn nur Marten da wäre! Dann könnte er auf Felix aufpassen, während sie noch einmal nach Hövelau fuhr. Doch selbst wenn sie ihn jetzt anriefe: Bis er hier sein könnte, wäre es zu spät. Sie vermisste Marten auf einmal schmerzlich. Was war aus der unabhängigen Pia geworden, die sich selbst genügte? War sie im Begriff, sich verletzlicher und abhängiger zu machen, als ihr guttat?

Nachdem Pia das Mädchen nochmals beruhigt und ihr versichert hatte, dass sie sich klug und sehr umsichtig verhalten habe, forderte sie einen Streifenwagen mit mindestens einer weiblichen Beamtin darin an. Ihre Kollegen sollten sich um Trine kümmern, bis man sie in die Obhut ihres Vaters übergeben konnte.

31. Kapitel

Während der Dienstbesprechung am nächsten Morgen ging es hoch her. Die neuen Entwicklungen gaben der Ermittlung frischen Schwung: Zum einen waren Broders' Nachforschungen beim LKA in Kiel und beim Bundeskriminalamt in Wiesbaden erfolgreich gewesen.

Die andere spannende Neuigkeit war, dass Andreas und Carina Weitz vor etwa zwei Jahren unter Geldproblemen gelitten hatten. Die Rückzahlung eines Kredits für die Praxis war überfällig gewesen, das Haus hatte eine neue Heizung und neue Rohrleitungen benötigt, und einige größere private Ausgaben waren hinzugekommen, sodass Andreas Weitz bei mehreren Banken um einen weiteren Kredit nachgefragt hatte ... Mit negativem Bescheid. Erschwerend hinzu kam nun Andreas Weitz' seltsames Gebaren Katharina Seibold gegenüber, von dem Pia den Kollegen berichtete.

»Was ist aus den Geldproblemen geworden?«, erkundigte sich Juliane, als Louis geendet hatte. »Wie ist der derzeitige Stand?«

»Sie haben wohl schließlich doch noch einen Kredit bewilligt bekommen, um den alten wenigstens zu einem Teil abzulösen. Allerdings zu ungünstigen Konditionen. Die Restsumme müssen die Weitz anders aufgebracht haben, sonst hätten sie selbst diesen Kredit wohl nicht bekommen.«

»Und das Haus? Das ist doch eine Sicherheit«, sagte Pia.

»Das gehört zum größten Teil noch der Bank«, antwortete Louis.

»Aber da war ja glücklicherweise noch der Familienschmuck, den Penelope geerbt hatte«, merkte Juliane an.

»Es liegt nahe, dass sie daran gedacht haben, etwas davon zu verkaufen, wenn die finanzielle Lage wirklich so verzweifelt war«, bestätigte Pia. »Die Weitz hätten damit ein hinreichendes Motiv, den Schmuck, der angeblich aus der Schreibtischschublade ihrer Tochter verschwunden ist, selbst genommen und verkauft zu haben.«

»Sie hätten ihn doch auch verkaufen können, ohne hinterher zu behaupten, er sei gestohlen worden«, wandte Louis ein.

»Aber er gehörte ja Penelope Weitz, nicht Carina und Andreas Weitz.«

»Die eigene Tochter zu bestehlen …«

»Das überzeugt mich nicht«, sagte Broders. »Wie hoch waren die Leute verschuldet, Louis?«

»Die offiziellen Verbindlichkeiten der Weitz beliefen sich auf ungefähr 86.000 Euro«, las Louis aus seinen Unterlagen ab.

»Aber wenn sie den Schmuck verkauft haben und zusätzlich noch die Versicherungsprämie kassieren wollten …?«, schlug Juliane vor.

»Dafür hätten sie den Diebstahl aber erst mal zur Anzeige bringen müssen«, wandte Broders ein.

»Und wie kommt Mira Schneider da mit ins Spiel?«, fragte Pia in die Runde. »Unsere Ermittlungen beziehen sich auf den Mord, nicht auf einen Diebstahl.«

»Sie könnte herausgefunden haben, was Penelopes Eltern getan haben, und durch ihr Wissen zur Bedrohung geworden sein«, antwortete Juliane.

»Aber deswegen die Freundin der eigenen Tochter ermorden?« Pia hatte Zweifel.

»Wenn alles herausgekommen wäre, hätten Andreas

Weitz' tadelloser Ruf, seine Praxis, sein Einkommen, seine Familie, also quasi sein gesamtes Leben auf dem Spiel gestanden«, sagte Juliane.

Sie debattierten darüber eine Weile. Als sie sich im Kreis drehten, hob Pia die Hand. »Wir wissen noch zu wenig. Es fehlen Beweise, dass das Geldproblem und der Schmuck, der angeblich gestohlen worden ist, das Motiv für den Mord an Mira Schneider waren. Aber wir werden die drei Weitz heute noch einmal ausgiebig befragen. Dann wissen wir hoffentlich mehr.«

Pia atmete tief durch und blickte in die Runde. »Die andere Möglichkeit, dass Miras Arbeit auf der Ausgrabungsstelle ein Motiv für den Mord darstellt, können wir auch nicht außer Acht lassen. Broders, sag du uns bitte noch etwas über Dr. Felberts mutmaßliche kriminelle Aktivitäten.«

Broders berichtete von seinen ausführlichen Telefonaten mit den BKA-Kollegen in Wiesbaden und dem Besuch beim LKA in Kiel. Er hatte dabei unter anderem erfahren, dass Dr. Felbert mutmaßlich schon einmal in illegalen Antikenhandel verwickelt gewesen war. Damals war es um Artefakte aus Jordanien gegangen. Das war jedoch schon ein paar Jahre her, und man hatte ihm die kriminellen Aktivitäten nie nachweisen können.

»Schlussendlich gab es jedoch keine stichfesten Beweise gegen ihn. Er hatte die Kontakte, er hatte die Gelegenheit, das ja ... Aber das alles für sich genommen ist nicht strafbar. Und er gilt auf seinem Gebiet auch als hervorragender und engagierter Wissenschaftler.«

»Er hat enorm viel zu verlieren, wenn man ihm illegalen Antikenhandel nachweisen kann«, wandte Pia ein.

»Aber als Wissenschaftler verdient man nicht so viel, oder? Hat er teure Hobbys? Hohe Kredite, die er bedienen muss? Eine anspruchsvolle Geliebte?«, erkundigte sich Louis.

»Ich werde mich heute noch mal eingehender mit ihm befassen. Gestern konnte ich ihn nicht mehr erreichen«, antwortete Broders.

»Ich habe aber heute niemanden, der dich begleiten kann, Broders«, wandte Pia ein, die schon vor der Dienstbesprechung Probleme gehabt hatte, die vielen Aufgaben auf ihre Mitarbeiter zu verteilen. »Wir sollten die Befragung von Dr. Felbert auf morgen verschieben.«

»Dann wird er vielleicht vorgewarnt, oder er hat selbst zu viel Zeit zum Nachdenken«, entgegnete Broders. »Ich nehme einen Kollegen aus Schleswig mit. Die sollten wir sowieso noch mehr mit einbeziehen. Immerhin haben sie Mira Schneiders Vermisstenanzeige damals aufgenommen. Es war zuerst ihr Fall.«

»Mira Schneider ist in Hövelau verschwunden, also in unserem Bereich«, widersprach Juliane. »Es gilt das Tatortprinzip.«

»Das wusste man aber anfangs noch nicht …«, widersprach Broders.

Pia atmete tief durch. »Also gut, Broders. Wenn du einen Kollegen von dort dazunehmen kannst, dem du vertraust, sprich heute mit Dr. Felbert. Wenn es weitere Hinweise auf seine Verwicklung in den Fall ›Mira Schneider‹ gibt, werden wir ihn sowieso kurzfristig nach Lübeck vorladen.«

Broders nickte zufrieden und klappte sein Notizbuch zu. Pia wusste, dass sie sich auf ihn verlassen konnte. Er war erfahren und umsichtig genug für die anstehende Befragung. Und für seine Sicherheit konnte er genauso gut einen Kollegen aus Schleswig hinzubitten. Es war besser, als die Befragung noch einen Tag aufzuschieben.

Pia teilte die wenigen übrigen Leute für die anstehenden Aufgaben ein. Sie würde nach ihrer Besprechung mit Rist gemeinsam mit Juliane mit der Befragung von Andreas

Weitz beginnen. Er hatte ihnen einiges zu erklären. Ebenso seine Frau und seine Tochter. Und dann waren da noch Katharina Seibold und ihr Vater. Ingo Seibold stand zwar nach dem heutigen Kenntnisstand nicht unter Verdacht, aber Pia wollte trotzdem mit ihm ein paar Takte über seine Tochter Katharina reden.

Andreas Weitz gab nach kurzem Zögern seine finanziellen Probleme unumwunden zu. Jedenfalls, nachdem ihm klar wurde, dass die Polizei bereits im Bilde war.

»Es ist zum großen Teil mein Versäumnis gewesen«, sagte er. »Ich habe nicht weit genug gedacht und die Einnahmen der Praxis wohl langfristig zu hoch angesetzt beziehungsweise die Kosten unterschätzt. Doch damit stehe ich nicht allein da, oder? Das Leben ist teuer. Die meisten Menschen leben heutzutage auf Kredit.«

»Aber Sie haben einen neuen Kredit benötigt, der Ihnen zunächst von keiner Bank gewährt wurde«, stellte Pia klar. »Sie befanden sich in einer prekären finanziellen Situation.«

»›Prekär‹ würde ich es nun nicht gerade nennen. Wir hatten als Sicherheit ja immer noch unser Haus.«

»Das größtenteils der Bank gehört«, warf Juliane ein.

»Was werfen Sie mir eigentlich konkret vor?«, begehrte Andreas Weitz auf und sah wütend von einem zum anderen. Doch sein Gehabe zeugte nicht von Selbstvertrauen, eher von Verzweiflung.

»Wir werfen Ihnen bisher gar nichts vor. Wir ermitteln im Mordfall ›Mira Schneider‹. Und dazu benötigen wir Ihre Mithilfe«, stellte Pia klar.

Er überlegte kurz und nickte dann ergeben.

Die folgende Stunde verging mit einer zähen Befragung, in der Weitz im Wesentlichen wiederholte, was er bereits ausgesagt hatte. Er blieb dabei, dass der Schmuck, den Penelope aus dem Familienschließfach geholt hatte, den Angaben seiner Tochter zufolge aus ihrer Schreibtischschublade verschwunden war. Weiterhin hatten sie den mutmaßlichen Diebstahl nicht zur Anzeige gebracht, weil Penelope es nicht gewollt hatte. Und die Schmuckstücke seien ja schließlich ihr Eigentum gewesen.

Seine Frau und er hatten befürchtet, dass Penelope zu Recht ihre Freundin Mira Schneider verdächtigte, die ja kurz darauf verschwunden war. Und dass Penelope ihr aus falsch verstandener Loyalität und anhaltender Verliebtheit keine Schwierigkeiten machen wollte …

»Es war nicht in unserem Sinne«, sagte er. »Aber wir haben uns an das gehalten, worum unsere Tochter uns gebeten hat. Das war vielleicht von Ihrem Standpunkt aus betrachtet falsch. Diesen Vorwurf können Sie uns machen. Den müssen wir uns nun selbst machen, Frau Korittki. Es ist ein Versäumnis, mit dem wir leben müssen. Aber das ist nicht mehr zu ändern.«

Pia versuchte, sich nicht über die zur Schau getragene Selbstgerechtigkeit des Mannes zu ärgern. Sie musste einen kühlen Kopf bewahren. Denn da war ja immer noch das Ereignis vom vergangenen Abend, das Katharina Seibold in Angst und Schrecken versetzt hatte.

Bei den Fragen nach dem Verlauf des gestrigen Abends lehnte Andreas Weitz sich zurück und verschränkte die Arme vor der Brust. »Was soll da schon passiert sein? Carina und ich hatten eine kleine Auseinandersetzung. Das kommt vor.«

»Worum ging es bei Ihrem Streit?«

»Das tut nichts zur Sache. Es war rein privat«, antwortete er.

»Nicht in einer Mordermittlung. Und schon gar nicht,

wenn ein Kind, das die Auseinandersetzung zufällig mit angehört hat, anschließend von Ihnen bedroht wird«, sagte Pia kühl.

»Das behauptet sie? Ich habe die Kleine nicht bedroht! Im Gegenteil: Ich wollte sie nach Hause begleiten, zu ihrer eigenen Sicherheit. Es war schon spät und beinahe dunkel. Das Kind ist da allein im Gebüsch herumgelaufen. Sie als Polizistin sollten mir da als Erste recht geben, dass ich als verantwortungsvoller Bürger etwas unternehmen musste.«

»Zuerst einmal: Worum ging der Streit zwischen Ihnen und Ihrer Frau?«, beharrte Pia.

Er grummelte etwas vor sich hin, beugte sich nun nach vorn. »Carina hat sich im Grunde mal wieder bei mir darüber beschwert, dass sie sich zu wenig wertgeschätzt und beachtet fühlt. Wissen Sie, damals, als unsere Tochter Penelope geboren war, hat sie sich dafür entschieden, die erste Zeit über nur Hausfrau und Mutter zu sein. Wir wollten eigentlich noch mehr Kinder haben … Nun, das hat nicht geklappt.«

Weitz zuckte mit den Schultern. »Später, als Penelope in den Kindergarten kam, hat Carina angefangen, halbtags bei mir in der Praxis mitzuarbeiten. Jetzt, wo Penelope ihrer eigenen Wege geht, ist Carina manchmal unzufrieden mit ihrer damaligen Entscheidung. Als Arzt kann ich dazu nur sagen, dass diese Launen auch mit den menopausalen Hormonschwankungen zu tun haben, denen Frauen in ihrem Alter ausgesetzt sind.« Er sagte das in beinahe spöttischem Tonfall. »Und manchmal macht Carina ihre Unzufriedenheit ausgerechnet mir zum Vorwurf! Genau das war gestern Abend der Fall.«

»Was waren denn die ursprünglichen beruflichen Pläne Ihrer Frau?«, erkundigte Pia sich.

»Sie wollte erst Chemikerin werden und hatte ein Chemiestudium begonnen. Nachdem wir zusammen waren, hat sie auf Lehramt umgesattelt. Biologie und Chemie.«

»Und jetzt hilft sie Ihnen in Ihrer Praxis seit … dreiundzwanzig Jahren?«

»Sie hat es so gewollt. Und die Arbeit hat sie auch erfüllt bis …«

»… zu ihrer Menopause?«, fragte Pia, die nur mühsam ihren Ärger unterdrücken konnte. »Aber kommen wir zu Katharina Seibold zurück. Schildern Sie uns doch bitte, wie das genau abgelaufen ist, als Sie das Mädchen zu seinem eigenen Schutz nach Hause begleiten wollten.« Sie bemühte sich, nicht ähnlich spöttisch zu klingen wie Andreas Weitz bei der Erwähnung des Hormonstatus seiner Frau, auch wenn es verlockend war.

Seiner Schilderung zufolge war er aus dem Haus gestürmt und hatte sich in sein Auto gesetzt, um an die Ostsee zu fahren und sich dort vom Wind »einmal durchpusten zu lassen«, wie er es nannte. Doch beim Zurücksetzen hatte er ein Kind unter seiner Veranda kauern sehen. Er war ein Stück weitergefahren, um es nicht zu vertreiben, hatte dann aber auf dem Weg vor dem Haus angehalten und war zurückgegangen, um zu sehen, wer das Kind war.

Andreas Weitz hatte Katharina Seibold dann dabei erwischt, wie sie durch die Büsche um sein Haus geschlichen war. Er hatte sie zur Rede gestellt und aus Sorge um ihr Wohlergehen vorgeschlagen, sie nach Hause zu fahren. Auf dem Weg zum Auto sei sie ihm aber weggelaufen.

»Was haben Sie dann unternommen?«, fragte Juliane, die sich bisher weitgehend zurückgehalten hatte.

Er hob die Schultern. »Nichts. Sie wollte sich offensichtlich nicht von mir helfen lassen. Ich habe mich daraufhin in meinen Wagen gesetzt und bin an die Ostsee gefahren.«

»Wohin genau?«

»Nach Dahme. Ich parke dort immer am Leuchtturm.«

Pia nickte. Sie würde sich auch von Katharina Seibold noch einmal genau erzählen lassen, wie sich das alles zugetragen und wie das Mädchen die Begegnung erlebt hatte. Aber so, wie die Dinge lagen, konnten sie Andreas Weitz keinen Vorwurf machen. Noch nicht.

32. Kapitel

»Wie lange will die Polizei Papa denn noch befragen?« Penelope ging unruhig in der Küche auf und ab.

»Keine Sorge, wir kommen auch noch dran.« Carina Weitz stand an der Arbeitsplatte und hackte auf einem Holzbrett Zwiebeln in feine Würfel.

Penelope blinzelte. »Ich hoffe, die verlangen nicht von mir, dass ich länger als geplant in Hövelau bleibe.«

»Das kommt darauf an, ob die Kommissarinnen glauben, dass du etwas mit Miras Tod zu tun haben könntest. Oder ob du vielleicht doch eine wichtige Zeugin bist.«

Penelope stöhnte auf. »Die können doch nicht ernsthaft denken, dass ich Mira etwas angetan habe. Ich habe sie *geliebt*! Und eine Zeugin? Was soll ich denn gesehen haben?«

Ihre Mutter blickte über die Schulter zu ihr herüber. »Du warst ihr am nächsten, mein Schatz. Die hoffen sicher, dass dir etwas aufgefallen ist. Ich meine, jetzt, wo klar ist, dass Mira nicht einfach nur weggelaufen ist, erscheint ja manches von damals in einem anderen Licht.« Ihre Mutter gab die Zwiebeln vom Holzbrett in einen großen Topf mit etwas Öl und begann mit flinken Bewegungen, Gemüse klein zu schneiden.

Penelope schüttelte unwillig den Kopf. »Für wen kochst du heute eigentlich, Mama? Wir sind nachher eingeladen. Oder hast du den von Stebens abgesagt?«

»Nein, habe ich nicht. Ein bisschen Gesellschaft wird uns guttun. Das wird ein Eintopf für morgen. Kochen beruhigt meine Nerven.«

»Und wieso bist du nervös?«, fragte Penelope. »Wegen Papa?«

»Nein, natürlich nicht. Ich weiß, dass er keiner Seele etwas antun könnte. Genauso wenig wie du oder ich. Nur …« Sie drehte sich wieder kurz zu ihrer Tochter um. »Irgendjemand muss es getan haben, Penelope. Und das macht mir Sorgen. Besonders im Hinblick auf unsere Dorfgemeinschaft.«

Penelope schnaubte. »Falls du denkst, dass Hubertus oder seine Eltern irgendwas mit dem Mord an Mira zu tun haben könnten, täuschst du dich gewaltig!«

»Wieso bist du dir da eigentlich so sicher? Hubertus war bestimmt geschockt und verletzt, als du eure Verlobung gelöst hast. Er könnte die Kontrolle über sich verloren haben.«

»Nein, der doch nicht. Hubertus hätte vielleicht geschockt oder verletzt sein *sollen* …« Penelope klang spöttisch.

Carina schaute sie verwirrt an. »Denkst du, deine Entscheidung hat ihn nicht getroffen?«

»Jedenfalls nicht so, dass er sich zu einer unbedachten Handlung hätte hinreißen lassen. Hubertus hat mich nicht richtig geliebt, Mama. Genauso wenig wie ich ihn. Wir waren wie dumme, unerfahrene Kinder, die es allen recht machen wollen. Irgendwann ist mir klar geworden, dass Hubertus nur das Gut, seine Ahnenreihe, die nächste Ernte und vielleicht noch seinen Hund liebt.«

»Tust du ihm damit nicht unrecht, Penelope?« Carina griff nach einem Sparschäler und säuberte so resolut Möhren, dass die feinen Späne nur so umherflogen.

Penelope zuckte mit den Schultern. »Aus Leidenschaft bringt Hubertus bestimmt niemanden um. Außerdem habe ich ihm gar nichts von Mira und mir gesagt. Und du denkst doch auch nicht, dass er der Täter ist, sonst hättest du ja wohl kaum die Einladung der von Stebens angenommen.«

»Da magst du recht haben, mein Schatz. Aber irgendjemand muss es ja nun einmal gewesen sein.« Carina legte die geschälten Möhren zur Seite, hielt sie kurz unter den Wasserhahn und klaubte die Schalenspäne zusammen.

»Und wenn es Jork Althoff war?«, fragte Penelope. »Mira fand ihn ein bisschen unheimlich.«

»Weil sie es nicht gewohnt war, dass die Menschen auf dem Land aufeinander achten und alles im Blick behalten.«

»Das mag sein.« Penelope war nicht überzeugt.

»Jedenfalls kommt er für den Mord nicht infrage, so gesundheitlich ausgeknockt, wie er zu dem Zeitpunkt war. Und ein Motiv hatte er meines Erachtens auch nicht.«

»Kann er dir und Papa nicht etwas vorgemacht haben?«

Carina Weitz schaute ihre Tochter nachdenklich an. »Ich habe auch schon darüber nachgedacht, Schatz. Aber dein Vater und ich kennen seine Symptome. Die kann er nicht vorgespielt haben. Ich habe selbst Fieber bei ihm gemessen, an dem Abend und am nächsten Morgen: vierzig Grad Fieber. Und wie sollte er die Ergebnisse seiner Blutuntersuchung manipulieren? Ich habe ihm auch das Blut selbst abgenommen, weil er sich mit den Nadeln immer so anstellt und Gerda ihm nicht vorsichtig genug ist.«

Penelope lachte unfroh auf. »Gerda ist entweder grobmotorisch veranlagt, was Spritzen und so angeht, oder sie ist eine verkappte Sadistin.«

Auch Carina Weitz lächelte kurz. »Da ist was dran. Aber gute Helferinnen sind schwer zu bekommen.« Sie gab den bereits klein geschnittenen Brokkoli, Blumenkohl und die Kartoffelwürfel zu den Zwiebeln in den Topf und würfelte auch die Möhren. »Von uns im Dorf war es bestimmt niemand. Ich glaube ja, es war einer von der Ausgrabung.«

»Nicht irgendjemand von der Ausgrabung, Mama. Wenn nicht Jork Althoff, dann war es wohl doch ihr Boss.«

»Ach ja? Dieser Dr. Felbert von der Kieler Uni?« Carina

runzelte die Stirn. »Der ist doch recht bekannt. Ich habe in der Zeitung über ihn gelesen. Wie kommst du darauf, dass ausgerechnet er …?«

»Mira hatte mir von ihm erzählt. Sie hat ein paar Andeutungen gemacht, die erst jetzt für mich einen Sinn ergeben«, antwortete Penelope.

»Was für Andeutungen denn?« Carina griff zu ihrem größten Küchenmesser.

»Mira hatte mehrmals Telefonate und wohl auch ein Gespräch mit angehört. Dr. Felbert hat mit Leuten verhandelt, die ein bestimmtes Wikingerschwert und andere Artefakte aus dieser Zeit von ihm kaufen wollten. Das waren Miras Meinung nach Unterhändler für irgendeinen reichen Sammler aus Übersee. Sie hat auch mal einen Namen genannt, den ich aber nicht mehr weiß. Jedenfalls war sie richtig empört. Ihr ging die Altertumsforschung und Bewahrung der historischen Zeugnisse für die Allgemeinheit und die kommenden Generationen über alles.«

»Dann vermutest du, dass ihr Chef Mira umgebracht hat, weil sie zu viel über seine krummen Geschäfte wusste?« Carina Weitz starrte ihre Tochter mit großen Augen an.

»Das ergibt doch zumindest ein wenig Sinn. Jedenfalls mehr als alles andere. Mira hatte sogar überlegt, Dr. Felbert anzuzeigen. Ihr fehlten allerdings die Beweise, sagte sie. Vielleicht hat sie ihn ja mit ihrem Wissen konfrontiert und ihm gedroht, ihn zu verraten. Zuzutrauen wäre es ihr.«

»Penelope, das musst du gleich der Polizei erzählen!«

»Oh, das werde ich auch, Mama. Keine Sorge.«

Am späten Nachmittag, nachdem Pia und Juliane auch Carina und Penelope Weitz getrennt voneinander befragt hatten, rief Pia Broders an.

Carina Weitz war sichtlich nervös gewesen und hatte wie ihr Mann zuvor beteuert, dass sie auf Penelopes Wunsch hin den Schmuckdiebstahl nicht zur Anzeige gebracht hatten. Die finanzielle Situation zu der Zeit hatte sie heruntergespielt, und auf die Alibis in der Mordnacht angesprochen, hatte sie betont, dass ihr Mann und sie die Nacht zu Hause im Bett verbracht hatten, wobei sie selbst ja auch am Abend und am nächsten Morgen noch die zwei kurzen Krankenbesuche bei Jork Althoff gemacht hatte.

Auch Penelope Weitz blieb bei ihrer ursprünglichen Version, dass sie davon ausgegangen war, dass Mira Schneider den Schmuck »an sich genommen« hatte, und sie deshalb von einer Anzeige abgesehen hatte. Penelope konnte für die Nacht, in der Mira verschwunden war, ein Alibi vorweisen. Sie war mit zwei Frauen, die sie aus ihrem Studium kannte, auf einer privaten Feier gewesen. Dafür gäbe es mindestens zwanzig Zeugen, behauptete sie, was noch nachzuprüfen war.

Penelope hatte sich außerdem recht konkret zu einem Verdacht gegenüber Miras Vorgesetztem, Dr. Rainer Felbert, geäußert. Es passte zu dem, was Broders über den Grabungsleiter berichtet hatte. Ein paar weitere Puzzleteilchen fügten sich ineinander.

»Er soll nach Penelopes Aussage Mira Schneider zufolge mit Unterhändlern eines finanzkräftigen Sammlers in Kontakt gestanden haben«, sagte Pia zu Broders. »Er hat wohl versucht, es vor seiner Mitarbeiterin zu verheimlichen, aber die hatte trotzdem so einiges mitbekommen. Anscheinend fehlten Mira nur noch ein paar Beweise, um gegen ihn vorzugehen.«

»Das deckt sich mit den Aussagen der anderen Studentin bei der Ausgrabung, dieser Norma Sörens, und Dankerts Andeutungen sowie in gewisser Weise auch mit den Nachforschungen von LKA und BKA. Aber warum sagt uns Penelope Weitz das erst jetzt?«, fragte Broders ärgerlich.

»Sie behauptet, dass sie bis zu dem Leichenfund davon ausgegangen ist, von Mira Schneider bestohlen und verlassen worden zu sein.«

»Glaubst du ihr das?«, wollte Broders wissen.

»Was den Schmuck anbelangt, den Mira Schneider an sich genommen haben soll, bin ich mir nicht so sicher. Es kann auch jeder aus ihrer Familie oder eben die Putzhilfe gewesen sein. Die haben wir inzwischen allerdings dazu befragt, und sie ist uns glaubwürdig erschienen, als sie uns versichert hat, nichts mit dem Diebstahl zu tun zu haben. Aber dass Mira Schneider Dr. Felbert in Verdacht hatte, illegalen Antikenhandel zu betreiben, glaube ich Penelope Weitz. Hast du heute schon mit Felbert gesprochen?«

»Nein. Er ist eben erst auf der Grabungsstelle eingetroffen und erst mal in der Waschecke hinter dem Bauwagen verschwunden. Angeblich musste er noch in dem Haus von Freunden, die für drei Monate im Ausland sind, den Rasen sprengen und die Blumen gießen.« Broders schnaubte. »Wenn du mich fragst, ist es eine kleine Machtdemonstration seinerseits, dass er mich warten lässt. Wir sind aber gleich miteinander verabredet.«

»Broders. Lass uns nachdenken!« Pia trommelte mit den Fingerspitzen auf das Autodach. »Wir müssen das jetzt anders angehen. In Anbetracht der neuen Anschuldigungen gegen Dr. Felbert werden wir ihn erst morgen bei uns in Lübeck zur Sache befragen.« Pia riss sich zusammen und legte die Hand flach auf das warme Dach. »Und zwar frühestens morgen Nachmittag, damit wir genügend Zeit haben, die Vernehmung vorzubereiten.«

»Okay. Das klingt vernünftig. Die Voraussetzungen für die Befragung haben sich geändert. Dann werde ich

Dr. Felbert Bescheid geben, dass wir ihn erst morgen im Kommissariat vernehmen werden. Ich sage ihm aber, dass mir kurzfristig etwas dazwischengekommen ist, damit ich ihn nicht zu sehr aufschrecke. Ich werde dann auch noch einen Kollegen vom LKA hinzubitten, der mehr über Antikenhandel weiß als wir. Gemeinsam können wir dem Herrn Doktor gegebenenfalls noch mehr Druck machen«, schlug Broders vor.

»Genau so machen wir es, Broders. Dann sehen wir uns morgen früh im Kommissariat.«

»Also, wie gesagt, entschuldigen Sie bitte die Verspätung, Herr Broders.« Dr. Felbert trat auf ihn zu, als Broders sein Telefon wegsteckte. »Wo wollen wir für unser Gespräch hingehen? In mein Büro im Bauwagen? Oder ziehen Sie eine etwas gediegenere Umgebung vor?«

»Gediegen oder nicht, das ist mir egal«, antwortete Broders. Dr. Felberts herablassendes Verhalten ging ihm gegen den Strich. Fühlte er sich so sicher, die Polizei, in diesem Fall also ihn, an der Nase herumführen zu können? Überheblichkeit war bei Kriminellen ein recht häufig anzutreffender Charakterzug. Andererseits konnte man mit einer gewissen Arroganz auch seine Unsicherheit überspielen.

»Aber ich habe jetzt gleich schon wieder den nächsten Termin«, informierte Broders den Wissenschaftler. »Wir werden stattdessen morgen miteinander sprechen. Kommen Sie bitte gegen sechzehn Uhr nach Lübeck ins Kommissariat. Sie wissen ja bereits, wo Sie mich finden.«

»Nanu? Ich war auf den heutigen Tag eingestellt. Was ist, wenn ich morgen keine Zeit habe?«

»Dann sollten Sie schon eine sehr gute Entschuldigung vorbringen. Das wird eine offizielle Vernehmung.«

Dr. Felbert schüttelte irritiert den Kopf. »Ich verstehe nicht … Warum das denn?«

»Können Sie es morgen einrichten, oder benötigen Sie eine offizielle Vorladung?« Broders schaute ihm in die Augen. Er sah Verunsicherung darin aufblitzen. Einerseits verschaffte es ihm Genugtuung, dass die herablassende Haltung für den Moment verschwunden war. Andererseits hatte er hoffentlich nicht zu siegessicher geklungen. Er wollte den Mann nicht beunruhigen. Rainer Felbert sollte nicht einmal ahnen, wie viel sie schon von seinen Aktivitäten wussten.

»Keine Sorge, ich kann es schon irgendwie organisieren.«

»Kommen Sie mit dem eigenen Wagen zu uns nach Lübeck, oder sollen wir Sie abholen lassen?«

»Eine Polizeieskorte? Das wäre mal was. Aber nein! Ich fahre natürlich selbst.«

»Nun gut. Ich lasse Sie jetzt in Ruhe und werde noch kurz ein paar Worte mit Herrn Dankert wechseln. Nur dass Sie sich nicht wundern, wenn ich vor meinem Termin noch eine kleine Weile auf dem Gelände herumlaufe.«

»Machen Sie nur, Herr Hauptkommissar. Kein Problem! Fallen Sie mir aber nicht in die Grube! Wir sehen uns dann morgen in Lübeck.« Dr. Felbert zwang sich sichtlich zu einem Grinsen und ging in Richtung der Bauwagen davon.

Broders hätte viel dafür gegeben, in diesem Moment seine Gedanken lesen zu können. War er besorgt? Überlegte er, wie viel die Polizei über ihn herausgefunden haben konnte? Würde er überhaupt in Lübeck aufkreuzen? Oder sollten sie ihn bis dahin besser von den Kollegen vor Ort beobachten lassen? Doch dazu hatten sie noch nicht genug gegen ihn in der Hand.

Broders traf auf Chris Dankert, als dieser mithilfe seiner Hände aus der Grube kletterte und sich dann mit schmutzigen Fingern eine Zigarette aus einer zerknautschten Packung klopfte.

»Herr Dankert! Haben Sie einen Moment für mich? Ich habe noch ein paar Fragen.«

Chris Dankert winkte ihn zu sich. »Klar. Nur zu.« Er zündete sich geübt in der hohlen Hand eine Zigarette an und inhalierte tief. »Ich habe Sie schon eine Weile da vorne warten sehen, Herr Broders.«

»Und ich wusste nicht, dass Sie rauchen.«

»Eigentlich rauche ich auch nicht.« Er verzog das Gesicht. »Nur, wenn es gar zu langweilig wird.«

»Das ist langweilig?« Broders deutete mit dem Kopf in Richtung der Grube.

»Manchmal ist es einfach nur mühsam, wenn man zu lange nichts Spannendes entdeckt. Aber das ist wohl in vielen Jobs so. In Ihrem sicher auch. Oder haben Sie schon die berühmte ›heiße Spur‹ zu Miras Mörder?«

Aus Chris Dankerts Mund klang es nicht überheblich. Er schien interessiert und auch dankbar zu sein über die Abwechslung, mit jemandem über etwas anderes als die Ausgrabung reden zu können.

»Wir ermitteln immer noch in verschiedene Richtungen«, antwortete Broders vage. Er lenkte das Gespräch auf das Thema, auf das es ihm am meisten ankam und zu dem Chris Dankert ihm vielleicht noch etwas sagen konnte: Felbert, seine Aktivitäten rund um die Ausgrabung und sein Verhältnis zu Mira Schneider.

Zu seiner Enttäuschung erfuhr Broders nichts Neues. Nach einer Weile verabschiedete er sich von dem jungen Mann. Dankert verstaute zwei Zigarettenstummel sorgsam in einer kleinen Dose. »Damit es später nicht heißt, die alten Wikinger hätten Filterzigaretten geraucht!« Er kletterte wieder in die Grube.

Broders ging in Richtung des staubigen Platzes hinter dem Bauwagen, wo er sein Auto abgestellt hatte. Als er näher kam, öffnete sich die Tür des Lager-Bauwagens. Broders trat hinter eine der großen Infotafeln, die Passanten über die Ausgrabung informierten.

Felbert trug Gerätschaften zu seinem Auto. Er legte eine Hacke, eine Decke und eine Schaufel in den Kofferraum seines weißen Kombis. Dann warf er nach einem Schulterblick die Kofferraumklappe zu und stieg ein.

Hinter der Informationstafel verborgen, beobachtete Broders, wie Rainer Felbert vom Parkplatz rollte und auf die Straße abbog. Als der Archäologe ihn nicht mehr sehen konnte, lief Broders zu seinem Wagen, sprang hinein und folgte ihm. Dabei achtete er weiterhin darauf, möglichst außer Sichtweite zu bleiben.

Eine längere Verfolgung mit nur einem Auto war nahezu unmöglich. Wenn man beständig dranblieb, bemerkte der Verfolgte einen. Hielt man genügend Abstand, lief man Gefahr, denjenigen an der nächsten Abzweigung zu verlieren. Doch hier im Norden, auf dem platten Land, gab es nicht so viele Möglichkeiten, die Richtung zu ändern.

Broders ließ sich von einem olivgrünen Range Rover überholen und blieb dann dicht dahinter, in der Hoffnung, Felbert ließe sich von dem kleinen Manöver täuschen und beachtete das zweite Fahrzeug in der Reihe hinter sich nicht.

Noch ehe Broders die Kollegen informieren konnte, bog Dr. Felbert abrupt in einen Waldweg ein, der, wie es schien, in eine kleine Schonung führte. Der Range Rover vor ihm bremste und fuhr dann mit röhrendem Motor in einer Dieselwolke davon.

Broders rollte langsam an der Abzweigung vorbei und stellte sein Fahrzeug am Fahrbahnrand ab. Dann lief er quer durch die dicht stehenden Bäume in Richtung des Waldweges. Bald sah er Felberts weißen Kombi durch die kahlen Stämme schimmern. Die Heckklappe stand offen, doch Dr. Felbert war von hier aus nicht zu sehen.

Heinz Broders zog seine Dienstwaffe und ging langsam weiter. Er hörte nichts als seine Schritte auf dem Waldboden und das Singen der Vögel. Er wandte sich weiter nach links, um einen Bogen um Felberts Wagen zu schlagen. Dort gab es mehr Unterholz mit erstem frischen Grün, in dessen Sichtschutz er sich ungesehen nähern konnte.

Was wollte der Mann hier mit Schaufel und Hacke? Führte er ihn vielleicht gerade zu Mira Schneiders vermissten Sachen, die hier vergraben lagen? War ihm das Versteck nicht mehr sicher genug?

Als Broders sich dem weißen Kombi bis auf ungefähr zehn Meter Entfernung genähert hatte, vernahm er den Klang leiser Stimmen. Erst war er irritiert, dann wechselten die Geräusche, und Musik erklang. In Felberts Auto lief das Radio.

Wo war der Fahrer des Wagens? Es stand einsam und verlassen am Rand des Forstweges. Broders überlegte. Er musste wissen, was in dem Kofferraum war. Er trat näher, hörte hinter sich ein heftiges Rascheln. Zweige knackten. Er fuhr herum, doch zu spät! Ein schwerer Hieb auf den Kopf streckte ihn zu Boden. Er fiel nach vorn, ohne sich richtig abzustützen, nahm noch den Aufprall wahr, das alte Laub vor seinen Augen, den modrigen Geruch und einen Schatten, der sich über ihn beugte.

Ein weiterer schmerzhafter Hieb ließ sein Gesichtsfeld auf einen Punkt zusammenschrumpfen. Dann war es dunkel.

33. Kapitel

Pia stand im Besprechungsraum des K1 vor ihrer kleinen Truppe, die mit dem Cold Case »Mira Schneider« betraut war. Hinter ihr, am Whiteboard, hingen nun auch ein Foto von Mira Schneider sowie Aufnahmen des Fundorts der Leiche. Manfred Rist hatte sich vor der Besprechung von Pia auf den neuesten Stand der Ermittlungen bringen lassen.

Sie hatten nun einen Hauptverdächtigen. Dr. Felbert war mit hoher Wahrscheinlichkeit in illegalen Antikenhandel verwickelt beziehungsweise verwickelt gewesen. Falls Mira Schneider etwas darüber herausgefunden hatte, war sie eine Bedrohung für seine Reputation, seine Freiheit und den von ihm erwarteten Gewinn gewesen. Das war ein Motiv, sie umzubringen. Doch hatte Felbert auch die Mittel und die Gelegenheit dazu gehabt? Das galt es unter anderem heute herauszufinden.

Aber auch Andreas Weitz kam nach Pias Meinung als möglicher Täter infrage. Gegen ihn sprachen unter anderem seine finanziellen Probleme und der nicht zur Anzeige gebrachte, angeblich gestohlene Schmuck aus dem Erbe seiner Tochter. Hatte Mira Schneider herausgefunden, dass Weitz Penelope bestohlen hatte? Das allein wäre wohl kein Mordmotiv gewesen. Hatte der Arzt das Opfer, eine attraktive junge Frau, begehrt und möglicherweise bedrängt, und sie hatte ihn abgewiesen? Ein klassisches Motiv für eine spontane Tat. Doch auch dafür gab es keinen Beleg.

Einzig die beinahe greifbare Anspannung im Hause Weitz und der Streit der Eheleute, den Katharina Seibold zum Teil belauscht hatte, waren Hinweise, dass es sich so zugetragen haben könnte. Das Mädchen hatte Weitz' Verhalten ihr gegenüber an dem Abend als bedrohlich empfunden und dies in einem zweiten Gespräch noch einmal wiederholt. Pia glaubte nicht, dass Katharina Seibold sich das nur eingebildet hatte.

Dann war da noch der enge Kontakt, den das Ehepaar Weitz durch ihre Tochter zu dem Mordopfer gehabt hatte. Dem Täter sollten die Verhältnisse, in denen Mira Schneider in Hövelau gelebt hatte, einigermaßen genau bekannt gewesen sein. Er musste *sie* recht gut gekannt haben.

Doch sie und ihre Kollegen wussten immer noch nicht, wo der Täter Mira Schneider ermordet und wie genau er sie zu ihrem Grab im Wald geschafft hatte. Wo war ihr Auto geblieben? Wo ihre Sachen aus der Kate, die der Täter anscheinend eingepackt und mitgenommen hatte, um Miras Verschwinden wie eine geplante Abreise aussehen zu lassen? Nichts von alldem war je wieder aufgetaucht. Und Rist hatte seinen Finger natürlich genau auf all jene Punkte gelegt, die noch unklar waren.

Pia hoffte, dass Broders in Kiel beim LKA noch mehr über Dr. Felberts mögliche Verwicklungen in den Antikenhandel herausgefunden und den Experten für die Befragung am Nachmittag hatte gewinnen können. Dabei konnten sie noch jede Hilfe gebrauchen.

Die Vernehmung von Felbert hatte jedenfalls heute absoluten Vorrang. Er hatte die ganze Nacht über Zeit gehabt, sich seine Antworten zu überlegen. Aber auch Pia hatte lange wach gelegen und darüber nachgedacht, wie genau sie vorgehen sollten.

Sie schaute in die Runde ihrer Kollegen und blickte dann auf ihre Uhr. »Moin, hallo, zusammen. Hat jemand Broders schon gesehen?«

Allgemeines Kopfschütteln und Schulterzucken.

»Also gut, er scheint sich zu verspäten«, sagte Pia mit einem Stirnrunzeln. »Wir haben viel zu besprechen. Wir fangen schon mal an.«

Sie hatten kaum begonnen, die Erkenntnisse des Vortages zusammenzutragen, als Manfred Rist eintrat. »Ist Broders bei euch?«, erkundigte er sich.

»Nein.« Pia war mit einem Mal beunruhigt. »Eigentlich wollte er heute zur Dienstbesprechung hier sein.«

»Hm. Vielleicht ist er inzwischen in eurem Büro, Pia …« Rist wollte schon wieder gehen, offenbar um sich gleich selbst davon zu überzeugen.

»Warte! Was ist denn los, Manfred?«, hakte Pia nach.

»Broders' Lebenspartner Ralph hat mich angerufen. Also, sie haben ihn aus der Zentrale zu mir durchgestellt. Broders scheint letzte Nacht nicht nach Hause gekommen zu sein. Es ist ja seine Privatangelegenheit, aber …«

»Ist Ralph noch in der Leitung?«, fragte Pia rasch.

»Nein, ich habe ihm gesagt, dass Broders ihn zurückruft, sobald ich ihn aufgetrieben habe. Ich dachte, er wäre hier bei euch und hätte nur sein Telefon nicht gehört.«

»Ich werde Ralph zurückrufen!« Und zu den anderen: »Wir müssen noch mal kurz unterbrechen.« Pia folgte Rist in dessen Büro. Er schob ihr einen Zettel mit einer hingekritzelten Lübecker Nummer hin.

»Ich werde das sofort klären.« Sie tippte die Nummer in ihr Handy. Pia war Ralph in Broders' Gegenwart schon zwei- oder dreimal begegnet. Sie schätzte ihn als jemanden ein, der nicht zu grundloser Besorgnis neigte. »Hallo, Ralph, hier ist Pia. Du erinnerst dich?«

»Oh, Pia, klar, gut, dass du dich meldest! Ist Heinz bei euch? Ich kann ihn nicht erreichen. Ich komme gerade von einer Geschäftsreise zurück«, sprudelte es aus Broders' Lebenspartner heraus. »Heinz ist gestern Abend anscheinend gar nicht nach Hause gekommen.«

Pia unterdrückte einen Kraftausdruck, als er das erneut bestätigte. Sie wollte nicht, dass Ralph sogleich mitbekam, was für einen Schrecken ihr die Neuigkeit einjagte. Erst einmal musste sie klären, was genau passiert war.

Es stellte sich heraus, dass Ralph das gemeinsame Haus genauso vorgefunden hatte, wie er es nach Broders' Fahrt zur Arbeit am Vortag verlassen hatte. Außerdem hatte Broders sich seit dem gestrigen Mittag nicht mehr bei ihm gemeldet. Das war ungefähr zu der Zeit gewesen, als der Kollege auch mit Pia telefoniert und sie beschlossen hatten, Dr. Felbert erst am nächsten Tag in Lübeck zu vernehmen. Seitdem hatte keiner von ihnen beiden von Broders gehört oder ihn gesehen.

»Was ist mit seinem Telefon?«, erkundigte sich Pia.

»Der Anschluss ist nicht erreichbar!« In Ralphs Stimme schwang Panik mit. »Als er gestern Abend nicht ans Handy gegangen ist, habe ich gedacht, dass er wohl viel zu tun hat. Euer Fall scheint ja ganz schön vertrackt zu sein. Und ich war selbst noch bis abends um halb zwölf mit Kollegen essen. Doch als ich ihn heute Morgen um sieben vom Flughafen aus angerufen habe, war es wieder das Gleiche. Ich hatte den ersten Flug genommen. Und jetzt stelle ich fest, dass Heinz in der Zwischenzeit gar nicht hier war. Das sieht ihm überhaupt nicht ähnlich!«

»Da gebe ich dir recht. Ich werde das sofort klären, Ralph. Ich melde mich in spätestens einer Stunde wieder bei dir. Du könntest in der Zwischenzeit bei Freunden und Verwandten nachfragen, ob sie etwas von ihm gehört haben.«

»Ich glaube zwar nicht, dass das was bringt, aber ich tue das natürlich«, sagte er mit bebender Stimme. »Ich bin mir ziemlich sicher, dass es etwas mit eurer Arbeit zu tun hat.«

»Ich melde mich bei dir.« Pia beendete das Gespräch und sah zu Rist hinüber, der aufmerksam zugehört hatte.

»Ist da was dran? Könnte Broders etwas passiert sein?«, fragte der sogleich.

»So, wie es momentan aussieht, halte ich es sogar für wahrscheinlich.« Nun unterdrückte Pia nicht mehr den Kraftausdruck, der ihr auf der Zunge gelegen hatte. Sie hatte Angst um Broders' Sicherheit, und sie fühlte sich für ihren Kollegen verantwortlich. Sie leitete diese Ermittlung.

Pia setzte Rist über die genaue Lage ins Bild, berichtete, was Ralph gesagt und was sie am gestrigen Tag genau mit Broders verabredet hatte. Dann gingen sie gemeinsam in den Besprechungsraum, um mit den anderen Kollegen ihr weiteres Vorgehen abzustimmen.

Der Kopf tat ihm weh. Broders war übel und entsetzlich kalt. Jeder einzelne Muskel in seinem Körper schmerzte, und sein Mund und seine Kehle fühlten sich an wie ausgedörrt. Das konnte ja nur ein Albtraum sein. Er musste sofort aufwachen!

Broders blinzelte aus verklebten Lidern, was den Kopfschmerz verschlimmerte. Was er sah, war nicht dazu angetan, ihn zu beruhigen. Er träumte wohl immer noch. Schnell schloss er die Augen wieder, um sie gleich darauf wieder zu öffnen.

Nein, das war kein Traum. Er lag auf dem Boden, wie es aussah. Vor seinem Gesichtsfeld dehnten sich dunkelgraue Fliesen bis hin zu einer kahlen, weiß getünchten Wand. Durch zwei kleine, lang gestreckte Fenster, die sich beinahe unter der Decke befanden, fiel Tageslicht durch schmutzige Scheiben. Die Umgebung war ihm vollkommen unbekannt.

Broders versuchte aufzustehen, nur um festzustellen,

dass er es nicht konnte. Seine Beine waren an den Fußgelenken mit Kabelbindern zusammengebunden, seine Hände hinter seinem Rücken schienen ebenfalls mit solchen Kunststofffesseln fixiert zu sein. Er rollte sich von der Seite auf den Rücken, was ihm ein infernalisches Stechen in den Schultergelenken verursachte. Unter Stöhnen gelang es ihm, sich mit den Ellenbogen abzustützen, sodass er sich aufsetzen konnte.

Davon wurde ihm schwindelig, und Übelkeit wallte verstärkt in ihm auf. Schnell schloss er die Augen wieder und schluckte mühsam. Doch was er gesehen hatte, ließ sich nicht wieder aus seinem Kopf verbannen. Es war real. Verdammt, wo war er nur? Was war mit ihm passiert?

Von einer Minute auf die andere war alles andere unwichtig. Die Suche nach Broders hatte oberste Priorität. Da Pia am vergangenen Tag zuletzt mit ihm gesprochen hatte, als er noch in Schleswig auf der Ausgrabungsstelle gewesen war, verständigten sie als Erstes die Kollegen in Flensburg und Schleswig.

Und obwohl die natürlich zusagten, sofort mit der Suche zu beginnen – immerhin wurde nach einem während seines Dienstes vermissten Kollegen gefahndet –, beschloss Pia, ebenfalls dorthin zu fahren. Da Felbert ihr Hauptverdächtiger im Mordfall »Mira Schneider« war, würden sie ihn zuerst aufsuchen.

Pia besprach mit Rist, dass sie Louis mitnahm, während ihr Chef mit Unterstützung der restlichen Teams die Suche in Lübeck koordinierte.

Pia ließ Louis das Poolfahrzeug fahren, einen gut motorisierten schwarzen Audi, um sich währenddessen aufs Telefonieren konzentrieren zu können. Sie verabredete mit den

Flensburger Kollegen, dass sie zeitgleich die Ausgrabungsstelle und Dr. Felberts Privathaus aufsuchen wollten. Louis und Pia würden gegen Viertel nach elf vor Ort sein.

Sobald sie von der Autobahn herunterfuhren, sollten die Kollegen aus Flensburg mit mehreren Polizisten die Ausgrabungsstelle aufsuchen. Falls Rainer Felbert nicht vor Ort war, würden sie Pia informieren, sodass diese auf direktem Weg zu seinem privaten Wohnhaus in einem Dorf bei Schleswig fahren konnte, das ab sofort, genau wie die Ausgrabungsstelle, von einem Zivilfahrzeug und einem Streifenwagen überwacht wurde, die sich außer Sichtweite bereithielten.

Außerdem hatte Pia inzwischen ein weiteres Mal mit Ralph telefoniert, der jedoch nach wie vor nichts von seinem Lebenspartner gehört hatte. Sämtliche Freunde und Bekannte, die er kontaktiert hatte, konnten ihm nicht weiterhelfen.

Louis und Pia wurden von ihrem Navigationsgerät über die A 20 und die B 205 zur Autobahn A 7 geleitet. In Bad Segeberg mussten sie vor einigen Ampeln halten, und auf der Landstraße in Richtung Autobahn waren viele Lkw unterwegs. Sie kamen langsamer voran als erwartet. Pia fiel es schwer, ihre Ungeduld zu zügeln. Louis fuhr ruhig und souverän und ließ sich nicht von ihrer Unruhe anstecken.

Als sie endlich die Autobahn verließen, war es zwanzig Minuten nach elf. Pia erfuhr bei ihrem Anruf, dass Dr. Felbert sich nicht auf der Ausgrabungsstelle aufhielt und an diesem Morgen auch noch nicht dort gewesen war. Keiner seiner Mitarbeiter konnte oder wollte über Felberts momentanen Aufenthaltsort Auskunft geben. Telefonisch war er ebenso wenig zu erreichen wie Broders. Pia fluchte herzhaft und ließ Louis direkt zum Haus des Archäologen fahren.

Sie rechnete nicht damit, Broders oder Felbert dort anzutreffen. Trotzdem raste Pias Puls, als sie endlich in der ruhigen Wohnstraße anhielten.

Er befand sich in einer Garage, die, wie es aussah, zu einem Einfamilienhaus gehörte. Vorn gab es ein graues Tor, seitlich führten drei Stufen zu einer massiven Feuerschutztür aus grau gestrichenem Metall. Von dort gelangte man wahrscheinlich in das angrenzende Wohnhaus. Auf der anderen Seite fiel durch schmale Fenster nahe der Decke etwas Tageslicht in den kargen Raum, gefiltert vom jungen hellgrünen Laub einiger Bäume.

Broders hatte um Hilfe gerufen, so laut er konnte, doch es war nichts passiert. Das Haus befand sich wahrscheinlich in Alleinlage, zumindest irgendwo, wo niemand ihn hören konnte. Sonst hätte man ihn sicher nicht nur an Händen und Füßen gefesselt, sondern auch noch geknebelt.

Danke für diese kleine Wohltat, dachte er sarkastisch. Der Gedanke an einen Knebel in seinem Mund löste sogleich die Angst in ihm aus zu ersticken.

Jetzt, da der schlimmste Kopfschmerz allmählich nachließ, rekapitulierte er, wie er hierhergekommen war. Er erinnerte sich daran, dass er Rainer Felbert gefolgt war, weil dieser eine Schaufel und andere Gerätschaften in seinen Kofferraum geladen hatte. Im Wald, nahe Felberts Auto mit der geöffneten Kofferraumklappe, war er hinterrücks niedergeschlagen worden. Danach musste er irgendwie hierhertransportiert worden sein. Broders erinnerte sich nicht daran. Wie lange war er wohl bewusstlos gewesen? Seine Armbanduhr war für ihn momentan so unerreichbar wie der Mond.

War es noch Abend oder schon der nächste Morgen? Seinem infernalischen Durst nach zu urteilen, musste er schon viele Stunden hier liegen. Also war es eher der nächste Morgen. Ob man ihn schon vermisste? Ralph konnte sein Fehlen erst am Vormittag auffallen, wenn er von seiner Dienstreise nach Hause kam. Und seine Kollegen? Auch die erwarteten ihn zur Dienstbesprechung im Kommissariat. Doch wie schnell würden sie sich Sorgen machen, wenn er nicht zur verabredeten Zeit dort auftauchte?

Broders versuchte erneut, sich aufzurichten, doch die Bewegung wurde mit stechenden Schmerzen quittiert, sodass er zurückzuckte. Er hatte sich womöglich eine, wenn nicht gar mehrere Rippen angebrochen. Und seine gefesselten Hand- und Fußgelenke waren auch nicht gerade hilfreich. Je mehr er sich dagegen wehrte, desto tiefer schnitt der Kunststoff ein. Er hatte das Gefühl, die Hände starben ihm ab.

Da er sich kaum bewegen konnte, studierte er erneut seine Umgebung. Eine leere Garage, für ein einzelnes Auto konzipiert. Die Garage eines Menschen, der Wert auf Sauberkeit und Ordnung legt. Beinahe zwanghaft, dem makellosen Fliesenboden und den sorgfältig beschrifteten Boxen auf dem oben an der Wand befestigten Regal nach zu urteilen. Vier Winterreifen lagen aufeinandergestapelt in der Ecke.

Wo genau befand die Garage sich? Wem gehörte das Gebäude? War er womöglich auf Dr. Felberts Grundstück, und sein Angreifer saß ein paar Meter von ihm entfernt hinter der Wand dort drüben am Küchentisch und überlegte sich gerade, was er mit dem k. o. geschlagenen und gefesselten Polizeibeamten in seiner Garage anfangen sollte?

Die Optionen, die Broders dazu einfielen, waren alle gleichermaßen unangenehm. Es gab keine Variante, in der er mit dem Leben davonkam. Wenn Felbert ihn nicht zum Schweigen brachte, würde der Durst ihn binnen vierundzwanzig Stunden wahnsinnig machen.

Er reckte den Hals, und etwas in der hintersten Ecke jenseits der Tür geriet schwach glänzend in sein Blickfeld. Flaschen. Die Wasserkiste befand sich neben der Treppe, bequem zu erreichen, wenn man vom Haus aus in die Garage trat. Im ersten Moment schöpfte Broders Hoffnung. Dann erkannte er seinen Irrtum. Es war eher wie Folter, das vor Augen zu haben, was man am meisten benötigte, ohne es erreichen zu können.

34. Kapitel

Dr. Felberts Haus war ein kleiner, gelb verklinkerter Bungalow, schätzungsweise aus den frühen Siebzigern. Es war das letzte Gebäude in einer einseitig bebauten Straße, an die ansonsten nur noch Felder und Wiesen grenzten.

»Ist jemand zu Hause?«, erkundigte sich Pia nach einer knappen Begrüßung bei der Besatzung eines Streifenwagens. Die Kollegen hatten sie schon erwartet.

»Sieht nicht so aus. Wir haben aber noch nicht geklingelt. Wir sollten ja auf euch warten«, antwortete ein uniformierter Polizist, der sich als Benno Lohmeyer vorgestellt hatte. Sein jüngerer Kollege hieß Mads Clemensen. Pia hoffte, dass er nicht ganz so unerfahren war, wie er aussah.

»Wisst ihr, ob sich auf dem Grundstück ein Auto befindet?«, erkundigte Louis sich.

»Die Garage ist von außen nicht wirklich einsehbar. Und wir wollten nicht riskieren, dass uns vorzeitig jemand bemerkt.«

»Ja, das war richtig.«

»Die Tatsache, dass kein Auto vor dem Haus steht, sagt nicht viel«, bemerkte sein Kollege. »Viele Anwohner parken anscheinend einfach auf der Straße.«

Pia überblickte die Nachbargrundstücke. Alle wirkten gut gepflegt und hatten die für die Zeit üblichen engen Zufahrten, die wohl größtenteils nicht mehr für Autos genutzt wurden. Dann sah sie wieder zu Dr. Felberts Haus, das verlassen und auch recht abweisend wirkte.

»Okay«, sagte sie. »Wir gehen folgendermaßen vor: Mads

und ich läuten am Vordereingang. Falls geöffnet wird, spreche ich mit demjenigen, Benno hält sich seitlich und gibt mir Deckung. Louis positioniert sich hinter dem Haus. Mads, du bleibst hier an der Vorderseite außer Sichtweite und holst Verstärkung, falls sich eine Gefahrenlage ergibt.«

»Das würde aber schon dauern, bis die Kollegen hier sind. Wollen wir nicht abwarten, bis …«

»Nein«, unterbrach Pia ihn. »Ich kläre das eben ab.« Sie setzte ihren Vorgesetzten über die neue Lage ins Bild. Pia argumentierte, dass sie kein Sondereinsatzkommando anfordern sollten, solange sie nicht wussten, ob sich jemand im Haus befand und ob Broders hier war. Pias Meinung nach würde das Stürmen des Hauses in diesem Fall eine nicht zu unterschätzende Gefahr für eine mögliche Geisel darstellen. Abwarten war in dieser Situation aber auch keine Option für sie. Die Lage musste geklärt werden.

Nach kurzer Diskussion stimmte Rist Pias Vorgehensweise zu.

Sie wandte sich wieder an ihre Kollegen. »Wir prüfen als Erstes, ob jemand dadrinnen ist. Das können wir zu viert tun. Die Zeit drängt. Es geht um das Leben eines Kollegen!« Jede Minute, die Broders verschwunden blieb, befand er sich höchstwahrscheinlich in akuter Lebensgefahr. Falls er noch lebte, was sie inständig hoffte, mussten sie schnell handeln, ihn finden und befreien. Schnell, aber umsichtig.

»Schutzwesten sind Pflicht«, erklärte sie. »Niemand bringt sich oder seine Kollegen mehr in Gefahr als unbedingt notwendig.« Sie blickte in die Gesichter der Umstehenden und sah Zustimmung auf ganzer Linie.

Pia ging mit Mads auf das Haus zu. Die Aktion war nicht ganz ohne Risiko. Und sie war Mutter, sie hatte eine besondere Verantwortung. Doch nichts zu unternehmen kam nicht infrage. Broders war ihr langjähriger Teamkollege. Sie mochte ihn sehr. Er würde genau das Gleiche für sie tun, hatte es bereits getan.

Schweiß rann Pia in einem Rinnsal den Rücken hinunter. Die Schutzweste drückte hart auf ihre Schulter. Die Eingangstür war aus braunem Holz mit einer Füllung aus Drahtglas versehen. Daneben ein schlichtes Klingelschild mit Felberts Namen und ein Briefkasten aus Metall. Hinter der Scheibe und auch den übrigen Fenstern regte sich nichts. Pia positionierte sich seitlich der Tür und läutete. Ein melodischer Gong erklang.

Sie zählte langsam bis zehn, wechselte einen Blick mit ihrem Kollegen. Dann läutete sie erneut.

Als sich immer noch nichts rührte, trat Pia einen Schritt zurück. »Wir gehen um das Haus herum und schauen nach, ob wirklich niemand da ist«, sagte sie. Bitte, lass es keine falsche Spur sein!, betete sie stumm. Lass Broders nichts passiert sein!

Sie bewegten sich rechtsherum an der Vorderseite entlang. Vorher informierte Pia Louis, dass sie gleich in Sichtweite kommen würden. Er sollte auf seinem Posten bleiben. Ebenso der Kollege vorn an der Straße.

Auf der Vorderseite des Bungalows gab es rechts neben der Eingangstür nur ein Fenster, durch das man in eine leere, sehr aufgeräumte Küche schauen konnte. Seitlich des Hauses befand sich ein Treppenabgang, der zu einer Kellertür führte. Pia stieg hinunter und überprüfte die Tür. Sie war verschlossen und unbeschädigt. Doch ein Keller war eine brauchbare Möglichkeit, jemanden zu verstecken. Sie würden die Kellerräume noch absuchen.

Sie lief die Treppe wieder hinauf. Danach kamen sie am Fenster zu einem Arbeitszimmer entlang, in dem sich ebenfalls niemand befand. Als sie die Hausecke umrundet hatten, überprüften sie von der Terrasse aus ein Wohnzimmerfenster. Nichts! Bei dem Fenster daneben waren die Vorhänge zugezogen. Womöglich das Schlafzimmer?

Pias Herzschlag beschleunigte sich. Sie schaute noch mal durch den Garten. Louis hielt sich im Hintergrund des Grundstücks so gut verborgen, dass sie ihn vom Haus aus nicht sehen konnte. Aber er war dort. Das gab ihr eine gewisse Sicherheit.

Als sie das zweite Mal um die Ecke bogen, entdeckte Pia an der Außenwand, verborgen hinter einem zerrupften Busch, nur noch ein Badezimmerfenster, was sie aus der Scheibe aus geätztem Glas schloss. Neben dem Fenstergriff befand sich ein kreisrundes Loch.

Es war nicht das, was Pia erwartet hatte. Ein weiterer Adrenalinstoß durchfuhr sie. »Und ich dachte, wir müssten die Feuerwehr holen, damit sie uns die Tür aufbricht«, murmelte sie. »Das ist ja quasi eine Einladung zu einer Hausdurchsuchung.«

»Wir gehen rein? Brauchen wir dazu nicht einen Beschluss?«

»Gefahr in Verzug. Polizist in Lebensgefahr«, erwiderte sie in gedämpftem Tonfall. Sie wussten immer noch nicht, ob sich jemand in dem Haus aufhielt. Wieso gab es Einbruchspuren? Das war kein zufälliges zeitliches Zusammentreffen von Ereignissen, vermutete Pia. Kein normaler Einbruch, der sich unabhängig von der Mordermittlung sowie der mutmaßlichen Entführung eines Polizisten ereignet hatte. Doch sie konnte sich spontan keinen Reim darauf machen, was hier passiert war. Und vor allem, warum es passiert war.

Pia steckte die behandschuhte Hand durch die kreisrunde Öffnung und betätigte den Fenstergriff. Sie zog den Arm zurück, und der Fensterflügel schwang einladend auf. Rasch trat sie zur Seite. Mads stand neben ihr, die Dienstwaffe in beiden Händen vor der Brust. Vorsichtig schaute Pia in den Raum hinein.

Sie blickte in ein in bräunlichen Tönen gefliestes Badezimmer mit Sanitärobjekten in Bahamabeige. Auf der Fensterbank lagen Glasscherben. Es war niemand zu sehen, und die Tür des Badezimmers war geschlossen. Ein dunkelblauer Frotteebademantel und ein graues Handtuch hingen an Haken an der Tür. Pia blickte zu Mads und schüttelte den Kopf.

Sie mussten reingehen. Pia überlegte nur, ob sie nicht besser Louis mitnehmen sollte. Mit Broders bildete sie ein eingespieltes Team. Auf ihn konnte sie sich hundertprozentig verlassen. Und wenn das schon nicht möglich war, dann war Louis hier die nächstbeste Option. Doch wenn Mads mit Louis erst noch den Posten tauschte, würden sie wertvolle Zeit verlieren. Außerdem bestand die Gefahr, dass die beiden dabei gesehen wurden.

Pia wechselte einen Blick mit ihrem Kollegen. Der nickte ruhig. Es ist okay, dachte sie. Sie informierten die anderen. Pia wischte die Scherben auf der Fensterbank vorsichtig zur Seite. Dann stemmte sie sich am Fensterbrett hoch, hob ein Bein über die Brüstung und kletterte hinein.

Bevor sie drinnen den Boden berührte, nahm sie schwache Schmutzschlieren und ein paar vertrocknete Grashalme auf den Fliesen wahr, wohl alter Rasenschnitt. Sie waren definitiv nicht die Ersten, die sich auf diese Weise Zutritt verschafften. Doch was hatte das zu bedeuten? War Broders etwa hier eingestiegen, auf der Suche nach Beweisen, die sonst von Dr. Felbert vernichtet worden wären?

Nein, er hätte das niemals getan, ohne ihnen vorher Bescheid zu geben. Nicht Broders! Die Sache wurde immer rätselhafter.

Als Mads ihr behände durch die Fensteröffnung gefolgt

war, öffnete Pia vorsichtig die Badezimmertür. Sie erblickte einen lang gezogenen Flur, der im Halbdunkel lag. Er war mit Stäbchenparkett belegt und teilweise von einem Läufer bedeckt, der in einem grafischen Muster in Naturtönen gewebt war. Der würde ihre Schritte dämpfen. Mehrere Zimmertüren, teils geöffnet, teils geschlossen, gingen von dem Flur ab.

Was Pia irritierte, war die Stille, die im Inneren des Hauses herrschte. Draußen sangen Vögel, der Wind strich durch die Bäume. Weit entfernt fuhr mal ein Trecker oder Lastwagen vorbei. Doch hier im Haus hörte sie nichts. Am liebsten hätte Pia laut nach Broders gerufen. Doch sie beherrschte sich und kontrollierte mit Mads lehrbuchmäßig einen Raum nach dem nächsten.

Schließlich blieben nur noch das Schlafzimmer und dann der Keller, in den auch eine innen liegende Treppe hinunterführte.

Als sie auf den Schlafraum zugingen, bemerkte Pia einen Geruch, den sie genau kannte. Bitte nicht!, dachte sie mit plötzlich aufwallender Verzweiflung. Es war der noch sehr schwache, aber unverkennbare Geruch nach Blut.

35. Kapitel

Auf dem Bett in der Mitte des Schlafraumes lag ein Toter. Dass der Mann nicht mehr lebte, war unverkennbar. Er lag mit dem Gesicht zur Tür und starrte sie aus leblosen Augen beinahe vorwurfsvoll an. Sein Mund stand halb offen, die bläulich verfärbte Zunge war zu sehen.

Es ist nicht Broders, war Pias erster Gedanke. Sie stieß erleichtert die Luft aus.

Sie nahm eine Bewegung neben sich wahr und hielt mit ausgestrecktem Arm Mads zurück, als er näher an das Bett herantreten wollte. »Der Mann ist tot«, sagte sie. »Wir können nichts mehr für ihn tun.«

»Ist es …«

»Nein, es ist nicht unser Kollege. Gott sei Dank! Ich vermute, es handelt sich bei dem Toten um Rainer Felbert.« Zumindest ähnelte er dem Mann, dessen Foto Pia gesehen hatte. Und es war Felberts Haus.

Dies ist möglicherweise ein Tatort, war nach dem ersten Schock Pias nächster klarer Gedanke. Sie mussten sich vorsichtig zurückziehen, alles absperren und die Kollegen von der Spurensicherung ihre Arbeit machen lassen.

Das wenige, was von der Tür aus zu sehen war, hatte Pia trotz des Dämmerlichts, das durch die zugezogenen Vorhänge fiel, bereits registriert und abgespeichert. Den linken Arm des Toten mit dem aufgekrempelten Hemdsärmel. Die vier langen, klaffenden Schnitte in Handgelenk und Unterarm. Das in den parallel verlaufenden Öffnungen sichtbare Fettgewebe, die freigelegten Sehnen, Venen und Adern.

Der linke Arm ragte ein Stück über das Bettgestell hinaus. Darunter hatte sich eine große Lache von Blut gebildet, das beinahe schwarz aussah. Das Blut war unter das Bett und fast bis zur Tür gelaufen. Um ein Haar wären sie hineingetreten. Die andere Hand des Toten lag halb geöffnet auf dem verschmutzten Laken. Daneben befand sich ein blutiges Skalpell.

Ihr Blick fiel auf ein feines Goldkettchen auf dem Nachttisch. Es hatte einen Anhänger in Form einer kleinen Münze. Da sie nicht näher treten konnte, zog Pia ihr Handy hervor und machte ein paar Fotos.

Sie hörte ihren jungen Kollegen schwer atmen. Im Schlafzimmer war der Geruch, den Pia bereits im Flur wahrgenommen hatte, intensiver. Mads hielt sich ein Taschentuch vor Mund und Nase. Er war recht blass geworden, soweit sie es in dem grünlichen Lichtschein beurteilen konnte. Seine Augen schienen ein Stück hervorgetreten zu sein.

»Bist du okay?«, erkundigte Pia sich schnell.

»Ja, es geht schon. Es ist nur …«

»Geh raus in den Flur. Informier die Kollegen über die neue Lage. Wir brauchen hier schnellstmöglich ein Tatort- und ein Spurensicherungsteam. Kümmere dich sofort darum«, wies sie ihn an. Die Beschäftigung würde ihm helfen, das wusste sie aus eigener Erfahrung. »Und gib auf den Kellerzugang acht«, sagte sie noch. »Dort unten waren wir ja noch nicht.«

»Aber der Mann hat doch … Das ist doch …«

»Es sieht aus wie ein Suizid«, bestätigte Pia.

Nachdem der erste Schock der Entdeckung überwunden war, rasten ihre Gedanken weiter. Ein Suizid war schlecht! Verdammt schlecht für Broders. Wenn Felbert Selbstmord begangen hatte, bedeutete das höchstwahrscheinlich nichts Gutes für ihren Freund und Kollegen. Pia fürchtete, dass

Broders im Laufe des gestrigen Nachmittags von Felbert außer Gefecht gesetzt und irgendwo versteckt worden war. Vielleicht hier im Keller oder woanders auf dem Grundstück?

Sie entfernte sich von dem Toten und trat zurück in den Flur. Mads stand neben einer Treppe, die in den Keller führte. Der Kollege schien sich gefangen zu haben. Sie gingen hinunter, öffneten alle Türen, doch es war niemand da! Auch die nachfolgende Durchsuchung der Garage und des Grundstücks ergab keinen Hinweis auf Broders' Verbleib.

Pia blickte aus dem Garten zu dem Schlafzimmerfenster, hinter dem sich Felberts Leiche befand. Ob Rainer Felbert etwas mit Broders' Verschwinden zu tun gehabt hatte? Der Verdacht lag nahe. Doch ein Toter, egal, ob der Mensch eines natürlichen Todes, durch Suizid oder fremde Hand gestorben war, konnte ihnen nicht mehr verraten, wo Broders war. Die Situation war eine Katastrophe.

Die Minuten bei Bewusstsein dehnten sich zu einer Stunde, wahrscheinlich eher zwei. Auch ohne auf seine Armbanduhr schauen zu können, konnte Broders das Verstreichen der Zeit an dem wandernden Lichtschein ausmachen, der durch die kleinen Fenster nahe der Decke fiel.

Er war nur noch einmal kurz weggedämmert und damit den Schmerzen in Kopf, Rippen, Fuß- und Handgelenken entronnen. Doch der Durst hatte ihn unbarmherzig wieder geweckt, kaum dass ihm der Kopf auf die Brust gefallen war.

Wie lange konnte ein Mensch ohne Wasser überleben? Und wann hatte er zuletzt etwas getrunken? Lange bevor er Dr. Felbert mit dem Wagen verfolgt hatte. Noch bevor er mit Felbert und Dankert gesprochen hatte. Sogar vor seiner Fahrt zur Ausgrabungsstelle.

Er war um Viertel nach neun in Lübeck aufgebrochen und hatte kurz vorher in seinem Büro aus der Flasche Mineralwasser getrunken, die stets neben seinem Schreibtisch stand. Wie viel war es gewesen? Er wusste es nicht mehr. Zusätzlich hatte er noch zwei Becher Kaffee zu sich genommen. Das war es gewesen. Wenn er das hier überlebte, würde er regelmäßig genug trinken, nahm er sich vor. Wie hatte er nur so leichtsinnig sein können? Das rächte sich nun bitter.

Bis zu drei Tagen konnte man wohl ohne Wasser überleben, das hatte er mal irgendwo gelesen. Aber so schlecht, wie es ihm jetzt schon ging, wollte er nicht so lange ausharren müssen.

Ihm war schwindelig, seine Arme und Beine kribbelten. Sein Mund war trocken, die Zunge rau wie ein Reibeisen. Das Schlucken fiel ihm bereits schwer. Und er wusste, es würde schlimmer werden. Das Gehirn eines Menschen bestand bis zu siebzig Prozent aus Wasser. Die Denkleistung ließ mit als Erstes nach. Und er musste nachdenken, wollte er die wenigen Chancen nutzen, die er vielleicht noch hatte.

Er zwang sich zur Konzentration, um nicht wieder in brütende Gleichgültigkeit zu verfallen. Schau dich um, denk nach!, befahl er sich. Jetzt kannst du es noch. Wer weiß, wie es schon in wenigen Stunden aussieht?

Immer wieder wanderte sein Blick zu der Kiste mit den Wasserflaschen. Waren sie voll oder leer? Das war von hier aus kaum auszumachen. Doch selbst leere Flaschen konnten Reste von Feuchtigkeit enthalten. Unwillkürlich leckte Broders sich über die trockenen Lippen.

Er war zwar gefesselt, aber nirgends angebunden. Broders versuchte, sich seitwärts zu bewegen. Er musste sich mit den Fingerknöcheln auf dem Fliesenboden abstützen, dann die zusammengebundenen Füße seitwärts führen und so langsam vorwärtskommen.

Bei jeder Bewegung fuhr ihm ein hässlicher Schmerz durch den Brustkasten. Es war so mühsam und tat so verflixt weh, dass er aufstöhnte. Er musste sich entscheiden: Wollte er zu der Wasserkiste und der Tür, die anscheinend in das Wohnhaus führte? Oder sollte er versuchen, zum Garagentor zu gelangen, das noch weiter von ihm entfernt lag?

Das Wasser übte bei dem Durst, den er hatte, eine unbändige Anziehungskraft aus, der er sich kaum entziehen konnte. Doch wie groß war seine Chance, die Flaschen zu öffnen und an das Wasser zu gelangen? Verschwindend gering. Aber Wasserzufuhr war entscheidend dafür, halbwegs bei Verstand und Kraft zu bleiben.

Er zerrte wiederum heftig an den Handfesseln. Es fühlte sich so an, als schälte er sich die Haut von den Handgelenken ab. Wenn es wenigstens etwas gäbe, mit dem er den Kabelbinder aufscheuern konnte! Er hatte es auch schon mit roher Gewalt versucht, doch hinter seinem Rücken konnte er nicht die nötige Kraft und den Schwung aufwenden. Broders versuchte, die Hände unter dem Körper nach vorne durchzuziehen, was die verletzten Rippen wiederum mit starkem Schmerz quittierten.

Erschöpft und desillusioniert fixierte er das Garagentor mit dem quer stehenden Metallgriff. Sowohl das Tor insgesamt als auch der Griff sahen massiv und solide gearbeitet aus. Broders drehte sich seitlich, versuchte, nicht weiter auf die Wasserkiste zu schauen, sondern bewegte sich mühsam auf das Garagentor zu.

Mehrmals musste er pausieren, weil er nicht mehr konnte oder die Schmerzen ihn schwindelig werden ließen. Er schwitzte und fror zugleich. Dabei war er sich bewusst, dass schweißtreibende Anstrengungen auch weiteren Flüssigkeitsverlust bedeuteten. Und die feuchte Kleidung würde ihn später schneller auskühlen lassen.

Doch warten? Auf was? Die Rettung, die vielleicht nie eintreffen würde, weil niemand wusste, wo er sich befand? Verdammt, er wusste es ja selbst nicht einmal! Warten auf die Rückkehr seines Entführers, der ihn womöglich umbringen würde? Alternativ darauf zu verdursten? All das war keine Option. Er wollte leben, und er würde nicht aufgeben.

Die Sonne war am Firmament schon ein gutes Stück weitergewandert, als er die Mitte des Garagentors erreichte. Seit er die Hälfte der Strecke hinter sich gebracht hatte, markierte eine feine rostrote Blutspur von den aufgeschabten Handgelenken und Fingerknöcheln den von ihm zurückgelegten Weg.

Broders stemmte sich in eine sitzende Position, drückte sich dann mit Rücken und Beinen hoch und legte die zusammengebundenen Hände über den Griff des Tors. Die Fesselung mit dem Kunststoffriemen war so eng, dass er sie kaum darüberlegen konnte. Er verdrehte auf schmerzhafte Weise die Handgelenke, um den Metallgriff noch unter die Kabelbinder zu bringen und die Spannung auf sie zu erhöhen. Dann riss er seine Gelenke nach unten. Nach ein paar erfolglosen Versuchen knackte der Kunststoffriemen … und Broders' Hände waren frei.

Er zog sie stöhnend nach vorn, was seine Schulter- und Armmuskulatur mit Krämpfen quittierte, und ließ sich wieder auf den Boden sinken. Er versuchte, die Muskulatur zu entspannen. Dann rieb er sich die wunden Handgelenke, betrachtete seine aufgeriebenen, brennenden Knöchel. Doch all das würde heilen, vorausgesetzt, er blieb dafür lange genug am Leben.

Mit den befreiten Händen gelang es ihm auch, die Fußfesseln zu lösen, aber es dauerte eine Weile, bis er sich erheben konnte. Den Griff des Garagentors hatte er nicht bewegen können. Das Tor war abgeschlossen, und massive Stifte verankerten es in Vertiefungen im Betonfußboden und in der Decke. Ohne Werkzeuge ließ sich dieses Tor nicht öffnen.

Als Broders sich erhob, wurde der Schwindel heftiger, sodass er sich am Garagentor festhalten musste. Er hämmerte mit den Fäusten dagegen, brüllte um Hilfe und hörte erst auf, als er heiser war und seine Hände infernalisch schmerzten. Da der Entführer ihn nicht geknebelt hatte, musste er davon ausgehen, dass ihn hier niemand hören würde. Schwankend ging er auf die Wasserkiste zu, die er bei seinem quälenden Durst nicht länger ignorieren konnte.

Er beugte sich auf die Treppe gestützt hinunter, zog eine erste Flasche hoch. Sie war zu leicht … und daher leer. Broders probierte es mit allen zwölf Wasserflaschen, doch in keiner befand sich das überlebensnotwendige Wasser.

Broders widerstand dem Impuls, die letzte Flasche wütend in die Ecke zu werfen. Stattdessen leckte und saugte er aus jeder Flasche etwaige Reste von Flüssigkeit heraus. Danach war er beinahe noch durstiger als zuvor und sank ermattet und frustriert auf die Treppenstufen.

Seine stundenlangen Qualen hatten ihm zwei Erkenntnisse eingebracht: Er war hier gefangen und kam nicht aus eigener Kraft hinaus. Außerdem hatte er nicht genug zu trinken, um, grob geschätzt, noch länger als einen Tag zu überleben.

In Anbetracht der neuen Lage kam auch Manfred Rist umgehend zu Dr. Felberts Haus. Während er erst mal dort bleiben wollte, um mit dem Tatortteam zusammenzuarbeiten, bestand Pia darauf, sich ausschließlich auf die Suche nach Broders zu konzentrieren.

Streifenbeamte klapperten unter Louis' Führung die Nachbarschaft von Felberts Haus ab. Sie befragten die Anwohner, ob ihnen etwas aufgefallen war oder was sie generell über Rainer Felbert wussten. Rund um die Ausgrabungsstelle wurde mithilfe der Bereitschaftspolizei und des Technischen Hilfswerks in konzentrischen Kreisen das Gelände abgesucht. Dabei entdeckten sie Broders' Wagen etwa fünf Kilometer entfernt in einem Waldstück.

Pia, die sofort hinzugerufen wurde, blieb beinahe das Herz stehen, als sie das Auto sah, das Broders zuletzt gefahren hatte. Sie waren damit oft zusammen unterwegs gewesen.

Als sie am Nachmittag immer noch keine heiße Spur von Broders hatten, erklärte Pia sich zu einer eilig einberufenen Pressekonferenz bereit. Das war etwas, was sie ansonsten eher vermied und lieber den Kollegen überließ. Doch Hinweise aus der Bevölkerung beinhalteten eine reelle Chance, auf die Schnelle wertvolle Informationen über Broders' Verbleib zu bekommen. Ihm und damit auch Pia lief die Zeit davon. Je länger er vermisst wurde, desto geringer waren die Aussichten, ihn noch lebend zu finden.

Juliane koordinierte nach der Pressekonferenz von Lübeck aus die eingehenden Hinweise aus der Bevölkerung. Darin war sie erfahrungsgemäß gut. Sie nahm alles akribisch genau entgegen, unterschied aber schnell, was von Leuten kam, die sich nur wichtigmachen wollten, ohne etwas zu wissen, und was nützliche Hinweise sein könnten. Vor allem bereitete sie alles so auf, dass die Kollegen sofort damit arbeiten konnten.

Leider war in diesem Fall kaum etwas dabei, was sie bei ihrer Suche weiterbrachte. Jede noch so kleine Spur stellte sich als Sackgasse heraus.

Auf dem Rückweg nach Lübeck machte Pia schweren Herzens einen Umweg, um Broders' Partner Ralph zu Hause aufzusuchen. Er sollte wissen, was sie alles unternahmen, auch wenn es noch keine hilfreichen Neuigkeiten gab. Pia wollte ihm signalisieren, dass sie alles Menschenmögliche unternahmen. Das hätte sie sich auch von ihren Kollegen gewünscht, wenn sie in so einer Situation wäre. Mehr konnte sie momentan nicht für Broders tun, auch wenn sie wünschte, es wäre anders.

Abends traf sich die Kerngruppe der Fahndung zu einer Einsatzbesprechung. Ob Dr. Felbert Suizid begangen hatte oder ob es vielleicht doch ein Mord gewesen war, würde sich erst nach der Obduktion mit Sicherheit sagen lassen.

Der bereits im Ruhestand befindliche Rechtsmediziner Dr. Kinneberg hatte sich wegen der andauernden Überlastung des Instituts dazu bereit erklärt, den Fall sofort zu übernehmen. Er würde, wenn es notwendig war, bis in die Nacht arbeiten, hatte er Pia versichert, damit am nächsten Morgen Ergebnisse vorlagen. Dr. Enno Kinneberg kannte Broders seit vielen Jahren und schätzte ihn sehr, auch wenn er sich manchmal über dessen mangelnde Begeisterung für den Obduktionssaal beklagt hatte.

Pia hatte im Laufe des Tages veranlassen können, dass ihre Eltern sich um Felix kümmerten und er bei ihnen übernachten würde. Sie wusste, dass ihr Sohn sich darüber freute, und hörte es auch, als sie kurz mit ihm telefonierte. Zumindest diese Sorge war vorerst von ihr genommen.

Marten wusste ebenfalls über die Fahndung nach Broders Bescheid. Die beiden waren auch mal Kollegen gewesen. Die Nachricht, dass Broders vermisst wurde, traf ihn schwer. Und er konnte sich nicht einmal aktiv an der Suche beteiligen, weil er inzwischen beim LKA in Kiel arbeitete. Erschwerend kam hinzu, dass er sich jobbedingt gerade in Kopenhagen aufhielt. Pia hatte die Frustration darüber, nicht helfen zu können, in seiner Stimme gehört, als sie telefoniert hatten. Sie hatte ihm versprochen, ihn auf dem Laufenden zu halten.

Doch je weiter der Abend voranschritt, desto klarer wurde ihr, dass sie nach einem langen Tag intensiver Fahndung so gut wie nichts hatten. Broders war und blieb verschwunden.

36. Kapitel

Gegen halb eins in der Nacht waren Pia, Louis und Rist die Letzten, die im Kommissariat 1 die Stellung hielten. Sie hatten alles abgearbeitet und geprüft, alle Berichte noch einmal nach Hinweisen durchgeforstet. Die letzte Besprechung in Rists Büro war mehr und mehr in erschöpftes Schweigen übergegangen.

»Legt euch ein paar Stunden hin«, schlug Pia vor. »Morgen … heute früh geht es ja gleich weiter. Ich wecke euch, wenn noch etwas passiert.«

»Und du? Du musst später auch wieder fit sein«, wandte Louis ein.

»Ich … kann jetzt nicht schlafen. Und einer muss ans Telefon gehen, falls doch noch jemand aus Schleswig anruft«, erwiderte Pia.

»Okay, wir wechseln uns ab«, sagte Louis. »Du kannst mich jederzeit wecken, wenn du müde wirst.« Er erhob sich, um zu den Feldbetten zu gehen, die sie in einem der Büros aufgestellt hatten.

»Nein, du weckst mich in genau zwei Stunden. Sonst tust du es ja sowieso nicht«, entschied Rist und unterdrückte ein Gähnen.

Pia nickte, um die Diskussion zu beenden. Sie fürchtete sich, allein in ihrem Büro zu sitzen, das Telefon anzustarren und ihren düsteren Gedanken ausgesetzt zu sein. Sie war ruhelos und erschöpft zugleich. Doch sie fühlte sich Broders näher, wenn sie wach blieb. Er war es wahrscheinlich auch … wenn er noch am Leben war.

Um kurz vor eins klingelte ihr Telefon.

»Pia, ich hoffe, ich habe dich nicht geweckt.«

»Marten! Nein, überhaupt nicht«, antwortete sie. »Wo bist du?«

»Ich bin in Lübeck. Nachdem ich die Wachhabenden unten bequatscht habe, mich ins Haus zu lassen, stehe ich nun bei euch vor der Glastür.«

»Warte!« Trotz der Furcht und der unheilvollen Stimmung wurde ihr bei der Nachricht, dass Marten zu ihr gekommen war, ein bisschen wärmer. Sie griff nach dem Schlüssel, ging leise den schwach erleuchteten Gang hinunter, um Louis und Rist nicht zu wecken, und sah Marten hinter der Glasscheibe stehen. Seine vertraute Gestalt in Jeans und Jackett, die ernste Miene, sein besorgter Blick, als er sie sah, ließen ihr Herz einen kleinen Satz machen. Eilig schloss sie ihm auf, und sie fielen sich in die Arme. Pia legte den Kopf an seine Schulter und kniff die Augen zusammen, um die Tränen zurückzuhalten.

»Ich bin gekommen, so schnell ich konnte. Ich kann hier zwar nicht viel tun, aber ich wollte wenigstens bei dir sein«, sagte er.

»Kommst du direkt aus Kopenhagen?«, fragte sie verwundert.

»Ja. Das ist aber vertraulich. Und ich muss nachher auch wieder dorthin zurück. Wie geht es dir, Pia?« Er schob sie so weit von sich, dass er ihr ins Gesicht sehen konnte. Seine warmen Hände ruhten auf ihren Schultern.

»Ich mache mir schreckliche Sorgen«, stieß sie hervor. »Komm mit in den Besprechungsraum, Marten. Da können wir besser reden. Die anderen haben sich gerade für einen Moment hingelegt.«

Nicht in Broders' und mein Büro, dachte sie. Dort sah alles so aus, als müsste ihr Kollege jeden Moment wieder durch die Tür treten und an seinem Schreibtisch Platz nehmen. Doch zumindest an diesem Morgen würde es nicht so sein. Pia brauchte einen kleinen Moment Pause von dem Anblick seines leeren Stuhls.

Stattdessen setzten Marten und sie sich nah nebeneinander, so bequem es auf zwei der Konferenzstühle im kleinen Besprechungsraum eben möglich war. Marten legte den Arm um Pia. Sie erzählte ihm, wie der Stand der Fahndung war.

Marten hörte konzentriert zu, warf ab und zu einen Blick auf das Whiteboard, wo sie im Laufe des Tages wichtige Fakten und Ideen zu der Fahndung nach Broders festgehalten hatten.

»Ich habe solche Angst!«, schloss Pia müde und aufgebracht zugleich. »Ich stelle mir vor, was Broders wohl gerade durchmacht. Dabei habe ich ab und zu Flashbacks und erinnere mich, wie ich mich damals gefühlt habe … Die absolute Hilflosigkeit.« Pia sah ihm in die Augen. Sie musste das nicht ausführen. Marten hatte sie seinerzeit aus dem Container befreit, in dem sie gefangen gehalten worden war.

»Versuch, nicht zu sehr an das zu denken, was dir passiert ist«, bat er sie. »Es nützt niemandem was, wenn du dich mit Erinnerungen quälst. Du bist doch schon so weit gekommen.«

»Ich versuche es. Und ich hoffe ja auch, dass er irgendwo festgehalten wird. Die Alternative dazu ist noch schlimmer. Das hieße höchstwahrscheinlich, er ist ermordet worden, weil er zu viel herausgefunden hat.«

Sie schloss kurz die Augen. »Ich sehe immer wieder das Grab unseres Opfers im Wald vor mir. Mira Schneider, wie sie erdrosselt und dann verscharrt worden ist. Marten, ich könnte es nicht ertragen, wenn jemand Broders so etwas angetan hätte.«

»Es ist unerträglich schwer, einen Kollegen im Dienst zu

verlieren«, sagte er mit matter Stimme. Pia wusste, dass ihm genau das einmal passiert war. Und dass er sich insgeheim immer noch die Schuld daran gab.

Sie griff nach Martens Hand. »Wir sollten jetzt nicht darüber sprechen«, antwortete sie. »Es ist gut, dass du hier bist. Das hilft.«

Er schüttelte leicht den Kopf, wohl in dem Versuch, seine quälenden Erinnerungen zurückzudrängen. »Wo ist Felix? Ist er bei Hinnerk und Mascha?«, fragte er. »Es tut mir so leid, dass ich nicht da war, als du mich gebraucht hast.«

»Felix übernachtet bei meinen Eltern. Das war sowieso mal wieder überfällig. Er freut sich riesig und wird hemmungslos verwöhnt. Mach dir seinetwegen also keine Gedanken.«

»Es ist verrückt. Seit ich weiß, dass Felix mein Sohn ist, muss ich noch öfter an ihn denken als ohnehin schon. Frage mich, ob es ihm gut geht. Ob ich auch alles richtig mache. Das ist neu für mich, diese intensive Bindung an das eigene Kind.«

»Das ist etwas, was uns wohl in den Genen liegt.«

»Die bedingungslose Liebe zu unserem Nachwuchs, bei der sich manchmal sogar der Verstand ausschaltet«, sagte er nachdenklich. Sie schwiegen einen Moment, jeder in seine eigenen Gedanken verstrickt.

»Ich mache mir auch große Sorgen um Broders, Pia.« Marten atmete tief durch. »Er ist nicht nur ein langjähriger Kollege, er ist unser Freund. Aber er ist zäh. Wenn es einer schafft, da heil herauszukommen, dann er.«

Marten wollte ihr damit Zuversicht und Kraft geben, damit sie die nächsten Stunden und Tage durchstand. Es nützte niemandem, wenn sie sich vor Sorge um ihren Kollegen gedanklich zerfleischte. Und es half ihr tatsächlich, sich vor Augen zu führen, dass es gut ausgehen konnte, auch wenn es ihr jetzt, mitten in der Nacht, unwahrscheinlich erschien.

Nach einem Moment des Nachdenkens nickte sie entschlossen. »Broders kann sich auf uns, auf seine Kollegen, verlassen. Wir tun alles, wirklich alles, um ihn wohlbehalten zurückzuholen.«

Es war eine dunkle, einsame und kalte Nacht geworden. Broders hatte versucht, sich warm zu halten, indem er zusammengekauert und mit vor der Brust verschränkten Armen an die Steinwand gelehnt auf dem Fliesenboden gesessen hatte. Schon abends war er so durstig gewesen, dass er kaum noch hatte schlucken können. Doch er musste tatsächlich irgendwann eingenickt sein, denn als er die Augen aufgeschlagen hatte, war die Nacht vorbei gewesen.

Das Licht des grauenden Morgens ließ ihn wieder die Konturen seines Gefängnisses erkennen. Und beinahe wünschte er, er wäre nicht eingeschlafen – trotz der Tatsache, dass er dabei die deprimierende Situation und den Durst für kurze Zeit vergessen hatte. Bis er von Wasser geträumt hatte, das blubbernd aus einer hellblauen Quelle sprudelte.

Es war ein Durst, der alles andere unwichtig erscheinen ließ. Broders hatte nicht gewusst, dass Durst sich derart quälend anfühlte! Woher auch? Dagegen waren die Kälte, der harte Untergrund, sein knurrender Magen, sogar die Angst Nebensächlichkeiten. Er musste trinken, wenn er überleben wollte.

Sich zu bewegen fiel ihm schwer, nachdem er die Nacht hier in dieser kauernden Stellung verbracht hatte, doch noch wollte er nicht aufgeben. Er massierte seine schmerzenden Beine und stemmte sich hoch. Dabei wurde ihm so schwindelig, dass er sich an der Wand abstützen musste.

Er wankte zu der Wasserkiste an der Treppe und ließ sich die wirklich allerletzten spärlichen Resttropfen aus den Flaschen in den weit geöffneten Mund laufen. Dann leckte er gierig die glatten Flaschenhälse nach einem Rest Feuchtigkeit ab.

Broders suchte die Garage abermals nach Flüssigkeit in jeglicher Form ab. Nichts! Es hatte auch seit Tagen nicht mehr geregnet. Die Fensterscheiben an der Decke waren staubig und von Spinnweben überzogen. Fußboden, Wände, das Tor, die Metalltür, alles so trocken wie ein Hamsterfell.

Ermattet ließ Broders sich wieder auf den Fußboden sinken. Da! Er meinte, Stimmen zu hören, horchte angespannt, doch das Geräusch ging in das Geplätscher von Wasser über, wie in einem Gebirgsbach. Das waren sicher nur Halluzinationen, die der Flüssigkeitsmangel hervorrief.

Broders legte den Kopf auf die Knie. Er wollte nicht sterben. Nicht hier und nicht heute.

Louis rüttelte Pia um halb sieben an der Schulter. Sie schreckte aus einem wirren Albtraum hoch und musste sich erst orientieren, wo sie war. Dann brachen die Gedanken an Broders' Verschwinden wieder über sie herein.

Pia hatte sich gegen halb vier Uhr morgens doch noch hingelegt, nachdem sie Rist etwas später als abgesprochen geweckt hatte. Marten war um die Uhrzeit wieder nach Kopenhagen aufgebrochen, ohne näher darauf einzugehen, was er dort zu tun hatte. Er hatte ihr versprochen, nicht mit dem Auto zu fahren, sondern in Pias Wohnung zu duschen und den ersten Zug ab Lübeck zu nehmen, so übermüdet, wie er ebenfalls war.

Juliane tauchte auf, nachdem Pia sich im Waschraum so gut wie möglich frisch gemacht hatte. Die Kollegin hatte ein Frühstück für alle mitgebracht, das aus belegten Brötchen, Joghurt und hart gekochten Eiern bestand. Louis hatte schon Kaffee gekocht. Pia war davon ausgegangen, dass sie nichts würde essen können, doch als es dann vor ihr stand, merkte sie, dass sie trotz aller Sorge und Angst hungrig war.

Dr. Kinneberg meldete sich um Viertel vor acht mit Neuigkeiten. Er hatte die Obduktion von Dr. Felberts Leiche allen anderen vorgezogen und dafür wie versprochen eine Nachtschicht eingelegt.

»Danken Sie mir nicht!«, sagte er. »Ich habe es für Heinz Broders getan. Aber mein junger Assistent hier, Milo Horvat, würde sich bestimmt über eine kleine Anerkennung freuen. Ich fahre jetzt nämlich nach Hause und ruhe mich aus. Doch für Milo beginnt gleich die nächste Schicht.«

»Wir denken daran«, versprach ihm Rist, der das Telefonat auf Lautsprecher gestellt hatte.

Rainer Felberts Tod ging auf Fremdverschulden zurück, erfuhren sie. Ein Suizid oder ein Unfall waren laut Dr. Kinneberg ausgeschlossen. Felbert war anscheinend zuerst durch einen Schlag auf den Hinterkopf betäubt und dann auf das Bett gelegt worden. Der Täter hatte ihm danach durch mehrere Längsschnitte die Pulsadern geöffnet, sodass das Opfer verblutet war.

Das leichte Hämatom am Hinterkopf und die Stellen unter den Achseln, wo der Täter zugepackt hatte, um ihn aufs Bett zu hieven, aber vor allem der Verlauf der Schnitte ließen einen Suizid äußerst unwahrscheinlich bis unmöglich erscheinen.

»So, wie die Hautschnitte ausgeführt worden sind, hätte das Opfer das kaum selbst zustande gebracht. Und glauben Sie mir, ich habe in der Richtung schon einiges gesehen«, warf Dr. Kinneberg ein.

Der Tod war zwischen achtzehn Uhr und dreiundzwanzig Uhr am Tag von Broders' mutmaßlichem Verschwinden eingetreten, vergangenen Dienstag. An der Leiche waren DNA-Spuren festgestellt worden, die höchstwahrscheinlich vom Täter stammten. Der Rechtsmediziner vermutete, dass die Ergebnisse der kriminaltechnischen Untersuchung des Tatorts seine Theorie bestätigen würden.

Als das Telefonat beendet war, gingen sie noch mal die möglichen Szenarien durch: Zusammen mit den Einbruchspuren, die Pia am Badezimmerfenster entdeckt hatte, sprach einiges dafür, dass der Täter auf diesem Weg in Felberts Haus eingedrungen war und ihm dort aufgelauert und ihn ermordet hatte. Die offensichtlichen Spuren des Einbruchs konnten aber auch bedeuten, dass Rainer Felbert den Täter gekannt und freiwillig ins Haus gelassen hatte. Dann wäre der vorgebliche Einbruch als Versuch zu werten, diese Tatsache zu verschleiern.

Insgesamt eröffnete sich durch den Mord an Felbert eine unübersichtliche Anzahl an Möglichkeiten, was ihrem Kollegen Broders zugestoßen war.

Ein und derselbe Täter konnte für Broders' Verschwinden und die Morde an Rainer Felbert und Mira Schneider verantwortlich sein. Möglich war aber auch, dass Felbert Broders vor seinem Ableben entführt hatte, um ihn am Reden zu hindern und seinen illegalen Antikenhandel zu verbergen. Erst danach war der Wissenschaftler von jemand anders ermordet worden. Wahrscheinlich, um ihn zum Sündenbock für den Mord an Mira Schneider zu machen. Diese Aussicht war entmutigend. Was, wenn Broders' momentaner Aufenthaltsort nur dem inzwischen toten Dr. Felbert bekannt gewesen war?

Nachdem sie den vorläufigen Obduktionsbefund diskutiert hatten, lagen auch weitere Ergebnisse der kriminaltechnischen Untersuchung aus Dr. Felberts Bungalow vor. Auch die Spurenlage im Haus deutete auf Fremdverschulden hin.

Die DNA-Spuren an der Leiche mussten noch ausgewertet werden. Das Halskettchen auf dem Nachttisch mit den Initialen *M & P* hatte laut Penelope Weitz Mira Schneider gehört und war ein Geschenk von ihr gewesen. Ein Hinweis auf Broders' Aufenthaltsort war jedoch nicht entdeckt worden.

Im Kofferraum von Rainer Felberts Wagen hatten sich allerdings eine Schaufel, eine Hacke sowie eine Decke, Tape und Kabelbinder befunden, die laut Chris Dankert aus dem Equipment der Ausgrabungsstelle stammten. Erdanhaftungen an Schaufel und Hacke wurden gerade untersucht. Ebenso die Spuren aus dem Kofferraum, die ebenso Erde, Pflanzenreste, aber auch Hautschuppen, Haare und Fasern von Textilien enthalten hatten. Das würde noch mit Spurenmaterial von Broders abgeglichen werden müssen.

Ein Navigationsgerät, mit dessen Hilfe man Dr. Felberts letzte Fahrtziele hätte feststellen können, besaß sein Auto nicht. Sein Smartphone, mit dem er möglicherweise navigiert hatte, war noch nicht ausgewertet. Die Verbindungsdaten hatten die Kollegen jedoch schon bei dem Provider angefordert.

Sämtliche Abteilungen gaben ihr Bestes, hielt Pia sich vor Augen. Allen war der Ernst der Lage bewusst. Nun lag es an ihnen, die richtigen Schlüsse zu ziehen und Broders so schnell wie möglich zu finden.

»Wir haben nochmals mit sämtlichen Krankenhäusern und Polizeistationen gesprochen«, berichtete Juliane. »Niemand, auf den Broders' Beschreibung zutrifft, ist in den letzten sechsunddreißig Stunden eingeliefert oder in Gewahrsam genommen worden. Keine Meldungen über unbekannte Tote. Es gibt keine Personen mit Gedächtnisverlust oder ohne Bewusstsein, die aufgefallen oder gemeldet worden sind.«

»Das gilt für Schleswig-Holstein und Hamburg?«, fragte Louis.

»Wir haben unsere Anfragen auch in Niedersachsen und Mecklenburg-Vorpommern gestellt. Es ist überall das Gleiche«, antwortete Juliane.

»Was ist mit Dänemark?«, warf Pia ein, die an Marten dachte, der auf dem Weg nach Kopenhagen war und hoffentlich im Zug ein paar Stunden würde schlafen können.

»Das haben wir auch abgefragt, zumindest im grenznahen Gebiet«, bestätigte Juliane.

»Hövelau und Umgebung und alles rund um die Ausgrabungsstelle in Schleswig sind momentan unsere besten Optionen«, sagte Pia. »Dass Broders' Verschwinden nicht mit einem der dort lebenden oder arbeitenden Menschen in Zusammenhang steht, ist unwahrscheinlich.«

Sie gingen noch einmal die verschiedenen Möglichkeiten durch.

Dann straffte Rist die Schultern und sagte: »Pia und Louis, ihr sprecht nochmals mit den Leuten in Hövelau. Dazu bekommt ihr noch Verstärkung vor Ort. Juliane, du bleibst hier. Bei dir laufen alle unsere Erkenntnisse zusammen, und du informierst die jeweils anderen … Schleswig, die Ausgrabungsstelle und so weiter übernehme ich mit den dortigen Kollegen. Und bei aller Dringlichkeit: ab jetzt keine Alleingänge mehr!«

37. Kapitel

Auf dem Weg nach Hövelau diskutierten Louis und Pia, wen sie zuerst wegen Broders' Verschwinden befragen wollten. Pia wäre lieber nach Schleswig gefahren. Sie hatte das Bedürfnis, dort jedes Haus, jeden Schuppen, jede Scheune und jedes Erdloch in Feld, Wald und Wiesen nach ihrem Kollegen zu durchsuchen. Doch sie mussten planvoll vorgehen. Rist hatte Louis und sie in Hövelau eingesetzt, weil sie die Menschen dort nach ihren Ermittlungen im Fall »Mira Schneider« am besten kannten.

Sie würden sich zunächst Hubertus von Steben und An dreas Weitz vornehmen. Broders' Verschwinden hatte sie von dem Verdacht auf die beiden abgelenkt. Vielleicht war das der Plan dahinter? Als ihr weiteres Vorgehen in groben Zügen geklärt war, versank Pia in brütendes Schweigen. Ihre Lider waren schwer vor Müdigkeit und Verzweiflung.

»Wird Zeit, dass es mal wieder regnet«, sagte Louis.

Pia zuckte zusammen und riss die Augen auf.

Ihr Kollege deutete auf die Vorgärten in dem Dorf, das sie gerade passierten. In mehreren liefen Rasensprenger, und ein Mann wässerte mit dem Schlauch seine Beete. »Es hat lange nicht geregnet. Wenn die Leute in ihren Gärten nicht gießen, vertrocknet ihnen alles. Und das jetzt schon, Ende April. Ist Rasensprengen eigentlich noch erlaubt?«

Pia ging nicht auf seine Frage ein. In der Tat war es für diese Jahreszeit ungewöhnlich trocken. Doch etwas an diesem Einwurf, der Erwähnung der Trockenheit in den Gärten, beschäftigte sie. Ihr letztes Telefonat mit Broders … Was genau hatte er da gesagt? Dr. Felbert sei eben erst auf der Ausgrabungsstelle eingetroffen. Angeblich hatte er noch in dem Haus von Freunden, die für drei Monate im Ausland waren, den Garten wässern müssen.

»Ich hatte das Housesitting vergessen!«, rief Pia aus.

»Wessen Haus meinst du? Musst du jetzt dorthin?«

»Nein. Broders hat mir bei unserem letzten Telefonat gesagt, dass sich Dr. Felbert um ein Haus von Freunden kümmert, die gerade im Ausland sind. Rasen sprengen und Blumen gießen … Louis, es gibt ein leer stehendes Haus, zu dem Felbert einen Schlüssel hatte!«

Manfred Rist reagierte auf die Neuigkeit etwas weniger enthusiastisch als Pia, versprach jedoch, besagtes Haus schnellstmöglich ausfindig zu machen. »Es könnte schwierig werden, es zu finden«, wandte er ein. »Wir fragen die Mitarbeiter auf der Ausgrabungsstelle, ob die etwas darüber wissen. Und wir schauen in sein Adressbuch. Zugang zu seinem Handy und Computer haben wir immer noch nicht.«

»Dr. Felbert hatte sich doch mit Leuten aus Brasilien getroffen«, sagte Pia. »Das ist ein möglicher Ansatzpunkt! Vielleicht haben die Leute, um deren Haus er sich gekümmert hat, auch etwas mit Brasilien zu tun? Braucht man für eine Brasilienreise ein Visum?«

»Nein, für bis zu neunzig Tage bekommt man ein Touristenvisum bei der Einreise«, schaltete Louis sich in das Gespräch mit ein.

»Broders sagte aber etwas von drei Monaten. Mit etwas Glück sind die Leute länger dort. Wir müssen in der Botschaft nachfragen, wer aus der Gegend Visa beantragt hat. Und ebenso die Unternehmen, die Leute zum Flughafen fahren«, überlegte sie laut. »Vielleicht erinnert sich einer der Fahrer an jemanden, der nach Brasilien fliegen wollte, und weiß auch noch die Adresse, wo er ihn abgeholt hat.«

»Ich kümmere mich darum«, sagte Rist.

»Und wir sind in einer Stunde in Schleswig«, antwortete Pia. »Wenn es sein muss, befrage ich zu Fuß die Leute in jedem einzelnen kleinen Dorf!«

So weit musste Pia jedoch nicht gehen.

Hanne Bjerg, die gerade erst von Dr. Felberts Tod erfahren hatte, war zwar noch erschüttert von der Nachricht, doch sie erinnerte sich, in welchem Ort und sogar in welcher Straße das besagte Haus lag, und auch daran, wie es ausgesehen hatte. Felbert und sie waren einmal auf dem Weg nach Schleswig dort entlanggefahren. Ihr Chef hatte angehalten und war kurz ausgestiegen, um den Briefkasten zu leeren. Hanne Bjerg hatte er so lange im Wagen warten lassen.

Sie würde es gewiss wiederfinden, hatte sie Manfred Rist gegenüber zuversichtlich behauptet.

Pia und Louis hatten auf der A 7 gerade den Nord-Ostsee-Kanal passiert, als der erlösende Anruf kam, dass die Kollegen Broders in der Garage des Hauses aufgefunden und befreit hatten. Er lebte und war bereits auf dem Weg ins Krankenhaus.

»Wie geht es ihm? Ist er verletzt?«, fragte Pia besorgt. Vor Erleichterung waren ihr Tränen in die Augen gestiegen.

»Er ist erschöpft, ausgekühlt und dehydriert, und er klagt über Rippenschmerzen«, antwortete Rist. »Man hatte ihn gefesselt und in dieser Garage eingesperrt. Von den Fesseln konnte er sich befreien, doch nicht aus dem Gebäude. Einen dummen Spruch, wo wir so lange gesteckt haben, hatte er aber immer noch parat …«

»Wird er wieder gesund?«

»Ich denke schon, Pia. Aber sehr viel länger hätte er wohl nicht mehr durchgehalten.«

»Ich bin nur froh, dass wir ihn rechtzeitig gefunden haben!« Pia war grenzenlos erleichtert.

»Broders kann sich später bei dir bedanken. Ohne den Hinweis auf das Housesitting wären wir nicht so schnell dort gewesen«, räumte ihr Chef ein.

»Ich hätte viel früher darauf kommen müssen!«

»Nun mach dich mal nicht verrückt«, erwiderte Rist wieder gewohnt schnodderig.

»Hat er etwas darüber gesagt, wer ihn entführt hat?«

»Er nimmt an, dass es Dr. Felbert war. Broders war ihm gefolgt … Er war einigermaßen schockiert, als er hörte, dass der Grabungsleiter tot ist.«

»Kann ich Broders sehen?«, fragte Pia.

»Nein, heute bestimmt nicht mehr. Er ist im Krankenhaus auch in guten Händen und wird versorgt. Jetzt extra herzufahren lohnt sich nicht. Wahrscheinlich wird er nach einer Nacht in der Klinik schon wieder entlassen«, vermutete Rist. »Wir können ihn besuchen und ihn nerven, wenn er wieder in Lübeck ist.«

»Weiß Ralph schon Bescheid?«

»Ja. Der ist auf dem Weg hierher.«

Nachdem Pia auch Marten angerufen und ihm die guten Neuigkeiten mitgeteilt hatte, fuhren Louis und sie von der Autobahn ab und strandeten in einer Art Imbiss an der Landstraße. Es war ihnen unmöglich, einfach zurück nach Hövelau zu fahren, als wäre nichts geschehen. Sie brauchten einen Moment, um nach der stundenlangen Anspannung und Sorge die gute Nachricht zu verarbeiten, und wussten beide, dass die anstehenden Befragungen ihre volle Konzentration erforderten.

Pia bestellte sich einen Dürüm mit extraviel scharfer

Soße. Erst als das Essen vor ihr stand, merkte sie, wie leer und ausgezehrt sie sich fühlte. Louis kaute noch an seinen Pommes, als Pia sich schon mit der Serviette die scharfe Soße von den Fingern wischte.

»Wie gehen wir jetzt weiter vor?«, fragte er.

»Wie vorhin abgesprochen«, sagte Pia. »Wir reden noch mal mit allen Beteiligten und checken dabei auch die Alibis für den Mord an Dr. Felbert. Wir werden allerdings nicht sagen, weshalb wir uns nach dem genauen Zeitraum erkundigen.«

Louis nickte, doch er wirkte unentschlossen.

»Broders würde wollen, dass wir sofort weitermachen.« Pia leckte sich über die Unterlippe und bereute es im selben Moment. Die scharfe Soße trug ihren Namen zu Recht. Oder vertrug sie nichts mehr? Sehnsüchtig blickte sie auf das Mineralwasser, das sie zu ihrem Essen bestellt hatte. Wenn sie es jetzt trank, würde es die Schärfe in ihrem Mund förmlich explodieren lassen.

»Vielleicht kommen wir ja durch das Ausschlussverfahren auf den Täter?«, sagte Louis nachdenklich. »Er oder sie muss ein Motiv haben, zumindest für den Mord an Mira Schneider, sowie die Mittel. Und wenn wir es bei dem Mord an Dr. Felbert mit einer Verdeckungstat zu tun haben, ist es außerdem zwingend notwendig, dass er oder sie für den zweiten Tatzeitraum kein Alibi vorweisen kann.«

»Wie bei so einem Detektiv-Brettspiel?«, fragte Pia. »Da muss ich an die von Stebens denken … ›Wer hat den Grafen mit dem Kerzenständer in der Bibliothek erschlagen?‹« Unbedacht trank sie einen großen Schluck Wasser und hatte das Gefühl, die Augen würden ihr aus dem Kopf treten.

Louis grinste bei ihrem Anblick und schob ihr seine Pommes über den Tisch hinweg zu. »Vielleicht hilft das ja.«

Hubertus von Steben empfing sie in seinem Arbeitszimmer, wo er mit einer goldgeränderten Lesebrille an dem antiken Schreibtisch saß. Vor ihm standen ein aufgeklappter Laptop und eine Tasse Tee in einer Porzellantasse. Auf der Schreibtischoberfläche stapelten sich Papiere und Aktenordner. Genau wie bei Pias erstem Besuch lag der Jagdhund im Korb in der Ecke und klopfte bei ihrem Anblick ein paarmal mit der Rute auf die karierte Decke.

»Schon gut, Artus«, sagte von Steben und erhob sich kurz, um Pia und Louis zu begrüßen. »Was führt Sie zu mir?«

»Noch einmal der Mord an Ihrer Mieterin, Mira Schneider«, antwortete Pia.

»Bitte setzen Sie sich! Gibt es etwas Neues?«

»Wo waren Sie vorgestern, also am Dienstagabend, zwischen siebzehn und dreiundzwanzig Uhr, Herr von Steben?«

Hubertus von Steben zog die Augenbrauen hoch. »Wie bitte? Ist etwas passiert?«

»Das ist vorerst noch unter Verschluss. Also?«, fragte Pia.

»Doch nicht schon wieder ein Mord?« Er nahm die Brille ab und legte sie auf einen Papierstapel. Sein Blick wanderte von Pia zu Louis und wieder zurück. Als diese keine Regung zeigten, seufzte er. »Jetzt bin ich beunruhigt. Betrifft es jemanden aus Hövelau?«

»Bitte beantworten Sie einfach die Frage.«

»Am Dienstag? Also am Dienstagabend war ich zu Hause. Wir hatten ein paar Gäste zum Abendessen hier. Die kamen gegen sieben und gingen um halb zwölf, vielleicht fünf Minuten früher.« Sein Gesichtsausdruck wirkte nach dieser Auskunft selbstzufrieden. »Eine gelungene Veranstaltung, wie es aussieht.«

»Wer waren Ihre Gäste?«, hakte Pia nach.

»Die Weitz': Andreas, Carina und auch ihre Tochter.

Es war gewissermaßen eine Demonstration, dass zwischen Penelope und mir alles gut ist.«

Pia versuchte, sich ihre Enttäuschung nicht anmerken zu lassen. »Wie kam es zu der Einladung?«

»Das müssen Sie meine liebe Mutter fragen. Sie kümmert sich um unsere sozialen Beziehungen.«

»War Herr Althoff an dem Abend zufällig auch auf dem Gut?«, fragte Pia.

»Wollen Sie von mir wissen, ob Jork Althoff ebenfalls eingeladen war?« Ein unschönes Lächeln flog über von Stebens Gesicht.

»Wäre das so ungewöhnlich?«

»Meine Mutter mit ihrer sozialen Ader hätte ihn vielleicht gerne eingeladen. Doch er wäre sowieso nicht gekommen.«

»Warum denn nicht?«

»Jork hat grundsätzlich kein Interesse an derartigen Abendgesellschaften. Er ist lieber für sich.«

»Grundsätzlich? Unseres Wissens ist er geschieden. Hat er sonst keine Familie, keine Freunde?«

»Familie hat er nicht mehr, nein. Sein Vater war zuletzt sein einziger noch lebender Verwandter, und der ist vor ungefähr drei Jahren gestorben. Und was Freunde betrifft … Davon habe ich ehrlich gesagt noch nichts gehört. Manchmal geht Jork auf ein Bier in den *Schützenhof*. Doch er sitzt meistens allein.«

»Wie kommt das?«, fragte Louis.

»Halten Sie ihn bloß nicht für einen gestörten Verbrecher, nur weil er seine eigene Gesellschaft der anderer Leute vorzieht. Jork hatte es nicht immer leicht. Aber er ist zuverlässig und grundehrlich. Sonst würde er nicht seit Jahren für uns arbeiten.«

»Was ist mit Frauen?«, hakte Pia nach. »Hatte er nach der Scheidung mal eine Freundin?«

»Er hatte hin und wieder Freundinnen, ja, aber die sind bisher nie für länger geblieben. So ähnlich wie bei mir.« Er lehnte sich zurück und blickte sie provozierend an.

»Was meinen Sie mit: ›Jork hatte es nicht immer leicht‹?«, wollte Pia wissen.

»Er ist eigentlich Dachdecker von Beruf, musste das aber wegen eines Unfalls aufgeben. Das Arbeitsamt hat ihn umgeschult auf Raumausstatter, doch er hat nie etwas Passendes in dem Bereich gefunden. Seit etwa fünfzehn Jahren ist er hier auf dem Gut stundenweise als Arbeiter beschäftigt, ansonsten jobbt er noch hier und da im Dorf.«

Pia nickte. Das wussten sie bereits von Justus von Steben. »Warum hat er keine Festanstellung, wenn Sie ihn so schätzen?«

»Er ist hin und wieder schwierig. Und er schätzt seine Freiheit.«

»Schwierig inwiefern?«

»Jork hat seine eigenen Ansichten, wie etwas zu erledigen ist«, antwortete Hubertus von Steben. »Man kann auf ihn einreden, aber er macht es dann doch auf seine eigene Art und Weise. Mit Menschen kann er wohl nicht so viel anfangen, dafür hat er seine eigene kleine Menagerie.«

»Menagerie?«, fragte Louis nach.

»Er hält ein paar Tiere. Ein altes Pony, eine Ziege, Laufenten und was weiß ich noch. Hängt sehr an den Viechern.«

Pia erinnerte sich daran, Pony und Ziege gesehen zu haben. Wenn Althoff seine Tiere liebte, würde er sie hoffentlich nicht im Stich lassen und das Weite suchen, sobald ihm die Polizei mit ihren Fragen zu nahe trat.

»Kann ich Ihnen sonst noch weiterhelfen?«, fragte von Steben mit Blick auf seinen Computer.

»Können Sie. Wir würden jetzt gern mit Ihren Eltern sprechen.«

»Ich bin mal gespannt, ob Jork Althoff ein Alibi für den Dienstagabend hat«, sagte Louis in gedämpftem Tonfall. Sie standen in der Halle und warteten auf Justus von Steben.

»Als ortsbekannter Einzelgänger stehen seine Chancen wohl nicht so gut«, antwortete Pia. »Jedenfalls nicht, solange seine Tiere nicht sprechen können. Aber er hat ein Alibi für den Mord an Mira Schneider, vergiss das nicht. Warum also sollte er den zweiten Mord an Felbert begangen haben?«

38. Kapitel

Justus von Stebens Arbeitszimmer lag im ersten Obergeschoss des Herrenhauses und war nicht halb so groß und deutlich weniger gediegen ausgestattet als das seines Sohnes. Hubertus' Vater trug eine ausgebeulte Cordhose, einen grünen Pullover und ein fadenscheiniges Tuch um den Hals. In den einfachen Baumarkt-Regalen standen dicht an dicht Bücher über Mathematik und Physik.

»Was führt Sie wieder zu uns?«, fragte von Steben, als sie sich in einer kleinen Sitzgruppe gegenübersaßen. Das Angebot von Erfrischungsgetränken blieb diesmal aus. Vielleicht war es zu mühsam, alles die vielen Stufen der alten Treppe hinauf in das obere Stockwerk zu tragen.

»Wir haben gerade von Ihrer Gesellschaft am Dienstagabend erfahren«, sagte Pia.

»Das war keine große Sache.«

Aber überaus nützlich für alle Beteiligten, dachte Pia. Sie ließ sich von Justus von Steben die Anwesenden und die Uhrzeiten ihres Kommens und Gehens bestätigen.

»Wessen Idee war das gemeinsame Essen?«, hakte sie nach.

»Die meiner Frau. Wie eigentlich immer.«

»War etwas ungewöhnlich an dem Abend?«, erkundigte sich Louis.

»Das fragen Sie einen Zahlenmenschen?« Er lächelte schwach. »Aber sogar ich konnte eine leichte Spannung ausmachen zwischen Hubertus und Penelope …«

»Die sich wie äußerte?«, wollte Pia wissen.

»Sie haben nichts als Höflichkeiten ausgetauscht. Es kam kein richtiges Gespräch in Gang.«

»Und die anderen?«

»Mir ist nichts Besonderes aufgefallen. Andreas, also Dr. Weitz, schien mir nicht ganz bei der Sache zu sein.« Von Steben hob die Schultern. »Wahrscheinlich der Stress ...«

»Ach ja?«

»Ich meine den normalen Stress, den sein Beruf meines Erachtens so mit sich bringt: zu viele Patienten, schlechte Diagnosen überbringen zu müssen, Klagen anzuhören, all das Leid! Dazu die Überstunden und Hausbesuche. Er hat ein wenig müde auf mich gewirkt.«

Pia horchte auf. »Ist er deshalb vielleicht früher gegangen?«

»Ich glaube, dass er einmal Anstalten gemacht hat zu gehen ... Aber nein, er hat uns so um kurz vor halb zwölf verlassen, gemeinsam mit Frau und Tochter. Ich hatte zwischendurch den Eindruck ...«

»Was denn?«, hakte Louis nach, als von Steben nicht weitersprach.

Der Mann winkte ab. »Ach, nichts von Bedeutung.«

»Herr von Steben. Alles kann wichtig sein«, sagte Pia.

Justus von Steben sah mit schwer zu deutendem Blick aus dem Fenster in den grauen Nachmittagshimmel. »Carina und Andreas machten den Eindruck, als würde es in ihrer Ehe kriseln. Sie haben kaum miteinander gesprochen und sich noch weniger angesehen. Penelope schien sich im Gespräch mit Monika und mir einigermaßen wohlzufühlen und sich sogar über Hubertus' zeitweise Verlegenheit zu amüsieren. Nichts für ungut, ich mag das Mädel gern. Hubi kann einen kleinen Dämpfer von Zeit zu Zeit auch gut gebrauchen.«

»Sie hatten also den Eindruck, dass die Ehe der Weitz zurzeit angespannt ist.«

Von Steben hob die Hände. »Ich möchte keine Gerüchte in die Welt setzen. Ich bereue gerade, dass ich es überhaupt erwähnt habe.«

»Bitte antworten Sie ehrlich auf die nächste Frage. Es ist wichtig: Haben Sie den Eindruck, dass die Ehe so unglücklich ist, dass Herr Weitz sich anderweitig umgeschaut haben könnte?«

Justus von Steben schaute von einem zum anderen. »Wollen Sie wissen, ob er womöglich an Mira Schneider interessiert war?«

»Sie sind sich sicher über den Weg gelaufen. Und Frau Schneider war ja wohl auch seine Patientin.«

»Allerdings in der Praxis, in der seine Frau Arzthelferin ist! Carina hat sich nach ihrem Studium sogar extra für ihn noch dazu ausbilden lassen.«

»Sie wissen also nichts über ein mögliches Interesse von Dr. Weitz an Mira Schneider?«

»Das weiß ich wirklich nicht. Und es interessiert mich auch nicht, hat mich nie interessiert«, wehrte er brüsk ab.

»Und Sie? Fühlten Sie sich zu Mira Schneider hingezogen?«, warf Louis ein.

Justus von Steben blieb ihnen eine Antwort schuldig.

Monika von Steben fügte nicht viel Neues zu den Aussagen von Sohn und Mann hinzu. Sie empfing Pia und Louis auf der Terrasse des Gutshauses, von wo aus man den rückwärtig gelegenen, parkartigen Garten überblicken konnte. Sie hatte diverse Blumentöpfe auf dem Gartentisch vor sich stehen, einen Sack Blumenerde und einen Stapel Blumentöpfe zu ihren Füßen.

Monika von Steben gab sich freundlich, aber reserviert. Sie unterbrach ihre Tätigkeit nur für die Begrüßung und beantwortete die Fragen, während sie Pflanzen umtopfte. »Warum wollen Sie wissen, wer am Dienstagabend wann wo war? Es ist doch nicht etwa schon wieder etwas passiert?«

»Leider doch«, antwortete Pia. »Wir können aber noch nicht darüber reden.«

»In Hövelau? Bitte nicht schon wieder!«

»Nein, woanders«, erwiderte Pia. »Aber erzählen Sie uns bitte, wie die Nachbarschaft auf Mira Schneiders Verschwinden und auf das Auftauchen ihrer Leiche im nahe gelegenen Wald reagiert hat.«

»Der Schock hat sich bei den meisten wohl inzwischen gelegt«, bemerkte Monika von Steben, während sie Erde aus dem Sack in einen Blumentopf schaufelte. »Aber das schlimme Ereignis wirkt natürlich nach. Insgesamt sind die Leute vorsichtiger mit dem, was sie sagen und tun. Vielleicht bilde ich es mir auch nur ein. Ich wollte mit dem Essen vorgestern Abend auch ein bisschen Normalität verbreiten. Wir sind schon lange mit Carina und Andreas Weitz befreundet. Das gibt man doch nicht einfach so auf, weil …« Sie stockte und wischte sich die Hände an der Gartenschürze ab.

»Weil was?«, hakte Pia nach.

Frau von Steben blickte mit zusammengezogenen Augenbrauen in den Park. »Sie wissen ja wohl schon, dass Penelope und Hubertus verlobt waren? Und auch von der Auflösung ihrer Verlobung?«

Pia nickte, um den Redefluss nicht zu unterbrechen.

»Ich hatte diese Verbindung sowieso nicht für so eine gute Idee gehalten. Es wirkte auf mich eher, als wollten die beiden einer unbedachten Affäre etwas Glanz und Sinn verleihen. Sie galten als Traumpaar. Beide recht jung, gut aussehend, sie so begabt, er mit diesem …«, sie machte eine allumfassende

Handbewegung, »… märchenhaften Klotz am Bein. Es schien perfekt zu sein. Aber es war eben nur ein Märchen.« Sie stopfte zarte Hornveilchen mit heftigen Bewegungen in den vorbereiteten Topf.

»Wie kam es zu der Trennung?«, wollte Louis wissen.

»Das müssen Sie Hubertus und Penelope fragen. Ich vermute, dass die Realität sie eingeholt hat.«

»Welche Realität?«

»Na, es ist nun mal so, dass Märchen nicht wahr werden, Herr Schramm.«

»Welchen Eindruck hatten Sie am Dienstagabend von Andreas Weitz?«, wechselte Pia das Thema.

»Von Andreas? Der Arme schien mir ziemlich geschafft zu sein. Wenn Carina ihn nicht überredet hätte, hätte er den Abend sicher lieber auf seiner Couch verbracht.«

»Verstehen sich die beiden gut, Andreas und Carina Weitz?«

Monika schnaubte leise. »Nach außen hin wirkt normalerweise alles harmonisch. Am Dienstag war da aber irgendein Misston, wenn ich jetzt genauer darüber nachdenke. Na ja, ich überlege mir nur, wie es wäre, mit Carina verheiratet zu sein und auch noch mit ihr gemeinsam zu arbeiten …«

»Wie wäre es denn?«, hakte Louis nach.

Monika von Steben maß ihn mit einem prüfenden Blick, der auch den Ringfinger seiner rechten Hand streifte. »Oh, Carina hat alles im Griff! Sie hat Pläne und Ziele, hatte sie schon immer. Sie steuert das eheliche Schiff.«

»Angenommen, Andreas Weitz hätte eine Affäre gehabt …«

»Dann gnade dieser anderen Frau Gott!« Sie lachte auf und schüttelte den Kopf.

»Inwiefern?«, fragte Pia.

»Ach, ich meinte nur, dass Carina schon zusieht, wo sie bleibt. Sie hat einen starken Charakter. Ist unerschrocken, anpackend … Doch warum hätte sie Mira Schneider etwas antun sollen? Ihr Ehemann hatte keine Affäre mit der jungen Frau. Da bin ich mir einhundertprozentig sicher.«

»Weil Mira Schneider sich zu Frauen hingezogen fühlte?«

»Ja, das ist zumindest meine Vermutung. Sie und Penelope waren ineinander verliebt. Ich weiß, dass das auf meinen Sohn als möglichen Täter deuten könnte. Aber das ist Unsinn! Er hat Mira nichts angetan. Ich glaube eher, dass er insgeheim über die Trennung von Penelope erleichtert war.«

Pia runzelte die Stirn. »Warum das?«

»Hm. Wie soll ich das jetzt sagen? Er ist mein Kind. Ich kenne und liebe ihn wie wohl kein anderer. Doch eines Tages ist mir klar geworden, dass er im Grunde seines Herzens lieber für sich ist. Er ist die Sonne in seinem eigenen Universum. Wir anderen sind für ihn nur unbedeutende Planeten, die ihn umkreisen. Das klingt jetzt vielleicht hart. Aber es ist leider die Wahrheit.«

Pia dachte einen Moment darüber nach. Genau dieser Charakterzug sprach ihrer Meinung nach eher für Hubertus von Stebens Täterschaft. »Und was ist mit Ihrem Mann?«, fragte sie Monika von Steben dann.

»Was soll mit ihm sein?«

»Fühlte er sich von der neuen Mieterin in seiner Kate angezogen?«

Sie schnaubte. »Also wirklich … Justus? Das kann ich mir beim besten Willen nicht vorstellen.« Monika von Steben schüttelte nachdrücklich den Kopf.

Als Nächstes gingen sie zum Haus der Familie Weitz.

Penelope Weitz öffnete ihnen die Tür. Ihre Eltern seien in der Praxis, sagte sie. Sie führte Louis und Pia bereitwillig in die Küche, die Pia schon kannte.

»Ich weiß, es steht in der Ermittlungsakte von damals, Frau Weitz, aber sagen Sie uns bitte noch mal, wo Sie waren, als Mira Schneider verschwunden ist?«, eröffnete Pia das Gespräch.

»Ich war gar nicht in Hövelau. Ich bin an der Uni in Kiel gewesen, wo ich zu der Zeit noch studiert habe, und danach war ich mit den Leuten aus meiner WG verabredet.«

»Wollte Mira Schneider an dem Donnerstagabend nicht zu Ihnen nach Kiel kommen?«

Penelope Weitz verneinte. »Sie ist nach der Arbeit auf der Ausgrabungsstelle nach Hövelau gefahren. Sie wollte erst am nächsten Morgen nach Kiel fahren, soweit ich mich erinnere.«

»Wann sind Sie zurück nach Hövelau gekommen?«, fragte Louis.

»An dem Abend gar nicht. Ich habe in meiner Kieler WG übernachtet. Einer der anderen hat seinen Geburtstag gefeiert. Mira und er mochten sich nicht so gern. Deshalb ist sie auch nach Hövelau und nicht zu mir gefahren.«

»Dann gibt es Zeugen für Ihre Anwesenheit dort?«

»Das hatte die Polizei schon nach der Vermisstenmeldung nachgeprüft. Wir haben bis drei oder halb vier geredet und viel zu viel Wein getrunken. Es ging auch um meine Pläne mit Mira. Es war alles so verwirrend und aufregend für mich.«

»Haben Sie Ihren Kieler Freunden auch von dem Schmuck erzählt, wenn Sie sie in Ihre Reisepläne eingeweiht haben?«

Penelope schüttelte den Kopf. »Nein, das war zu … privat.«

»Wann haben Sie gemerkt, dass Mira verschwunden ist?«

»Erst nach dem Wochenende. Ich hatte viel an der Uni zu tun und wunderte mich nur, dass Mira nicht auf meine Textnachricht reagiert hatte. Irgendwann wurde es mir unheimlich, und ich bin nach Hövelau zu ihrer Kate gefahren. Da war sie aber nicht.«

»Sie haben sie nicht als vermisst gemeldet?«

»Das war nicht mehr nötig. Ich habe mit Dr. Felbert von der Ausgrabung telefoniert, weil ich dachte, sie sei dort vielleicht aufgehalten worden, aber da hatte der sie schon als vermisst gemeldet.« Sie verzog das Gesicht, als würde sie gleich zu weinen beginnen. »Mira wurde ermordet, und ich habe es quasi als Letzte gemerkt …«

»Und wo waren Sie am vergangenen Dienstagabend, Frau Weitz?«, fragte Pia, auch, um sie abzulenken.

Penelope Weitz riss die Augen auf. »Stehe ich unter Verdacht? Was ist denn bloß passiert? War es etwas hier im Dorf?«

»Nein.«

»Hat es mit den Leuten von der Ausgrabung zu tun? Mit diesem Chris oder mit ihrem Chef Dr. Felbert?«

Pia sah sie ruhig an. »Wie kommen Sie darauf?«

»Viel mehr Möglichkeiten gibt es doch nicht. Es sei denn, es ist was mit Miras Eltern oder ihrem Mann.«

»Nein, um die geht es nicht«, sagte Louis.

»Dass Sie immer noch nach Alibis fragen müssen, bei dem, was heutzutage mit DNA-Spuren und Fasern und so alles möglich ist!«, erwiderte Penelope Weitz ungewohnt schnippisch.

»Es dauert, bis die Ergebnisse vorliegen«, antwortete Louis.

»Also haben Sie was in der Richtung gefunden!«

»Ja, und …«

»Wo waren Sie also am Dienstagabend?«, unterbrach Pia

ihren Kollegen, bevor Penelope Weitz weitere Schlussfolgerungen aus Louis' Antworten ziehen konnte. Sie warf ihrem Kollegen einen warnenden Blick zu.

»Am Dienstag, also vorgestern, da war ich bei den von Stebens, gemeinsam mit meinen Eltern. Eine ›Goodwill-Veranstaltung‹, wenn man so möchte.«

»Was meinen Sie damit?«, erkundigte sich Pia.

»Meine Mutter und Monika wollten wohl demonstrieren, dass alles in Ordnung ist zwischen den Familien. Nach dieser vermaledeiten gelösten Verlobung.«

»Es war doch eine Sache zwischen Ihnen und Hubertus von Steben«, entgegnete Pia.

»Das sollte eigentlich so sein, ja. Aber gerade meine Mutter ... Sie war schrecklich enttäuscht, als wir uns getrennt haben.«

»Und, hat die ›Goodwill-Veranstaltung‹ funktioniert?«

»Ich habe mir jedenfalls Mühe gegeben, dass es ein annehmbarer Abend wird. Hubertus war in dieser Hinsicht weniger engagiert.«

»Wie hat er sich Ihnen gegenüber denn verhalten?«, fragte Pia.

Penelope Weitz winkte ab. »Er war mal wieder äußerst reserviert. Aber ich nehme es ihm nicht übel. Ich habe mich stattdessen gut mit den anderen unterhalten. Aber warum fragen Sie?«

»Darüber geben wir noch keine Auskunft. Von wann bis wann waren Sie bei den von Stebens, Frau Weitz?«

»Von sieben bis etwa halb zwölf.« Sie zog die Brauen zusammen. »Muss ich mir Sorgen machen?«

»Es hängt davon ab, ob Sie sich etwas haben zuschulden kommen lassen. Es wäre gut, wenn Sie noch ein paar Tage hierblieben und Ihren Abreisetermin gegebenenfalls mit uns abstimmen würden.«

»Ich darf nicht nach Heidelberg zurück?«

»Keine Sorge. Wir stehen kurz vor der Aufklärung des Falls.« Pia hoffte, dass sie sich in diesem Punkt nicht täuschte.

Als sie mit ihrem Kollegen aus dem Haus der Weitz trat, sah Pia eine Bewegung in einem der niedrigen Bäume. Trine Seibold saß halb verborgen von Zweigen und frischen jungen Blättern in einer Astgabel und schaute zu ihnen herüber. Louis hatte das Kind auch bemerkt.

»Entschuldige mich bitte«, sagte Pia zu ihm. »Es ist besser, wenn ich allein zu ihr gehe. Fahr ruhig schon weiter bis zur Hauptstraße und warte dort auf mich.«

Sie ging mit ihrem Kollegen zum Wagen und wartete ab, bis Louis davongefahren war. Dann lief sie an der Rückseite der Büsche und Bäume entlang, wo sie sich außer Sichtweite des Hauses befand. »Hallo, Trine. Gut, dass ich dich hier treffe! Können wir reden?«, fragte sie.

Einen Moment lang geschah nichts. Dann raschelte und knackte es. Pia hörte einen leisen Aufprall, und das rothaarige Mädchen kam auf sie zu. »Sie haben mich nur gesehen, weil ich wollte, dass Sie mich sehen.«

»Ja, das mag sein. Woher wusstest du, dass wir hier sind?«

»Das ist kinderleicht. Alle im Dorf haben mitbekommen, dass die Polizei da ist und Fragen stellt. Und auch, dass noch etwas passiert sein muss.«

»Wir suchen immer noch denjenigen, der Schuld am Tod deiner Freundin Mira hat«, erwiderte Pia sanft.

»Und wer war es?«, stieß Katharina hervor.

»Ich weiß es nicht, Trine. Noch nicht.«

»Aber Sie glauben, es war einer von hier!« Sie klang ängstlich.

»Komm, lass uns ein Stück weitergehen. Dann können wir reden«, bot Pia dem Mädchen an.

»Geht das auch woanders?«

Pia nickte. »Okay. Dann bei dir zu Hause. Sind dein Vater oder deine Schwester dort?«

»Nur mein Vater, glaube ich.«

»Dann sprechen wir uns gleich dort.«

39. Kapitel

Auf dem Weg zum Haus der Seibolds sahen Pia und Louis Jork Althoff ein Stück entfernt am Dorfrand, wo er anscheinend einen Zaun reparierte. Louis schlug vor, dass er die Zeit nutzen und ihn gleich befragen könnte, da Pia ja allein mit dem Mädchen sprechen wollte.

Pia zögerte, willigte jedoch ein unter der Voraussetzung, dass ihr Kollege Althoff nur nach seinem Alibi für den Zeitraum des Mordes an Dr. Felbert befragte. Sie beobachtete noch kurz, wie sich Louis dem Mann näherte und der von seiner Arbeit aufsah. Dann fuhr sie weiter.

Ingo Seibold hatte nichts dagegen, dass sie seine Tochter allein im Wohnzimmer befragte. In dem kleinen Raum war es beengt und stickig. Pia hätte es vorgezogen, draußen bei einem Spaziergang mit dem Mädchen zu reden, doch nach einem kurzen, unbehaglichen Schweigen rückte Trine mit der Sprache heraus.

»Ich will nur was wissen: Was ist mit Miras Buch? Mit der *Schildmaid*? Können Sie es mir jetzt wiedergeben?«

»Du scheinst es ja wirklich gern zu mögen.«

»Haben Sie es gelesen?« Trina sah sie mit großen Augen an.

»Ja, habe ich. Ich fand es auch spannend.«

»Bitte geben Sie es mir wieder! Oder wenigstens eine Kopie davon.«

»Momentan ist es noch ein Beweismittel, Trine. Sobald der Fall abgeschlossen ist, werde ich mit Miras Eltern sprechen, ob sie es dir überlassen oder für dich kopieren. Ich glaube, es wird sie freuen, dass du es haben möchtest.«

»Und wie lange dauert das noch?«

Pia zuckte mit den Schultern. »Das weiß ich nicht. Wir tun alles, was wir können, Trine. Und es könnte sein, dass wir bald mit unseren Ermittlungen zum Abschluss kommen.«

»Sie wissen also doch schon, wer es war?«, folgerte das Mädchen.

»Nein, wir sind uns noch nicht sicher.«

»Aber Sie waren im Gutshaus, hab ich gehört, und eben bei den Weitz …«

Die Kleine hatte ihre Augen und Ohren wirklich überall. »Trine, es ist wichtig, dass du die Polizei ihre Arbeit tun lässt, ohne dich einzumischen.«

Katharina runzelte die Stirn. »Sie denken, dass es gefährlich für mich ist, weil ich etwas herausfinden könnte?«

»Ja, genau. Das hier ist kein Spiel und auch kein Kriminalroman, Trine. Also halte dich bitte raus!« Pia blickte in das schmale, sommersprossige Gesicht mit den wachen Augen. Das Mädchen schien unentschlossen zu sein. »Und wenn du noch etwas über Miras Verschwinden weißt, sag es mir jetzt gleich. Ich werde dann überprüfen, ob es uns weiterhilft oder nicht.«

»*Ich* weiß nichts«, antwortete Trine ausweichend.

»Und wer weiß etwas?«

Katharina verschränkte die Arme vor der Brust. »Ich bin keine Petze.«

»Ich könnte mal mit Vito reden …«, schlug Pia vor.

Trine starrte sie unverwandt an.

»Wäre das eine gute Idee?«

Das Mädchen nickte beinahe unmerklich. »Sagen Sie ihm aber bloß nicht, dass Sie es von mir haben!«

Vito schaute beinahe erschrocken und ein bisschen schuldbewusst drein, als seine Mutter ihn zu Pia und sich hinunter in die Diele rief.

Frau Zell wirkte ebenfalls besorgt. »Die Polizistin Frau Korittki möchte noch mal mit dir reden, Vito.«

»Wieso denn?«, fragte er.

»Es kann sein, dass du uns helfen kannst, Vito«, antwortete Pia. »Ich würde dir gern ein paar Fragen stellen. Möchtest du, dass deine Mutter dabei ist?«

»Ich weiß nicht«, sagte er. »Willst du, Mama?«

Frau Zell warf Pia einen kurzen Blick zu. »Ich glaube, es redet sich leichter zu zweit«, erklärte sie. »Aber ich bleibe in der Nähe, Vito.«

Ein paar Minuten später saß Pia mit dem Jungen im Wintergarten, dessen Fenster und Türen weit offen standen.

»Ich glaube, dir geht etwas im Kopf herum«, bemerkte Pia, um das Eis zu brechen. »Ich kenne das. Wenn ich etwas gehört oder gesehen habe, von dem ich nicht weiß, was es bedeutet, ob es überhaupt etwas bedeutet, brauche ich auch manchmal eine Weile, bis ich mir klar darüber bin, was ich tun soll.« Das war eine pure Annahme, aber das unsichere Verhalten des Jungen und die Art, wie er unruhig auf seinem Stuhl herumzappelte, deuteten darauf hin, dass er etwas verheimlichte.

Er spielte mit einer Blüte, die er vom Boden aufgelesen hatte. Pia hatte Mühe, ihre Ungeduld zu zügeln. Aber sie durfte ihn nicht unter Druck setzen, sonst redete er vielleicht nie.

»Ich hatte ein Kaninchen«, sagte er schließlich. »Es war weiß mit schwarzen Ohren und schwarzen Flecken. Es hieß Rocky.«

Pia nickte. Sie hatte keine Ahnung, wohin die Reise ging, doch Vito sprach so ernsthaft, als wäre es von großer Tragweite.

»Mama hat aber eine Allergie gegen Tierhaare gekriegt. Deswegen konnte ich Rocky nicht behalten. Sie hat organisiert, dass mein Kaninchen zu Jork kommt. Der mag Tiere auch gerne und hat sich um Rocky gekümmert. Aber ich musste mich immer umziehen und duschen und Haare waschen, wenn ich mein Kaninchen besucht habe. Wegen Mamas Allergie. Also ...«

Vito stockte und biss sich auf die Unterlippe. »Also war ich immer seltener drüben. Ich fand es irgendwie auch traurig, wie Rocky da allein in seinem Käfig bei Jork im dunklen Stall saß, nur abends und nachts mit der Ziege und dem Pony als Gesellschaft. Die sind nämlich tagsüber draußen. Bei mir im Zimmer durfte Rocky immer frei herumlaufen. Und im Garten manchmal auch, wenn ich dabei war. Darum bin ich nicht mehr gern hingegangen ...«

Er schniefte leise. »Und dann wurde Rocky krank. Er hat Kaninchenschnupfen bekommen. Mama und Papa haben den Tierarzt bezahlt, aber es war hoffnungslos. Meine Eltern und Jork haben besprochen, dass der Tierarzt Rocky von seinem Leid erlösen soll.« Nun kullerten Tränen über Vitos Gesicht, die er hastig wegwischte.

»Ich wollte das nicht«, fuhr er nach einer Weile fort. »Aber Rocky war am Ende so schwach, dass er kaum noch den Kopf heben konnte. Da habe ich gewusst, dass es bald so weit war, weil ich auch nicht mehr zu Rocky hingehen sollte. Ich bin aber heimlich nach der Schule hingelaufen. Ich hatte gehört, dass Jork mal wieder mit hohem Fieber im Bett lag. Er konnte mich also nicht verraten, dachte ich. Ich wollte Rocky noch mal sehen und auch schauen, ob er was zu fressen hatte ...«

»Du bist also nach dem Unterricht zu Jork Althoff in den Stall gegangen? Wann genau war das? Weißt du das noch?«

»Das war an dem Freitagmittag so um halb eins. Das weiß

ich, weil Sport in der fünften Stunde ausgefallen war und wir früher nach Hause fahren durften. Und außerdem war Mira danach verschwunden.«

»Bist du dir sicher, dass es dieser Freitag war?« Die Schule konnte den Zeitpunkt der ausgefallenen Stunde vielleicht bestätigen, überlegte Pia.

Vito nickte. »Drei Tage später, als Jork wieder gesund war, hat er den Tierarzt gerufen, und der hat mein Kaninchen dann erlöst. Wir haben Rocky im Garten begraben, Jork und ich. Seinen Namen, den Todestag, also Montag, und das Datum habe ich auf den Stein geschrieben.«

»Und warum glaubst du, dass das wichtig ist?«, erkundigte Pia sich so ruhig wie möglich.

Er schniefte wieder, und sie reichte ihm ein Papiertaschentuch. »Ich war genau an dem Mittag im Stall, nachdem Mira verschwunden war. Als dann die Polizei im Dorf war, hat Papa gesagt, dass alle Männer im Dorf jetzt unter ›Generalverdacht‹ stehen würden oder so. Aber Jork wäre fein raus, weil er ja im Bett lag und sich nicht rühren konnte. Dabei … Dabei habe ich Jork mittags, als ich bei Rocky war, auf seinem Dach gesehen!«

»Was genau hast du gesehen, Vito?«

»Jork ist auf seinem Dach herumgeklettert, beinahe am First, und hat da etwas repariert. Er hat da auch nicht krank gewirkt. Es war auf der Seite vom Garten. Man konnte ihn nur vom Stall und von seinem Grundstück aus sehen.«

»Hast du das jemandem erzählt?«, fragte Pia. »Ist es möglich, dass Jork dich an dem Morgen bemerkt hat?«

»Nee. Glaub ich nicht. Und erzählt habe ich es nur Trine.«

»Gut, Vito«, sagte Pia. »Und vor allem sehr gut, dass du es mir jetzt gesagt hast! Es wäre mir lieb, wenn du die nächsten Tage nicht allein durch Hövelau laufen würdest. Bleib bitte zu Hause, ja? Ich rede mit deinen Eltern, damit die auch Bescheid wissen. Einverstanden?«

Vito nickte. In seinem Gesicht kämpften Emotionen wie Angst, Besorgnis, Aufregung und auch Stolz miteinander.

Pia besprach mit Vitos Mutter, dass sie in nächster Zeit besonders auf ihren Sohn achtgeben und ihn am besten nicht allein lassen sollte. Die Polizei würde Entwarnung geben, sobald sich alles geklärt hatte.

Danach rief sie Manfred Rist an, um ihn über die neueste Entwicklung ins Bild zu setzen und das weitere Vorgehen mit ihm zu besprechen.

»Das macht Althoff dringend tatverdächtig«, sagte Pia, nachdem sie ihm alles dargelegt hatte. Laut Louis hatte Althoff für den Mord an Dr. Felbert kein Alibi vorweisen können, sondern nur angegeben, allein zu Hause gewesen zu sein.

»Jork Althoff kann immer noch behaupten, dass er sich an dem besagten Vormittag zumindest wieder so gut gefühlt hatte, dass er für eine notwendige Reparatur aufs Dach klettern konnte«, gab Rist zu bedenken.

»Er hatte laut Carina Weitz am Morgen noch vierzig Grad Fieber«, wandte Pia ein. »Mit seinem Alibi stimmt etwas nicht. Wir sollten einen Haftbefehl für ihn erwirken.«

»Das werden wir morgen in Ruhe besprechen. Du und Louis, ihr könnt für heute Feierabend machen.«

»Es ist besser, wenn wir gleich handeln. Dies ist ein kleines Dorf, und die Leute reden. Althoff erfährt bestimmt, dass wir nochmals Leute befragt haben. Vor allem die Kinder«, erwiderte Pia. »Wenn er fürchtet, dass wir ihm auf der Spur sind, könnte das insbesondere für Vito Zell und Trine Seibold gefährlich werden. Und ich kann auch nicht ausschließen, dass er heute Nacht abhaut.«

Rist schwieg einen Moment. »Nur weil ihr ein weiteres Mal die Leute befragt, vermutet er doch noch lange nicht, dass wir von seinem falschen Alibi wissen.«

»Vielleicht hat er mitbekommen, dass ich mit Katharina und Vito geredet habe …«

»Aber der Junge sagt doch, dass Althoff ihn auf dem Dach nicht gesehen hat, während er selbst im Stall bei seinem Kaninchen war. Vitos Befragung kann ihn also nicht besonders misstrauisch machen.«

»Da können wir uns nicht sicher sein«, insistierte Pia. Sie wollte Trine und Vito um jeden Preis schützen. »Dieses Risiko sollten wir um der Kinder willen nicht eingehen.«

»Du bist wegen deines Sohnes zu nahe dran, Pia.«

»Nein, ich bin nahe genug dran, um einschätzen zu können, dass die Lage gefährlich ist«, erwiderte Pia ärgerlich. Ab einem gewissen Punkt schienen Täter zu glauben, dass sie nichts mehr zu verlieren hatten. Auf ein Leben mehr oder weniger, das sie auf dem Gewissen hatten, kam es dann ihrer Meinung nach nicht mehr an. Wenn Jork Althoff die Nacht in Polizeigewahrsam verbrachte, hätte sie eine große Sorge weniger.

»Ich informiere den Staatsanwalt über die neue Entwicklung und kläre das weitere Vorgehen mit ihm ab«, antwortete Rist.

Pia presste die Lippen zusammen, um ein frustriertes Aufstöhnen zu unterdrücken. Sie atmete tief durch und sagte dann ruhig: »Ich halte es für besser, Jork Althoff heute noch festzunehmen.«

»Nein, Pia. Ich habe mich bereits dagegen entschieden. Wir sehen uns morgen früh pünktlich um sieben Uhr im Kommissariat.«

Wütend und auch beunruhigt drückte Pia das Gespräch weg.

40. Kapitel

Pia traf um kurz nach neunzehn Uhr bei Marten ein. Sie hatte Louis zuvor in Lübeck abgesetzt und war auch noch in ihrer Wohnung gewesen, doch als sie gehört hatte, dass Marten bereits aus Kopenhagen zurück war, war sie kurz entschlossen zu ihm gefahren. Sie hatte auch Katharinas Vater noch gesagt, er solle in den nächsten Tagen besonders auf seine jüngere Tochter achtgeben. Mehr konnte sie leider nicht tun.

Marten zog überrascht die Augenbrauen hoch, als er Pia erblickte. Sie umarmten sich einen Moment länger als gewöhnlich. »Was ist los, Pia? Du siehst ja völlig fertig aus. Ist etwas passiert? Ist Felix noch bei deinen Eltern?«

»Ja. Er möchte auch übers Wochenende dableiben. Meine Mutter hat ihn unter anderem mit einem Kinobesuch geködert. Ich habe es erlaubt. Er war ja auch schon länger nicht mehr bei ihnen.«

»Und deine Ermittlung?«

»Ich vermute, dass wir in den Fällen ›Schneider‹ und ›Felbert‹ den Täter ermittelt haben.«

»Das klingt doch erst mal gut«, erwiderte Marten.

»Dachte ich auch. Aber Rist wollte nicht, dass wir den Tatverdächtigen festnehmen. Der Mann soll morgen freiwillig zur Vernehmung zu uns ins Kommissariat nach Lübeck kommen.«

»Du wirkst richtig begeistert«, sagte Marten ironisch.

Pia schüttelte den Kopf. »Ich bin beunruhigt. Die Situation in dem Dorf ist angespannt. Wer weiß, was der Tatverdächtige anstellt, wenn er sich in die Enge getrieben fühlt? Ich würde in dieser Hinsicht nichts riskieren.«

»Willst du darüber reden?«, fragte Marten. »Beim Essen?«

»Oh, ja. Hast du denn was da?«

»Ich habe auf der Heimfahrt frischen Fisch gekauft, den ich uns braten kann«, sagte Marten. »Mit Gemüse und Reis. Das geht relativ schnell.«

»Das klingt fantastisch. Lebensrettend sozusagen.«

Nach dem Essen, als sie bei einem Espresso saßen, erzählte Pia Marten, was ihr im Kopf herumging. Es tat ihr gut, alles noch einmal durchzugehen, doch es klärte ihre Gedanken nicht so, wie sie es sich erhofft hatte.

»Ich verstehe, dass dich die Aussage des Jungen, dass er den Verdächtigen am Morgen nach Miras Verschwinden auf dem Dach hat herumturnen sehen, misstrauisch macht«, sagte Marten. »Aber ich weiß nicht, ob das auch einen Richter davon überzeugen würde, dass das Alibi hinfällig ist. Und vor allem, dass der Tatverdächtige das Alibi nur konstruiert hat. Immerhin hatte ein Arzt eine entsprechende Diagnose gestellt, und das Praxispersonal hat das bestätigt, oder?«

»Ich werde mir den alten Bericht dazu noch mal anschauen. Ich meine, es war nur von einer Untersuchung mit Fiebermessung und einer Blutsenkung in der Praxis die Rede. Es wurde anscheinend kein großer diagnostischer Aufwand betrieben, weil sie in der Hausarztpraxis den typischen Verlauf seiner Infekte schon kannten. Aber der Tatverdächtige kennt ihn ebenso. Er hätte genau gewusst, was er vorgeben muss. Und wenn man meint, etwas zu sehen, was man schon kennt, schaut man vielleicht nicht so genau hin? Vielleicht hat ihm sogar jemand aus der Praxis geholfen?«

»Das ist schwer zu beweisen. Ein Arzt wird das weit von sich weisen. Wurde Althoffs Blut auch in einem unabhängigen Labor untersucht?«

»Ich meine nicht«, sagte Pia.

»Es ist auch möglich, dass der Verdächtige am Vortag noch hohes Fieber hatte und sich am nächsten Mittag kurzzeitig so viel besser fühlte, dass er sein Dach reparieren konnte«, gab Marten zu bedenken. »Er hat doch sicher entsprechende Medikamente bekommen, oder? Und er ist gelernter Dachdecker, hast du gesagt. Es sind schon merkwürdigere Dinge vorgekommen. Zumindest würde ein Anwalt so argumentieren.«

»Du glaubst, die Aussage des Jungen hilft uns nicht weiter?«

Marten wiegte den Kopf. »Die hilft euch möglicherweise schon weiter. Aber sie schließt den Fall nicht ab. Was ist denn das vermutete Motiv?«

»Da haben wir einen allein lebenden Mann, der sich für seine neu zugezogene Nachbarin interessiert. Sie soll sich darüber beschwert haben, dass er sich in ihre Angelegenheiten eingemischt und sie beobachtet hat.« Pia seufzte. »Ich weiß, dass das vage ist. Aber er ist des Öfteren an ihrem Haus vorbeigegangen. Das hat er selbst zugegeben. Und es heißt doch, dass man das begehrt, was man sieht. Mira Schneider war jedoch in Penelope Weitz verliebt. Was, wenn sie ihn nun grob abgewiesen, vielleicht sogar verspottet hat?«

»Begehren und verletzte männliche Eitelkeit … Das ist natürlich denkbar. Aber das reicht so noch nicht. Hat er Vorstrafen in dieser Richtung?«

»Nein, hat er nicht.« Pia rührte nachdenklich in ihrer

Tasse. Dann nickte sie. »Vielleicht bin ich zu sehr losgeprescht. Die Aussage des Jungen war so überzeugend. Und der Tatverdächtige ist einer der wenigen aus dem Umfeld des Opfers, der für den zweiten Mord, die mutmaßliche Verdeckungstat, kein Alibi vorweisen kann.«

»Habt ihr schon etwas, was ihn mit dem zweiten Tatort in Verbindung bringt? Sachbeweise?«

Pia trank einen Schluck Espresso und lächelte: »An Dr. Felberts Leiche sind Spuren sichergestellt worden, die höchstwahrscheinlich vom Täter stammen. Mit etwas Glück ist aussagekräftiges DNA-Material dabei. Wir warten allerdings noch auf das Ergebnis.«

»Falls das Material mit eurem Tatverdächtigen übereinstimmt, habt ihr ihn. Dann ist sein mutmaßlich gefaktes Alibi im Fall ›Mira Schneider‹ ein weiteres Puzzleteil, das ins Bild passt.«

»Wenn die Probe für eine DNA-Analyse ausreicht …«, sagte Pia. »Du weißt doch auch, wie das ist.«

»Was ist mit dem ersten Mord und Spuren?«, wollte Marten wissen.

»Da war kaum etwas Verwertbares dabei. Im Haus des Opfers hatte kurz vorher noch eine Feier stattgefunden. Angeblich hatten dort eine Reihe von Leuten aus dem Dorf mal vorbeigeschaut. Insofern haben alle Spuren, die dort sichergestellt worden sind, keine Beweiskraft. Und an der Leiche selbst beziehungsweise an ihrem Fundort war nichts Verwertbares mehr zu finden.«

»Was ist mit den Sachen des Opfers, die es angeblich mitgenommen hatte?«

»Die sind noch nicht wieder aufgetaucht«, sagte Pia. »Nicht einmal das Auto. Das Handy konnte zuletzt in der Nähe von Hövelau ermittelt werden.«

»Vielleicht ist der Wagen zu einer der Autofähren gefahren worden, die die Autos ins Ausland bringen«, bemerkte Marten nachdenklich.

»Das würde erklären, wieso er bisher noch nicht wieder aufgefunden wurde.«

»Traust du eurem Verdächtigen denn zu, dass er das alles so akribisch geplant und durchgezogen hat?«

Pia verzog das Gesicht. »Ich weiß es nicht … Doch, schon möglich.«

Marten runzelte skeptisch die Stirn. »Das vermutete Motiv würde aber eher zu einer spontanen Tat passen, oder?«

Pia stöhnte in gespielter Verzweiflung auf. »Es ist aber auch nicht leicht, mit einem Polizisten in einer Beziehung zu sein.«

Obwohl ihr ein Espresso am Abend normalerweise nichts ausmachte, konnte Pia nicht einschlafen. Stattdessen wälzte sie sich im Bett herum. Mal war ihr zu warm, kurz darauf wieder zu kühl, dann tat ihr die rechte Schulter weh. Ihre Gedanken kreisten um die Ermittlungen und kamen nicht zur Ruhe. Immer wieder blickte sie auf den Wecker neben ihrem Bett, während die Stunden verstrichen. Erst ein Uhr, dann zwei, dann drei Uhr … Marten neben ihr atmete ruhig und gleichmäßig.

Pia war verstimmt gewesen, weil er mit seinen Bemerkungen vorhin den Finger in die Wunde gelegt hatte. Aber er hatte recht. Ein Außenstehender sah manchmal mehr als diejenigen, die tief in die Ermittlung verstrickt waren.

Jork Althoffs Motiv im Fall »Mira Schneider« war tatsächlich nicht sonderlich überzeugend. Andererseits hatte sie schon des Öfteren erlebt, dass Motive, gerade für schwere Straftaten wie Mord, nicht unbedingt nachvollziehbar waren.

Um Viertel vor vier stand Pia leise auf. Es hatte keinen Sinn, im Bett liegen zu bleiben. Sie nahm ein paar Kleidungsstücke mit ins Bad, machte sich frisch und zog sich an. Sie würde ohnehin um sieben Uhr im K1 in Lübeck sein müssen.

Als sie leise in die Küche hinuntergehen wollte, stand Marten in der Schlafzimmertür. »Was ist los? Hast du einen Anruf bekommen? Ist was mit Felix?«

»Nein, alles in Ordnung. Ich kann nur nicht schlafen.«

»Die Ermittlung geht dir nicht aus dem Kopf«, stellte er fest.

»So ist es. Ich dachte, ich fahre an die Ostsee und lass mir den Kopf frei pusten, statt mich im Bett herumzuwälzen.«

»Darf ich mitkommen?«

»Du kannst auch weiterschlafen, Marten«, antwortete sie. »Ich wollte dich nicht stören.«

»Ich will aber gern mitfahren, wenn du nichts dagegen hast. Ich bin in fünf Minuten fertig.«

»Gut. Ich warte unten mit einem Kaffee auf dich.«

Schweigend folgten sie der kurvigen Dorfstraße hinunter in Richtung Strand. Es war nicht weit, und um diese Uhrzeit waren in dem kleinen Ort weder Menschen noch Fahrzeuge zu sehen. Als sie durch die tief gelegenen Wiesen fuhren, tauchten sie in eine Nebelschicht. Die Sonne würde erst in etwa eineinhalb Stunden aufgehen, doch im Osten zeichnete sich bereits ein heller Schimmer am Horizont ab.

Pia fuhr auf der schnurgeraden Straße an einem Campingplatz vorbei, der von einem mit hohen Gräsern bewachsenen Wall verdeckt wurde. Sie erreichten den noch leeren Parkstreifen diesseits des Dünenwalls und stiegen aus. Pia zog den Reißverschluss ihrer Jacke hoch und atmete tief durch. »Da wären wir. Lass uns ein Stück in Richtung Süden gehen.«

Dieser Strandabschnitt war für Pia noch frei von Erinnerungen an berufliche Vorkommnisse. Sozusagen jungfräulich ... Weiter im Norden lag das Seebad Kaltenbrode, wo im vergangenen Herbst eine Leiche aufgefunden worden war.

Marten und Pia schritten kräftig aus, jeder zunächst in seine eigenen Gedanken vertieft. Sie gingen nah am Wassersaum entlang, wo der Boden fester war.

Nach und nach färbte sich der dunkle Himmel gräulich blau, durchzogen von Wolkenschleiern in einem zarten Apricot, die von der Sonne angeleuchtet wurden, die noch hinter dem Horizont lag. Das Farbspiel am Morgenhimmel veränderte sich von Minute zu Minute.

Pia blieb stehen und hielt Marten am Arm fest. »Warte. Gleich geht die Sonne auf!«

Er zog sie an sich, und sie blickten nah beieinanderstehend über das Wasser. Die Sonne tauchte als schmales Segment über dem Horizont auf, das schnell größer wurde. Das Wasser schimmerte ...

»Man kann die Erdbewegung sehen. Wie schnell wir uns durch das All bewegen. Es ist erstaunlich und wunderschön«, sagte Pia.

Marten blickte sie von der Seite an. »Dann hat es sich ja gelohnt, so früh mit dir aufzustehen.«

»Es ist nicht nur der Sonnenaufgang«, erwiderte sie. »Es ist die gesamte Umgebung hier. Mit dir und Felix zusammen zu sein. All das, meine ich.«

»Ich wünsche mir, dass wir bald richtig zusammenleben können«, sagte Marten.

Pia seufzte. »Und Felix? Seine Schule, seine Freunde, sein gewohntes Umfeld? So einfach ist das nicht.«

»Ich weiß.« Marten sah ihr in die Augen und strich ihr

eine Haarsträhne aus dem Gesicht. »Wir finden die beste Lösung für Felix und für uns beide. Wenn ich eines in den letzten Monaten gelernt habe, dann, dass die Liebe zu einem Kind alles verändert. Manchmal kann ich kaum glauben, dass mir das gerade passiert. Die Liebe fühlt sich überwältigend und archaisch an und macht vor nichts halt. Und wehe, du zitierst mich irgendwann! Dann streite ich alles ab!«

»Erschreckend, nicht wahr?«, fragte Pia halb scherzhaft. »Man würde alles für sein Kind tun …«

»Wenn sein Leben in Gefahr wäre, sicher.«

Inzwischen hatte der untere Rand der Sonnenscheibe den Horizont erreicht. Marten zog Pia noch fester in seine Arme.

Sie genoss seine Gegenwart und seine Wärme. Der Morgen an der See war kühl und frisch. Außerdem war sie übernächtigt. Kein Wunder, da sie sich die Nacht mit Gedanken über ihren Fall um die Ohren geschlagen hatte. Nichts war so unnütz wie die Bedenken und Sorgen, die einen tief in der Nacht umtrieben.

Jetzt, da die Morgensonne den Strand und das Meer im Licht eines neuen Tages erstrahlen ließ, schien wieder alles möglich zu sein. Ein frischer Blickwinkel … auf die Frage, ob Jork Althoff Mira Schneider und Dr. Felbert ermordet hatte. Sie war der Lösung schon ganz nah, das wusste Pia. Sie kam nur noch nicht darauf.

Jork Althoffs Alibi für die erste Tat war anscheinend der Dreh- und Angelpunkt. War es echt, oder waren sie damit hereingelegt worden? Falls es falsch war: Wie hatte Althoff sogar seinen Hausarzt täuschen können? Immerhin, für die zweite Tat, den Mord an Dr. Felbert, besaß Jork Althoff kein Alibi.

Und wie war das mit seinem Motiv? Kam es wirklich nur für eine spontane Tat infrage? Könnte Althoff nicht auch geplant haben, die Studentin aus niederen Beweggründen, aus verletztem Stolz oder purer Lust am Töten, zu ermorden? Mira war nicht vergewaltigt worden, das nicht. Vielleicht hatte sie sich seinen Annäherungsversuchen widersetzt, ihn möglicherweise gekränkt oder verspottet? Er hatte womöglich eine sadistische Neigung und Befriedigung dabei empfunden, die Frau zu töten, die er begehrte.

Doch passte das mit seiner von verschiedenen Zeugen erwähnten Tierliebe zusammen? Es fühlte sich noch nicht richtig an …

Ein anderer Gedanke nagte nun an Pia, den sie nicht recht benennen konnte. Marten hatte da eben etwas gesagt: dass die Liebe zu einem Kind alles veränderte. »Sie fühlt sich überwältigend und archaisch an und macht vor nichts halt …«, hatte er gesagt.

Vor *nichts* halt?

Marten und Pia waren inzwischen umgekehrt und stapften durch den tieferen Sand zurück in Richtung Auto. Der magische Moment des Sonnenaufgangs war vorüber. Es würde nun schnell taghell werden.

»*Die Liebe zu einem Kind …*« Zu welchem Kind? Pia erinnerte sich auf einmal an Aussagen zu diesem Thema, die sie am vergangenen Tag von verschiedenen Leuten gehört hatte.

»Sie hat einen starken Charakter. Ist unerschrocken …«

»Aber gerade meine Mutter … Sie war schrecklich enttäuscht …«

Und: »… dann gnade dieser anderen Frau Gott.«

41. Kapitel

»Marten, ich glaube, ich habe die ganze Zeit über etwas übersehen!«

Er sah sie von der Seite an. »Und was?«

»Der- oder diejenige, die die Mittel und die Möglichkeit hatte, Jork Althoff ein Alibi zu verschaffen, hatte auch ein Motiv, Mira Schneider aus dem Weg zu räumen!«

»Von wem sprichst du, Pia? Seinem Hausarzt?«

»Nein. Von Carina Weitz, seiner Frau, die als eine der Arzthelferinnen in der Praxis arbeitet. Die Blutabnahme, die Blutsenkung, Bestimmung der weißen Blutkörperchen, Konzentration des C-reaktiven Proteins (CRP) im Blut … Das macht doch nicht der Arzt persönlich, sondern …«

»… jemand aus seinem Praxisteam.«

Pia nickte. »Genau. Der Arzt wertet die Befunde nur aus, er erhebt sie nicht.«

»Warum sollte seine Frau Mira Schneider loswerden wollen?«, fragte Marten. »Wo liegt das Motiv?«

»Das erzähle ich dir während der Fahrt. Wir müssen sofort losfahren. Ich habe ein schlechtes Gefühl. Die Kinder, die Althoffs Alibi torpedieren, könnten in Gefahr sein. Ich möchte dort sein, bevor Vito und Katharina das Haus verlassen, um zum Schulbus zu gehen. Vor allem Katharina! Vito wird wahrscheinlich von einem Elternteil zur Haltestelle gebracht werden.«

Sie liefen los in Richtung Wagen.

Als sie ihn erreichten, sah Pia erneut auf die Uhr. »Von hier brauchen wir zwanzig Minuten nach Hövelau. Ich rufe vom Auto aus noch eine Streife zur Verstärkung. Bis die Lübecker Kollegen da sind, dauert es mir zu lange.«

»Wir fahren nicht, ohne unsere Schutzwesten und ohne die Dienstwaffe mitzunehmen«, sagte Marten.

»Das wird aber knapp.«

»Das ist die Bedingung, Pia. Um wie viel Uhr fährt der Schulbus in Hövelau los?«

Sie zuckte mit den Schultern. »Ich schätze, der erste zwischen sieben und halb acht.«

Marten lenkte das Auto zügig die gewundene Landstraße entlang, erst zu seinem Haus, dann in Richtung Hövelau. Pia führte währenddessen ein längeres Telefonat mit Rist. Sie berichtete ihm von ihrem jüngsten Verdacht.

Ihr Chef stimmte ihr unter Vorbehalt zu, dass sie die Situation im Auge behalten sollten. Er würde einen Streifenwagen von der nächstgelegenen Dienststelle anfordern und nach Hövelau schicken. Dass Marten Unruh, ein Kollege vom LKA Kiel, Pia begleitete, gefiel ihm nicht, doch er sah ein, dass es immerhin besser war, als Pia allein mit der Sache zu betrauen. Wie sollte sie zwei Kinder gleichzeitig beschützen?

Sie hielten vor den ersten Häusern von Hövelau in einem Feldweg.

»Du gehst am besten zu Vito Zells Haus und behältst die Situation dort unauffällig im Auge.« Sie erklärte ihm, welches es war. »Ich weiß, es ist schwer, in so einem kleinen Dorf nicht aufzufallen. Aber am besten wäre es, sie bemerken dich gar nicht. Vito soll sicher, unbehelligt und unbelastet zum Schulbus kommen. Wahrscheinlich wird er aber sowieso von einem Elternteil gebracht. Du fährst dann in einigem Abstand dem Bus hinterher zur Schule.«

Pia sah sich um. »Er müsste hier vorbeikommen. So viele Straßen gibt es nicht. Es müssten dann beide Kinder dort ankommen. Vito Zell und Trine Seibold, ein rothaariges Mädchen von zehn Jahren. Ich glaube nicht, dass vor der Schule etwas passiert, doch sicher ist sicher.«

»Und du?«

»Ich gehe zum Haus von Katharina Seibold. Ich kann nicht wirklich sicher sein, dass sie zum Schulbus gebracht wird. Sie kennt mich und vertraut mir. Deshalb begleite ich sie dorthin.«

Marten nickte. »Okay, dann sind die Kinder im Bus. Ich folge ihm zu ihrer Schule, wo ich zusehe, dass beide sicher ins Gebäude kommen.«

Pia nickte. »Ich texte Rist noch, er soll die Rektorin informieren, dass beide Kinder in der Pause beaufsichtigt werden sollen.«

»Und was machst du dann?« Marten klang leicht amüsiert.

»Ich bleibe im Ort und warte auf die Kollegen.«

»Ach ja?« Er sah sie mit hochgezogener Braue an.

»Ich beobachte nur. Ich habe die strikte Anweisung, Jork Althoff noch nicht festzunehmen«, erklärte Pia.

»Ich bin nicht gerade begeistert, dass du allein vor Ort bleibst. Du könntest doch dem Schulbus nach Lensahn folgen ...«

»Nein. Ich weiß, wer im Dorf wer ist, du nicht. Vertraust du mir nicht?«

»Vollkommen«, antwortete er ernsthaft. »Aber ich weiß auch, wie schnell eine Lage außer Kontrolle geraten kann. Und ich möchte einfach nicht, dass du dann allein auf weiter Flur bist.«

»Mir passiert schon nichts. Doch nicht morgens um halb acht in Schleswig-Holstein auf dem Land«, versuchte Pia zu scherzen. »Es wäre ein gutes Gefühl, wenn ich wüsste, dass du ein Auge auf die Kinder hast.«

»Es ist deine Ermittlung.«

Als der Bus mit den Kindern davongerollt war und Marten dem Fahrzeug in einem großen Abstand folgte, ging Pia in Richtung der Straße, wo das Haus der Weitz lag. Das Dorf hatte kein richtiges Zentrum. Früher war wohl der Gutshof der Mittelpunkt der kleinen Ansiedlung gewesen, doch aufgrund der Verbotsschilder auf dem Gelände und des düsteren Teichs vor der Zufahrt hatte er diese Bedeutung anscheinend verloren.

Im Ortskern von Hövelau herrschte etwas mehr Leben, schon durch den kleinen Supermarkt und das Wirtshaus. Auch die Arztpraxis von Andreas Weitz befand sich dort. Die Sprechstunde begann um acht Uhr, wie das Schild am Haus verkündete. Der Schulbus war um zehn nach sieben losgefahren. Kinder auf dem Lande mussten früh aufstehen und dann lange im Bus sitzen. Es war jetzt Viertel nach sieben.

Pias Schritte knirschten im Kies des unbefestigten Seitenstreifens. Es gab keinen Fußweg, sodass sie am Straßenrand im Schatten der hohen Linden ging. Der Wind zerrte an den Zweigen, die links und rechts des Weges standen. Die wenigen Häuser sahen dunkel und unbelebt aus. Über allem hing nun eine dichte graue Wolkendecke. Der Sonnenaufgang war verheißungsvoller gewesen, als sich das Wetter jetzt darstellte.

Pia hatte mit Rist verabredet, dass sie sich in einer Kehre hinter dem Teich des Gutshauses mit den Kollegen des Streifenwagens treffen sollte. Sobald auch ihre Kollegen aus Lübeck eingetroffen waren, wollten sie Jork Althoff und den

Weitz einen weiteren Besuch abstatten. Gegebenenfalls konnten sie sie dann gleich mit zu weiteren Vernehmungen nach Lübeck nehmen.

An der Kurve angekommen, blickte sie auf die Uhr. Untätig im Wind zu stehen war kein besonders angenehmer Zeitvertreib. Sie trat von einem Fuß auf den anderen und achtete darauf, dass niemand sie sah. Wo blieben nur die Kollegen?

Da hörte sie jemanden rufen. Wer war das? Was war da los? Pia lief in die Richtung, aus der sie die Stimme zu hören glaubte. Sie näherte sich der Seitenstraße, wo das Wohnhaus der Weitz lag.

»Carina!«, erklang eine Männerstimme. Andreas Weitz stand in Jeans und gestreiftem Hemd auf der hölzernen Veranda. »Cariiina!«

»Guten Morgen, Herr Weitz! Kann ich Ihnen helfen?«, fragte Pia, als sie näher kam.

Er sah sie verwirrt an. »Ich suche nur meine Frau. Es ist … Wir müssen gleich rüber in die Praxis gehen.«

»Ist sie denn nicht im Haus?«

»Dann würde ich wohl kaum hier draußen nach ihr rufen!«

»Haben Sie drinnen schon überall nach ihr geschaut?«

»Nein«, gab er zu. »Ich dachte …«

»Ja?« Pia sah ihn abwartend an.

»Wir hatten einen kleinen Streit. Ich dachte, sie sei schon in die Praxis gegangen, um mich zu ärgern und mir zu zeigen, wie aufopferungsvoll sie ist.«

»Suchen Sie in der Praxis nach ihr, und rufen Sie mich an, wenn Sie sie gefunden haben. Meine Nummer haben Sie ja. Ich schaue mich hier draußen um!«

Pia überblickte die schmale Straße, das angrenzende Feld, ein paar Gärten. Nichts. Dann steuerte sie Jork Althoffs Grundstück im Teichweg an. Auch auf dem Weg dorthin begegnete ihr niemand.

Die Fenster des Hauses waren dunkel, und es war kein Mensch zu sehen. Doch das täuschte sicherlich … Ob Carina Weitz auch hier war?

Wenn sie jetzt durch die Pforte ginge und an der Eingangstür läutete, wäre Althoff gewarnt. Pia wusste nicht, ob das in dieser Situation eine Rolle spielte, doch sie wollte kein Risiko eingehen. Zwei Menschen waren ermordet worden.

Pia stieg über einen niedrigen Zaun, von wo aus sie sich dem Gebäude im Sichtschutz einiger Büsche nähern konnte. Dann ging sie hinter einem hohen Lattenzaun entlang, der die Terrasse vor dem Ostwind abschirmte, und gelangte so zum Wohnhaus.

Sie schaute sich noch einmal gründlich um und horchte. Kein Zeichen von menschlichem Leben. Pia umrundete das Haus und blickte in jedes Fenster im Erdgeschoss.

Bis auf das Badezimmer, das von innen mit Folie beklebt war, konnte sie in jeden der dunklen Räume hineinsehen. Sie waren leer. Keine Spur von Jork Althoff. Doch das sagte noch nicht viel aus, denn er konnte sich auch im Obergeschoss oder im Keller aufhalten. Beim Blick in das letzte Fenster, das in die Küche, verharrte sie.

Auf dem quadratischen Tisch vor der Fensterbank standen ein Teller mit einem nur halb aufgegessenen Käsebrot, ein beinahe voller Becher Tee, dessen Oberfläche schon getrübt war, sowie ein offener Behälter mit Heringssalat oder Ähnlichem … Jemand hatte seine Mahlzeit abgebrochen und noch nicht einmal die Zeit gefunden, den Tee zu trinken, aufzuessen, den Salat zurück in den Kühlschrank zu stellen, geschweige denn, das Geschirr wegzuräumen. Jork Althoff war von etwas oder jemandem beim Frühstücken gestört worden. Und Carina Weitz hatte vor Kurzem ihr Haus verlassen, mit unbekanntem Ziel …

Nach allem, was Pia in der letzten Stunde geschlussfolgert hatte, war sie davon überzeugt, dass Frau Weitz zu Jork Althoff gegangen war. Doch wo befanden sich die beiden jetzt? Carina Weitz war tatsächlich zu Fuß gekommen, wie es aussah. Ein alter Astra, der wohl Althoff gehörte, stand im Carport; vor dem Haus an der Straße waren Pia kein weiteres Auto und kein Fahrrad aufgefallen. Wo also waren die beiden nun? Und, noch viel wichtiger, was hatte Carina Weitz vor?

Pia stand dicht an der Hauswand, wo man sie weder von der Straße aus noch aus dem Inneren des Hauses sehen konnte. Sie zog ihr Handy hervor. Keine Nachricht, kein Anruf von Andreas Weitz. Das bedeutete wahrscheinlich, dass er seine Frau noch nicht gefunden hatte. Pia informierte Marten und Rist mit einem knappen Text über die neue Lage und ihren Aufenthaltsort, wartete deren Antworten jedoch nicht ab. Stattdessen stellte sie ihr Telefon lautlos.

In Gedanken ging sie ihre Möglichkeiten durch: Sie könnte an der Haustür klingeln, um sich davon zu überzeugen, dass bei Althoff alles in Ordnung war. Falls Carina im Haus war und einer von beiden den anderen bedrohte oder Ähnliches, wäre so ein Auftreten ohne Verstärkung in Reichweite nicht hilfreich.

Von den Fenstern im Erdgeschoss hatte keines offen gestanden … Ohne einen Schlüssel oder ein Pick-Set kam sie nicht unbemerkt ins Haus hinein. Pia hörte ein leises Poltern und ein Schnauben und runzelte die Stirn. Vorsichtig schaute sie um die Hausecke. In einem kleinen Paddock neben dem Stall standen das Pony und die Ziege. Pia atmete erleichtert auf. Doch je länger sie das normalerweise friedliche Bild betrachtete, das sich ihr im Schatten eines Apfelbaumes bot, desto beunruhigender erschien es ihr.

Beide Tiere schauten in Richtung der geschlossenen Stalltür. Das Pony schlug mit dem Kopf. Es trug ein grünes Halfter, von dem ein roter Strick bis auf die Erde baumelte. Die Ziege lief zur Stalltür, stieß mit den Hörnern dagegen, kam dann wieder zu ihrem Gefährten zurück.

Pia musste keine große Tierkennerin sein, um zu erkennen, dass etwas nicht stimmte. Niemand, schon gar nicht ein Tierfreund, würde ein Pony mit einem bis zur Erde baumelnden Strick allein im Paddock lassen, oder? Da war eine Verletzung doch vorprogrammiert. Sie ging in Richtung des Stalles, zu der zweigeteilten Brettertür. Die Holzbretter waren angegriffen von Wind und Wetter. Sie versuchte, durch eine Lücke hindurchzusehen, doch im Inneren des Gebäudes war es zu dunkel. Dafür hörte Pia nun Stimmen.

»Du kannst mich nicht zwingen!«, sagte jemand. Jork Althoff.

Ein Lachen war zu vernehmen, dann eine weibliche Stimme: »Doch, das kann ich, Jork. Ich verspreche dir, es tut überhaupt nicht weh. Es gibt keinen anderen Ausweg.«

»Lass mich in Ruhe, Carina, und hau ab!«, rief Jork rau.

»Das werde ich nicht tun. Nicht, bevor dies hier erledigt ist. Du hast es verbockt! Bei Mira ist ja vielleicht noch alles gut gegangen, aber bei diesem Felbert hast du Spuren hinterlassen. Das weiß ich von meiner Tochter, und die hat es von der Polizei! Es dauert nicht mehr lange, und die Polizei kommt und nimmt dich fest. Du hast keine Zukunft mehr! Doch du wirst mich nicht mit reinreißen. Sei ein Mann und bring es hinter dich!«

»Carina, nein!« Althoffs Stimme war nun von Panik verzerrt. Ein Schmerzensschrei ertönte. Pia zog ihre

Dienstwaffe, wollte die Stalltür aufstoßen, da der Riegel außen zurückgeschoben war, doch die Tür war von innen blockiert.

Pia rannte am Stall entlang, stieg durch den Zaun in den Paddock, von wo eine weitere Holztür für die Tiere ins Gebäude führte. Vermutlich gelangten Pony und Ziege so direkt in ihre Box, wenn sie es wollten. Und vielleicht war sie unverschlossen … Pia stellte sich seitlich, gab der Tür einen sanften Schubs, sodass sie ein Stück aufschwang.

Auf dem Fußboden des Stalls lag schmutziges Stroh. Aus dem Augenwinkel sah sie, dass die Tiere ein paar Schritte näher kamen, offenbar hin- und hergerissen von ihrem Wunsch hineinzugehen und der Scheu vor der ihnen fremden Frau vor der Tür, die sie davon abhielt.

Pia gelangte durch die schmale Öffnung in eine Pferdebox mit gemauerten Seitenwänden, die von Pferdekot und Urin verschmutzt waren. Es roch intensiv nach Ammoniak, Vieh und staubigem Stroh. An der Stirnseite befand sich eine Wand mit einer Futterkrippe aus Metall und einem Gitter oberhalb davon. Gebückt, um nicht von innen sichtbar zu sein, huschte sie zur Innentür der Box und blickte kurz durch die Gitterstäbe in die Stallgasse.

Im schwachen Licht, das durch das marode Dach und ein paar staubige Stallfenster fiel, stand Jork Althoff auf einem dreibeinigen Schemel. Vor ihm hing ein Strick mit einer Schlinge darin von einem der massiven Dachbalken herab. Carina Weitz hatte sich vor ihm postiert, ein Gewehr so selbstverständlich auf seinen Bauch gerichtet, als täte sie den lieben langen Tag nichts anderes, als auf Menschen zu schießen. »Bring es *jetzt* hinter dich!«, befahl sie.

»Hast du das eben gehört?«, fragte Althoff. »Da kommt jemand. Bestimmt die Polizei!«

»Wohl kaum, Jork! Und ich habe nicht ewig Zeit. Meine

Patienten brauchen mich. Wenn du es nicht bald tust, schieße ich dir in die Knie. Und wenn du am Boden liegst und dich vor Schmerzen windest, entferne ich dein Skrotum mit einem Skalpell. Weißt du, was das ist, ein Skrotum? Willst du entmannt in den Knast gehen?«

»Ich hänge mich nicht auf!«, rief Althoff mit einer Stimme, die sich nun vor Panik überschlug.

»Das Skalpell befindet sich in meiner Jackentasche. Ich biete dir stattdessen einen leichten Ausweg«, sagte Carina. »Nimm die Schlinge, Jork. Jetzt!« Sie trat noch einen Schritt näher, war jedoch immer noch weit genug von Althoff entfernt, als dass der eine Möglichkeit hätte, an das Gewehr heranzureichen.

Pia könnte vortreten und die Frau mit ihrer Waffe bedrohen. Doch wenn Carina Weitz es auf eine Schießerei anlegte, würde sie sie auf die Entfernung mit einer Pistole womöglich verfehlen. Die Frau hingegen würde Althoff mit ihrem Gewehr mit hoher Wahrscheinlichkeit treffen, da sie beinahe direkt vor ihm stand.

Noch hoffte Carina Weitz wohl, unbehelligt aus der Sache herauszukommen. Wenn Jork Althoff sich scheinbar aus freien Stücken in seinem Stall erhängte, nahm sie wohl an, die Polizei würde davon ausgehen, dass der Zweifachmörder Selbstmord begangen hatte. Sobald sie schoss, war das jedoch nicht mehr möglich. Dann würde klar sein, dass es einen zweiten Täter gab. Carina Weitz hatte also vorerst keine Motivation, Althoff zu erschießen.

Auf Pias Smartphone erschien ein Text, dass in wenigen Minuten Verstärkung da sei. Sie schrieb Rist und auch Marten zurück, wo genau sie sich nun aufhielt und was los war.

Carina Weitz schien langsam doch die Nerven zu verlieren. »Ich muss jetzt in meine Praxis. Das verstehst du doch,

Jork, oder?«, sagte sie. »Ich zähle bis drei, und dann hast du die Schlinge um deinen Hals gelegt. Es tut nicht weh, das verspreche ich dir.«

Jork Althoff stieß panisch und verzweifelt einen groben Fluch aus. Dann griff er mit bebender Hand nach dem Strick.

42. Kapitel

Marten hatte beobachtet, wie ein magerer Junge von etwa neun oder zehn Jahren von einer Frau in Jeans und Blazer mit einem braunen Pferdeschwanz zum Bus begleitet wurde. Sie ging mit großen Schritten und zog das Kind an der Hand beinahe hinter sich her. Da es auf der Straße umso lebhafter zuging, je näher sie der Bushaltestelle kamen, beachtete die Mutter ihn nicht. Falls sie davon ausging, dass ihr Kind in Gefahr sein könnte, war sie nicht besonders aufmerksam. Auch ansonsten schien sich niemand Gedanken über seine Gegenwart in diesem Dorf zu machen.

Er achtete nur darauf, genügend Abstand zu halten, und blieb mit dem Wagen vorsichtshalber zweimal stehen. Einmal, wie um sein Handy zu checken, das zweite Mal tat er so, als holte er etwas aus dem Kofferraum.

An der Bushaltestelle erblickte Marten Pia, die etwas abseits stand und sich mit einem rothaarigen Mädchen unterhielt. Da kam auch schon der Schulbus, und die Kinder stiegen ein. Pia sah dem Bus mit gerunzelter Stirn nach und ging dann entschlossen zurück in Richtung Ortsmitte. Marten seufzte leise, startete den Motor und rollte dem Schulbus hinterher.

Es war schwieriger als gedacht, unauffällig hinter dem Bus zu bleiben, da der an mehreren Haltestellen anhielt und jeweils noch ein oder zwei Kinder aufnahm, die anscheinend auf abgelegenen Gehöften oder in winzigen Weilern wohnten. Marten fuhr einmal einen kleinen Schlenker, um nicht aufzufallen, hatte den Bus jedoch bald wieder eingeholt. So wie es aussah, folgte außer ihm jedoch kein anderes Fahrzeug dem Omnibus.

An der Schule hielt er ein Stück entfernt vom Schultor an, stieg aus und beobachtete, wie seine beiden Schützlinge getrennt voneinander das Schulgelände betraten. Sie stiegen die Stufen hoch und liefen in das Gebäude. Damit hatte er seinen Auftrag fürs Erste erfüllt. Er sah auf die Uhr. Es war zehn Minuten vor acht.

Eine Nachricht von Pia erschien auf seinem Display. Verdammt, genau das hatte er befürchtet! Schnell sprang er ins Auto und machte sich auf den Weg zurück nach Hövelau. Ausgerechnet jetzt bog vor ihm ein Trecker aus einer Hofeinfahrt, der einen großen Anhänger hinter sich herzog. Er war mit Rundballen beladen und so breit, dass Marten das Gespann auf der schmalen, gewundenen Straße nicht überholen konnte.

Ungeduldig trommelte er auf das Lenkrad. Als er Pias zweiten Text erhielt, setzte er sein mobiles Blaulicht aufs Dach. Es dauerte jedoch, bis der Fahrer des Traktors eine Möglichkeit fand, ihn vorbeizulassen. Als Marten endlich überholen konnte, gab er Gas. Hoffentlich waren wenigstens die Streifenkollegen von der nahe gelegenen Dienststelle bereits vor Ort! Und hoffentlich war Pia nichts passiert!

Eine neue Nachricht von Rist erschien auf Pias Display:

```
Sind in fünf Minuten vor
Althoffs Haus.
```

Das war zu spät für Jork Althoff! Und sie hatte Marten gebeten, der schon vor Ort gewesen war, dem Schulbus nach Lensahn zu folgen!

»Das kannst du nicht machen, Carina! Nimm doch Vernunft an!«, sagte Jork Althoff mit vor Angst bebender Stimme.

»Und ob ich das kann, Jork! Wie viele Jahre habe ich die Klappe gehalten und keinem gesagt, dass du deinen Vater im Schlaf umgebracht hast? Und nun bist du eben dran. So ist das Leben!«

»Ich habe meinen Vater nicht ermordet!«

»Ach ja?« Sie lachte spöttisch. »Du hast ihm ›nur‹ nicht geholfen, als er seinen Herzanfall hatte? Hast ihn einfach liegen lassen, ohne Hilfe zu rufen. Das hast du mir in einer schwachen Stunde selbst erzählt.«

»Weil ich dich geliebt habe. Ich dachte, das zwischen uns ist etwas Besonderes!«

»Rede keinen Mist! Ich brauchte nur deine Hilfe. Meine Abneigung gegen dich war nicht nur gespielt. Und deine Zeit läuft genau jetzt ab. Entscheide dich!« Wie es aussah, zielte sie nun auf Althoffs Knie und entsicherte die Waffe.

»Warte, Carina! Ich tue es ja.« Mit wachsendem Entsetzen sah Pia, wie Althoff sich selbst die Schlinge um den Hals legte. Der Hocker wackelte, weil er so zitterte.

Pia schluckte trocken, spürte in ihrer Erinnerung wieder, wie sie selbst damals mit einem Seil um den Hals in der Villa in Lübeck gestanden hatte. Die Polizei war schon vor Ort gewesen, doch Albrecht, ein Straftäter, gegen den Pia damals ermittelt hatte, hatte vor seiner Flucht noch den Stuhl weggetreten, auf dem sie gestanden hatte …

Pia entsicherte ihre Dienstwaffe und rief: »Polizei! Werfen Sie das Gewehr zu Boden, oder ich schieße!«

Wie befürchtet drehte Carina Weitz sich rasch um, das

Gewehr weiterhin im Anschlag. »Ich denke nicht mal daran!«

Sie konnte Pia, die sich hinter die Trennwand der Box duckte, nicht sehen, peilte aber in etwa die Stelle an, wo sie sich befand – das hatte Pia in der Abwärtsbewegung durch das Gitter noch beobachtet –, und richtete das Gewehr auf sie. Wenn Pia hochkäme, um zu schießen, hätte sie, je nach Carinas Reaktionsfähigkeit, eine Kugel in Kopf oder Schulter, bevor sie selbst zielen und abdrücken konnte. Carina Weitz hatte offenbar bereits zwei Morde in Auftrag gegeben und daher wohl keinerlei Hemmungen, noch mehr Menschenleben zu opfern.

»Das Gebäude ist umstellt, Frau Weitz. Geben Sie auf. Sie können nicht entkommen!«, rief Pia.

Ein schrilles Lachen erklang. »Hier ist keiner außer uns. Und hier kommt auch *nie* jemand her!« Und dann sagte sie: »Bleib, wo du bist, Jork. Sonst bist du dran.«

Bei einem raschen Blick durch das Gitter beobachtete Pia, dass Carina Weitz sich wieder Althoff zuwandte, weil der im Begriff gewesen war, sich die Schlinge vom Kopf zu ziehen. Pia kam hoch, visierte die Beine der Frau an und schoss zweimal. Die Schüsse pfiffen durch den Stall, ohne die Frau zu treffen. Falls die Verstärkung schon in der Nähe war, wussten die Kollegen durch die Schüsse nun, wie ernst die Lage war.

Carina fuhr wieder herum und feuerte ebenfalls. Die Kugel durchdrang die Gitterstäbe und traf in die Steinmauer hinter Pia. Sie unterdrückte den Instinkt, sich flach in das stinkende Stroh zu werfen. Schon hörte sie Schritte auf dem Betonboden. Carina trug Schuhe mit harten Absätzen, sonst wäre Pia nicht vorgewarnt gewesen.

In der Box war sie trotzdem in einer denkbar schlechten Position. Pia rannte zum Ausgang und drückte sich draußen hinter die Hauswand, als schon der nächste Schuss die Außentür der Pferdebox durchschlug.

Hinter der Steinwand war Pia in Sicherheit, so lange, bis Carina aus dem Stall trat. Es wäre zwar *die* Gelegenheit, sie zu stellen, doch eine riskante. Pia sah auf einmal Felix vor sich, wie er sie mit seinen großen Augen vertrauensvoll anschaute. Kein Risiko!, ermahnte sie sich. Sie hatte es ihm schon so oft stumm versprochen.

Pia lief an der Außenwand des Stalles entlang, stieg wieder durch den Zaun des Paddocks und ging hinter der Hausecke in Deckung. Hoffentlich nutzte Althoff die Zeit, sich irgendwo in Sicherheit zu bringen! Und hoffentlich liefen ihre Kollegen, die jeden Moment eintreffen mussten, nicht Carina Althoff vor den Gewehrlauf! Sie setzte einen kurzen Text ab, um sie zu warnen.

Schweiß drang Pia aus allen Poren, und ihr Herz schlug so heftig, dass sie es bis hinauf in ihren Hals spüren konnte. Was tat Carina Weitz gerade? Ging sie zurück, um Althoff umzubringen? Oder versuchte sie zunächst, sie, Pia, auszuschalten? Sie könnte um die Ecke kommen und sofort schießen oder auch das Gebäude umrunden und sich von hinten nähern.

Pias derzeitige Situation, dicht an die Hauswand gepresst, war in jedem Fall ungünstig, denn falls Carina um die Ecke bog, war hier nichts, was ihr Deckung geben könnte. Stattdessen …

Marten fuhr in das Dorf und zu dem Feldweg, an dem sie sich am Morgen getrennt hatten. Auf seinem Navigationsgerät sah er Hövelau und das Gut, den Teich und die Straßen abgebildet. Pia hatte zuletzt getextet, dass sie sich auf Althoffs Grundstück befand und der Mann anscheinend in Gefahr war. Die Täterin war bewaffnet. Doch sobald Marten in die Sackgasse mit den vier Häusern einfuhr, an deren Ende sich Althoffs Haus befand, wie Pia ihm erklärt hatte, wäre er schon von Weitem sichtbar.

Daher parkte er hinter einem großen Eibenstrauch. Als er die Tür öffnete, hörte er in der Ferne zwei Schüsse. Dann noch einen aus einer anderen Waffe, wie es schien. Verdammt! Hoffentlich war Pia nicht getroffen worden! Er stieg hastig aus und rannte los. Kollegen aus Lübeck, von der örtlichen Dienstelle und auch aus Eutin waren auf dem Weg, wie er inzwischen von Rist wusste. Doch er war offenbar der Erste vor Ort.

Marten näherte sich dem Wohnhaus von der Gartenseite aus. Fenster und Türen waren geschlossen, und es war niemand zu sehen. Wieder ertönte ein Schuss aus der zweiten Waffe, nun schon viel lauter. O Gott, wenn es dich gibt, lass Pia nichts passiert sein! Ich bitte dich!, betete er stumm.

Sein Blick wanderte über das Grundstück mit Carport, Sitzecke, Paddock und einem kleinen Stallgebäude. Hinter dem Stall sah er eine Bewegung. Jemand kam auf ihn zu, versuchte anscheinend, dabei im Sichtschutz einiger hoher Rhododendren zu bleiben. Die unbekannte Frau mit dem Gewehr konnte Marten wohl noch nicht sehen, sondern blickte sich immer wieder um in Richtung Stall.

Sie floh wahrscheinlich vor Pia, doch Marten konnte ihr den Weg abschneiden. Er lief am Rand des Grundstücks entlang und hinter den Stall, stieg dabei über zwei Zäune und blieb hinter dem Carport stehen, der ihm Sichtschutz bot. Doch wo zum Teufel war Pia?

Mit vor Angst geweiteten Augen verfolgte Pia, wie Marten neben dem Wohnhaus aufgetaucht und dann hinter dem Carport verschwunden war. Wenn sie ihn rief, würde Carina sofort wissen, wo sie waren. Sie versuchte, ihn per Telefon zu warnen, doch er hatte sein Smartphone natürlich stumm geschaltet.

Pia unterdrückte einen Fluch. Das war allein ihre Schuld! Und Carina Weitz befand sich mit ihrem Gewehr noch irgendwo auf dem Grundstück.

Als Pia zu den Rhododendren rannte, um die Lage zu überblicken, sah sie Carina Weitz plötzlich. Sie stand seitlich zu ihr, hinter einer Feuertonne, hatte das Gewehr aufgelegt und zielte auf eine Stelle hinter dem Carport, wo Marten jeden Moment in Erscheinung treten konnte.

Carina war so auf ihr Ziel konzentriert, dass sie Pia noch nicht bemerkt hatte. Pia erwartete förmlich, jeden Moment das Krümmen des Zeigefingers zu sehen, den tödlichen Schuss zu hören. Doch von hier aus war sie zu weit von Carina Weitz entfernt, um sie wirksam daran zu hindern.

Pia hob die entsicherte Waffe und lief los: »Hände hoch, oder ich schieße!«, rief sie … den Bruchteil einer Sekunde zu spät. Ein Gewehrschuss ertönte. Carina Weitz federte gekonnt den Rückstoß ab. Das Projektil flog wie in Zeitlupe zur Seite. Die Frau ließ das Gewehr zu Boden fallen, hob die Arme, drehte sich zu Pia um und lächelte.

43. Kapitel

In der Ferne näherten sich mit hoher Geschwindigkeit mehrere Fahrzeuge. Bestimmt war das endlich die versprochene Verstärkung. Doch Pia empfand keine Erleichterung, sondern nur grenzenlose Angst und Wut.

Carina Weitz stand mit erhobenen Händen vor ihr.

Pia drehte sie um und legte der Frau, die nun keinerlei Widerstand leistete, Handschließen an, mit denen sie sie an dem Fahnenmast fixierte. Sie steckte ihre Waffe ins Holster zurück, nahm das Gewehr auf und lief mit gesenktem Lauf in Richtung Carport. »Marten!«, rief sie mit sich vor Panik überschlagender Stimme. »Marten!«

Er stand auf beiden Beinen, hielt seine Dienstwaffe vor sich. Pia sah kein Blut, er wirkte unverletzt!

Sie gab bei seinem Anblick vor Erleichterung einen unartikulierten Laut von sich. Pia stolperte auf ihren Freund zu und schluchzte auf. »Bist du okay? Ich dachte, sie hätte dich erschossen! Ich hatte solche Angst! Bist du wirklich okay?«

»Vollkommen okay, Pia.« Er warf einen Blick auf das Gewehr in ihrer Hand, lächelte andeutungsweise und nahm sie dann fest in den Arm.

Pia erwiderte die Umarmung und drückte Marten erleichtert an sich. »Ich hatte solche Angst, dass sie dich getroffen hat!«

»Die Frau hat nur den Stamm des alten Kirschbaums dort erwischt«, sagte Marten leise an ihrem Ohr. »Und du? Bist du auch in Ordnung?«

Pia atmete tief durch. »Jetzt schon.«

Marten und Pia hatten um halb acht die Brauerei auf dem ehemaligen Werftgelände nahe der Lübecker Altstadt betreten. In den Hallen aus rotem Backstein, in denen früher Schiffe gefertigt und repariert worden waren, fanden nun Konzerte, Lesungen, Messen und Firmenevents statt, und sie beherbergten auch die Brauerei. Der historische Industriekomplex war von Pias Wohnung in der Adlerstraße zu Fuß in zwanzig Minuten zu erreichen, und auch zur Lübecker Altstadt waren es Luftlinie nicht mehr als zweihundert Meter. Fehlte nur noch ein Wassertaxi …

Trotz der kühlen Abendluft standen unzählige Besucher unter dem lang gezogenen Schleppdach vor der Halle, tranken Bier und aßen Pizza. Marten und Pia bahnten sich den Weg durch die Menschen und stiegen neben der Bar auf einer Metalltreppe nach oben. Die obere Ebene in der Halle hatte Broders für seine Feier reserviert.

Pia sah eine Menge bekannter Gesichter aus ihrem Kollegenkreis, aber auch viele unbekannte. Nach einer Weile gelang es ihnen, durch die Menschentrauben hindurch zu ihrem Gastgeber zu gelangen.

Pia hatte ihren Lieblingskollegen Heinz Broders noch nie so glücklich gesehen. Er trug eine Jeans zu einem hellblauen Hemd und einem dunkelgrauen Jackett, jedoch keine Krawatte. Seine Lederschuhe waren blank geputzt, sein Haar frisch geschnitten. Er bewegte sich etwas vorsichtiger als sonst, wohl weil seine Rippen noch verletzt waren, doch er strahlte über das ganze Gesicht, und seine Augen leuchteten.

Broders' Partner Ralph, der diese Party für ihn organisiert hatte, stand stolz lächelnd an seiner Seite, schaute ihn immer wieder anerkennend an und begrüßte mit ihm die Kollegen vom K1 und von den anderen Dienststellen. Für jeden hatte Broders einen Spruch oder eine passende Bemerkung parat. Es wurde viel gelacht.

»Und hier kommt die Frau, ohne die ich heute nicht hier mit euch feiern würde!«, sagte Broders feierlich, als er Pia erblickte. Er kam auf sie zu und umarmte sie. Dann hielt er sie auf Armeslänge vor sich. »Ohne deine Geistesgegenwart, an das Housesitting zu denken, wäre ich wohl in der Garage verrottet. Dann hättet ihr nur noch meine staubigen Überreste aufgefegt!«

»Broders, du übertreibst. So groß war mein Anteil nicht! Du bist derjenige, der uns allen gezeigt hat, was ein starker Überlebenswille ausmacht.«

»Wir haben beide so einiges durchgemacht«, erwiderte er so leise, dass niemand außer Pia es hören konnte. »Ich verstehe dich erst jetzt so richtig.«

Ralph trat hinzu. »Wenn Heinz in den vergangenen Monaten nicht so viel für seine Gesundheit und Fitness getan hätte, dann hätte diese Entführung auch ganz anders ausgehen können. Viel schlimmer! Heinz, ich bin sehr stolz auf dich!«

Broders wurde verlegen. »Kommt, genug der langen Reden! Ich will einen Toast ausbringen.« Er hielt ein frisch gezapftes Bier hoch. »Auf meinen wundervollen Partner Ralph und auf die besten Kollegen der Welt!«

Nach einer langen, ausgelassenen Feier mit Broders und vielen ihrer Kollegen kamen Pia und Marten gegen halb zwei Uhr nachts zurück in Pias Wohnung.

»So einen tollen Abend hatte ich schon lange nicht mehr!« Pia hatte Mühe gehabt, ihre Wohnungstür aufzuschließen. Nun versuchte sie erfolglos, ihre Jacke über den überfüllten Garderobenständer zu hängen. Sie lachte, als diese immer wieder herunterrutschte, und geriet bei ihren Bemühungen ein bisschen ins Schwanken.

Pia hielt sich an Marten fest. »Da haben wir Felix' langes Großeltern-Wochenende ja exzellent ausgenutzt!«, brachte sie mit vor Konzentration gerunzelter Stirn heraus, doch sie hörte selbst, dass sie ein wenig nuschelte.

»Mir fällt da durchaus noch mehr ein«, Marten lächelte vielsagend, »was wir in der ›kinderfreien‹ Zeit tun können!«

»Oh, nutz meinen unzurechnungsfähigen Zustand bloß nicht aus! Ich hatte …« Sie versuchte, an den Fingern abzuzählen, wie viel sie getrunken hatte, verrechnete sich aber immer wieder.

»Du hast allein dreimal mit Broders mit Kurzen auf seine Rettung angestoßen, einmal ganz am Anfang auch mit Champagner, und dann hattest du noch vier bis fünf …«

Pia hob die Hand. »Stopp. Wir sind Polizei. Wir. Zählen. Nicht!«, sagte sie so würdevoll, wie es ihr in diesem Zustand möglich war. »Ich habe das Gefühl …« Sie schnupperte an ihrem Arm. »Ich rieche verdächtig nach Sprit. Das ist ein Sachbeweis. Leugnen ist daher sowieso zwecklos!«

»Nein, der Geruch liegt selbstredend nur an dem ungeschickten Kollegen vom Kriminaldauerdienst, der dir versehentlich seinen Whiskey-Cola über den Arm gegossen hat!«

»Brr, ekelhaftes Zeug! Das war Paul. Der ist harmlos.«

»Kein Mann ist harmlos. Wahrscheinlich hat er insgeheim gehofft, dass du dein Oberteil ausziehst, so wie er dich die ganze Zeit über angeschaut hat.«

»Hat er?«, erkundigte sich Pia. »Nun ist es so weit.« Sie streifte ihr Shirt über den Kopf und stand im BH vor Marten.

»Du scheinst ja wirklich jede Sekunde unserer Zeit ausnutzen zu wollen.« Er betrachtete sie.

»Was? Ich klebe nur schrecklich und muss dringend duschen.« Sie zog Marten an sich und sah ihm aus wenigen Zentimetern Entfernung in die Augen. »Und du kommst mit!«

»Pia, deine Dusche ist keinen Quadratmeter groß!«

»Na und? Ich will dich – jetzt.« Sie kicherte. »Unter der Dusche.«

»Ich könnte dich mit Handschließen an der Duschstange festmachen, damit du nicht ausrutschst und umfällst …«

Pia sah ihn erst verdutzt und dann mit schmalen Augen an. »Jetzt verstehe ich allmählich: ›Kein Mann ist harmlos.‹ Ich bin zwar Polizistin, aber du bringst gerade mein ganzes Weltbild durcheinander!«

Ein paar Tage später fuhr Pia mit Broders noch einmal nach Hövelau. Er hatte darauf bestanden mitzukommen, weil ihm, wie er es formuliert hatte, »die befriedigende Auflösung des Falles entgangen war«. Nun, zumindest einen Teil davon würden sie wohl heute noch erfahren.

Penelope Weitz hatte der Polizei mitgeteilt, dass sie nach Heidelberg an die Universitätsklinik zurückkehren musste. Doch ihre Sicht auf die Ereignisse, die zu den Morden an Mira Schneider und Dr. Rainer Felbert geführt hatten, wollte sie Pia oder ihren Kollegen heute noch mitteilen. Für weitere Vernehmungen würde sie sicher in nächster Zeit noch einmal nach Hövelau zurückkommen, doch der Staatsanwalt hatte zugestimmt, dass sie vorerst abreisen konnte. Als Tochter der Hauptverdächtigen könnte sie im Zweifelsfall sowieso von ihrem Recht, die Aussage zu verweigern, Gebrauch machen.

Doch Penelope Weitz wollte »sich alles von der Seele reden«, wie sie es selbst nannte. Sie sah blass und mitgenommen aus und schien in den letzten Tagen um Jahre gealtert zu sein. Was wohl kein Wunder war. Schließlich hatte sie gerade erfahren, dass die eigene Mutter den Mord an der Geliebten und einen zweiten in Auftrag gegeben und im weiteren

Verlauf versucht hatte, unter Androhung von Waffengewalt ihren Mittäter zum Selbstmord zu zwingen. Darüber hinaus hatte sie sich der Verhaftung widersetzt und – das nahm Pia ihr persönlich übel – auf Polizisten geschossen.

»Mein Pa ist wirklich fix und fertig«, sagte Penelope in resigniertem Tonfall. Sie saßen in der Küche an dem langen Esstisch und hatten zunächst ganz allgemein über Penelopes Pläne und die Lage in Hövelau gesprochen. »Papa überlegt tatsächlich, seine Praxis aufzugeben. Er kann immer noch nicht fassen, was passiert ist. Mein Vater verlässt kaum noch sein Arbeitszimmer, und dort starrt er nur gegen die Wand!«

»Geben Sie ihm Zeit«, antwortete Broders. »Es dauert, so einen Schock zu verarbeiten.«

»Meine Eltern waren immer für mich da«, stellte Penelope fest. »Und nun muss ich für meinen Vater da sein. Von null auf hundert hat sich unser Verhältnis zueinander komplett gewandelt.«

»Haben Sie jemanden, der Sie unterstützt?«, erkundigte sich Pia.

»In Heidelberg – ja. Aber Amelie ist weit weg.«

»Sie werden sie ja bald wiedersehen, nehme ich an.«

Penelope nickte. »Ich hoffe auch.«

»Ich weiß, das ist schwierig«, sagte Pia langsam, »aber haben Sie eine Erklärung dafür, wie es so weit kommen konnte? Was hat Ihre Mutter dazu veranlasst, Jork Althoff dazu zu bringen, Ihre Freundin Mira zu ermorden?«

Penelope starrte einen Moment vor sich hin. »Ich glaube, es hat sich irgendwie schon ganz früh angebahnt. Ich habe es nicht kommen sehen, denn ich kenne meine Mutter ja nicht anders. Ich habe ihr Verhalten lange Zeit für normal gehalten. Sie hat von Anfang an mein Leben kontrolliert und nach ihren Plänen gelenkt. Woher sollte ich wissen, dass das … ungewöhnlich oder sogar krankhaft ist? Sie hat mir zum

Beispiel stets herausgelegt, was ich am nächsten Morgen anzuziehen habe. Sie hat meine Frisur bestimmt, was ich esse, wann ich schlafen gehe, meine Freizeitaktivitäten, meine Freunde … mein ganzes Leben eben. Ich war *ihr* Werk, verstehen Sie? Ich sollte das Leben führen, das sie sich selbst verweigert hat.«

»Warum hat sie nicht das Leben geführt, das sie sich gewünscht hat?«

Penelope seufzte. »Vielleicht hatte sie nicht den Mut dazu. Oder sie hat gemerkt, dass sie ihren eigenen Ansprüchen nicht gerecht wird. Sie hat sich stattdessen für ihre Rolle als Ehefrau und Mutter aufgeopfert. Das war ihre Begründung dafür, dass sie ihre Träume nicht verfolgt hat.«

»Haben die Träume Ihrer Mutter auch die Verlobung mit Hubertus von Steben miteinbezogen?«

»Ja, das war wohl ein weiterer Baustein des großen Gesamtbildes. Ich sollte Chirurgin werden, am besten Hand- oder Herzchirurgin, und nebenbei auch noch Ehefrau und Mutter, Gutsbesitzergattin. In eine adelige Familie einheiraten … Selbstverständlich sollte ich bei alldem immer wunderschön anzusehen sein und über jeden Tadel erhaben.«

»Wie hat Ihre Mutter reagiert, als Mira in Ihr Leben getreten ist?«

»Zuerst dachte sie, wir wären nur befreundet. Meine Mutter fand es natürlich nicht wünschenswert, dass ich so viel Zeit mit einer Freundin verbracht habe. Das war in ihren Augen Zeitverschwendung. Aber sie hat es wohl noch relativ entspannt gesehen. Für ihre Verhältnisse entspannt.«

Penelope verzog das Gesicht, als sie weitersprach. »Sie hat mich nur einmal recht nachdrücklich gefragt, ob ich der Meinung sei, dass Mira wirklich der richtige Umgang für mich ist. ›Bei ihrer Herkunft‹ …« Penelope sah nachdenklich aus dem Fenster. »Und dann habe ich meinen Eltern gesagt, dass ich Mira lieben und die Verlobung mit Hubertus lösen würde.«

Die junge Frau schwieg einen Augenblick, dann fügte sie hinzu: »Ich hatte sogar überlegt, mit meinem Studium zu pausieren oder es vielleicht sogar aufzugeben. Stattdessen wollten Mira und ich um die Welt reisen … Ich hatte erwartet, dass gerade meine Mutter furchtbar enttäuscht sein würde. Doch nach dem ersten Schock hat sie unerwartet gefasst reagiert. Ich war wirklich erstaunt, aber auch erleichtert. Sie sagte, dass ich bestimmt noch rechtzeitig zur Besinnung kommen würde, weil ich es ansonsten ganz sicher bereuen würde. Doch sie räumte ein, dass es ja meine Entscheidung sei.«

»Was könnte bei Ihrer Mutter den Plan ausgelöst haben, Mira zu beseitigen?«

»Sie muss zu irgendeinem Zeitpunkt … irgendwie den Verstand verloren haben«, sagte Penelope leise und vergrub das Gesicht in den Händen. »Ich kann immer noch nicht recht glauben, dass es so war.«

»Ihre Mutter hat ein umfassendes Geständnis abgelegt.« Auch Jork Althoff, der nach der Schießerei ebenfalls noch auf seinem Grundstück festgenommen worden war, hatte umfänglich gestanden.

»Ich weiß. Pa und ich, wir können es immer noch nicht fassen. Was sie alles gesagt hat: dass sie die Mutter von einer ganz besonderen Tochter war! Ich sei ihre Zukunft gewesen. Ich sollte an ihrer Stelle Großartiges leisten, darauf habe sie all die Jahre hingearbeitet. Doch Mira wollte das verhindern. Deshalb musste sie sie aufhalten. Meine Mutter ist der Meinung, dass sie für mich ihr Leben aufgegeben hat.« Penelope machte eine ausholende Geste. »Sie sagt, sie hat all das hier nur für mich ertragen. Können Sie sich vorstellen, wie das für meinen Vater ist?«

»Er hat ausgesagt, dass er wohl zeitweise die Augen vor dem verschlossen hat, was vorgegangen ist. Er hat zum Beispiel Jork Althoff damals nicht richtig untersucht, sondern sich auf den bloßen Augenschein, die angeblich katastrophalen Werte der Blutsenkung und die Einschätzung Ihrer Mutter verlassen. Sie hatte ihm zusätzlich mit einem weiteren vermeintlichen Notfall, einem dringenden Hausbesuch, Stress gemacht. Die Patientenakte hat sie geführt. Sie hat es wohl recht geschickt angefangen …«

»Es war seine Verantwortung.« Penelope Weitz schluchzte auf. »Das kann doch alles nicht wahr sein!« Sie hob den Kopf und sah Pia mit geröteten Augen an. »Wie konnte meine Mutter uns das antun?«

»Erinnern Sie sich an etwas, was Ihnen damals, als Mira noch lebte, schon seltsam vorgekommen ist?«

Penelope ließ sich wie erhofft von dieser Frage von ihren starken Gefühlen ablenken und versuchte, sich zu entsinnen, was tatsächlich geschehen war. »Meine Mutter hat mich damals zur Bank begleitet, als ich einen Teil des Schmucks abgeholt habe. Doch sie hat während der Autofahrt so gut wie gar nicht mit mir gesprochen. Sie war beinahe … wie in Trance.«

Penelope schüttelte bei der Erinnerung den Kopf. »Ich dachte, es liegt an meiner bevorstehenden Weltreise mit Mira. Dass sie Angst um mich hat oder Sorgen, dass ich mein Studium irgendwann endgültig hinschmeiße. Auf der Rückfahrt hat sie dann gefragt, wie viel ich von dem Schmuck mitgenommen habe. Was er wohl ungefähr wert sei. Und als ich ihr die geschätzte Summe genannt habe, sagte sie: ›Das reicht ja für eine neue Heizung oder eine andere notwendige Reparatur an einem Haus! Andere Leute fürchten um ihr Heim. Und du willst das Geld zu deinem Vergnügen ausgeben.‹«

Die Studentin schluckte mehrmals. »Das war alles. Den

Rest der Fahrt hat sie wieder geschwiegen. Ich habe nach unserer Ankunft zu Hause nicht weiter darüber nachgedacht. Unser eigenes Haus brauchte meines Wissens keine neue Heizung. Für notwendige Reparaturen war immer genug Geld da, dachte ich zumindest. Ich habe mich kurz gefragt, wie meine Mutter wohl auf eine solche Bemerkung gekommen war. Und dann habe ich es auch schnell wieder vergessen.«

Möglicherweise war Carina Weitz in diesem Moment die Idee gekommen, Jork Althoff mit dem ominösen Tod seines Vaters zu erpressen, ihm zu drohen, seine Tat im Dorf publik zu machen und dafür zu sorgen, dass er sein Haus und somit das Refugium verliert, das er seinen Tieren geschaffen hatte. Gleichzeitig wollte sie ihn mit von ihm dringend benötigtem Geld locken, falls eine zusätzliche Motivation nötig sein würde, dachte Pia. Zu diesem Zweck und um Mira den Diebstahl in die Schuhe zu schieben, hatte Carina Weitz den Schmuck ihrer Tochter gestohlen und zu Geld gemacht, wie sie inzwischen zugegeben hatte. »Gegen Ihre Liebe und Freundschaft mit Mira hatte Ihre Mutter also keine so deutlich ausgesprochenen Einwände?«

Penelope Weitz kniff die Augen zusammen. »Bis auf den Spruch, dass ich es bereuen würde?« Sie überlegte. »Es kamen immer mal wieder so kleine Seitenhiebe: Ihrer Ansicht nach hatte Mira mich ›böswillig verführt‹, doch ich würde schon wieder ›zur Vernunft‹ kommen. Es sei nur der ›Reiz des Neuen‹ und der ›widerspenstige, aufrührerische Teil meiner Persönlichkeit‹. Ja, so hat sie es genannt.«

»Und Sie? Wie haben Sie darauf reagiert?«, fragte Pia.

»Gar nicht. Ich wusste, gegen sie verliere ich jeden Disput. So war es schon immer. Ich habe sie zunächst in dem Glauben gelassen, auf sie zu hören, und gehofft, dass sie sich an die neue Situation schon noch gewöhnt. Es schien auch so zu sein. Sie wurde etwas zugänglicher, hat sich hin und wieder bei mir nach Mira erkundigt oder sich sogar mit ihr unterhalten, wenn sie ihr begegnet ist, aber …«

Penelope schluchzte auf. »Das war im Nachhinein betrachtet wohl nur Theater und Tarnung, um alles besser planen zu können. In Wahrheit hatte sie da wohl schon diesen furchtbaren Plan gefasst, dass Mira sterben soll, wenn sie mich nicht freigibt!«

»Sie haben uns ja neulich von Miras Verdacht gegen ihren Chef Dr. Felbert erzählt, bei den Ausgrabungen Artefakte zu veruntreuen. Wusste auch Ihre Mutter davon?«

Penelope runzelte die Stirn. »Ja, wusste sie. Aber erst seit Kurzem … Wurde dieser Mann deshalb von Jork Althoff ermordet?«

»Wir gehen zurzeit davon aus, dass Althoff von Ihrer Mutter dazu angestiftet wurde, ihn umzubringen und es wie einen Suizid aussehen zu lassen. Felbert sollte als Sündenbock für den Mord an seiner Studentin herhalten.«

»Pech war, dass Dr. Felbert mich zuvor im Wald niedergeschlagen und in seine Garage eingesperrt hatte«, sagte Broders lakonisch. »Er war in illegalen Antikenhandel involviert und wollte das Land verlassen, bevor er verhaftet wird. Ich denke nicht, dass Felbert mich umbringen wollte, aber durch seine Ermordung durch Althoff hatten meine Kollegen einige Mühe, mich zu finden.«

»Und das Kettchen, das ich Mira geschenkt habe, das mit unseren Initialen, das hat Althoff dann bei diesem Felbert zurückgelassen, um den Eindruck zu erwecken, der hätte es Mira abgenommen, als … als … Dabei hatte Althoff es nach der Tat selbst an sich genommen.« Sie brach ab.

Pia nickte. »So war es wohl.«

Penelope schwieg einen Moment, als müsste sie die grausame Wahrheit erst sacken lassen. Dann räusperte sie sich.

»Bitte sagen Sie mir, wie Mira gestorben ist. Wie hat er es getan? Ich muss es wissen!«

Genau das hatte Pia befürchtet. Sie warf Broders einen Seitenblick zu und atmete tief durch. »Das darf ich zum derzeitigen Stand der Ermittlungen nicht tun, Frau Weitz. Aber Sie werden es noch erfahren. Das verspreche ich Ihnen.«

Pia und Broders wussten inzwischen, dass Althoff sein Opfer frühmorgens an seinem Auto überwältigt und mit einem Stück Draht erdrosselt hatte. Dann hatte er die Tote im Kofferraum ihres eigenen Fahrzeugs in den Wald gefahren und in einer nachts zuvor ausgehobenen Grube begraben. Zuvor hatte er ihr noch ihre Halskette abgenommen.

Danach packte er in Mira Schneiders Kate ihre Sachen und lud sie in ihr Auto. Den Koffer und die Tasche mit ihrem Handy versenkte er in einem See; ihr Auto stellte er zunächst nur auf einem Parkplatz ab, wo es nicht auffallen würde. Von dort ging er ungesehen zu Fuß nach Hause. Einige Tage später fuhr er Mira Schneiders Auto nach Kiel zu einer Autofähre nach Nordafrika.

Die Wikingerfibel steckte er angeblich beim Einpacken in der Kate unbeabsichtigt in seine Jackentasche. Sie fiel ihm erst Tage später wieder in die Hände, und er warf sie einfach in den Hövelauer Teich.

Das war ein Fehler gewesen.

»Das war heftig«, sagte Broders, nachdem sie sich von Penelope Weitz verabschiedet hatten. »Die arme Frau und der arme Vater und Ehemann!«

»Das sehe ich genauso.« Pia startete den Wagen. »Darüber kommt man nicht so leicht hinweg.«

Broders seufzte. »Was steht nun noch an?«

»Ich glaube, das wird erfreulicher«, antwortete Pia. »Wir fahren zu den Seibolds. Katharina müsste schon aus der Schule zurück sein.«

»Inwiefern hat das Mädchen da überhaupt mit dringehangen?«

»Sie war ja mit Mira Schneider befreundet. Ich fürchte, sie hat nicht viele Menschen in Hövelau, mit denen sie sich gut versteht. Und sie hat mir indirekt den entscheidenden Hinweis gegeben, dass ihr Freund Vito Jork Althoff an dem Morgen auf seinem Dach hat herumturnen sehen, an dem er angeblich von einem hohen Fieber hingestreckt im Bett liegen sollte.«

Trine saß im Garten an einem Kunststofftisch und hatte Schulhefte, ein Buch und ein Federmäppchen um sich herum ausgebreitet. Ihr Vater hatte Broders und Pia nach draußen geführt und ihnen sogar eine Tasse Kaffee angeboten. Er wirkte verändert auf Pia. Gepflegter und aufmerksamer als bei ihrem letzten Besuch.

»Oh, Frau Korittki! Hallo!« Trine sah von ihrem Heft auf, und ein Lächeln erhellte ihr blasses, sommersprossiges Gesicht. »Ich hätte nicht gedacht, dass Sie noch mal herkommen.« Sie blickte zu Broders.

»Hallo, Trine. Ich wollte auf jeden Fall noch mal bei dir reinschauen. Kennst du meinen Kollegen Heinz Broders schon?«

»Nein. Guten Tag!«, sagte Trine ernsthaft.

»Wie geht es dir?«, erkundigte sich Pia.

»Och, gut. Obwohl ich immer noch traurig bin – über alles …«, schloss sie verunsichert.

»Im Ort wird wahrscheinlich viel geredet«, vermutete Broders.

»Es geht«, antwortete Trine. »Aber Frau Weitz ist weg, und die Praxis von Dr. Weitz ist im Moment zu. Keiner weiß, ob er sie wieder aufmacht. Das ist für viele hier nicht so toll. Einige wollen auch einfach nicht verstehen, was passiert ist.«

»Verstehst du es denn? Du hattest uns ja sehr geholfen, die schlimme Sache aufzuklären. Oder willst du mich noch etwas fragen, Trine?« Ein Gefühl sagte Pia, dass es so war.

»Also … Eine Frage habe ich schon.« Die Wangen des Mädchens färbten sich rosa.

Ihr Vater betrat mit einem Tablett mit Kaffee, Milch, Zucker und mehreren Bechern die Terrasse. Für Trine hatte er eine kleine Flasche Limonade mitgebracht. »Holunder ist richtig, Trine?«

»Papa, die Limo ist doch teuer! Die trinke ich nur mal am Wochenende«, sagte Trine vorwurfsvoll, aber auch erfreut, wie es aussah.

»Ich finde, du hast dir heute eine kleine Belohnung verdient«, erklärte ihr Vater.

»Na gut, ausnahmsweise.« Das Mädchen grinste. »Dann hole ich mir aber auch noch mein Lieblingsglas …«

Ingo Seibold sah ihr nach. »Meine Kleine … Ich versuche, es besser zu machen als vorher, Frau Korittki. Ehrlich. Ich habe mich seit dem Tod meiner Frau sogar vor meinen Töchtern verkrochen. Ich habe sie mit ihrem Kummer alleingelassen, obwohl ich körperlich anwesend war. Das war unverzeihlich. Mir ist durch das ganze Drama erst so richtig klar geworden, wie wertvoll meine Familie ist. Auch und gerade, weil sie nicht mehr vollzählig ist.« Er schenkte Kaffee ein.

Sie setzten sich und tranken ein paar Schlucke.

»Meine Frau hätte gewollt, dass ich mich so gut wie möglich um unsere Töchter kümmere. Ich will sie nicht enttäuschen.«

»Katharina kann die Liebe und Aufmerksamkeit ihres Vaters sehr gut gebrauchen, glaube ich.« Pia hoffte für Trine, dass die Vorsätze und Erkenntnisse von Dauer waren. »Denken Sie, dass Sie es schaffen werden? Manchmal braucht es mehr als einen festen Vorsatz.«

»Ich werde mir Hilfe holen«, antwortete Katharinas Vater entschlossen. »Für meine Kinder! Ich habe schon ein erstes Vorgespräch geführt. So, wie es war, geht es nicht mehr weiter.«

Pia lächelte. Das war gut. Sie gönnte der kleinen Familie von Herzen, dass sich endlich alles wieder zum Guten wandte. Sie legte einen DIN-A4-Umschlag aus braunem Packpapier auf den Tisch.

»Was ist das?«, erkundigte Ingo Seibold sich.

Katharina kam mit einem Glas zurück. Sie blickte auf den Umschlag, dann zu Pia. Ihre Augen leuchteten erwartungsvoll auf.

»Der ist für dich, Katharina«, sagte Pia.

»Ist es …« Trine blickte sie hoffnungsvoll an. »Ist es das, was ich denke? Danach wollte ich Sie noch mal fragen …«

»Ich habe Mira Schneiders Eltern gebeten, eine Farbkopie für dich anzufertigen. Sie ist aber nur für dich. Du darfst sie nicht weitergeben. Ist das okay?«

»Natürlich!« Trine blinzelte mehrmals.

»Ich soll dich auch ganz lieb von Miras Eltern grüßen. Sie sind froh, dass ihre Tochter eine so gute Freundin wie dich in Hövelau gefunden hatte.«

Katharina nickte.

»Was ist das?«, wiederholte ihr Vater seine Frage.

»Etwas ganz, ganz Tolles!«, stammelte Trine. »Ein Buch, das Mira geschrieben und gezeichnet hat.« Sie öffnete den Umschlag und hielt das gebundene Manuskript beinahe andächtig vor sich. »Es heißt *Die Schildmaid.*«

Der Frühlingsabend war ungewöhnlich warm und windstill. Der kleine Ort sah beinahe wieder so friedlich aus wie vor den Ereignissen, die die Polizei hierhergeführt hatten. In der Ferne rief ein Kuckuck. Ansonsten lag die Insel in dem schwarzen Teich vollkommen ruhig und scheinbar verlassen da. Auch auf dem Gutsgelände war – ungewöhnlich für die Uhrzeit und die Jahreszeit – niemand zu sehen. Dann bewegten sich die Zweige eines Holunderbuschs, und zwei Kinder tauchten am Ufer der Insel auf.

»Ich will aber nicht Long John Silver sein!«, maulte Vito. »Ich will auch mal Jim spielen!«

Trine seufzte. »Also meinetwegen.« Sie war froh, dass ihr Freund wieder mit ihr spielen durfte. »Dann bin ich jetzt erst mal Silver, und du bist Jim und später der Squire, und wir kämpfen miteinander, und du wirst verletzt und rettest dich in das Fort.« Sie deutete zu ihrem provisorischen Unterstand aus Ästen und Zweigen. »Da ist das Fort. Aber wenn sie das Skelett finden, bin ich wieder Jim.«

»Das ist unfair!«, beschwerte sich Vito. »Immer bestimmst du und nimmst dir alle guten Rollen.«

»Dann lies doch selbst mal was, oder hör dir ein Hörbuch an«, gab Trine zurück. »Und hab auch mal eine gute Idee, was wir spielen können!«

»*Die Schatzinsel* finde ich aber blöd. Ich bin für *Harry Potter*.«

Trine rollte mit den Augen. »Wir sind auf einer *Insel*.«

»Ja«, brummte Vito, »und wir dürfen immer noch nicht hier spielen.«

»Hast du etwa Angst?«

»Nö. Jork Althoff ist ja im Gefängnis. Und meine Ma hat vorhin gesagt, dass Hubertus mit seinem Hund weggefahren ist und wohl so schnell nicht wiederkommt.«

»Was?« Trine starrte ihren Freund an. Doch er sollte

nicht merken, dass sie das sehr interessierte. »Wo will er denn hin?«, fragte sie betont gleichgültig.

»Keine Ahnung. Nichts wie weg von hier? Wahrscheinlich hat er keine Lust mehr auf den ganzen Stress mit der doofen Landwirtschaft und so.«

»Quatsch, Vito, der lebt doch für sein Gut!«

Der Junge zuckte mit den mageren Schultern »Dann hat er seine Meinung anscheinend geändert«, antwortete er, erfreut, dass er mal mehr wusste als seine Freundin.

Trine dachte kurz über das Gehörte nach. »In *Die Schildmaid* verlässt Eirik auch sein Dorf, nachdem sich Sigrid in eine andere verliebt hat und die dann im Kampf mit einem verfeindeten Stamm gestorben ist.« Als hätte Mira in die Zukunft sehen können, dachte Trine, und ihre Arme überzogen sich mit einer Gänsehaut.

»Du und dieses Wikingerbuch!«, beschwerte sich Vito. »Redest dauernd davon. Aber niemanden lässt du es lesen.«

Trine blickte auf ihre Armbanduhr. »Weißt du was, Vito? Vergiss Jim, Long John Silver und den Squire einfach. Ich muss gleich nach Hause.«

»Seit wann musst du denn pünktlich zu Hause sein?«

»Papa wartet mit dem Essen auf mich. Es gibt Tortellini mit Sahnesoße.«

Nachwort

Alle Figuren in diesem Roman sind frei erfunden. Ähnlichkeiten mit lebenden oder toten Personen sind rein zufällig und nicht von mir beabsichtigt.

Wie immer haben mir ganz viele Leute beim Schreiben dieses Krimis geholfen, denen ich von Herzen danken möchte. Da sind meine wunderbare Familie und meine Freundinnen und Freunde, die mich allzeit unterstützen und motivieren. Meine tolle Kollegin Joyce Summer und ich haben viele Stunden gemeinsam in unserem Schreibcafé gearbeitet. Das ist umso wertvoller, als das Schreiben ansonsten ein einsamer Job ist.

Mein besonderer Dank gilt dieses Mal dem Archäologischen Landesamt Schleswig-Holstein, insbesondere Herrn Fischer und den Mitarbeitern auf der Ausgrabung in Kappeln. Auch meine Besuche im Danevirke Museum und im Wikinger Museum Haithabu haben mir sehr weitergeholfen. Alle möglichen Fehler und Anpassungen an die Krimihandlung gehen allein zu meinen Lasten. Und ich entschuldige mich für die Figur des Dr. Felbert, der nur meiner Fantasie und der Notwendigkeit entsprungen ist, einen weiteren Bösewicht zu erschaffen. Ebenso entschuldige ich mich bei allen Hausärzten für Jork Althoffs falsches Alibi.

Meine Zusammenarbeit mit meinen Lektorinnen Karin Schmidt und Dorothee Cabras war wieder ganz wunderbar und absolut hilfreich! Was wäre ich ohne sie? Das Team des Bastei Lübbe Verlags und meine Agentin Franka Zastrow haben mich wieder bei all meinen Fragen und Anliegen toll unterstützt. Ich danke euch allen!

Eva Almstädt

Ein einsamer Hof, eine alte Legende und ein dunkles Geheimnis

Eva Almstädt
AKTE NORDSEE -
DER TEUFELSHOF
Kriminalroman

352 Seiten
ISBN 978-3-404-18997-7

Anwältin Fentje Jacobsen ist auf die Hochzeit ihres alten Freundes Henning eingeladen. Als eine Nachbarin am nächsten Morgen das frisch vermählte Paar auf dem Hof der Familie aufsuchen will, findet sie die Eltern des Bräutigams ermordet, den Sohn schwer verletzt vor. Nur die Schwiegertochter konnte sich retten. War es ein Überfall oder ein Familiendrama? Als die Polizei Letzteres vermutet, will Fentje Hennings Unschuld beweisen. Dabei trifft sie auf den Journalisten Niklas John, der im Interesse der überlebenden Ehefrau ganz eigene Ziele verfolgt. Dieses Mal werden sie bestimmt nicht gemeinsam ermitteln. Aber dann wird ein Anschlag auf Niklas verübt, und er muss Fentje um Hilfe bitten…

Lübbe